HEYNE

CATHERINE
MCKENZIE

ZERBROCHENES
Roman VERTRAUEN

Aus dem Englischen
von Marie Rahn

WILHELM HEYNE VERLAG
MÜNCHEN

Die Originalausgabe *Fractured* erschien 2016
bei Lake Union Publishing

Sollte diese Publikation Links auf Webseiten Dritter enthalten,
so übernehmen wir für deren Inhalte keine Haftung,
da wir uns diese nicht zu eigen machen,
sondern lediglich auf deren Stand
zum Zeitpunkt der Erstveröffentlichung verweisen.

Verlagsgruppe Random House FSC® N001967

Deutsche Erstausgabe 02/2018
Copyright © 2016 Catherine McKenzie
Copyright © 2018 der deutschsprachigen Ausgabe
by Wilhelm Heyne Verlag, München,
in der Verlagsgruppe Random House GmbH,
Neumarkter Straße 28, 81673 München
Redaktion: Claudia Krader
Printed in Germany
Umschlaggestaltung: Eisele Grafik Design, München,
unter Verwendung eines Motivs
von © Stocksy/Daren Wanderer
Satz: Leingärtner, Nabburg
Druck und Bindung: GGP Media GmbH, Pößneck
ISBN: 978-3-453-42216-2

www.heyne.de

Für Abigail Koons

HEUTE

John

6.00 Uhr morgens

Ich bin mir nicht sicher, was mich dazu brachte, jeden Morgen am Vorderfenster Wache zu halten.

Wahrscheinlich etwas ganz Harmloses. Jedenfalls werde ich das sagen, wenn man mich später fragt. Was auch der Grund gewesen sein mochte, mittlerweile habe ich das Gefühl, ich hätte meinen Tag schon immer so angefangen. In Boxershorts, mit dem Kaffeebecher in der Hand und Blick auf das Nachbarhaus. Und würde ihn auch weiterhin so beginnen, obwohl ich weiß, dass das nicht möglich ist.

Der Kaffee in meinem Becher ist stark und bitter. Dampf entsteigt ihm und quillt über den Rand. Da wir die Heizung noch nicht angestellt haben, ist der Holzboden unter meinen nackten Füßen kalt. Ein Luftzug vom Fenster, das neu abgedichtet werden müsste, verursacht mir eine Gänsehaut an den Armen. Mir geht auf, wie wichtig für mich diese Momente der Stille sind. Die Zeit dafür, mir einen Kaffee zu machen und ihn zu trinken.

Das sind die Momente, über die ich nachdenken muss. Um zu beobachten. Mich vorzubereiten.

Ein Schatten wächst und schrumpft über unsere schmale

Straße. Um bessere Sicht zu haben, schiebe ich die Gardine ein Stückchen zur Seite. Diese Spitzenvorhänge hasse ich. Sie wirken feminin und bieten bei Weitem nicht so viel Privatsphäre, wie sie versprechen. Ein Hochzeitsgeschenk meiner Schwiegereltern. Unmöglich, sie abzulehnen. Unmöglich, sie nicht zu benutzen.

Der schmale freigelegte Streifen der Fensterscheibe zeigt mir nur den rissigen schwarzen Asphalt vor unserem Aufgang. Es ist Herbst. Die wenigen, stark beschnittenen Bäume, die unsere Straße säumen, leuchten in Rot, Orange und Gold. Schon bald werden die bunten Blätter eine weitere meiner Aufgaben bilden. Weil sie auf die Straße fallen. Die Dachrinnen und Gullys verstopfen. Doch im Augenblick tanzen sie fröhlich im Morgenlicht und tauchen den anbrechenden Tag in ein unschuldiges Licht.

Unschuldig.

Dieser Tag wirkt unschuldig, genau wie das Haus auf der gegenüberliegenden Straßenseite. Ich hätte nie gedacht, dass ein Haus etwas anderes sein könnte als nur ein Haus. Im Grunde denke ich das auch heute nicht. Doch nach all den Geschehnissen ist es leichter, die Schuld auf etwas anderes zu schieben.

Etwas Lebloses.

Etwas Entlegenes.

Jedenfalls weg von mir.

Also schiebe ich die Schuld auf das schmale, dunkelgelbe Schindelhaus mit den weißen Zierleisten. Das ich jeden Morgen beobachte. Ich schiebe die Schuld auf die rote Tür und die zweigeteilten Fenster, die blicklos zu mir zurückstarren.

Das ist leichter, als mir selbst die Schuld zu geben.

Jener Tag vor zwei Monaten fing auch so an. Ich am Fenster. Der Kaffee im Becher zu heiß. Kurze Zeit später das schreckliche Quietschen der Reifen. Das Krachen von Metall auf Knochen. Die Schreie. Die Tränen. Die Unschuldsbekundungen.

Da, schon wieder dieses Wort. Früher kam es mir nur selten in den Sinn, heute dreht sich alles darum.

Über mir höre ich das Tappen von Schritten. Auf der gegenüberliegenden Straßenseite zuckt ein Vorhang.

Ich lasse die dünne Gardine fallen.

Um nicht ertappt zu werden. Besonders heute nicht.

Willkommen, Nachbar!

Im Namen des Pine-Street-Nachbarschaftsvereins (PSNV)
möchte ich Sie und Ihre Familie herzlich in unserem Viertel
willkommen heißen. Wir freuen uns über Ihren Zuzug und
hoffen, Sie werden hier genauso gerne leben wie wir.
Achtung: Wir nehmen gute Nachbarschaft sehr ernst,
aber keine Angst: Es macht viel Spaß.

Dieses Briefchen steckt in einem unserer üblichen
Präsentkörbe. Sie finden Folgendes darin**:
- Unser PSNV-Willkommenspaket mit Informationen über
  Sehenswürdigkeiten und Freizeitaktivitäten in Cincinnati.
- Unseren PSNV-Restaurantführer mit Lokalen, in denen
  glutenfreies und allergikerfreundliches Essen angeboten
  wird. Persönlich getestet von unseren Nachbarn.
- Ein paar gesunde Snacks zur Überbrückung, bis Sie Zeit
  für einen Einkauf haben.
- Eine Kontaktliste aller Nachbarn des PSNV.

Bitte mailen Sie mir unter cindyandpaulsutton@gmail.com
so bald wie möglich Ihre Kontaktdaten. Dann füge ich Sie
in unsere Mailingliste ein, damit Sie ab sofort unseren
Newsletter bekommen und keine unserer wunderbaren
Veranstaltungen verpassen. Wenn ich das sagen darf:
Wir in Mount Adams wissen, wie man die Hütte
zum Wackeln bringt.
Apropos: Unsere allmonatliche Blockparty findet nächsten
Monat in unserem Haus statt. Bitte kommen Sie

am 1. November pünktlich um 18 Uhr zu uns nach Pinehurst, Pine Street 12.

Weitere Informationen über die Blockpartys (inklusive der Richtlinien zum Genuss alkoholischer Getränke) finden Sie im Willkommenspaket.

Noch einmal: Herzlich willkommen! Wir freuen uns darauf, Sie kennenzulernen.

Mit herzlichen Grüßen
Cindy Sutton
Gründerin und Vorsitzende des PSNV von 2009 bis heute

** Bitte teilen Sie es mir mit, sollten nicht alle Posten auf der Liste im Präsentkorb enthalten sein.

EDEN PARK

Julie

Zwölf Monate zuvor

An meinem ersten Tag im neuen Zuhause stand ich im Morgengrauen auf, schlüpfte in die Joggingsachen, die ich mir am Bettende zurechtgelegt hatte, und verließ mit unserem deutschen Schäferhund Sandy so leise wie möglich das Haus.

Es war Anfang Oktober. Eine gewisse herbstliche Schärfe lag in der Luft. Ich zog den Reißverschluss meiner Laufjacke zu, setzte die Kapuze auf und strich mir den Pony aus der Stirn. Sandy hechelte neben mir, sodass sich eine Atemwolke um ihre schwarze Schnauze bildete.

Alle Häuser in unserer neuen Straße hatten unterschiedliche Farben. Genau das hatte mich für dieses Viertel eingenommen. Die hügeligen Straßen und die dicht nebeneinander stehenden Gebäude sahen aus wie San Francisco mit einem Hauch Cape Cod. Die Häuser am Mount Adams, einem der sieben Hügel Cincinnatis, sind schmal, hoch und entweder farbig gestrichen oder mit verwitterten Holzschindeln verkleidet. Am Fuß des Hangs fließt der Ohio River in fröhlichen Grün- und Blautönen. Am oberen Ende der Straße ragt eine große Steinkirche empor, überall gibt es versteckte Pfade zwischen den Bäumen. Ein paar Blocks weiter lockt eine Einkaufsgegend mit Restaurants und hübschen Läden in roten Backsteinhäusern.

Bevor wir hierherzogen, war ich nie in Cincinnati gewesen, was für mich zugegebenermaßen einen Teil seines Reizes ausmachte. An einen vollkommen neuen Ort ohne jegliche Vergangenheit zu ziehen erschien mir als die einzig richtige Lösung in dem Chaos, zu dem mein Leben geworden war. Vor dem Umzug studierte ich wochenlang Karten der Umgebung, um mich zurechtzufinden und mein neues Leben mit möglichst wenigen Hürden zu beginnen.

Während ich den Hügel hinunterjoggte, spulte ich den Weg zum Eden Park im Kopf ab. Ich hatte die Route so einfach wie möglich gewählt. Parkside zum Martin Drive, der mich schließlich zum Author's Grove führen würde.

Zumindest hoffte ich das.

Author's Grove – Autorenhain. Diese Bezeichnung sprang mir förmlich ins Auge, als ich die Umgebung studierte. Ich wusste sofort, dass ich dort als Erstes hinwollte. Eine befriedigende Erklärung für diesen Namen hatte ich zwar nicht gefunden, aber ich stellte es mir als lauschiges, inspirierendes Plätzchen vor. Vielleicht gab es dort Bänke, ortsansässigen Autoren gewidmet, die über den Ohio River, die sieben Hügel oder die Geschichte der Stadt schrieben. Es mochte ein Ort sein, an dem ich mich im nächsten Sommer niederlassen und nachdenken konnte. Allerdings war es möglicherweise auch nur ein außergewöhnlicher Name auf einer Landkarte, der mehr versprach, als er hielt.

So etwas war in meinem Leben oft geschehen.

Einen offiziellen Eingang zum Park gab es nicht, nur ein Wäldchen aus großen Laubbäumen und ein Schild auf einer Steinsäule mit einem Wasserspeier zeigten an, wo ich mich befand. Ich blieb kurz stehen, um meine Dehnübungen zu machen und die leise Furcht zu vertreiben, die mich beschlichen hatte. Dazu griff ich nach dem kleinen, runden GPS-Tracker mit Panikknopf, den ich an meinem Schlüsselband um den Hals trug. Den hatte ich ständig bei mir, genau wie den Schrittzähler am Handgelenk. Er übertrug ein Signal zu einer Basisstation in meinem Haus und gleichzeitig zu einem Sicherheitsdienst an einem mir unbekannten Ort. Um meine Nerven zu beruhigen, sagte ich die Kommandos auf, die Sandy und ich in der Hundeschule gelernt hatten. Fuß! Knurren! Fass!

Niemand weiß, dass du hier bist, beruhigte ich mich, als ich in Startposition ging und die Hände auf dem kalten Boden abstützte. Keine Ausreden mehr. Start in drei … zwei … eins …

Los!

An jenem Tag entdeckte ich den Author's Grove nicht, sondern mehr Hügel, als ich mir vorgestellt hatte, und die Grenzen meiner Belastbarkeit Als ich fünf Meilen später erneut den Anfang meiner neuen Straße erreichte, wurde ich langsamer.

Wir waren nach Cincinnati gezogen, weil Daniel dort einen neuen Job angeboten bekam. Ich hatte auf einen Umzug bestanden, nachdem Heather Stanhope unsere Adresse in Tacoma herausgefunden und uns regelmäßig aufgesucht hatte.

Wer weiß, wie oft sie dort war, bevor sie aufflog? Ob sie in ihrem Wagen saß und zusah, wie ich den Müll rausbrachte oder Daniel den Rasen mähte? Oder gar an unsere Haustür kam, ohne anzuklopfen, oder unseren Briefkasten durchwühlte. Welches Bedürfnis erfüllte der Anblick meines Hauses bei ihr? Wieso behielt sie Reklamebriefe mit meinem Namen darauf? Weil es etwas war, das ich möglicherweise berührte? Versuchte sie in all den Stunden, in denen sie geduckt und möglichst unauffällig in ihrem Wagen saß, den Mut aufzubringen mir gegenüberzutreten? Und wenn ja, wozu? Oder hoffte sie nur, ihre Anwesenheit würde langsam in mein Bewusstsein dringen? Und was hatte sie letzten Endes dazu gebracht, Spuren zu hinterlassen, sogenannte *Präsente,* die mir Angst einjagten?

Das würde ich nie erfahren, es sei denn, ich fragte sie.

Mich schauderte, und ich verbannte den Gedanken.

Heather Stanhope wird mein Leben nicht ruinieren.

Dieses Mantra wiederholte ich täglich so oft, wie mein zwanghafter Mann sich die Hände wusch. Davon wurde mein Inneres so rau und wund wie seine Haut im Winter.

Da hörte ich Schritte hinter mir. Ein großer Mann in Joggingklamotten. Mehr konnte ich beim kurzen Aufblicken nicht erkennen. Meine ziegelrote Haustür war nur wenige Auffahrten entfernt. Fünf, vier, drei, zwei, eine. Als ich stehen blieb, sah Sandy zu mir hoch und wartete leise knurrend auf mein Signal. Ich stand an den großen schwarz-grünen Müll- und Recyclingtonnen, deren Wochentag für die Entleerung ich noch in Erfahrung bringen musste.

Der Mann hinter mir bog nach rechts in seine Auffahrt ab. Sein Haus sah ganz ähnlich aus wie meins. Jahrhundertwende mit modernen Anbauten über der Garage und nach hinten hinaus. Es war hellblau gestrichen, Fensterrahmen und Haustür glänzten lackschwarz.

Er winkte kurz. »Gehören Sie zu den Prentice'?«, fragte er. »Julie vermutlich?«

Meine Schultern verspannten sich. Knurren, fuhr es mir reflexartig durch den Sinn, dann beugte ich meine Hand in Vorbereitung auf das Signal, ihm Sandy auf den Hals zu jagen.

»Im letzten Newsletter wurde von Ihrem Zuzug berichtet«, erklärte er, als könnte er mein Unbehagen spüren. »Ich bin kein Stalker oder so.«

Ich rang mir ein Lachen ab und versuchte, beim Wort *Stalker* nicht zusammenzuzucken. »Das glaube ich Ihnen.«

Wir verließen unsere Auffahrten und trafen uns in der Mitte der Straße. Sandy befahl ich zu bleiben, wo sie war. Trotz meines Laufs war ich nervös. Auf gar keinen Fall wollte ich am ersten Tag Aufsehen erregen, indem ich meinen Hund auf einen vollkommen Fremden hetzte.

»Ich bin John Dunbar«, sagte er mit angenehmer Stimme. Ich wusste nicht, ob seine leicht gedehnte Sprechweise nur für ihn charakteristisch war oder zum hiesigen Akzent gehörte. Er wollte seine Hand ausstrecken, hielt dann aber inne. »Vier Meilen sorgen für einen ziemlich schweißigen Händedruck.«

»Bei mir waren's fünf«, sagte ich mit einem Anflug von Stolz. Noch zwei Jahre zuvor konnte ich wegen der Pfunde aus der Schwangerschaft mit den Zwillingen nicht einmal einen Block weit rennen. »Zumindest glaube ich das. Schwer zu sagen, bei all den Kurven und Schleifen im Park. Jedenfalls macht es mir nichts aus.«

Sein Händedruck war fest und warm. Ich sah ihn genauer an. Braune Augen, blonde Haare, die nach dem, was ich unter seiner Kappe sah, bereits graue Ansätze hatten, Haut, die leicht verbrannte, wenn man sie zu lang der Sonne aussetzte. Markante Züge.

»Ein fester Händedruck bei Frauen gefällt mir«, bemerkte er.

»Mir auch.«

»Ha. Na dann. Noch was, das wir gemeinsam haben.«

»Wir haben etwas gemeinsam?«

»Na, das Joggen zum Beispiel.«

»Ach ja, richtig.« Ich war verwirrt und senkte den Blick. Wir trugen die gleichen Laufschuhe, er in der Männer-, ich in der Frauenversion. »Sehen Sie mal«, sagte ich und wackelte mit meinen Zehen. »Partnerlook.«

»Merkwürdig.«

»Finde ich auch. Mein Mann hat die gleichen.«

»Komisch.«

»Sie glauben wohl, ich scherze.«

Er runzelte die Stirn. »Nein, ich ...«

»Stimmt aber. War nur ein Scherz.«

»Ach. Dann also keine Seelenverwandten.«

»Nein, wohl nicht.«

Ein quietschendes Rad bog in unsere Straße ein. Darauf kämpfte sich ein Junge mit einer schweren Tasche über der Schulter den Hügel hinauf. Er griff hinein und warf eine Zeitung in die erste Auffahrt.

Ich wandte mich Richtung meiner eigenen. »Sandy, bleib«, sagte ich in meinem besten Befehlston.

»Soll ich ihn warnen?«

»Nein, das geht schon. Wow, ein Zeitungsjunge. Habe ich seit Jahren nicht mehr gesehen. Lesen die Leute noch Zeitung?«

»Klar. Wie sollten sie sonst erfahren, welche Katze in welchem Baum festsaß?«

»Aus der Lokalzeitung?«

»Aus der Lokalzeitung«, bestätigte er.

Das Rad kam quietschend näher. Ich hörte den dumpfen Aufprall der Zeitung vor dem Nachbarhaus. Wir sahen zu, wie der Junge auf uns zu radelte. Er war groß und dünn und hatte so strohblonde Haare, wie man sie sonst nur bei kleinen Kindern sieht.

Jetzt stieg er in die Eisen und blieb nur Zentimeter von John entfernt stehen, der nicht mit der Wimper zuckte.

»Ah, Mann. Ich dachte, diesmal kriege ich dich.«

John wuschelte ihm durchs Haar.

»Julie, dies ist mein Sohn Chris. Chris, dies ist unsere neue Nachbarin. Mrs. Prentice.«

»Hey.«

»Sie müssen entschuldigen. Das ist Teenagersprech für *Nett, Sie kennenzulernen, Mrs. Prentice.*«

»Machen Sie sich keine Gedanken. Ich hab selbst zwei Kinder, die sich für Teenager halten. Und kein Mensch nennt mich Mrs. Prentice. Nur Julie oder, wenn Sie es förmlicher haben wollen, Ms. Apple.«

»Apple wie Apfel? Oder wie die Firma?«, fragte Chris.

Ich spürte ein nervöses Kribbeln im Nacken. Eigentlich hatte ich meinen Mädchennamen nicht nennen wollen. Er gehörte zu den Dingen, die ich in Tacoma hatte lassen wollen, genau wie das grässliche Wetter.

»Chris!«

Wieder rang ich mir ein Lachen ab. »Meinen Sie, die Frage höre ich zum ersten Mal? Ja, Chris, wie die Firma, und nein, ich habe nichts damit zu tun. Und ja, in der Schule bin ich ständig deswegen aufgezogen worden. *Apfelbäckchen* und so weiter.«

»*Apfelar...*«

»Das reicht, junger Mann.« John tat so, als wollte er Chris den Mund zuhalten. Chris' Stimme war nicht so tief wie die seines Vaters, doch auf dem besten Wege dorthin. Ich schätzte ihn auf vierzehn, fünfzehn.

Er duckte sich weg. »Dad.«

Dann schob er sein Rad Richtung Haus und ließ es vor der Garage einfach umkippen.

»Er stellt es nie ordentlich weg«, erklärte John. »Ich sag ihm ständig, dass irgendwann jemand drüberfallen wird.«

»Ist das nicht schon seit ewigen Zeiten so? Es ändert sich einfach nichts.«

»Außer die Sache mit *Tinder*.«

»Ich sollte wohl wissen, was das ist, oder?«

»Bitte! Auch ich weiß nicht, was das sein soll. Solche Begriffe suche ich mir nur im Internet zusammen und lasse sie hin und wieder im Gespräch fallen, damit meine Kinder glauben, ich wüsste, was sie so treiben.«

»Und, funktioniert es?«

Daraufhin kreuzte er die Finger beider Hände und hielt sie in Schulterhöhe. »Bisher keine ungewollten Schwangerschaften.«

»Sehr schön.«

Die Kirchenglocken fingen an zu läuten, volltönend und durchdringend. Ich warf einen Blick auf mein Handgelenk. Sieben Uhr.

»Verdammt«, sagte ich. »Ich muss los.«

»Ja. Ich auch. Es war schön, Sie kennenzulernen.«

»Fand ich auch.«

Trotzdem setzten wir uns nicht sofort in Bewegung.

Nein, gib du auf, dachte ich und wandte mich zum Gehen, bevor er sah, dass ich rot wurde.

Ich lief die wenigen Stufen zu meiner Haustür hinauf und drückte meinen Daumen auf das elektronische Türschloss. Ein paar Wochen zuvor war ich extra hierhergefahren, um mich zu vergewissern, dass es ordnungsgemäß eingebaut wurde. Der Handwerker hatte mich eindeutig für verrückt gehalten, aber in Fragen der Sicherheit verstand ich keinen Spaß.

»Übrigens hat mir Ihr Buch wirklich gefallen«, rief John mir nach, als ich die Tür aufschob.

Meine Schultern schnellten bis zu den Ohren.

Bitte frag nicht, ob das persönliche Erfahrungen waren, bitte nicht ...

»Sie haben eine ziemlich ausgeprägte Fantasie.«

Ich drehte mich um und lächelte. »Tja, vielen Dank, Herr Nachbar.«

Sam und Melissa warteten im Flur auf mich, beide noch im Schlafanzug. Sie waren diesen Herbst sechs geworden und ähnelten sich so sehr, wie es bei einem Zwillingspärchen möglich war. Große braune Augen mit langen Wimpern und eine Haut, die schnell braun wurde, obwohl ich sie dick mit Sonnencreme Lichtschutzfaktor 50 eincremte und ihnen UV-Schutz-T-Shirts anzog, sobald sie länger als zehn Minuten draußen waren.

Melissa sprang mir schon mit ihrem üblichen Schlachtruf: »Momsy!«, auf den Arm, bevor ich ganz durch die Tür war. Sam kletterte Sandy auf den Rücken und rief: »Hü!« Der Hund schaute mit hängenden Ohren zu mir auf.

»Dan? Daniel?«

»Hier«, rief er aus der Küche.

Ich schob mir Melissa auf den Rücken und ging den Flur hinunter. Die Vorbesitzer hatten ein Vermögen ausgegeben, um Wände einzureißen und aus einem Labyrinth winziger Zimmer große, luftige Räume zu machen, die ineinander übergingen. Wohnzimmer, Esszimmer, Küche. Die blau und grau lasierten Wände schufen zusammen mit den hellen Holzdielen eine Atmosphäre wie in einem Strandhaus.

Obwohl wir uns den Luxus geleistet hatten, das Umzugsunternehmen ein- und auspacken zu lassen, war das Haus längst nicht fertig eingerichtet. Bilder lehnten an den Wänden, überall standen Kisten im Weg. Ich war mir ziemlich sicher, dass die meisten Möbel am Ende ganz woanders stehen würden, als die Möbelpacker sie platziert hatten, obwohl sie meinen Anweisungen genau gefolgt waren.

Die Küche hatte für mich den Ausschlag gegeben. Sie war mit weißen und dunklen Schränken ausgestattet. Ihre gesamte rückwärtige Wand bestand aus Glas und bot einen fantastischen Blick auf die riesige Terrasse und den Fluss dahinter. Daniel hatte gesagt, die Heizkosten würden uns das Genick brechen, aber für jemanden, der einen Großteil des Tages im Haus verbrachte, war gutes Licht entscheidend. Vor allem, wenn man zehn Jahre im Nordwesten gelebt hatte. In Tacoma war es durchschnittlich über zweihundert Tage im Jahr bewölkt, sodass man nur zu einer Tageslichtlampe greifen konnte. Oder zu Antidepressiva.

»Ist es möglich, dass wir sogar an unserem ersten Tag zu spät kommen?«, fragte ich Daniel, der seinen Schlips band und sich dabei in der Scheibe der Mikrowelle betrachtete. Er hatte sich die Haare schneiden lassen, und der Schnitt war ein bisschen zu kurz geraten. Sein Haar wurde am Hinterkopf spärlicher, aber bislang hatte ich nicht den Mut aufgebracht, ihn zu fragen, ob ihm das aufgefallen war.

Daniel bildete eine seltene Ausnahme, denn er war rothaarig und sah dennoch wirklich gut aus. Er bekam keinen Sonnenbrand, sondern wurde richtig braun. Ein paar Sommersprossen betonten seine grauen Augen. Sein Bart war ein perfekter Dreitagebart. Ich hatte gehofft, wenigstens eines der Kinder würde nach ihm kommen, aber sie waren beide Kopien meiner selbst.

»Wieso sollte es heute anders sein?« Er vollendete seinen Knoten und zog die Krawatte zurecht.

»Die Hoffnung stirbt zuletzt.«

»Na ja, wenn du da draußen nicht so lange geflirtet hättest ...«

»Was? Ich?«

Er grinste und drückte mir einen Kuss auf die Stirn. »Schon gut, Schatz. Ein kleiner, harmloser Flirt macht das Leben spannend.«

Als die Kirchenglocke eine Stunde später wieder läutete, hatte sich Stille über das Haus gesenkt. Ich hatte zugesehen, wie Daniel mit den Kindern auf dem Rücksitz unserer Limousine weggefahren war. Bei uns gab es keine SUVs oder Minivans, da wir die hassten. Dann hatte ich erst einmal tief durchgeatmet.

Ich ging durch den ersten Stock und sammelte die Spuren des täglichen Kampfes auf, die Zwillinge aus dem Haus zu treiben. Eine Superman-Unterhose. Überall verstreute Legoteilchen, auf die ich ständig trat. Pokémon-Karten, die Sam zwei Tage nach Beginn der Grundschule haben wollte und eifersüchtig vor seiner Schwester hütete, obwohl er zu faul war, sie ordentlich in das Album einzusortieren, das er zum Geburtstag geschenkt bekommen hatte. Ich hätte den ganzen Tag damit verbringen können, hinter den Kinder herzuräumen, sie von hier nach dort zu fahren und mich um all ihre Bedürfnisse zu kümmern.

Die erste Hälfte ihres Lebens hatte ich auch genau das getan und würde es vielleicht immer noch machen, wäre da nicht *die Idee* gewesen, die zu *Dem Buch* führte, das wiederum zu … tja, es war zu kompliziert, mein Leben danach in zwei Worten zu beschreiben.

All das lag nun hinter uns, und vor mir lag der Abgabetermin von *Buch Zwei*. Das waren auch zwei Worte, obwohl darin nicht meine Gewissheit mitschwang, dass es niemals an *Das Buch* heranreichen würde. Die Deadline lag schwer erkämpfte zwölf Monate entfernt. Das war zwar ein billiger Autorentrick, der aber, so befürchtete ich, bei mir funktionierte.

Was hieß, ich musste aufgerundet zweihundertvierundsiebzig Wörter pro Tag schreiben, um die hunderttausend Wörter zu erzielen, die das Manuskript umfassen sollte. Das schien machbar, lächerlich gar, wenn man bedachte, dass ich das erste in einem fiebrigen Rutsch geschrieben hatte. Doch da mir ständig etwas dazwischenkam, das Leben beispielsweise, musste ich in Wahrheit tausend Wörter täglich schreiben. Montags bis freitags von neun bis drei, da dann die Zwillinge wieder auftauchten und die Stille störten, die ich brauchte, um in die Tiefen meiner Seele zu steigen. Die ich zum Schreiben benötigte. Ein großer Teil des Problems war allerdings, dass ich nicht genau wusste, was ich schreiben wollte.

Im Leben jedes Menschen gibt es Komplikationen.

Manchmal sucht man sie sich aus, und manchmal werden sie einem zugeschanzt.

Der Trick ist, die beiden Varianten voneinander zu unterscheiden.

GEBURTSTAGSKIND

John

Zwölf Monate zuvor

Am Morgen meines fünfundvierzigsten Geburtstags wachte ich mit einem Schlag auf.

Genauso fühlte es sich an, obwohl ich sicher in meinem Bett lag. Wie wenn man im Traum zu Boden fällt.

Ich riss die Augen auf. Wusste nicht, wo ich war. Einen Moment bekam ich Panik, dann zwang ich mich nachzudenken. Stückchen für Stückchen kehrte mein Leben zu mir zurück. Zuhause. Bett. Frau. Geburtstag. Fünfundvierzig.

Wie zum Teufel war das nur passiert?

Ich wartete, bis mein Herzschlag sich beruhigt hatte, dann sah ich auf die Uhr. Fünf Uhr fünfunddreißig.

Na super. Jetzt wachte ich schon zur Altmännerzeit auf, genau wie mein Vater.

Ich kannte mich gut genug, um zu wissen, dass ich nicht wieder einschlafen würde. Also lag ich einfach da und lauschte auf Hannas Atem. Sie konnte immer ausgezeichnet schlafen. War weg, sobald ihr Kopf das Kissen berührte. Wachte genau eine Minute vor dem Schrillen des Weckers auf. Ich zog sie zwar damit auf, war aber eigentlich nur neidisch. Mir hingegen war jede einzelne Stunde der Nacht vertraut.

Irgendwann stand ich auf. Schließlich konnte ich die frühe Stunde genauso gut nutzen, um ... ja, um was zu tun?

Ich hatte keine Hobbys, die man um diese Uhrzeit ausüben konnte. Zum Lesen war ich zu unruhig. Also ging ich erst einmal ins Bad, um meine Blase zu entleeren. Gehörte das auch dazu, wenn man fünfundvierzig war? Eine schrumpfende Blase und weniger Schlaf? In dem großen Spiegel erhaschte ich einen Blick auf mich. Ich war stets stolz darauf gewesen, wie fit ich für mein Alter war. Konnte ich das noch von mir behaupten?

Der Spiegel sagte Nein.

Ich ging in unseren begehbaren Schrank und suchte nach meinen Joggingsachen. Im Frühjahr hatte ich Pläne für einen Halbmarathon gehabt. Große Pläne. Zurückgestellt.

Jetzt war es Zeit, sie wieder anzugehen. Das oder vor dem Unvermeidlichen zu kapitulieren.

Also zog ich mich an, hinterließ eine Nachricht für Hanna und rannte in die Morgendämmerung.

Nach nicht mal einer Stunde war ich wieder zurück. Meine Beine fühlten sich an wie Gummi, und die Schultern taten mir weh. Ich war, genau wie befürchtet, völlig außer Form.

All das verflog in den wenigen Minuten, in denen ich mich mit Julie unterhielt, unserer neuen Nachbarin. Nach unserem Gespräch wartete ich auf der Vordertreppe, bis sie im Haus verschwunden war. Ein Promi in unserem Viertel, dachte ich. So etwas Aufregendes war in Mount Adams seit Ewigkeiten nicht geschehen.

Im Haus hatten Hanna und die Kinder sich in einem Halbkreis aufgestellt und erwarteten mich mit einem verschwörerischen Grinsen. Hanna hielt einen Teller in der Hand, der mit dem Deckel unseres Woks bedeckt war.

»Herzlichen Glückwunsch, Dad«, riefen Becky und Chris, bevor sie eine misstönende Version von *Happy Birthday* anstimmten.

Hanna hob den Deckel. Darunter leuchteten zwei Wunderkerzen über den Ziffern auf einem in sich zusammengesunkenen Schokoladenkuchen. Fünf und Vier. Oder Vier und Fünf, von Hanna aus. Es drängte mich, danach zu greifen und ihn umzudrehen. Stattdessen setzte ich ein breites Grinsen auf.

»Kuchen zum Frühstück«, sagte Becky. »Ist das nicht toll?«

»Ja. Supertoll.«

»Können wir ihn sofort anschneiden?«

»Selbstverständlich«, sagte Hanna.

Der ganze Trupp marschierte in die Küche. Hanna reichte mir ein Messer. Becky und Chris stimmten noch einmal das Geburtstagsständchen an, nur sangen sie diesmal nicht *Happy Birthday, lieber Dad,* sondern *Happy Birthday, alter Mann.*

Hanna brachte sie zum Schweigen. »Seid nett, Kinder. So, John. Achtung, nichts sagen, bevor du den ersten Bissen gegessen und dir was gewünscht hast.«

Ich zog meine Lippen mit einem imaginären Reißverschluss zu. Dies war eine von Hannas Kardinalregeln. Der magische Geburtstagskuchenwunsch. Offenbar ging der Wunsch nur in Erfüllung, wenn zwischen dem Ausblasen der Kerzen (in diesem Fall dem Entfernen der Wunderkerzen), dem Anschneiden des Kuchens und dem ersten Bissen absolute Stille herrschte.

Ich schnitt mir ein Stück ab und aß einen großen Happen mit der Gabel, die sie mir reichte.

Ein langer Lauf und Kuchen zum Frühstück.

Ich hatte schlechtere Anfänge für ein neues Lebensjahr erlebt.

Die Kinder schlangen ihren Kuchen hinunter und gehorchten, als Hanna ihnen befahl, sich für die Schule fertig zu machen. Wir mussten den Turbo anschmeißen. Es war halb acht, und wenn wir nicht in die Gänge kamen, würden wir uns alle verspäten.

»Wie ist sie denn so?«, fragte Hanna ein paar Minuten später im Bad. »Die neue Nachbarin? Chris hat gesagt, ihr hättet euch draußen unterhalten.«

Sie bürstete sich ihre Haare und trug gleichzeitig Make-up auf. Ich trocknete mich vom schnellsten Duschen der Welt ab. Meine Muskeln protestierten bereits, weil ich mich nicht gedehnt hatte. Ich wusste nicht, ob magische Geburtstagswünsche funktionierten, aber ich hatte den Geburtstagsentschluss gefasst, regelmäßig joggen zu gehen. Mindestens vier Meilen am Tag.

»Sie ist berühmt«, sagte ich.

»Ach ja? Das stand gar nicht im Newsletter.«

Vor ein paar Jahren hatte Cindy Sutton, die in unserer Straße wohnte, sich zur Vorsitzenden unseres Nachbarschaftsvereins aufgeschwungen und mit ein paar anderen Vollzeitmüttern einen wöchentlichen Newsletter gestartet.

Cindy hatte das Herz am rechten Fleck und war in unserer Straße ziemlich beliebt, weil sie anderen großzügig ihre Zeit schenkte, vor allem frischgebackenen Müttern. Aber als ich das erste Mal den Newsletter bekam, drückte ich sofort auf *Abmelden*. Leider verstand sich Cindy auf dieses Spiel.

Sie kontrollierte die Mailingliste genauso wie die Nachbarschaftswache, die sie kurz darauf gegründet hatte.

Innerhalb weniger Tage drängte mich Hanna, den Newsletter um des lieben Friedens willen wieder zu bestellen. Ich gab nach und las ihn hin und wieder, um etwas zu sagen zu haben, falls ich Cindy über den Weg lief. Daher hatte ich vor ihrer Ankunft alles über die Prentice' gelesen. Daniel arbeitete in der Werbebranche. Julie blieb zu Hause. Zwei Kinder. Ein Hund. Aus dem Staat Washington.

»Sag Cindy nichts«, erwiderte ich. »Ich hatte den Eindruck, dass Julie das für sich behalten will.«

»Warum hat sie es dir erzählt?«

»Hat sie nicht. Ich habe sie erkannt.«

»Wer ist sie denn?«

»Julie Apple.«

Hanna sah mich fragend an. Meine Frau liest keine Romane.

»Sie hat dieses Buch geschrieben. *Das Mörderspiel*. Du weißt schon, das vor ein paar Jahren in aller Munde war?«

Sie tippte sich auf die Schläfe. »Da klingelt nichts.«

Ich küsste sie. Sie schmeckte nach Zahnpasta und Schokoglasur. Zwar sah sie nicht mehr wie zwanzig aus wie damals, als wir zusammengekommen waren, aber eigentlich zog ich die heutige Version vor. Sie war stark, selbstsicher, kompetent und schön. Ich konnte mich glücklich schätzen.

»Erstaunlich, dass du dich an jedes Detail deiner Fälle erinnerst, aber die Popkultur an dir vorbeigeht, als käme sie vom Mars.«

»Wir waren noch nicht auf dem Mars.«

»Sehr witzig.«

»Meine Speicherkapazitäten sind begrenzt«, sagte sie und

tippte sich erneut an die Schläfe. »Die muss ich mir für Wichtiges aufsparen.«

»Wofür zum Beispiel?«

»Zum Beispiel für Dinge, die ich öfter tun sollte.« Sie warf einen Blick auf das Handtuch, das ich ziemlich lose umgebunden hatte. »Nicht schlecht für fünfundvierzig.«

»Ach ja?«

»Ja.« Sie drehte den Kopf zur Tür. »Kinder! Beeilt euch, sonst verpasst ihr den Bus.«

Becky rief durchs Treppenhaus: »Ich dachte, ihr fahrt uns?«

»Heute nicht. Los, Bewegung.«

Dann trat Hanna näher zu mir und legte ihre Hände auf meine Hüften. Das Handtuch glitt zu Boden. Schweigend standen wir da, lauschten auf das Grummeln und Rumoren der Kinder. Die Haustür ging auf und wieder zu.

»Um halb zehn habe ich ein Meeting«, bemerkte ich.

»Da wirst du wohl zu spät kommen. Oder?«

»Soll das ein Witz sein? Da wird ein Geburtstagswunsch wahr.«

Sie fing an, ihre Bluse aufzuknöpfen. »Siehst du, hab ich doch gesagt. Diese Wünsche gehen in Erfüllung.«

»Daran werde ich nie mehr zweifeln.«

Was ist der Unterschied zwischen Googeln und Stalken?, hatte Julie, ein Jahr bevor sie hierherzog, in einem Artikel gefragt. *Wann überschreitet man die Grenze von Neugier zu Besessenheit? Vom Fan zum Fanatiker? Von Anerkennung zu Bedrohung?*

Durch den Artikel war nicht mehr nur Julies Buch in aller Munde, sondern sie selbst. Ich las ihn, als ich auf der Arbeit eine Pause brauchte, und fand ihn ziemlich erschreckend. Der Hilfeschrei einer Frau, die völlig verstört war. Panik hatte. Die hoffte, wenn sie ihre Not öffentlich machte, würde die Person, die ihr das Leben zur Hölle machte, endlich damit aufhören.

Aber die hörte nicht auf.

Später, als ich mit anderen Eltern am Rand des Fußballfelds stand und die Kinder anfeuerte, gingen mir ihre Worte nicht aus dem Kopf. Der Artikel hatte nichts Gutes bewirkt. Im Gegenteil, Julie schien weniger Mitgefühl zu bekommen als ihre Stalkerin. Die Schmähreden in den Kommentaren zeugten von übelster Frauenfeindlichkeit. Es gab sogar Rufe nach Vergewaltigung und Verstümmelung. Nach Bücherverbrennung.

Ich versuchte mich auf Beckys Spiel zu konzentrieren. Die Luft roch nach feuchter Erde und welkem Gras. In den Lederschuhen, die ich zur Arbeit anzog, froren meine Füße. Ich nahm mir vor, für den Rest der Fußballsaison Stiefel im Kofferraum zu haben.

»Hast du die Online-Petition unterschrieben?«, fragte jemand neben mir.

Cindy. Hinter ihr standen zwei der Mütter, mit denen sie normalerweise zusammen war. Leslie und Stacey. Ich winkte ihnen zu, doch sie konzentrierten sich auf das Spiel. Cindy trug einen roten Anorak und eine Trillerpfeife um den Hals. Sie war bereits verwarnt worden. Wenn sie noch einmal pfiff, würde sie die Spiele nicht mehr anschauen dürfen. Dennoch war ziemlich klar, dass sie das nicht abhalten würde, falls jemand ihrer fünfzehnjährigen Tochter Ashley zu nahe käme. Die spielte mit Becky in derselben Mannschaft, obwohl zwei Jahre Altersunterschied zwischen ihnen bestand. Becky war groß, frühreif und liebte Fußball. Ashley hingegen spielte nur halbherzig und ihrer Mutter zuliebe.

»Was?«, fragte ich.

»Die Petition«, wiederholte Cindy. »Die letzte Woche herumging. Wegen der Temposchwellen in unserem Block.«

Ausdruckslos starrte ich sie an. Auf der Liste all der Dinge, die mir völlig egal waren, standen Temposchwellen ganz oben. Ich war sogar dagegen, hielt jedoch wohlweislich den Mund.

»Ich hatte keine Zeit, sie mir anzusehen. Gibt es eine Deadline?«

»Nein, eigentlich nicht, aber ...«

Der Schiedsrichter pfiff scharf, hob eine rote Fahne und unterbrach das Spiel. Jemand brüllte: »Foul.«

»Ich glaube, da ist jemand verletzt«, sagte ich zu Cindy.

»Was? Ist es Ashley? Ich kann sie nicht sehen ...«

Ich blendete sie aus, während ich das Spielfeld überblickte. Mädchen aus Beckys Mannschaft umringten eine Spielerin, die am Boden lag. Eines ihrer Beine wirkte schrecklich verdreht und war bis zum Knie mit Schlamm bespritzt. Den Kopf konnte ich nicht erkennen, aber als ich mir die anderen Mädchen näher ansah, stieg mir Säure in die Kehle. Nicht Becky. Nicht Becky. Nicht. Becky.

Ich lief los, behindert von meinen Schuhen, die im Schlamm stecken blieben. In den wenigen Sekunden, bis ich bei ihr war, hatte Panik mich durchflutet. Ich stürzte mich zu Becky auf den Boden und verdrehte damit fast eines meiner steifen Beine. Beckys Gesicht war bleich, und ihre blonden Zöpfe waren schlammbraun.

»Schatz, ist alles in Ordnung?«

»Dad?«

Ich legte ihren Kopf auf meinen Schoß. Der Schlamm drang durch meine Hose. »Das wird wieder. Ganz bestimmt.«

Einer der anderen Väter untersuchte behutsam ihr Bein. Er war der Rettungssanitäter, der bei allen Spielen dabei war. Unsere Blicke trafen sich. Er schüttelte den Kopf und holte sein Handy hervor. Mir wurde flau.

»Dad? Was ist denn los?«

»Nichts, Schatz. Wir müssen ins Krankenhaus.«

»Mein Bein tut weh. Richtig, richtig schlimm.«

Sie hatte Tränen in den Augen. Ihre Sommersprossen zeichneten sich deutlich von ihrer blassen Haut ab.

»Ich weiß, Süße. Du bist wirklich sehr tapfer.«

Sie kniff die Augen zu und wurde noch blasser. Ich zog meine Jacke aus und deckte sie damit zu.

»Hat sie einen Schock?«, fragte ich den Sanitäter.

»Sieht so aus. Der Krankenwagen kommt in zwei Minuten. Dann wird sie stabilisiert.«

»Hörst du das, Becky? Zwei Minuten, okay? Halt zwei Minuten durch.«

Ihre Augenlider flatterten. »Tut mir leid.«

»Was sollte dir denn leidtun?«

»Wegen deiner Geburtstagsüberraschung.«

»Ich dachte, die war heute Morgen.«

Sie schüttelte den Kopf und zuckte zusammen.

»Halt still. Nicht mehr bewegen, bis der Krankenwagen da ist.«

»Wir hatten alles so schön geplant.«

Ich gab ihr einen Kuss auf die Stirn. Sie war schweißbedeckt. Mir raste das Herz. Ich konnte kaum atmen.

Reiß dich zusammen, befahl ich mir. Reiß dich zusammen, für Becky.

»Aber ich brauch doch nichts.«

»Kuchen«, sagte sie. »Noch mehr Kuchen.«

»Den essen wir, wenn wir nach Hause kommen.«

Sie nickte, immer noch mit zusammengekniffenen Augen. Ich drückte sie so fest an mich, wie es unter diesen Umständen ging, bis der Krankenwagen eintraf.

Die Sanitäter kamen mit einer Trage über den Rasen gelaufen. Nachdem sie sich vergewissert hatten, dass keine Verletzung der Halswirbelsäule vorlag, hoben sie Becky sanft auf die Trage. Dann rannten wir alle über das Spielfeld zum Krankenwagen. Als Becky einen Zugang gelegt bekam, verzog sie das Gesicht, doch ihre Miene entspannte sich, als die Sirene über uns losheulte.

Ich schickte Hanna eine SMS, in der ich sie bat, zum Kinderkrankenhaus auf dem Burnet Campus zu kommen. Becky habe sich das Bein gebrochen, sei aber ansonsten okay.

Hanna traf mit tränenüberströmtem Gesicht in der Notaufnahme ein. Als sie sah, dass mit Becky so weit alles in Ordnung war, lehnte sie den Kopf an meine Schulter und weinte. Becky verhielt sich bewundernswert tapfer, während ihr Bein geschient wurde. Der Bruch war weniger schlimm als gedacht. Der Arzt meinte, er würde rasch heilen, da Becky noch so jung sei. Hanna und ich durften fast die gesamte Zeit bei ihr bleiben. Wir waren sogar die Ersten, die auf ihrem Gips unterschrieben.

Als wir nach Hause kamen, hatte Chris die Glasur meines zweiten Geburtstagskuchens modifiziert und um einen ziemlich realistisch aussehenden Gipsverband bereichert. Außerdem verhielt er sich Becky gegenüber sehr rücksichtsvoll. Es war schön zu sehen, wie nett sie miteinander umgingen. Das kam nur noch selten vor, seit sie beide Teenager waren.

33

Ich erinnerte mich daran, dass Chris Becky gegenüber ausgeprägte Beschützerinstinkte gezeigt hatte, als sie klein war. *Schwesterchen* nannte er sie, und das noch Jahre nachdem sie auf ihren richtigen Namen bestand.

Später, im Bett, sinnierten Hanna und ich darüber, dass man im Leben nie wusste, was einem an einem einzigen Tag passieren konnte. Wir konnten uns glücklich schätzen, dass Becky nie Schlimmeres zugestoßen war. Bekannte von uns hatten sich mit Krebs auseinandersetzen müssen. Ein Freund hatte sein Kind sogar an den plötzlichen Kindstod verloren. Chris und Becky hingegen waren gesund und wohlauf. Wenn wir die nächsten paar Jahre unbeschadet überstanden, konnten wir unsere größten Ängste hinter uns lassen.

Als ich für diesen Tag die Augen schloss, war ich glücklich und erleichtert.

Der erste Tag meines sechsundvierzigsten Lebensjahrs. Hoffentlich auch der schlimmste.

Falsch gedacht.

Am nächsten Morgen wachte ich früh auf. Ich zog meine Joggingsachen an und trank meinen Kaffee am Fenster. Dabei blickte ich auf die Straße. Punkt sechs Uhr trat Julie aus ihrem Haus und startete ihre Morgenrunde.

Ich stellte den Kaffeebecher ab, verließ leise das Haus und rannte ihr nach.

Und dachte, dass von einem Tag auf den nächsten alles anders werden kann.

HEUTE

John

7.00 morgens

Als Hanna, Chris und Becky nach unten kommen, stehe ich am Herd und backe Pfannkuchen.

»Machst du mir eine Giraffe, Dad?«, fragt Becky.

Mit ihren vierzehn Jahren ist sie bereits größer als Hanna. Sie schlägt nach meiner Seite der Familie. Meine Schwester ist eins siebenundsiebzig. »So groß werde ich nicht«, versichert Becky allerdings regelmäßig. Als würden ihre Knochen aufhören zu wachsen, wenn sie es nur häufig genug wiederholte.

Sie schlingt mir die Arme um den Leib und schmiegt ihre weiche Wange zwischen meine Schulterblätter. Normalerweise mache ich nur sonntags Pfannkuchen. Aber momentan ist alles anders und der Montag wie ein Sonntag, bis hin zum Ahornsirup, der in der Mikrowelle erhitzt werden soll, und dem Stärkegeruch des Teigs in der Pfanne.

»Na klar, Kleine.«

Ich gieße die komplizierte Form in die zischende Pfanne. Es hat Jahre gedauert, aber mittlerweile kriege ich mit dem flüssigen Teig fast alles aus dem Reich der Tiere hin.

»Was ist mit dir, Han?«, frage ich. »Hättest du gern ein süßes Häschen?«

»Bäh«, erwidert meine Frau und reibt sich den flachen Bauch wie früher, als sie schwanger war. »Ich kriege nichts runter.«

»Wer weiß, wann wir wieder was zu essen kriegen.«

Ich denke daran, wie gereizt Hanna sein kann, wenn sie nicht genug isst. Aggressiv. Das Gegenteil von dem, was wir heute brauchen.

Was ich heute brauche.

»Halb eins«, bemerkt Chris.

Er sitzt am Küchentisch und liest die Zeitung, die er früher austrug.

Davor.

Danach.

Unser Leben ist jetzt in zwei Teile gebrochen. Dazwischen liegt die Verwerfungslinie der Familie Dunbar.

»Was meinst du?«

»Die Mittagspause ist um halb eins.«

Ich blicke zu meinem Sohn. Mit seinen knapp sechzehn Jahren hat er genauso hellblondes Haar wie als Kind. Wie er so in seinem allerersten Anzug dasitzt, erinnert er mich an mich selbst, als ich nach Abschluss der Schule zu Vorstellungsgesprächen ging.

Wenn ich meinen Anzug anziehe, wird wieder jemand sagen, wie ähnlich wir uns sehen. Wie leicht es wäre, uns aus der Distanz miteinander zu verwechseln.

Von Nahem sind die Unterschiede aber deutlich. Die Narbe auf seiner linken Wange. Unser Gewicht. Chris war schon immer schlank. In den letzten Monaten hat er alles wieder verloren, was er bei seinem Baseballtraining im letzten Sommer zugelegt hatte. Ohne Kleider sieht er aus wie die dürren Männchen in den Comics, die mein Vater aus seiner

36

eigenen Kindheit aufbewahrt hat. Die, die immer Sand ins Gesicht kriegen.

Wer weiß, was geschieht, wenn wir nicht auf ihn Acht geben.

»Dann sollten wir definitiv was essen«, sage ich so beiläufig wie möglich.

Er zuckt die Achseln. Hanna betrachtet ihn mit jener Mischung aus Liebe und Sorge, mit der sie ihn seit zwei Monaten ansieht. Als könnte Chris etwas Unerwartetes tun. Auch sie ist formell gekleidet und hat die hellblonden Haare hinten zusammengefasst. Sie hat das schwarze Etuikleid und den Blazer an, den sie normalerweise bei Gericht trägt. Was wohl angemessen ist, denn genau dort werden wir den Tag verbringen.

»Pass auf, Dad. Sonst brennt er an«, bemerkt Becky und späht um mich herum. Ihr strohfarbenes Haar ist ungekämmt und zerzaust. War das etwa seit Tagen so und wir haben es nicht bemerkt?

Ich drehe mich zur Pfanne zurück und flippe Beckys Giraffe gerade rechtzeitig auf die andere Seite.

Aber sie bricht am Hals in zwei Teile.

Ich versuche, das nicht als böses Omen zu betrachten.

VERTRAUTE NACHBARN SIND
GUTE NACHBARN

Julie

Elf Monate zuvor

Der erste November war ein verregneter Herbsttag. Es war dunkel, als ich aufwachte. Mir kam es so vor, als würden wir die Sonne nie wieder sehen. Das Haus roch feucht, und ich schrieb mir einen Zettel, um nicht zu vergessen, mit Daniel darüber zu reden.

Einen Monat nach unserem Umzug hatte ich mich ganz gut an meine Routine gewöhnt. Routine ist wichtig, wenn man den Hauptteil des Tages allein verbringt.

Jeder Wochentag sah etwa so aus: Joggen mit Sandy um sechs, Frühstück um halb acht, die Zwillinge in ihre Schuluniform zwingen um acht, um halb neun mit Daniel über die Aufgaben verhandeln, die ich an die Tafel der Speisekammertür geschrieben hatte. Viertel nach neun hatte ich geduscht und an meinem Schreibtisch Platz genommen, den ich vor den Panoramafenstern im Flur des zweiten Stocks aufgebaut hatte. Das war mein Refugium zum Schreiben.

Dann checkte ich den kleinen Kalender, den ich angelegt hatte und der mir einerseits zeigte, wie viele Wörter, gemessen am Endziel hunderttausend, ich an diesem Tag schreiben musste und wie viele ich bereits geschrieben hatte. Letztere Zahl stieg nicht so schnell, wie sie sollte. Ich hatte noch elf Monate bis zur Deadline und nur siebentausendfünfhundert Wörter geschafft, achthundertdreiunddreißig weniger als für Oktober angestrebt. Ich musste schneller machen und zählte darauf, dass meine Routine mir dabei half.

Aus Gründen, die mir selbst nicht klar waren, gehörte es zu meiner Routine, nach jenem ersten Gespräch nie mehr mit unserem Nachbarn von gegenüber zu reden, ganz gleich, wie oft sich unsere Wege kreuzten, und sie kreuzten sich oft. Vielleicht lag es an Daniels Bemerkung übers Flirten. Wenn wir uns bei unseren täglichen Joggingrunden über den Weg liefen, nickte ich ihm höchstens zu. Auch er machte keinerlei Anstalten, eine Unterhaltung anzufangen.

Nach ein paar Wochen bekam ich den Eindruck, er ginge mir aus dem Weg. Wenn ich um den Park herumlief, kam er mir entgegen. Zwar machten wir uns ein Zeichen wie alle Jogger, aber keiner von uns wechselte die Richtung. Ich hätte den ersten Schritt machen können, tat es aber nicht.

Früher war ich nie allein gejoggt. In Tacoma lief ich mit meiner Freundin Leah. Wir hatten dasselbe Schritttempo und dasselbe Ziel, die zwanzig Pfund zu verlieren, die wir nach der Schwangerschaft nie losgeworden waren. Dabei plauderten wir über die Kinder und Bekannte. In der Krise nach dem Erscheinen *des Buchs* hörte sie mir mit Engelsgeduld zu, während ich ihr mein Herz ausschüttete.

Es war für mich ganz neu, mit meinen Gedanken allein zu sein, aber eigentlich nicht unangenehm. Nach ein, zwei Meilen hörte ich nur noch das rhythmische Tappen meiner Füße, das normalerweise alles andere in meinem Kopf übertönte. Was im Großen und Ganzen gut war.

Als es an diesem Tag auf elf Uhr zuging, hatte ich siebenhundertneunundachtzig Wörter geschrieben, worüber ich froh war, obwohl mir mittlerweile die Finger wehtaten.

Wir hatten uns noch nicht entschieden, was wir mit der Heizung machen sollten. Unser Haus war über hundert Jahre alt, und die ursprünglichen Erbauer mussten, je nach Jahreszeit, entweder ständig gefroren oder geschwitzt haben. Die Vorbesitzer hatten bei der Renovierung kostbare Fliesen am Kamin freigelegt, aber die alten, schmiedeeisernen Heizkörper behalten. Von ihrem Knacken und Quietschen schrak ich oft zusammen.

Ich hatte gehört, Heizkörper müssten ausbluten, um anständig zu funktionieren, aber das klang so grausam, dass ich der Sache nicht weiter nachgegangen war. Stattdessen saß ich mit einer Decke über den Beinen vor meinem großen, silbergerahmten Bildschirm und rieb mir fröstelnd die Hände.

Ich warf einen Blick auf die Uhr, die ich in der rechten Ecke des Monitors platziert hatte. Noch fünf Minuten, dann würde die von mir eingerichtete Internetsperre aufgehoben, und ich konnte eine Viertelstunde surfen.

Nur fünfzehn Minuten.

So viel hatte ich mir alle zwei Stunden zugestanden, entweder für Recherchen oder das schwarze Loch *Facebook*.

Als das Signal ertönte, ging ich genau dorthin und überprüfte zum ersten Mal an diesem Tag meine private und meine Fanseite. Dazu hatte ich mir ein weiteres Limit gesetzt. Ich durfte nur zweimal pro Tag Informationen über mich checken, höchstens.

Wenn man das so liest, wirkt es ziemlich selbstverliebt, aber bei mir war es längst nicht mehr Eitelkeit, sondern

Zwang. Das Internet ist die größte Cocktailparty der Welt. Anonymität ersetzt in der Alchemie der Gerüchteküche den Alkohol, und wer bleibt nicht stehen und lauscht, wenn er den eigenen Namen hört? Nur jemand, der stärker ist als ich.

Rasch postete ich Glückwünsche an die acht *Freunde*, die an diesem Tag Geburtstag hatten. Wieso freuen sich die Leute über die Glückwünsche von Unbekannten? Noch so eine der unbeantworteten Fragen im Leben. Dann sah ich auf meiner Fanseite nach, ob es neue Posts gab.

O mein Gott, ich habe gerade Das Mörderspiel *ausgelesen und fasse es einfach nicht, dass ich das nicht habe kommen sehen. Sie sind meine Lieblingsautorin, für alle Zeiten.*

Das gefiel mir, und ich schrieb einen kurzen Dank, bevor ich mir die Kommentare ansah.

Du bist doch blöd, hatte ein Charmeur geschrieben, *wenn du das nicht gesehen hast. Das Ende war doch klar. Frauen können einfach nicht schraiben.*

Mir dröhnte das Blut in den Ohren, als mein Blick die Seite hinunterglitt.

Hör nicht auf ihn, Julie. Der kann nicht mal richtig schreiben.

Sei doch still, wenn du nichts Positives schreiben kannst.

Was ist dein Problem, Schlampe? Iss mein Recht auf freie Meinungsäußerung, yo.

Julie, der Typ muss gesperrt werden.

Was bist du denn für ein frauenfeindliches Arschloch? Hau ab.

So ging es weiter, neunundsiebzig Kommentare, alle innerhalb von dreiundzwanzig Minuten nach dem ursprünglichen Post verfasst.

Ich spürte einen Knoten im Magen, roch meinen eigenen

Schweiß. Vor einer Weile hatte ich gelesen, das Lesen negativer Kritiken könne als eine Form des Ritzens betrachtet werden. Zwar hatte ich nie verstanden, was Menschen dazu brachte, sich buchstäblich ins eigene Fleisch zu schneiden, aber die Analogie traf bei mir einen Nerv. In den letzten Jahren hatte ich gegen so etwas gezwungenermaßen Schutzmaßnahmen entwickelt, aber wenn es hart auf hart kam, fühlte ich mich dennoch wund und verletzt.

Ich konnte nicht nachvollziehen, warum *Das Buch* solche negativen Kommentare provozierte. Es gab auch positive, aber das begriff ich genauso wenig. Ich war nicht die Einzige, der es so erging, aber es fühlte sich trotzdem so an, als sei es persönlich gemeint.

Dennoch las ich alle Kommentare, jeden einzelnen.

Gerade wollte ich ein Video über niedliche Welpen aufrufen, um den vagen Schmerz in meinem Herzen zu vertreiben, da sprang mir ein Name ins Auge.

Heather Stanhope war wieder da. Vier Minuten zuvor hatte sie etwas geschrieben.

Julie Apple hat dabei geholfen, meine beste Freundin zu ermorden. Nur zum Spaß. Komisch, oder?

Meine Hand flog zur Maus, um den Post zu löschen, doch bevor ich das konnte, fuhr der Browser herunter.

Als ich das Icon anklickte, um ihn wieder zu starten, blitzte in Neonrot ein Hinweis über meinen Bildschirm.

IHR BROWSER WURDE WEGEN IHRER
VORKEHRUNGEN BEI MYSANITY GESCHLOSSEN.
ZUGANG IST IN ZWEI STUNDEN WIEDER MÖGLICH.
DANKE, DASS SIE UNSERE DIENSTE NUTZEN.

Frustriert knallte ich meine eiskalte Hand auf den Schreibtisch und schnitt mich an der Kante.

Ritzen, in der Tat.

»Wie ist es möglich, dass sie einen Kommentar auf meiner Seite abgibt?«, fragte ich meinen Anwalt Lee Williams, während ich mit dem Handy am Ohr durch das Wohnzimmer tigerte. Bei einem Stundensatz von sechshundertfünfzig Dollar war er angeblich der beste Anwalt in Sachen *Doxing*, einer neuen und immer häufiger vorkommenden Straftat, bei der Menschen im Internet persönliche Informationen über andere verbreiteten. Den Begriff *Doxing* war nur einer von vielen, die ich lernen musste. Darunter *Catfishing*, was bedeutet sich als ein anderer ausgeben, um jemanden in eine Beziehung zu locken. *Doxbin* dagegen ist eine Internetseite, auf der man persönliche Informationen über bestimmte Leute teilte, eine Art Wikileaks für miese Exfreunde. Dazu kamen mehr juristische Begriffe, als ich je in meinen Romanen benutzen konnte.

»Das hatten wir doch schon, Julie.« Für jemanden, der so groß und breit war wie er, hatte Lee eine erstaunlich hohe Stimme. Als ich mich das erste Mal mit ihm traf, musste ich mir alle Mühe geben, nicht loszukichern. Das lag jedoch vielleicht auch an dem Wodka, den ich mir damals regelmäßig beim Frühstück in meinen Orangensaft mixte. »Wenn sie neue E-Mail-Adressen und Onlineprofile hat, können wir nicht mehr tun, als sie zu melden, sobald sie etwas schreibt, und sperren zu lassen.«

»Verstößt sie damit nicht gegen ihre Auflagen? Kann man sie nicht ins Gefängnis stecken oder zumindest ihren Internetzugang sperren wie bei den Pädophilen?«

»So weit ist die Gesetzgebung noch nicht, so leid es mir tut.«

»Warum verklagen wir sie dann nicht?«

»Sie wissen, was ich davon halte.«

Ich hatte ihm genug bezahlt, damit er es mir sagte.

Bei einer Verleumdungsklage ist man nur einen einzigen Tag glücklich und zwar, wenn man die Klage einreicht, spulte er sein Sprüchlein ab. Danach gäbe es jeden Tag neue eidesstattliche Versicherungen, Untersuchungen und Behauptungen, also alles, was ich ursprünglich vermeiden wollte. Außerdem zusätzliche Publicity, die ich satthatte, wie ich bereits tausendmal erklärt hatte.

Außerdem: Wer sich verteidigt, klagt sich an.

»Sie müssen einen Weg finden, das zu umgehen«, erklärte er. »Haben Sie darüber nachgedacht, Ihr *Facebook*-Konto zu schließen?«

Ich blickte aus dem Fenster, saugte an dem Schnitt in meiner Hand und spürte den metallischen Geschmack meines Bluts auf der Zunge. So was passierte mir ständig. Ich stieß gegen Möbel, schnitt mich an scharfen Kanten. Daniel nannte mich ein tollpatschiges Trampel. In meinem Fall war diese Redundanz gerechtfertigt.

John stand auf der Leiter und hatte die Hände in der Dachrinne. Da es schüttete, wirkte er vollkommen durchweicht. Über die Dachrinne floss das Wasser die Fassade hinunter. Da war wohl etwas verstopft. Was sollte ihn sonst bei derartigem Wetter vor die Tür locken?

»Dann hat sie gewonnen«, sagte ich.

»In diesem Fall gibt es keine Gewinner oder Verlierer.«

»Sie haben gut reden.«

Daraufhin schnalzte er missbilligend mit der Zunge, wie

stets, wenn ich seine Geduld auf die Probe stellte. Ein Geräusch, durch das ich mich nichtswürdig fühlte, als wäre ich das Opfer einer Massenhysterie.

Gab es wirklich keine andere Möglichkeit für mich? Entweder verließ ich die sozialen Netzwerke oder musste lernen, mit derartiger Häme umzugehen, ohne etwas dagegen unternehmen zu können?

Ich war quer durchs Land umgezogen. Musste ich vollkommen vom Erdboden verschwinden?

»Wie läuft's mit dem Buch?«

»Es würde sehr viel besser laufen, wenn ich mich nicht mit so einem Scheiß beschäftigen müsste.«

»Das kann ich mir vorstellen. Machen wir es dann so?«

»Da gibt's ja nichts zu machen.«

»Nein, ich fürchte, nicht.«

Wir beendeten das Gespräch. Ich sah John zu, der in seiner Dachrinne herumstocherte und schließlich einen großen Klumpen Blätter entfernte. Daraufhin schoss das Wasser durch das Fallrohr. John jubelte so laut, dass ich es durch den Regen hören konnte.

Hätte doch nur mein Leben auch so schnell in Ordnung gebracht werden können.

»Wieso gehen wir da hin?«, fragte Daniel, als wir am Ende des Tages die Straße hinuntereilten, während die Zwillinge vorausliefen.

Es hatte endlich aufgehört zu regnen. Dennoch strömte ein Bächlein Regenwasser über den Asphalt. Wir befanden uns auf dem Weg zur monatlichen Blockparty bei den Suttons. Im Willkommensbrief hatte gestanden, dass einmal im Monat eines der vierzig Häuser unserer zwei Blöcke langen

Straße alle Nachbarn zu einem *geselligen Freitagabend* beherbergte. *Vertraute Nachbarn sind gute Nachbarn,* stand als Motto unten auf allen vierzehn Seiten mit *Nützlichen Telefonnummern* und *Kaum bekannten Fakten.*

Ich hatte Cindy ein paar Tage nach unserem Einzug kennengelernt. Sie unterbrach mich, als ich gerade eine spannende, für *Buch Zwei* wesentliche Szene umschrieb, und zwar, um mir einen großen Präsentkorb zu überreichen, einschließlich *gesunder Snacks für Ihre Kinder, weil Sie sicher keine Zeit hatten, die Bioabteilung im Supermarkt zu suchen.*

Halb betäubt hatte ich ohne einen Kommentar den Präsentkorb entgegengenommen und war sie erst losgeworden, als ich murmelte, ich müsste meine Kinder von der Schule abholen. Wie dreist ihre Bemerkung war, entdeckte ich ein paar Tage später, als ich es endlich in den Supermarkt schaffte. Nur jemand, der sich absichtlich darum bemühte, konnte die Bioabteilung verfehlen. Später, als ich die orangeroten Finger der Zwillinge abschrubbte, überkamen mich Schuldgefühle. Sie hatten eine ganze Tüte Käseflips verspeist. Dann sagte ich mir, dass in Maßen alles erlaubt war, und zwang sie beim Abendessen, eine Extraportion Gemüse zu essen.

»Um unsere neuen Nachbarn kennenzulernen?«, sagte ich zu Daniel. Wir gingen auf meinen Vorschlag hin, obwohl so etwas normalerweise nicht mein Ding war. Aber ich brauchte neue Freunde. Das war mir an jenem Nachmittag klar geworden, nach dem fruchtlosen Telefonat mit Lee. Ich brauchte jemanden, bei dem ich Dampf ablassen konnte, wenn die Heather Stanhopes dieser Welt mir zusetzten, ohne dass es mich sechshundertfünfzig Dollar die Stunde kostete.

»Hast du ihnen gesagt, sie sollen sich verkleiden?«, fragte Daniel und wies nickend zu den Zwillingen, die zur Party unbedingt Halloween-Kostüme anziehen wollten. Sam stellte Jake aus *Jake und die Nimmerland-Piraten* dar, und Melly war Merida aus *Legende der Highlands* und wirkte mit ihrer flammend roten Lockenperücke ein paar Zentimeter größer. Die Verkleidung trugen sie seit gestern Nachmittag, als sie, wie im Willkommensschreiben empfohlen, im Hellen von Tür zu Tür gegangen waren.

Kluge Nachbarn sind vorsichtige Nachbarn.

»Du weißt doch, dass sie die Kostüme bis Weihnachten tragen werden«, sagte ich.

Wir waren legerer gekleidet als die Zwillinge. Ich trug eine dunkle enge Jeans und einen grauen Kaschmirpullover, den ich mir gegönnt hatte, als *Das Buch* auf Platz eins kam. Daniel hatte Jeans und einen Pullover an, der seine Augen seltsamerweise blau wirken ließ.

»Wahrscheinlich.«

»Es war nie unsere Stärke, sich gut einzufügen.«

»Allerdings.«

»Bin ich eigentlich der einzige Mensch auf der Welt, der Halloween hasst?«

»Gut möglich.«

Ich schlug Daniel leicht auf den Arm. »Wieso hast du mich dann geheiratet?«

»Weil du unheimlich sexy warst. Mit deinem schiefen Pferdeschwanz und der Bibliothekarinnen-Brille ...«

Wir hatten uns kurz vor den Abschlussprüfungen meines Jurastudiums kennengelernt, als er sich zum Lernen in die Fachbibliothek geschlichen hatte. Und er hatte nicht die sexy Jogginghose erwähnt, die ich damals seit drei Tagen trug.

»Wo ist die Brille übrigens abgeblieben?«, erkundigte sich Daniel.

»Vor zwei Umzügen verschütt gegangen.«

»Sehr schade.«

Er neigte sich zu mir, um mir einen Kuss zu geben, und sein Bart kitzelte auf meiner Haut.

»Mommy, Mommy, los, los!« Melly blieb vor uns stehen, bevor unsere Lippen sich trafen, und zerrte an meiner Hand. Sam zwängte sich zwischen sie und Daniel.

Daniel und ich lächelten uns über ihre kostümierten Köpfe hinweg an.

Gleichzeitig fragten wir: »Einmal herumwirbeln, Kinder?«

»Ja!«

Wir streckten die Hände aus, und sie bauten sich jubelnd vor uns auf.

»Vielen Dank«, sagte Cindy mit leicht besorgter Miene, als sie die Flasche Bordeaux von Daniel in Empfang nahm. Ihr Haus war eines der beiden, die mit ihrer Fassade aus verwitterten Zedernschindeln an Cape Cod erinnerten.

Cindy war recht hübsch, wie eine ehemalige Cheerleaderin, und wog zehn Pfund mehr, als ihr lieb war. Pfunde, die nur eine Frau bemerkte. Sie senkte die Stimme. »Sie wissen schon, dass dies eine alkoholfreie Party ist, oder?«

»Selbstverständlich«, sagte Daniel mit seinem in Vorstandsetagen erprobten Charme. »Das ist für nachher gedacht.«

Er lächelte strahlend und stieß sie ganz leicht an, was normalerweise fast jede Frau zwischen achtzehn und achtzig in Erregung versetzte.

Cindy war da keine Ausnahme.

»Dann bring ich das nur rasch in die Küche«, sagte sie mit geröteten Wangen. »Damit keiner auf falsche Gedanken kommt.«

»Wie sollten die denn aussehen?«, murmelte Daniel, nachdem sie verschwunden war und die Zwillinge in Richtung Kindergebrüll aus dem Souterrain flitzten. »Ich dachte, der Witz bei einer Blockparty besteht gerade darin, dass man nach Hause laufen kann, wenn man einen in der Krone hat?«

»Offenbar nicht.«

»Stand die Sache mit dem Alkoholverbot auch in diesem Willkommensding?«

»Kann sein.«

»Dann gehen wir nie wieder zu einer dieser Partys.«

»Ach, komm schon, Schatz.«

»Okay, dann bringe ich das nächste Mal einen Flachmann mit.«

»Gute Idee.«

Ich überflog das Zimmer auf der Suche nach einem bekannten Gesicht und verspürte dieselbe Unsicherheit wie jedes Mal in einem Raum voller Fremder.

Daniel war der geborene Verkäufer. Ob mit Alkohol oder ohne, er würde drei neue Freunde gefunden haben, bevor die Klarsichtfolie von der Rohkostplatte entfernt war.

Aber ich? Bis mich die Kinder ans Haus fesselten, war ich eine gescheiterte Anwältin gewesen, die nichts hatte, womit sie ihre fehlgeschlagenen Karrierepläne ersetzen konnte. Ich hatte einen Job nach dem anderen, hielt aber nie länger als sechs Monate durch. Als ich schwanger wurde, arbeitete ich gerade für eine Zeitarbeitsfirma und empfand meine ganze Lebensgestaltung als vorläufig.

»Julie?«

Ich blinzelte kurz und hoffte nur, nicht laut gedacht zu haben. Das passierte mir manchmal beim Ausmalen einer Szene. Wenn man den ganzen Tag nur im eigenen Kopf lebt, dann fällt es zuweilen schwer, zwischen Einbildung und Realität zu unterscheiden.

»Ach, hi, John«, sagte ich. Er trug ein dunkelblaues Sweatshirt mit V-Ausschnitt und eine bequeme Cordhose. Ohne seine Joggingklamotten sah er ganz anders aus. Eher älter, aber nicht schlechter. Distinguiert. Er hatte Lachfältchen neben den Augen und einen Bartschatten.

Ich spürte ein Kribbeln im Nacken. Kein Wunder, dass ich dauernd in die entgegengesetzte Richtung lief.

»Sie sehen aus, als könnten Sie das brauchen«, sagte er und reichte mir einen blauen Plastikbecher mit rosa Punsch.

»Danke, hier drinnen ist ziemlich trockene Luft.«

»Dann könnte das dagegen helfen.«

Ich nippte daran und verschluckte mich beinahe. Der Punsch war mit Schuss, und zwar einem ziemlich großen.

»Schmecke ich da Rum heraus?«, erkundigte ich mich.

»Wodka mit Geschmack.«

»Ah.«

»Ich hätte Sie zuerst fragen sollen. Sie trinken Alkohol, oder?«

Ich fragte mich kurz, ob er mich gegoogelt hatte. Mein angeblicher Aufenthalt in einer Entzugsklinik war eines der vielen Gerüchte, die über mich verbreitet wurden. Auch noch, als der tägliche Wodka in meinem Orangensaft kein Thema oder Problem mehr war. Obwohl ich auf mich aufpassen musste, konnte ich auf Partys ohne Weiteres einen oder zwei Drinks vertragen.

»Gott, ja«, sagte ich zu John. »Tut mir leid, ich bin heute etwas weggetreten. War ein komischer Tag.«

»Da ist Cindy mit ihrer Prohibition sicher nicht hilfreich.«

»Wie kam es überhaupt dazu?«

»Vielleicht weil jemand, dessen Namen ich nicht nennen werde, vor ein paar Jahren bei einer etwas zu ausgelassenen Party in einem Planschbecken landete.«

»Ach, na dann.«

Ich entdeckte Daniel auf der anderen Seite des Zimmers und winkte ihn zu uns. Als ich ihm John vorstellte, warf er mir nur einen amüsierten Blick zu. Er ist kein bisschen eifersüchtig, was meist sehr angenehm ist. Manchmal fühle ich mich dadurch allerdings provoziert.

»Nimm das«, sagte ich zu Daniel und gab ihm meinen Becher. »John ist ein Mann nach deinem Geschmack.«

Daniel trank einen großen Schluck.

»Ah, guter Mann.« Er trank noch einen Schluck. »Sehr guter Mann.«

»Offenbar ist John der Auslöser für das Alkoholverbot auf diesen Partys.«

»Was, ich?«

»Aber hallo«, sagte eine Frau, die sich zu uns gesellte. Sie wirkte entweder wie eine gut erhaltene Mittvierzigerin oder eine schlecht erhaltene Mittdreißigerin. Also hätte sie vierzig sein müssen, aber das bezweifelte ich. »Ich bin Hanna. Die Frau dieses Missetäters.«

Sie hatte genau wie ihr Sohn Chris weißblonde Haare und hellblaue Augen, dazu das athletische Aussehen, das ich niemals erreichen werde, auch wenn ich jede Woche einen Marathon liefe. Ein Anflug von Neid kam in mir auf, den ich verdrängte.

Wir wechselten ein paar Höflichkeitsfloskeln, während Daniel aus meinem Becher trank.

»Hey«, sagte ich, als er ihn mir leer zurückgab. »Das war meiner.«

»Ups«, lachte Hanna. »Keine Angst. John kann Nachschub besorgen.«

Daraufhin warf John einen verstohlenen Blick über seine Schulter und schickte sich an, einen Flachmann aus seiner Brusttasche zu ziehen. Doch da drang ein Schrei aus dem Keller, der einem das Blut in den Adern gefrieren ließ.

»Melly«, sagten Daniel und ich wie aus einem Munde und stürzten los.

GUTE NACHBARN SIND
VORSICHTIGE NACHBARN

John

Elf Monate zuvor

Bis zum Schrei war die Novemberparty die übliche öde Angelegenheit.

Anfangs fanden die Partys nur im Sommer statt. Schwüle Nächte mit Bier und Barbecue. Die Luft geschwängert vom Duft nach Rauch und Fleisch. Die Männer standen im Garten zusammen und schlugen nach den Mücken, die sich auf ihren Nacken setzten. Die Frauen scheuchten die Kinder ins Haus, um Mückenschutz auf die dicke Schicht Sonnencreme zu schmieren, mit der sie bereits geschützt waren. Steaks verbrannten. Gemüsespieße verkohlten. Das Eis in der Kühlbox schmolz die Etiketten von den Bierflaschen, die wir in Großpackungen hergeschleppt hatten.

Ich weiß nicht mehr, ab wann es jeden Monat eine Party gab. Hanna könnte mir das bestimmt sagen. Aber ich weiß, wann sie tödlich wurden. Sterbenslangweilig sozusagen.

Vor zwei Jahren im Sommer. Brad Thurgood und ich hatten ein bisschen zu viel getrunken. Es war unmenschlich heiß. In der Arbeit herrschte nur Stress. Ich wusste nicht, dass Brad seiner Frau Susan versprochen hatte, mit dem Trinken aufzuhören. Weil sie ihn sonst verlassen würde. Zugegeben, bei gesellschaftlichen Anlässen tankte Brad ziemlich viel, blieb aber dabei angenehm. Wie ich später erfuhr, war das nur Fassade. Hinter verschlossenen Türen wurde er ziemlich bösartig.

Wir alle tragen Masken. Schwer ist es nur, sie nicht verrutschen zu lassen.

Nach dem Essen und dem Nachtisch zogen Brad und ich uns mit sechs Flaschen Bier und zwei Liegestühlen ans Planschbecken der Kinder zurück. Eine Stunde zuvor war Susan bleich vor Zorn aus dem Haus gestürzt. Brad hatte nur die Achseln gezuckt und eine neue Flasche aufgemacht. Einen schlüpfrigen Witz erzählt. Ich gebe zu, dass ich trotz des Ehedramas den Abend genoss. Hanna war ebenfalls mit den Kindern gegangen, weil sie nach einem langen Tag vor Gericht müde war. Doch sie hatte versichert, ich könnte ruhig bleiben. Nachdem ich jedoch über eine lose Bodenplatte gestolpert und ins Planschbecken gefallen war, musste selbst ich einsehen, dass es Zeit war heimzugehen.

Als ich mit meinen tropfnassen Sachen am Haus von Susan und Brad vorbeikam, stapelte sie gerade die Schubladen seiner Kommoden auf dem Bürgersteig. Es sah nicht gut aus für Brad. Ich wollte ihn nach Hause begleiten, aber er hatte abgewinkt. Angesichts von Susans spürbarem Zorn war ich froh, dass ich nicht in die Sache hineingezogen wurde.

Der Kater am nächsten Tag war ziemlich schlimm. Ich schwor mir gerade, es beim nächsten Mal langsamer angehen zu lassen, da sprang Hanna aufs Fußende des Bettes und verkündete, es gebe bereits eine Rundmail bezüglich neuer Regeln für unsere Blockpartys.

»Unsere Blockpartys haben Regeln?«, fragte ich und wünschte nur, sie würde unsere Matratze nicht als Hüpfburg missbrauchen.

»Keine große Überraschung, oder? Du kennst doch Cindy.«

»Wieso geben wir uns überhaupt mit ihr ab?«

»Ach, komm schon. Sie meint es nur gut. Außerdem tut sie viel für unser Viertel. Das musst du zugeben.«

»Kann schon sein.« Ich drehte mich auf den Bauch, weil ich mir vorkam wie auf hoher See. »Wieso können sie dann nicht einfach mich oder uns von diesen Partys verbannen?«

»So leicht kommst du nicht davon.«

»Dann muss ich mir beim nächsten Mal wohl mehr Mühe geben.«

»Das hoffe ich nicht. Ich habe gehört, Brad hat den Bogen endgültig überspannt.«

Ich erzählte ihr von Susan und den Schubladen.

»So werden wir niemals enden, oder?«, fragte sie mit gerunzelter Stirn. Sie trug ihre Yogaklamotten, die bei jeder anderen asexuell gewirkt hätten, nicht aber bei Hanna. Sie nahm ihre Fitness genauso ernst wie alles andere. Die Resultate konnte ich nur bewundern.

»Auf gar keinen Fall«, sagte ich. »Wieso gesellst du dich nicht zu mir?«

»Wozu denn? Um dich für deine Ausschweifungen zu bestrafen?«

»Du könntest mich ein bisschen foltern.«

Darauf lachte sie nur, aber ich kannte dieses Lachen. Es hieß *Ja*.

»Ich muss Becky in vierzig Minuten zum Fußball bringen.«

»Dann schließ ganz schnell die Tür ab.«

Als ich jetzt, zwei Jahre später, in Cindys Wohnzimmer stand, musste ich in Erinnerung an diesen Morgen mit Hanna lächeln. Das Lächeln verging mir jedoch, weil ich daran dachte, worüber ich nach der Party mit Hanna reden musste. Weil ich ihr sagen musste, dass ich nach knapp elf Jahren in der IT-Abteilung meines Arbeitgebers gefeuert worden war.

Es sei nichts Persönliches, hatte man mir am Vortag versichert. Nur weitere Personalkürzungen. Diesmal sechshundert Jobs. Ein Computer hatte nach Eingabe von Alter, Dienstjahren und Aufgaben meinen Namen ausgespuckt. Ich war zwar ein guter Angestellter, aber kein herausragender.

In gewisser Hinsicht überraschte mich das nicht. Dennoch tat es verflucht weh.

Eigentlich hätte ich es Hanna sofort erzählen müssen, brachte es aber nicht über mich. Ich musste es selbst erst verdauen. Dann hatte ich es ihr sagen wollen, als sie von der Arbeit nach Hause kam.

Doch sie hatte einen guten Tag vor Gericht gehabt und war so aufgedreht wie immer, wenn sie einen Zeugen in seine Schranken verwiesen hatte. Sie wuselte herum, plapperte in einer Tour und versuchte, ihre überschüssige Energie loszuwerden. Sammelte Gläser ein, die sich im ganzen Haus zu vermehren schienen. Räumte sie in die Spülmaschine. Als sie mir einen Kuss gab, ließ sie ihre Zunge ganz kurz zwischen meine Lippen schnellen. Verzog das Gesicht, als sie mich an die Blockparty erinnerte. Ich meinte, die könnte man ja schwänzen. Hanna winkte ab.

Daraufhin machte ich mich auf die Suche nach meinem Flachmann.

Der war ein Relikt aus alten Zeiten, als ich ständig zu Junggesellenabschieden gehen musste. Eine Kündigung mit fünfundvierzig schien mir ein ziemlich guter Grund zu sein, ihn wieder in Gebrauch zu nehmen.

Hanna lachte, als sie sah, wie ich ihn auffüllte. Ihr ganz besonderes Lachen. *Ja.*

Auf dem kurzen Weg hierher hatten wir bereits daran genippt. Becky verbrachte die Nacht bei einer Freundin. Das war ihre erste Übernachtung außer Haus, seit sie sich einen Monat zuvor das Bein gebrochen hatte. In ein paar Wochen sollte der Gips entfernt werden. Mittlerweile war so viel draufgekritzelt worden, dass er mich an einen tätowierten Unterarm erinnerte. Wir mussten eine Möglichkeit finden, ihn für Becky zu konservieren.

Chris war vorausgelaufen, was ganz untypisch für ihn war, und blitzartig im Keller verschwunden. Als Cindy uns den Rücken kehrte, hatte ich unserem Punsch einen ordentlichen Schuss aus dem Flachmann verpasst. Ich freute mich, einen Vorwand für ein Gespräch mit Julie zu haben, den niemand fragwürdig finden konnte. Hier gibt's nichts zu sehen, Leute. Nur zwei Nachbarn, die sich miteinander vertraut machen.

War das nicht der ganze Sinn und Zweck dieser Partys?

Daniel kam mir vor wie ein anständiger Kerl. Ein Mann nach meinem Geschmack, wie Julie meinte. Ich sagte mir, dass er die Person war, die ich näher kennenlernen sollte.

Morgen vielleicht, wenn ich Hanna gebeichtet hatte, würde ich bei ihm klingeln und fragen, ob er zum Spielen rauskäme.

Also war es alles in allem ein ganz normaler Abend.

Dennoch war die Party, ob mit oder ohne Alkohol, ziemlich öde, bis das Geschrei losging.

Hanna und ich folgten Julie und Daniel die Treppe ins Souterrain hinunter. Die Kinder wurden dort angeblich von Cindys und Pauls ältester Tochter Ashley beaufsichtigt. Ich hoffte nur, beim Babysitten passte sie besser auf als auf dem Fußballfeld.

Unten erwartete uns eine Art Standbild. Überall verstreut Spielzeug, die Kissen vom Sofa zu einer Art Burg aufgebaut. Es war stickig und roch nach Popcorn. Ashley stand sichtlich gebeutelt neben Julie. Sie sahen sich überraschend ähnlich. Beide zierlich und kurvig mit langen, braunen Haaren, die ihnen über die Schultern fielen.

Julie drückte ihre heulende Tochter an die Brust. Das kleine Mädchen umklammerte mit seinen pummligen Händchen die knallrote Halloween-Perücke.

Ihr Zwillingsbruder stand mit erhobenen Fäusten da, umringt von ein paar anderen Jungen. Auf dem Boden lag ein Mädchen und weinte.

»Was ist los?«, fragte Cindy atemlos, nachdem sie mit einem *Fump* von der Treppe neben mir gelandet war.

Julies Sohn schlug nach einem der Jungen und streifte ihn leicht.

»Du, hör sofort damit auf«, befahl Cindy.

»Sam«, sagte Julie.

Cindy legte Sam die Hand auf die Schulter. Er wirbelte herum und sah so aus, als wollte er es auch mit ihr aufnehmen.

»Sam«, mahnte Daniel. »Hände runter.«

Sam ließ die Fäuste sinken, während sich zwei knallrote Flecken auf seinen Wangen bildeten. Daniel hob ihn auf seinen Arm. Als er sich neben Julie stellte, umschlang sein Sohn seinen Hals. Sie hielten je ein Kind auf der Hüfte, wie zwei Klammern in einem Satz.

»Die haben Melly wehgetan«, sagte Sam und fing an, schluchzend mit den Fäusten gegen Daniels Brust zu trommeln. »Sie hat nichts gemacht.«

Die anderen Kinder reagierten wie ein zorniger Mob.

»Stimmt nicht.«

»Hat sie wohl.«

»Sie war schuld.«

Die Kinder überschrien einander. Während das Gebrüll immer lauter wurde, spürte ich einen drückenden Schmerz hinter meinen Augen. Der Flachmann in meiner Brusttasche wog schwer.

In den nächsten Minuten versuchte Cindy, den Dingen auf den Grund zu gehen, doch das war praktisch unmöglich. Jedenfalls schien eindeutig, dass Melly etwas damit zu tun hatte. Ein Kind nach dem anderen drehte sich zu ihr um und zeigte mit dem Finger auf sie, als würden sie eine Angeklagte auf ihrer Bank identifizieren.

Nachdem das dritte Mädchen das getan hatte, sagte Julie: »Daniel«, und zwar laut genug, dass es über den Lärm hinweg zu hören war.

Offenbar lag etwas in ihrer Stimme, denn sie drehten sich gleichzeitig zur Treppe um.

»Sie können nicht einfach so gehen«, protestierte Cindy. »Nicht, bis wir wissen, was passiert ist.«

Am Fuß der Treppe drehte sich Julie zu ihr um. »Meine Tochter ist aufgebracht, und ich bringe sie nach Hause. Wenn Sie bei einem Haufen unzuverlässiger Zeugen Detektiv spielen wollen, dann nur zu.«

»Sie ist ziemlich bemerkenswert, findest du nicht auch?«, fragte Hanna später auf dem Heimweg. Wieder einmal ging

Chris voraus. Er schlurfte mit den Händen in den Taschen die Straße hinunter. Wie sich herausgestellt hatte, war er unten bei Ashley gewesen. Sie hatten gemeinsam auf der Couch gelegen, ferngesehen und die Kinder nur halbherzig im Blick behalten. Mir war völlig neu, dass sie was miteinander hatten, aber Hanna wirkte nicht überrascht.

»Wer, Ashley?«

»Nein, Julie.«

Ich blickte hinauf zum Mond. Er war groß und voll und beleuchtete unsere Straße wie eine riesige Taschenlampe. Ich fand Julie auch ziemlich bemerkenswert. Aber ich war hundertprozentig sicher, dass Hanna nichts von meiner morgendlichen Wache am Fenster wissen wollte.

Dass ich mit dem Kaffee in der Hand darauf wartete, dass sie das Haus verließ. Oder dass ich meine Joggingrunden so gelegt hatte, dass ich einen Blick auf sie werfen konnte. Seit einem Monat fragte ich mich nach dem Grund, wartete die Antwort aber nicht ab. Etwas an dieser ganzen Situation hatte mich in seiner Macht. Julie war ein Teil davon, aber es steckte mehr dahinter. Dennoch genoss ich das Ganze zu sehr, um es zu ergründen oder einfach zu lassen.

»Wie kommst du darauf?«, fragte ich.

Chris erreichte unsere Haustür. Er stand da und suchte nach seinem Schlüssel, den er mit Sicherheit vergessen hatte.

»Weil sie so heftig war, schätze ich.«

»Hast du die Sache mit den Erdnussbutterkeksen vergessen?«

»Willst du etwa behaupten, ich wäre auch so heftig?«

»Das würde ich niemals wagen.«

»Aha! Ganz im Ernst. Wer bäckt heute noch Erdnussbutterkekse?«

Als Chris zehn Jahre alt war, brachte jemand zum Schulbasar Erdnussbutterkekse mit, ohne den Inhalt zu deklarieren. Daraufhin landeten zwei Kinder mit anaphylaktischem Schock im Krankenhaus. Chris war eines der beiden. Wir wussten, dass er Allergiker war, aber uns war gesagt worden, es wäre nicht so schlimm. Dennoch hatte Hanna darauf bestanden, überall eine Adrenalinspritze dabeizuhaben. Wofür ich unendlich dankbar war, als ich sie Chris in den Oberschenkel rammte, während ich ihn beschwor zu atmen, atmen, atmen!

Sobald wir wussten, dass Chris über den Berg war, wurde Hanna fuchsteufelswild. Sie und Cindy initiierten sogar eine Untersuchung, um den Schuldigen zu finden. Vergeblich. Sie beruhigte sich erst, nachdem sie eine detaillierte Anklageschrift verfasst hatte, bei der das Feld des Angeklagten frei blieb. Die wurde an die Pinnwand in unserer Küche geheftet, bis die Ecken sich einrollten. Soweit ich wusste, lag sie inzwischen in einer Schublade von Hannas Schreibtisch, um sofort präsentiert werden zu können, falls der Schuldige gefunden wurde.

Wir blieben vor unserem Haus stehen.

»Ich sage nur, dass ihr Beschützerinstinkt natürlich anspringt, wenn jemand ihr Kind angreift.«

»Melly hat angefangen«, bemerkte Chris.

»Woher willst du das wissen?«, fragte Hanna ihn amüsiert. »Ich dachte, ihr hättet aneinander rumgenuckelt und nichts mitgekriegt?«

»Mom, würg! Rumgenuckelt? Was soll das überhaupt heißen?«

»Nennt man das heutzutage nicht mehr so?«, gab sie zurück. »Ach nein, abhängen, nicht? Oder daten?«

»Ist doch egal. Aber das kleine Mädchen ist böse.«

»Christopher.«

»Stimmt aber, Mom. Sie hat die anderen Kinder ständig angestachelt, Mist zu bauen. Ashley hatte ihr mehrere Auszeiten verordnet.«

»Und was ist dann passiert?«

»Eigentlich haben alle nur Blödsinn gemacht, Kissen in der Gegend rumgeschmissen und so. Aber Melly hat die anderen Mädchen ständig zum Weinen gebracht. Also hat Ashley ihr eine Auszeit verordnet, dann durfte sie wieder spielen und entschuldigte sich auch schön. Alle spielten wieder miteinander, du weißt ja, wie Kinder das eben machen. Bis das andere Mädchen anfing zu brüllen, Mellys Bruder auf einmal am Start war und die Großen alle die Treppe herunterkamen.«

»Erinnere mich daran, dass ich dich nie als Babysitter einstelle«, sagte ich, schob den Schlüssel ins Schloss und öffnete die Haustür. Chris schoss ins Haus und zog prompt sein Handy aus der Hosentasche.

Ich war gegen das Handy gewesen. Aber er hatte sein Zeitungsgeld dafür gespart. Hanna war es lieber, ihn anrufen zu können, wenn sie sich Sorgen machte. Also hatte ich nachgegeben. Man bleibt nicht zwanzig Jahre verheiratet, wenn man nicht weiß, wann man nachgeben muss.

Ich drehte mich um, weil ich die Haustür schließen wollte. Hanna stand noch draußen.

»Han? Kommst du? Es ist kalt.«

Sie blickte quer über die Straße zu Julies Haus.

»Was ist das eigentlich für ein Mensch, der so was schreibt?«

»Was denn? *Das Mörderspiel?*«

»Ja. Ich hab's gelesen.«

»Wirklich?«

»Ich hatte neulich in der Arbeit nicht viel zu tun. Jedenfalls wirkt die Hauptfigur, diese Meredith, so passiv und dann ... Sie ist genau wie Julie, oder? Zumindest rein äußerlich.«

»Was zum Teufel willst du damit sagen?«

Hanna schauderte. »Ich bin mir nicht sicher. Irgendwas stimmt da nicht.«

Gesendet: 1. November, 23.28 Uhr
Von: Cindy Sutton
An: Mailingliste PSNV, verborgene Empfänger
Betreff: Modifizierung der Blockparty-Regeln

Freunde der Pine Street!
Mit sofortiger Wirkung müssen alle Kinder unter zehn Jahren,
die unsere Blockpartys besuchen, in ständiger Begleitung von
mindestens einem Elternteil oder besser beiden Eltern sein.
Gruppenbabysitten findet nicht mehr statt.

Bis bald!
Cindy Sutton
PSNV-Gründerin und Vorsitzende von 2009 bis heute

HEUTE

John

8.00 Uhr

Die kurze Fahrt zur 9. Straße verläuft ziemlich angespannt.

Hanna, Chris und ich sitzen in meinem Hybridauto, das wir vor ein paar Jahren in einem Anfall von Optimismus kauften, weil wir die Umwelt schonen wollten. Wir bestellten es in einem Petrolblau, das dann ganz anders aussah, als der Prospekt versprach. Als wir den Wagen abholten, sorgte die Farbe für viel Gelächter. Becky bezeichnet ihn als unser *Ozeanauto*.

Kleiner Tipp: Wenn ein Autoverkäufer versucht, einem eine Farbe auszureden, sollte man den Rat annehmen.

Becky wollte heute im Ozeanauto mitfahren. Unser Nein war laut und einstimmig. Stattdessen durfte sie den Tag zu Hause bleiben. Es kam uns zu grausam vor, sie nach all dem zur Schule zu schicken, was wir in den letzten zwei Monaten durchgemacht haben.

Jetzt kriechen wir mitten im Berufsverkehr über kurvenreiche Seitenstraßen. Damit folgen wir einer Route, die ich vor Jahren ausgetüftelt habe, um die schlimmsten Staus zu umgehen.

Ich umklammere das Lenkrad. Der Sitz ist falsch eingestellt, aber ich korrigiere ihn nicht. Als Letzter hat Chris den Wagen gefahren. Nur einmal um den Block, um zu sehen, ob er es schafft. Ein Versuch, den ich gleichzeitig befürwortete und fürchtete. Ich war froh, als wir es hinter uns hatten.

Wenn ich den Sitz neu einstellen würde, sähe das so aus, als hätte er was falsch gemacht. Als wollte ich ihn auf einen Fehler hinweisen.

Von solchen Hinweisen hatte er mehr als genug bekommen.

Der Himmel ist schiefergrau, die Wolken schwer vom Regen, der für später angekündigt ist. Die Atmosphäre wirkt stickig durch die Gedanken, die wir nicht aussprechen. Von tiefen Seufzern. Wie der Mief im Winter, der die Fenster beschlagen lässt. Als hätte der sich auch auf uns gelegt.

Mein Kopf ist eine Gedankenmüllhalde. Da ich die Strecke auswendig kenne, muss ich mich kaum konzentrieren. Ich wollte, es wäre anders. Ich wollte, wir könnten wie früher im Wagen herumalbern. Unser Familienspiel *Willst du* spielen.

Willst du ein LKW-Fahrer sein? Nachdem wir an einen LKW überholt haben.

Willst du ein Bankräuber sein? Nachdem wir eine aktuelle Meldung über einen Bankraub gehört haben.

Willst du ein … Und dann kam das, was uns gerade in den Sinn kam.

Was sollte das eigentlich? Keine dieser Fragen hatte ich je mit einem Ja beantwortet. Nicht eine einzige.

Mit sechsundvierzig weiß ich nicht, was ich eigentlich sein will.

Ich habe nur eine endlose Liste mit den Dingen, die ich nicht sein will.

Gerade, als ich die Stille nicht mehr ertrage, finde ich einen Parkplatz direkt vor dem Gebäude. Ganz kurz überkommt mich der Drang, *Costanza!* zu brüllen. Ein Insiderwitz von Hanna und mir, nach einer Episode aus *Seinfeld,* in der George den perfekten Parkplatz findet. Doch dieser Gedanke ist heute vollkommen unangemessen. Genau wie die tausend anderen.

Das Büro der Staatsanwaltschaft von Cincinnati liegt auf der 9. Straße Ost in einem älteren Gebäude aus grauen Steinen mit Backsteinzierleisten. Sollte es entworfen worden sein, um einschüchternd zu wirken, so hat es bei mir funktioniert. Was Hanna und Chris empfinden, kann ich nur raten.

Nachdem ich den Motor ausgestellt habe, bleiben wir einen Moment im Wagen sitzen. Unsere Anwältin, Alicia Garson, steht ein paar Meter weiter mit einem Trolley voller Aktenkisten auf dem Bürgersteig und fummelt an dem Gummigurt, der die Kisten sichert. Selbst aus der Distanz wirkt sie nervös. Ich zähle die Kisten. Wie ist bei diesem Fall so schnell so viel Papier zusammengekommen? Und wieso hat sie das alles mitgebracht, obwohl sie gar nicht mit uns in den Gerichtssaal darf?

»Ich war noch nie da, weißt du?«, sagt Hanna. Ihr Kinn zittert. Sie hat dunkle Ringe unter den Augen, wie immer, wenn sie schlecht geschlafen hat. Irgendwie fallen sie mir erst jetzt auf.

»In dem Gebäude?«

»All die Jahre hatte ich nie einen Strafrechtsfall. Ich weiß nicht mal, wie man jemanden aus dem Gefängnis holt. Wenn sie sich nicht damit zufriedengegeben hätten, dass wir uns freiwillig gestellt haben, hätte ich nicht gewusst, was ich tun soll.«

Sie fängt an zu weinen.

Ich dachte, die Zeit der Tränen hätten wir hinter uns gelassen. Das jedenfalls hatte sie gesagt, als wir erfuhren, dass der Fall vor Gericht landen würde. Dass es am Ende zu einer Verurteilung kommen könnte.

Wir müssen uns zusammenreißen, hatte sie erklärt. Ernst und entschlossen sein. Als wäre das Warten auf den nächsten Schritt das eigentlich Schlimme gewesen. Nicht der Verlust.

Sie weint, und ich weiß nicht, was ich machen soll. Chris sitzt auf der Rückbank, sein Anzug ist von der kurzen Fahrt verknittert. Unter normalen Umständen würde ich sie in die Arme nehmen, bis ihre Tränen versiegen. Doch mich hindert mein Gurt. Unsere Anwältin blickt bereits erwartungsvoll in unsere Richtung. Am Haupteingang haben sich Journalisten versammelt. Wahrscheinlich wegen uns. Einer von ihnen könnte ein Foto schießen, das auf der Titelseite des *Cincinnati Enquirer* landet.

Familie in der Krise.

Tränen kommen zu spät.

Tränen der Reue?

Julie könnte unsere Krise besser in Schlagzeilen fassen.

Ich löse meinen Gurt und strecke, als er zurückschnellt, die Arme zum Nebensitz aus.

»Das Problem mit einem perfekten Parkplatz ist, dass man dadurch manchmal früher ankommt als gewollt«, sage ich.

Hanna sieht direkt in mein Herz, so wie immer.

»Das ist das Problem?«

»Ja«, sage ich. »Das ist das Problem.«

WEIHNACHTSKUCHEN

Julie

Zehn Monate zuvor

Manchmal ist ein Kuchen nur ein Kuchen.

Das jedenfalls sagte Daniel an jenem verschneiten Abend Anfang Dezember zu mir. Ich hatte mich über den steinharten Weihnachtskuchen beschwert, den ich nachmittags vor der Haustür gefunden hatte, als ich mit Sandy spazieren gehen wollte.

»Wahrscheinlich nur eins von diesen Nachbarschaftsdingern, Jules«, sagte er in der Küche zu mir. Wir kochten gerade ein Curry mit allem aus dem Kühlschrank, das sich dem Ende des Haltbarkeitsdatums näherte. Das machten wir einmal die Woche. So wurde das meiste Gemüse in unserem Haus verzehrt. »Was ist mit diesem Brokkoli? Weißt du, wann du den gekauft hast?«

»Der geht noch«, erwiderte ich. »Wirf ihn rüber. Und ich glaube nicht, dass es ein Nachbarschaftsding ist. Erinnerst du dich an den grässlichen Korb mit Snacks, den Cindy uns brachte? Als ich versuchte, den Kindern einen der Müsliriegel anzudrehen, brach Sam sich fast einen Zahn ab. Außerdem sind wir schon zwei Monate hier. Da ist die Willkommensphase vorbei. Gott sei Dank.«

Daniel warf mir den Brokkoli zu, und ich fing an, ihn zu zerteilen.

Als Nächstes wedelte Daniel mit einer Möhre, um ihre Festigkeit zu testen. Sie floppte schlaff hin und her. Also warf er sie in den Mülleimer. »Bist du sicher? Hast du das Kleingedruckte im Regelbuch geprüft?«

Ich wusste, Daniel zog mich nur auf, aber er hätte eigentlich wissen müssen, wie ich reagiere, wenn etwas Unerwartetes auf unserer Türschwelle liegt.

Heather hinterließ ständig Sachen für mich. Zettel. Fotos. Einmal sogar eine einzelne Socke. Gewaschen zwar, trotzdem, wer tut so was? Und Gebäck. Einmal hatten die Zwillinge fast zwei Cupcakes verschlungen, bevor mir dämmerte, dass nicht Daniel sie mit nach Hause gebracht hatte.

Ich rief sofort den Giftnotruf an, aber die Frau am Telefon beschied mir mit vorwurfsvoller Stimme, dass sie zwei Fünfjährigen nicht den Magen auspumpen könnten, bevor hundertprozentig sicher war, dass sie Gift geschluckt hatten. Sie empfahl mir, sie unter Beobachtung zu halten und bei besorgniserregenden Anzeichen in die Notaufnahme zu bringen.

Mitten in der Nacht musste Sam sich übergeben, und beichtete dann, dass er insgesamt drei Cupcakes gegessen und nur einen für seine Schwester übrig gelassen hatte.

Ich verbrachte eine schlaflose Nacht damit, giftige E-Mails an Heather zu entwerfen, die ich niemals absenden würde, und steigerte mich schließlich in den Entschluss, sie zu verklagen. Aber als Sam am nächsten Morgen aus dem Bett sprang und nach Pfannkuchen verlangte, wusste ich, dass es ihm gut ging.

Außerdem hatte ich keinen stichhaltigen Beweis, dass die Cupcakes von ihr waren. Die Polizei fand auf der Verpackung nur die Fingerabdrücke der Kinder. Seit dem Zwischenfall mit der Socke war sie vorsichtig geworden, denn der hatte ihr ein paar Stunden im Gefängnis und eine Verschärfung ihrer Auflagen eingebracht, weil jemand sie gesehen hatte. Sonst allerdings nichts.

Damals hatte ich das Thema Umzug zum ersten Mal zur Sprache gebracht. Einen Neuanfang nannte ich es und war ganz aufgeregt wegen der Möglichkeit. Ein neues Leben ohne eine Heather.

»Alle Weihnachtskuchen müssen zwischen zehn und vierzehn Uhr hinterlassen werden«, leierte ich herunter. »In durchsichtiges Zellophan eingepackt und deutlich als glutenfrei, nussfrei und laktosefrei gekennzeichnet.«

»Auf gar keinen Fall. Das ist nicht mal ... Ach so. Hahaha.«

»Trotzdem, ich finde es merkwürdig.«

Daniel drückte die Kühlschranktür zu, kam zu mir und schlang die Arme um meine Taille. Er roch nach frischer Wäsche, obwohl der Tag fast zu Ende war. »Machst du dir Sorgen? In letzter Zeit hast du doch nichts mehr von ihr gehört, oder?«

»Nicht seit dem *Facebook*-Post vor einem Monat.«

»Vielleicht hat sie eine andere Zielscheibe?«

»Hältst du das wirklich für möglich?«

Ich fühlte mich schuldig, weil mich der Gedanke so glücklich machte.

»Die Hoffnung stirbt zuletzt, Schatz.« Er rieb mit seinem Daumen über einen blauen Fleck an meinem Unterarm. »Was ist da passiert?«

Ich blickte darauf. Der Bluterguss wurde am Rand schon grün. »Keine Ahnung. Du weißt doch, dass ich mich ständig irgendwo stoße.«

»Mein tollpatschiges Trampel.« Langsam fuhr er mir mit den Händen über die Wangen und weiter in meine Haare.

»Nicht küssen«, brüllte Melly vom Boden, wo sie an einem riesigen Legogebilde arbeitete. Das sagte sie ständig, seit sie drei war. Mommy und Daddy durften sich nicht küssen, niemals. Meistens ignorierten wir sie.

»Wie willst du denn dann ein kleines Brüderchen oder Schwesterchen bekommen?«, erkundigte sich Daniel und ließ mich los. Er ging zu ihr, packte sie an den Fußknöcheln und zog sie in die Höhe, wo sie sich vor Entzücken quiekend in der Luft wand.

»Hör auf, Daddy, hör auf.«

Doch als er sie absetzte, verlangte sie sofort: »Noch mal! Noch mal!«

So ging es ein paar Minuten. Sie quiekte so laut, dass ich Sam erst bemerkte, als er an der Gürtelschlaufe meiner Jeans zupfte.

»Da ist jemand an der Tür, Mommy.«

»Aber du hast nicht aufgemacht, oder?«

»Natürlich nicht. *Nicht mit Fremden reden.*« Er fing an, um Daniel und Melly herumzurennen, woraufhin der Lärm ungeheure Ausmaße annahm.

Als ich die Küche verließ und zur Haustür ging, fragte ich mich, ob dort tatsächlich jemand stand, und wenn ja, was er wohl über die Geräuschkulisse dachte.

Ich drückte meinen Daumen auf das elektronische Schloss. Es piepte, um mir anzuzeigen, dass die Verriegelung gelöst wurde. Als ich die Tür öffnete, sah ich Hanna vor mir, in einem dunkelblauen Mantel. Unser Aufgang war von den Bewegungsmeldern in grelles Licht getaucht. Das war bewusst so gehalten, als Abschreckung. Um Hanna herum sanken langsam Schneeflocken zu Boden. Mit ihrem blonden Pferdeschwanz, dem ungeschminkten Gesicht und der vor Kälte geröteten Nase wirkte sie nur wenige Jahre älter als ihre Tochter Becky.

»Hi, Julie. Entschuldigen Sie, dass ich so unangemeldet auftauche.«

»Kein Problem.« Wir zuckten beide zusammen, als die Zwillinge besonders schrill aufkreischten. »Sie verstehen bestimmt, warum ich die Klingel nicht gehört habe.«

»Ach, wissen Sie, manchmal vermisse ich diese Zeiten.«

»Sie erwarten doch nicht, dass ich Ihnen das abnehme, oder?«

»Nein, dann wären Sie wirklich gutgläubig.«

Wir grinsten. Die geheime Verbindung aller Mütter.

»Und, worum geht's?«, fragte ich.

»Ich war heute Morgen so ein Schussel und hab zu spät gemerkt, dass ich zum Kuchen keine Karte gelegt habe und ...«

»Der Kuchen war von Ihnen?«

»Ja, und ... Ich weiß, das klingt albern, aber Cindy legt großen Wert darauf, dass eine Karte hinterlassen wird, damit man weiß, ob der Kuchen nussfrei ist. Ich habe selbst ein Kind mit Allergien. Sie haben sich wahrscheinlich schon gefragt, von wem der Kuchen ist. Ich jedenfalls hätte das.«

Wie so oft fragte ich mich, ob sie mich gegoogelt hatte, ob sie von Heather und all den Dingen wusste, die sie vor meine Tür gelegt hatte. Dann befahl ich mir, nicht so paranoid zu sein.

Nur: Was heißt eigentlich paranoid, wenn tatsächlich alle Welt über einen spricht?

»Ehrlich gesagt habe ich das auch«, sagte ich.

»Sehen Sie, ich wusste es. Außerdem: Weihnachtskuchen!
Wer isst so ein Zeug überhaupt?«

Ich lachte. »Möchten Sie einen Moment hereinkommen?«

Sie warf einen Blick über ihre Schulter. Bei ihr brannte
überall Licht. Es sah aus wie ein Märchenhaus in einer
Schneekugel.

»Nein, wohl eher nicht. Bei uns ist ganz großes Kino.«

»Ach ja?«

»Unser Sohn, Chris. Haben Sie ihn schon kennengelernt?«

»Ja, kurz. Er bringt morgens die Zeitung, oder?«

»Ja, genau. Jedenfalls hat er mit Ashley Schluss gemacht,
dem Mädchen, das bei der Blockparty letzten Monat auf die
Kinder aufpassen sollte und wo ...«

»Es ein bisschen Ärger gab?«, beendete ich mit meinem
PR-Lächeln den Satz. »Gehen Kinder nicht manchmal schrecklich miteinander um?«

Als wir Melly und Sam gefragt hatten, was an jenem
Abend passiert war, war Melly in Tränen ausgebrochen und
hatte zugegeben, sie hätte den anderen Mädchen gemeine
Sachen an den Kopf geworfen, weil sie nicht mit ihr spielen
wollten. Aber sie schwor hoch und heilig, sie hätte niemanden geschubst. Das Mädchen wäre über ein Spielzeug gestolpert. Wir hatten mit beiden ein ernstes Wörtchen geredet
und dann das Ganze verdrängt.

Im Gegensatz zum Rest der Nachbarschaft. Bei der Blockparty ein paar Tage zuvor, zu der wir trotz Cindys E-Mail be-
treffs unbeaufsichtigter Kinder gingen, weil Daniel meinte,
wir dürften uns nicht einschüchtern lassen, zeigte sich, dass
der harmlose Vorfall – ein Streit unter Sechsjährigen, Herrgott noch mal! – ein Eigenleben entwickelt hatte. Cindy hatte
mich beiseite genommen und gefragt, ob ich mir für Melly

professionelle Hilfe suchen würde. Und ich hatte gleich mehrere Gespräche über uns unterbrochen, als ich eintrat. Im Raum wurde es schlagartig still, und ich hörte nur *dieses Kind* und sofort darauf *Schsch.*

Als ich Daniel davon erzählte, war er noch saurer als ich. Sein Beschützerinstinkt gegenüber den Zwillingen – und mir – war extrem ausgeprägt.

»Erwachsene auch«, sagte Hanna. »Erwachsene können sehr grausam sein.«

»Stimmt.«

Ich spürte ein Gefühl der Verbundenheit zu ihr, das ich nicht mehr empfunden hatte, seit Leah und ich uns nach unserer letzten Joggingrunde voneinander verabschiedet hatten. Leah und ich hatten seit meinem Umzug erst einmal miteinander telefoniert und ein paar SMS hin und her geschickt.

Wieso empfand ich den Verlust unserer Freundschaft nicht schmerzlicher? Schließlich hatten wir früher täglich miteinander geredet. Sie wusste alles über mich. Ich merkte, dass ich einsam war und mir neue Freunde suchen musste.

»Wie auch immer«, sagte Hanna. »Jedenfalls hat er Liebeskummer, der arme Kerl. Ich sollte also zurück.«

»Vielen Dank für den Kuchen.«

»Wenn Sie wollen, können Sie ihn gleich in den Müll werfen.«

Sie wandte sich zum Gehen. Spontan sagte ich: »Wir könnten uns ja mal auf einen Kaffee treffen. Oder was trinken gehen?«

Als sie sich wieder umdrehte, wehte ihr der Schal ins Gesicht. »Gerne.«

Zehn Tage vor Weihnachten stand ich mit eiskalten Füßen am Spielplatz im Eden Park. Er befand sich in der Nähe eines Aussichtspunkts über den Ohio River, war kreisrund, etwas abgesunken und mit Holzspänen ausgelegt. Es gab ein paar Schaukeln und eine Kletterwand, an der Sam sich gern austobte. An klaren Tagen konnte ich bis nach Kentucky sehen, während ich auf die Kinder aufpasste.

Den Zwillingen machte die Kälte nichts aus, sie schaukelten so wild, dass ich nervös wurde. Die Gefahr nicht beachtend warfen sie sich vor und zurück, schwangen sich immer höher hinauf.

So geht man mit sechs durchs Leben.

Furchtlos.

Ich wünschte mir oft, ich könnte so sein und einfach die Gefahren ignorieren, die mir, meinen Kindern und meiner Familie drohten. Ich wollte, ich könnte den Panikknopf an meinem Hals wegwerfen und meine Haustür unverschlossen lassen.

Ein normales Leben, dachte ich. Das wäre ein normales Leben.

Die Weihnachtsferien nahten, was mir gar nicht passte, denn endlich war ich mit *Buch Zwei* in die Gänge gekommen. Dreiundzwanzigtausendzweihundertachtundneunzig Wörter, hurra! Meine Deadline erschien machbar.

Die Figuren standen mir so klar vor Augen, dass ich jeden Tag eine halbe Stunde zu früh mit dem Schreiben aufhören musste, um meine Konzentration auf den verschlungenen Weg zur Schule der Zwillinge zu richten. Nach zweieinhalb Monaten in Cincinnati verirrte ich mich immer noch auf dem Weg nach Walnut Hills, wo ihre katholische Privatschule lag.

Außerdem hatte ich bei *Dem Buch* auf die harte Tour lernen müssen, dass alles Mögliche passieren konnte, wenn ich mir nicht einen kleinen Zeitpuffer zwischen der realen Welt und der in meinem Kopf einräumte. Fahren ohne Gurt, den Schulterblick wegen des toten Punkts vergessen. Gott sei Dank war dem nie etwas Schlimmes gefolgt, doch jedes Mal, wenn ich mich dabei ertappte, wurde mir fast übel vor Schreck.

Ehrlich gesagt hatte ich keine Kinder kriegen wollen, nicht, als es passierte, und wahrscheinlich nie.

Ich weiß, das klingt herzlos, aber eigentlich hatte ich ein ganz anderes Leben mit Daniel geplant.

Nach zu vielen ziellosen Jahren in Tacoma hatte ich endlich so etwas wie einen Plan gehabt. Wir sparten, und wenn wir irgendwann genug Geld beiseitegelegt hatten, wollten wir uns ein Boot kaufen und über die Großen Seen segeln, um uns auf etwas Abenteuerlicheres wie die Karibik oder das Mittelmeer vorzubereiten. An den Wochenenden liehen wir uns ein Boot im Jachtclub von Tacoma, wo Daniels Eltern Mitglieder waren, und segelten um den Point Defiance Park, um nach Orcas Ausschau zu halten. Wir aßen, was wir vom Boot aus geangelt und mit Butter und Knoblauch gebraten hatten. Danach liebten wir uns im Rhythmus der Wellen unter Deck.

Wahrscheinlich lasse ich es besser klingen, als es eigentlich war. Das haben Erinnerungen so an sich. Manches färben sie schön, anderes verwässern sie. Aber wir hatten einen Plan, und dieser Plan änderte sich an dem Tag, als nach zwei Minuten nervösen Herumtigerns ein Pluszeichen auf einem Stäbchen erschien. Ein Pluszeichen: das eindeutige Symbol dafür, dass etwas zu meinem Leben hinzugefügt wurde. Damals empfand ich das nicht so, nicht am Anfang und schon gar nicht, als ich erfuhr, dass ich Zwillinge bekommen würde.

Doch in dem Augenblick, als ich ihre Tritte spürte, änderte sich das. Und als ich sie zum ersten Mal in meinen Armen hielt, sie stillte, und sie mich mit großen Augen ansahen, schob ich alle Zweifel beiseite.

Denn die Zwillinge waren ein Plus in meinem Leben, das beste Plus, das es gab. Mein neues Leben war nicht besser oder schlechter als das, was ich mir vorgestellt hatte, sondern nur anders. Größer und kleiner, heller und dunkler und auf jeden Fall schlafloser.

An Tagen, an denen ich mich dabei ertappte, wie ich in Gedanken versunken war und damit rücksichtslos ihr Leben in Gefahr brachte, kam ich jedoch ins Grübeln.

Wollte etwas in meinem Unterbewusstsein, dass etwas passierte?

Damit mein Leben die Spur wechseln konnte?

»Hör auf! Hör sofort auf, sonst setzt es was.«

Mein Kopf schnellte gerade rechtzeitig herum, um zu sehen, wie eine Hand hochgerissen wurde und sofort darauf auf dem Po eines Jungen landete, der etwa so alt wie die Zwillinge war. Erst mit kurzer Verzögerung hörte ich auch den Schlag, gedämpft, weil er die Hände des Jungen traf, der sich wohlweislich geschützt hatte.

Ich war geschockt. Nicht, dass ich nicht auch manchmal gute Lust gehabt hätte, den Zwillingen einen Klaps zu geben, weil ich sie trotz unzähliger Auszeiten nicht zur Räson bringen konnte. Aber hier, im Park, in der Öffentlichkeit, wo jeder es sehen konnte?

Das Kind hockte heulend vor der Frau und brüllte: »Mom, du hast mir wehgetan.«

Da hatte ich einen dieser Augenblicke, in denen ich mich von mir selbst ablöse und alles wie im Kino betrachte.

Ich wusste genau, was in diesem Film geschehen würde. Eine der plaudernden Mütter auf der anderen Seite der Schaukel würde geschockt ihr Handy hervorholen und die Polizei rufen. Die Bullen würden auftauchen und die Mutter verhaften. Sie würde die nächsten zwei Jahre um das Sorgerecht für ihre Kinder kämpfen.

Eine ganze Folge der *Today*-Show hatte davon gehandelt.

Doch stattdessen holte die Frau dreimal tief Luft und blickte mich an, als hätte sie die ganze Zeit gewusst, dass ich da war.

»Bitte sagen Sie mir, dass Sie auch eine schlechte Mutter sind«, bat sie.

»Die allerschlechteste.«

Ich überredete die Frau, so lange zu warten, bis ich die Zwillinge eingesammelt hatte, und mich dann zum *Bow-Tie-Café* zu begleiten. Ihr Name war Susan Thurgood, und sie wohnte ein paar Häuser weiter in unserer Straße.

Für die Kinder bestellte ich Kakao mit großen Sahnehäubchen und für uns Chai Latte mit Kürbisgeschmack. Den hatte ich ein paar Wochen zuvor für mich entdeckt, als ich unbedingt aus dem Haus musste, um den Kopf frei zu bekommen, wegen der Kälte aber im Café landete. Ich war so entzückt über diesen Chai Latte, dass ich tatsächlich mein Handy genommen und ein Foto davon auf Facebook gepostet hatte. Bildunterschrift: *Bestes Getränk aller Zeiten.*

Dabei dachte ich: Meine Agentin wird sich freuen. Und als ich Stunden später nachsah, freute ich mich auch, denn ich hatte vierhundertfünfundachtzig Likes und nicht einen gemeinen Kommentar. Ein Wunder.

Die Zwillinge und Susans siebenjähriger Sohn Nicholas waren relativ still, während sie sich ihren Kakao einverleibten. Das war die Ruhe vor dem Zuckerhoch, von dem sie den glasigen Blick bekamen, der ihnen früher beim Stillen den Namen *Crack-Babys* eingebracht hatte. Ja, es ist ein Wunder, dass mir die Kinder nicht vom Jugendamt weggenommen wurden.

Susan hingegen, die im Park so gefasst war, während ich vollkommen zusammengebrochen wäre, fing nach zwei Schlucken von ihrem Chai an zu weinen.

»Ich schäme mich so«, sagte sie und tupfte sich mit einer Serviette die Tränen ab. Sie hatte schulterlange, kastanienbraune und an den Wurzeln dunklere Haare und grüngraue Augen. Es gefiel mir, dass sie ihre Haare länger trug als die meisten Mütter, die ich kenne. Ich hasste es, dass sich viele Frauen, sobald sie Kinder bekamen, ihre Haare abschnitten. Wie Novizen, die ins Kloster wollen. Novizinnen. Wie auch immer.

»Sie haben nichts falsch gemacht«, sagte ich.

»Doch, habe ich wohl. Das wissen Sie auch. Es ist nicht das erste Mal seit ... seit ich Brad rausgeschmissen habe.« Ihre Stimme wurde zittrig. »Manchmal ertappe ich mich dabei, dass ich Nicholas einen Klaps gebe, wenn er sich nicht benimmt.«

»Das ist nicht strafbar.«

»Ich weiß, aber ich halte nichts davon.«

»Hören Sie, es ist vielleicht nicht ideal, aber ... wie viele Kinder haben Sie?«

»Drei«, antwortete sie, als könnte sie es selbst kaum glauben.

»Wo sind die anderen?« Ich machte mir Sorgen, wir könnten sie vielleicht im Park vergessen haben. Das traute ich mir durchaus zu.

»Bei einer Freundin.«

»Mit drei Kindern haben Sie alle Hände voll zu tun.« Ich warf einen kurzen Blick zu Nicholas, der einen Rest Sahne mit dem Finger auftupfte. Sam streckte die Hand aus, um Nicholas die Tasse abzunehmen. Ich hielt sie fest und holte Papier und Buntstifte aus meiner Tasche.

»Die könnt ihr euch teilen«, sagte ich streng zu Melly und Sam. »Aber wenn ihr anfangt zu streiten, gehen wir sofort.«

Sie murmelten: »Ja, Mom«, und ließen sich auf den Boden sinken.

»Da unten ist es schrecklich schmutzig«, bemerkte Susan. »Sagt die Frau, die gerade ihr Kind in der Öffentlichkeit geschlagen hat.«

»Es war nur ein Klaps. Geschlagen klingt so …«

»Kriminell?«

»Ernst wollte ich sagen.« Ich warf einen Blick zu den Kindern. »Ich habe Ihnen ja gesagt, dass ich eine schlechte Mutter bin. Zum Beispiel halte ich nichts von Purell. Seine fünf Sekunden sind bei uns eher zehn.«

»Fünf Sekunden?«

»Sie wissen schon, wenn jemand was auf den Boden fallen lässt, darf man es noch essen, wenn es nur fünf Sekunden …«

Sie sah mich ausdruckslos an. Mir dämmerte, dass ich was Falsches gesagt hatte.

Da lachte sie los. »O Gott, tut mir leid, aber ich konnte nicht widerstehen. Ich weiß nicht, was heute mit mir los ist.«

»Schlimme Woche?«

»Ach, es ist schlimm seit … Sprechen Sie vielleicht Französisch?«

»Ja, spreche ich, weil ich in Montreal Jura studiert habe. Wieso?«

»Nicholas' Vater«, sagte sie langsam in glasklarem Französisch. »Er ist Alkoholiker. Aber weil er sich nicht behandeln lassen will, habe ich ihn aufgefordert zu gehen.«

»*Mon dieu.*«

»Genau. Sein Sohn muss das nicht erfahren.«

»Wir lernen in der Schule Französisch«, meldete Nicholas. »*Un, deux, trois, quatre, cinq.*«

»Sehr schön, Schätzchen«, sagte Susan mit gequälter Miene. »Warum setzt du dich nicht zu den Zwillingen?«

Seine Miene hellte sich auf. Er sah aus, als wollte er noch mal nachfragen, besann sich dann aber eines Besseren und ließ sich vom Stuhl gleiten.

Ich befahl den Zwillingen zu teilen. Sie nickten. Melly reichte ihm einen Stift.

»*Quelle horreur*«, sagte Susan. »Dann muss ich eine neue Sprache lernen, um reden zu können, ohne dass sie mich verstehen.«

»Wollen Sie damit sagen, Sie haben deswegen extra Französisch gelernt?«

»Eigentlich ja. Ich konnte ein paar Brocken von der Highschool. Als seine ältere Schwester ein Baby war und ich nachts nicht schlafen konnte, hörte ich mir Sprachkassetten an und lernte es richtig.«

»Das ist genial.«

»Finden Sie? Mein Mann ... Exmann Brad hielt das für verrückt. Da er selbst kein Französisch kann, hieß das, dass ich nur mit mir selbst reden konnte, ohne dass andere etwas mitkriegten. So war, auf den Punkt gebracht, unsere ganze Ehe.«

»Ich weiß nicht, was ich dazu sagen soll.«

»Da gibt es eigentlich nichts zu sagen. Hey, hat das Mädchen Sie gerade fotografiert?«

Mein Kopf schnellte herum. Eine Frau mit unter einer Kappe versteckten Haaren eilte aus dem Café. Ich bekam einen bitteren Geschmack im Mund.

»Haben Sie mitgekriegt, wie Sie aussah?«

»Nein, tut mir leid, ich …«

»Könnten Sie kurz auf die Zwillinge aufpassen?«

»Klar.«

Ich sprang auf und schnappte mir mein Handy. Ich rannte aus dem Café und blickte nach links und rechts. Aber ich sah sie nicht. Auf der Straße wimmelte es von Leuten, die Mittagspause machten. Als sich eine Lücke in der Menge bildete und ich eine Baseballkappe zu sehen meinte, rannte ich los.

»Heather! Stopp!«

Die Leute drehten sich nach mir um, während ich mich durch die Menge drängte. Die Frau mit der Baseballkappe war jetzt auch losgelaufen, aber ich war schneller und entschlossener. Ich erwischte sie oben auf dem Hügel und hielt sie grob an der Schulter fest.

»Hey«, rief sie, und da wusste ich, noch bevor sie sich umdrehte, dass es nicht Heather war. Heathers Stimme war viel tiefer.

»Was soll denn das?«

Sie war jünger als Heather. Ein Teenager, der ihr nicht einmal ähnlich sah. Nicht im Geringsten.

»Ich hab Sie mit jemandem verwechselt.«

»Hey, Moment mal. Sind Sie nicht die Mutter dieses Kindes? Von dieser Melly?«

»Was? Ich …« Es war Ashley. Das Mädchen, das bei der Blockparty im November auf die Kinder hatte aufpassen sollen. Das Mädchen, das Johns Sohn offenbar das Herz gebrochen hatte. Wie hatte ich sie nur mit Heather verwechseln können? »Haben Sie in diesem Café ein Foto von mir gemacht?«

»Von Ihnen? Nein. Vom Café.«

»Wieso?«

»Für ein Kunstprojekt. Was geht Sie das an?«

»Vergessen Sie's. Tut mir leid.«

»Was ist bloß los mit Ihnen?«

»Ich sagte doch: Tut mir leid.«

Ich drehte mich um und ging den Hügel hinunter. Sie murmelte: »Durchgeknallte Kuh.«

Was konnte ich dagegen schon sagen?

Denn das war ich ja, auf den Punkt gebracht.

PASSWORTGESCHÜTZT

John

Zehn Monate zuvor

Ich hatte einmal gehört, dass Männer sich kastriert fühlen, wenn sie ihren Job verlieren.

Als Ernährer.

Als Mann im Haus.

Blah, blah, blah.

Und ich? Als ich über die erste Kränkung wegen der Kündigung hinweg war, empfand ich pure Freude.

Von Anfang an hatte ich meinen Job gehasst. Einfachste IT-Aufgaben, Sicherheitsvorkehrungen in unserem Netzwerk einrichten. Dafür sorgen, dass Angestellte keine Pornos herunterluden oder über ihr Firmenhandy SMS mit schlüpfrigen Inhalten sendeten. Ein paar Typen aus meiner Abteilung fuhren ziemlich darauf ab und benahmen sich, als kämen sie von der NSA, dabei ging es nur um Tratsch und Schnüffelei. Nur ein paarmal wurde es wirklich interessant, als wir von der Konkurrenz gehackt wurden, die Informationen über neu entwickelte Produkte klauen wollte. Selbst da hielt sich jedoch die Aufregung in Grenzen.

Denn so spannend ist die neueste Formel für ein umweltfreundliches Shampoo nicht.

Hanna war diejenige, die in ihrem Job aufging. Die darauf brannte, montags wieder zur Arbeit zu kommen. Die nichts dagegen hatte, während der Prozesszeiten abends und am Wochenende zu arbeiten. Sie liebte Puzzles und betrachtete ihre Fälle so. Als ein großes Puzzle, das man Stück für Stück zusammensetzen musste, bis das Ganze ein Bild ergab. Wir konnten uns glücklich schätzen, dass sie als Partnerin ziemlich viel Geld verdiente und eine großartige Krankenversicherung für uns alle hatte. Also drohte uns kein finanzieller Ruin durch den Umstand, dass ich wahrscheinlich nicht so schnell einen neuen Job finden würde.

Nachdem ich am Morgen nach der Blockparty das unangenehme Gespräch mit Hanna hinter mich gebracht hatte, verwendete ich die nächsten Wochen darauf, all das im Haus in Ordnung zu bringen, was ich hatte schleifen lassen. Ich putzte die Fenster und schraubte Türknaufe fest. Ersetzte kaputte Glühbirnen in der Küche, an die man schwer rankam. Ich fuhr mit Becky zum Arzttermin, als sie den Gips abbekam, und danach ins Eiscafé, obwohl es gar nicht das Wetter dafür war. Ich harkte das Laub zusammen, reinigte die Dachrinnen und mähte ein letztes Mal den Rasen. Bevor der Boden zu hart wurde, setzte ich im Garten Zwiebeln für Tulpen und Osterglocken, was wir seit Jahren vorgehabt hatten. Danach kratzte ich die abblätternde Farbe von der Haustür. Schmirgelte das Holz und lackierte es in einem matten Schwarz, von dem sich die glänzende neue Hausnummer schön abhob, die ich auf die Tür geschraubt hatte.

Chris half mir am Wochenende und nach der Schule ein paarmal. Als die dritte Dezemberwoche nahte, spannten wir Lichterketten um den Türrahmen und zwischen die Geländerpfosten. Er half mir auch, den Weihnachtskranz und einen

Baum auszusuchen. Den schmückte die ganze Familie einen Abend lang, während im Hintergrund Hannas Lieblings-CD mit Weihnachtsmusik dudelte.

Dann geschah etwas Komisches. Als der Baum fertig war und wir einen Schritt zurücktraten, um ihn in seiner ganzen Pracht zu begutachten, sagte Hanna: »Ich glaube, das Haus hat nicht mehr so schön ausgesehen, seit wir es von Tante Wilma geerbt haben. Es gibt nichts mehr daran zu verbessern.«

Als sie das sagte, spürte ich, wie mich alle Freude verließ. Sie hatte recht: Es gab nichts mehr zu tun. Jetzt lag mein weiteres Leben vor mir.

Eine gähnende Leere, die ich nicht zu füllen wusste.

Die nächsten zwei Tage klebte ich am Computer und suchte im Internet nach einem Job gegen meine aufkeimende Panik. Wie schafften es Frauen nur, den ganzen Tag mit ihren Kindern zu Hause zu bleiben? Wie hatte Hanna das fertiggebracht?

Ich erinnerte mich an den wilden Blick, mit dem sie mich im Mutterschutzurlaub abends manchmal empfangen hatte. Vor allem nach Beckys Geburt, als sie sich den ganzen Tag um beide Kinder kümmern musste. Ich dachte damals, es läge daran, dass die Kinder an ihren Nerven zerrten.

Erst Jahre später erklärte sie mir, dass sie die mangelnde Interaktion mit Erwachsenen in den Wahnsinn getrieben hätte. Den ganzen Tag nur Kinderreime und *Barney und seine Freunde* und Bauklötze in Primärfarben. Dafür war sie nicht geschaffen. Sie hegte den Verdacht, dass keine Frau dafür geschaffen war, doch nicht eine es jemals zugeben würde.

Jetzt wusste ich, wie sie sich gefühlt hatte. Trotzdem hatte ich am letzten Tag der Weihnachtsferien, als die Kinder die ganze Zeit im Haus herumlümmelten, das Gefühl, es wäre für mich ebenfalls ein letzter Tag. Ich fürchtete und ersehnte gleichzeitig die Einsamkeit, die mich allein zu Haus erwartete. Die Minuten morgens am Fenster zum Beispiel. Nur ich, mein Kaffee und die Aussicht. Diese Zeit des Alleinseins gehörte nur mir. Sie war in einem mit anderen Menschen geteilten Leben ein sehr seltenes Gut.

Dennoch redete ich mir ständig ein, es würde nicht für ewig sein.

Ich füllte gerade ein Bewerbungsformular für den Posten bei einer Firma für Körperpflegemittel aus, als unser WLAN aussetzte. Das geschah öfter, und ich konnte die Ursache dafür einfach nicht finden. Ich schaltete den Router aus und an und klickte mich zu den *Einstellungen* vor. Unsere WLAN-Verbindung tauchte in der Liste verfügbarer Netzwerke nicht auf, wohl aber eine namens *50/50*, die ich noch nie gesehen hatte und die vollkommen ungesichert war.

Aus reiner Neugier klickte ich sie an und bekam sofort Zugang. Ziemlich schnell bemerkte ich, dass die Verbindung zu den Prentice' gehörte. Ein paar weitere Klicks brachten mich auf ihre Festplatte und zu einer unsortierten Liste von Dokumenten. Darunter befand sich das übliche Sammelsurium eines ganz normalen Lebens, aber auch eine Datei mit dem verlockenden Namen *Buch Zwei*.

Ohne lange nachzudenken klickte ich sie an. Zwar bekam ich einen Hinweis von Word, dass ich die Datei nur lesen konnte, weil jemand anderer im Netzwerk sie geöffnet hatte, aber mit dem Lesen hatte ich längst begonnen.

Wer auch immer sie geöffnet hatte, würde es nicht merken.

»Möchten Sie hereinkommen?«, fragte Julie mich zwanzig Minuten später. Nachdem mein Gewissen sich gemeldet und ich die Datei geschlossen hatte, warf ich mir den Mantel über und überquerte die Straße. Ich musste sie warnen, dass ihr Internetzugang nicht gesichert war. Dass sie etwas dagegen tun sollte, bevor jemand etwas sah, das nicht für ihn bestimmt war.

Ähem.

»Gern.« Ich betrat ihr Haus und drückte ihr den Mantel in die ausgestreckte Hand. Dabei streiften sich kurz unsere Finger. »Ihre Hände sind ja eiskalt.«

»Ach, ich habe geschrieben. Da passiert das immer. Ich nähere mich der Dreißigtausend.«

»Wie bitte?«

»Im neuen Buch. Nur noch siebzigtausend Wörter.«

Sie rieb sich die Hände. Sie trug eine schwarze Yogahose, ein weißes T-Shirt und eine graue Strickjacke mit einem Gürtel an der Taille. Die Haare hatte sie zu einem losen Pferdeschwanz zurückgebunden. Sie wirkte müde, als hätte sie eine schlechte Nacht hinter sich.

»Also, was stimmt nicht mit meinem Internetzugang?«

Ich erklärte es ihr ein bisschen genauer, ohne meine kleine Schnüffelei zu erwähnen. Ihr Blick, der etwas verschwommen war, seit sie mir die Tür geöffnet hatte, wurde plötzlich scharf. Alarmiert riss sie die Augen auf.

»Sie meinen, jeder kann in meine Dateien rein?«

»Ja.«

»Wie ist das denn möglich?«

»Zunächst einmal haben Sie kein Passwort für Ihr Netzwerk vergeben. Außerdem könnte man zusätzliche Sicherheitsmaßnahmen treffen.«

»Ich habe ein Passwort eingerichtet, da bin ich ganz sicher – verdammt.«

»Was?«

»Die Zwillinge.«

»Die haben das Passwort entfernt?«

»Anders kann es nicht sein.«

»Das wäre aber ziemlich raffiniert für Sechsjährige.«

»Das denke ich ständig, aber dann machen sie wieder etwas, das ...Ich glaube, mittlerweile sind solche Sachen implantiert, wenn die Kinder geboren werden. Neulich im Park habe ich gehört, wie ein kleines Kind, das nicht mal richtig sprechen konnte, *Netflix* sagte.«

»Soll ich das für Sie in Ordnung bringen?«

»Könnten Sie das? Das wäre fantastisch.«

Sie führte mich die Treppe hinauf bis zum Flur in den zweiten Stock, der so breit war, dass ihr Schreibtisch genug Platz am Fenster hatte und sie auf das schlammige Wasser des Ohio River blicken konnte. An jenem Tag wirkte es schwarz und wie kurz vor dem Gefrieren.

»Das ist ja ein großartiger Arbeitsplatz. So weit oben war ich in diesem Haus noch nie.«

Die Wände waren in einem sonnigen Gelb gestrichen. Auf dem Fensterbrett stand ein langer, rechteckiger Blumenkasten mit Kräutern darin. Es roch nach Rosmarin. Man fühlte sich, als wäre man an einem sonnigen Tag draußen.

»Ja, er wurde nach Maß eingebaut.« Sie wies auf den Schreibtischsessel, damit ich mich setzte, und lehnte sich über mich, um ihr Passwort einzugeben. »Halt, machen Sie die Augen zu.«

»Äh.« Sie legte mir die Hand über die Augen. Ich hörte, wie sie ein langes Passwort eingab, langsam eine Taste nach der anderen drückte. Ihre Haare streiften meine Wange. Sie roch salzig, als hätte sie nach ihrem Morgenlauf nicht geduscht.

Sie nahm ihre Hand weg. »Wieso kennen Sie sich überhaupt mit so was aus?«

»Ich bin IT-Experte. Oder besser war. Ich bin vor Kurzem gefeuert worden.«

»Ach nein, das ist ja schrecklich. Oder nicht? Haben Sie Ihren Job gehasst?«

»Eigentlich ja. Aber es ist auch ziemlich übel, den ganzen Tag zu Hause zu sitzen. Auf dem Arbeitsmarkt sieht's ziemlich düster aus.«

Sie rückte ein Stück von mir ab. »Ich hab meinen ersten Job auch gehasst.«

»Waren Sie nicht immer Schriftstellerin?«

»Gott, nein! Nach meinem Jurastudium habe ich ein Jahr für die Staatsanwaltschaft gearbeitet. In Montreal.«

»Aha, wie Meredith im *Mörderspiel*.«

Sie zuckte zusammen. »Tja, also, ein bisschen anders war es schon.«

»Ich wollte nicht ...«

»Nein, ich weiß schon. Ich bin da überempfindlich.«

»Wie sind Sie denn in Montreal gelandet?«

»Meine Mutter ist Kanadierin, daher konnte ich dort eine gute Uni besuchen und musste weniger dafür bezahlen als in den USA.«

»Wie sind Sie nach Ohio gekommen?«

»Zuerst war ich in Tacoma. Daniel stammt von dort. Wir lernten uns an der Uni kennen, wo er seinen Master machte. Danach sollte er promovieren, entschied aber, dass er eigentlich kein Wissenschaftler war. Und weil ich meinen Job bei der Staatsanwaltschaft hasste, zogen wir nach Tacoma.« Sie senkte den Blick. »Seine Eltern unterstützten uns ein bisschen.«

»Sehr nett von ihnen.«

»Ja, wirklich. Wie auch immer: Sollen wir mal?«

Ich rief ihre Netzwerkeinstellungen auf und fügte ein Passwort hinzu, eine willkürliche Reihe von Buchstaben und Ziffern, die keinerlei Bedeutung für mich hatten. Das Passwort schrieb ich auf einen Zettel.

»Sie können es ändern, aber ich würde mich nicht daran erinnern.«

»Ich auch nicht.«

»Umso besser. Bewahren Sie den Zettel irgendwo sicher auf, nur nicht in der Nähe des Computers.«

»Damit ist die Katastrophe vorprogrammiert.«

»Wieso?«

»In diesem Haus gibt es keinen Ort, der vor den Zwillingen sicher ist. Im Gegenteil, ich bin überzeugt, wenn ich etwas bewusst verstecke, finden sie es noch schneller.«

»Ja, das kenne ich von früher. Na gut, dann nehmen Sie einen Satz, der nur für Sie Sinn ergibt. Denken Sie sich einen aus.«

Sie verzog angestrengt das Gesicht. »Gut, ich hab einen.«

Ich klickte mich erneut zum Passwortfeld durch. »Gut«, sagte ich. »Ich mache die Augen zu.«

Erneut schob sich ihre Hand vor mein Gesicht. Der salzige Geruch. Tack, tack, tack. Ich spürte, wie ich eine Latte bekam, wie früher mit vierzehn. Einfach so.

Bevor mir einfiel, was ich früher dagegen gemacht hatte, rückte sie wieder von mir ab. Blinzelnd sah ich auf den Monitor. Ein friedliches Bild vom Meer starrte mir entgegen. Ich war nur froh, dass ich eine neue, noch steife Jeans anhatte; hoffentlich verbarg sie das Offensichtliche.

Ich räusperte mich. »Wenn Sie möchten, kann ich eine Firewall einrichten.«

»Bitte.«

»Dazu muss ich aber etwas downloaden.«

»Ist das nicht genau das, was man nicht tun sollte? Etwas aus dem Internet runterladen?«

»Das ist ungefährlich, versprochen.«

»Na, dann los.«

Ich klickte ihren Browser an, woraufhin ihre *Facebook*-Seite erschien. Kurz überlegte ich, ob ich ihr raten sollte, sich jedes Mal auszuloggen. Schließlich war sie um ihre Sicherheit besorgt. Ich wusste, wie leicht man in solchen Dingen nachlässig wurde. Außerdem wusste ich von, äh, gelegentlichen Besuchen auf ihrer Seite, dass sie nie etwas Persönliches postete.

Als ich die Webadresse für meine bevorzugte Software eingab, fing ich an zu plaudern, um meinen Penis abzulenken.

»*Facebook* nimmt's mit der Privatsphäre nicht sehr genau.«

»Ich weiß, aber ich poste nichts von Bedeutung und nichts, was meinen Aufenthaltsort oder so verrät.«

»Die Einstellungen zur Privatsphäre werden ständig geändert. Zum Beispiel, was die Ortung von Bildern betrifft. Sie können die Funktion zwar abstellen, aber nach ein paar Wochen ist sie wieder drin.«

»Die Ortung von Bildern? Sie meinen, es wird angegeben, wo ein bestimmtes Foto geschossen wurde?«

»Genau. Die Angaben sind ziemlich präzise. Bei dem Foto, das Sie letzten Monat vom *Bow Tie Café* gemacht haben, stand, Sie wären in Mount Adams.«

»Das Foto, das ich vom *Bow Tie Café* gepostet habe?«

Was war nur los mit mir? Jetzt plapperte ich wie ein Vierzehnjähriger. Nur, dass ich als Vierzehnjähriger nicht geplappert hatte, und schon gar nicht mit Mädchen. Stattdessen hatte ich in einer Ecke gestanden und sie durchdringend angestarrt, weil ich dachte, so käme man an Mädchen heran.

»Tut mir leid«, sagte ich. »Komisch, oder? Die Regeln für dieses ganze Online-Zeug sind mittlerweile verdammt kompliziert.«

»Ich weiß. Soll man so tun, als hätte man das grässliche Foto online nicht gesehen oder ...« Sie lachte. »Das Foto wurde also geortet?«

»Ja, wurde es. Hier, sehen Sie.«

Ich rief Facebook wieder auf und scrollte bis zu dem Bild mit dem Kürbis-Chai-Latte. Die Ortsangabe stand klar und deutlich neben ihrem Namen.

»Das ist nicht gut.«

»Aber richtig schlimm auch nicht, oder?«

»Doch, eigentlich schon. Ich habe nämlich eine Stalkerin.«

»Ach ja. Davon habe ich gelesen ... Äh, tut mir leid. War das jetzt unangebracht?«

Sie biss sich auf die Unterlippe. »Sie haben meinen Artikel in der *Vogue* gelesen?«

»Ja.«

»Was da stand, war nur die Spitze des Eisbergs. Ehrlich, wenn ich Ihnen alles erzählte, würden Sie mir nicht glauben. Ha. Früher dachte ich, es müsste schmeichelhaft sein, einen Stalker zu haben. Wie konnte ich nur so dämlich sein.«

»Sind Sie deshalb hierhergezogen?«

»Teilweise. Außerdem konnte ich das schlechte Wetter

nicht mehr ertragen. Jedenfalls dachte ich neulich, ich hätte sie gesehen, aber es war nur Ashley.«

Sie erzählte, wie sie Ashley auf der Straße gestoppt hatte.

»Glauben Sie wirklich, sie würde Ihnen durchs ganze Land folgen?«

»Ehrlich gesagt traue ich ihr das zu.«

Gerade als ich mich wieder zum Bildschirm wandte, fuhr ihr Browser herunter, und ein Hinweis ploppte auf.

IHR NÄCHSTER ZUGANG IST MÖGLICH IN ZWEI STUNDEN. IHR TEAM VON MYSANITY

»Was zum Teufel ist das denn?«

Sie wirkte peinlich berührt. »Ein Programm, das mich davor beschützt, in den Tiefen des Internets irre zu werden.«

»Davon hab ich schon gehört. Und? Wirkt es?«

»Kann ich nicht behaupten.«

HEUTE

John

9.00 morgens

Alicia, für Chris Miss Garson, sucht im nächsten Café einen Tisch für uns, nimmt unsere Bestellungen entgegen und benimmt sich eher wie eine persönliche Assistentin und nicht wie eine einschüchternde, teure Anwältin. Es war ihr Vorschlag, uns vor den neugierigen Kameras und dem harten Bürgersteig hierherzuflüchten. Es ist das typische Café einer Kette. Eine Menge Anzugträger, die ihre Handys checken. Die Tische voller junger Männer und Frauen mit Notebooks. Es riecht nach stark geröstetem Kaffee und gegrillten Sandwichs.

Ich hasse solche Lokale.

Hanna hat entschieden, dass Alicia uns vertritt. Sie fragte ihre Kollegen und bekam sie empfohlen. Alicia hat den Ruf, bei schwierigen Fällen zaubern zu können.

Ein bisschen Magie könnten wir gut gebrauchen.

Allerdings weiß ich nicht, ob ich Alicia tatsächlich magisch finde. Als ich sie bei der Kautionsanhörung vor Gericht sah, war sie hoch konzentriert, starrte den Anklagevertreter nieder und schüchterte den Richter so ein, dass er uns das gab, was sie uns versprochen hatte. Eine Freilassung unter Auflagen.

Mehr als einmal habe ich mich gefragt, ob die ganze Aufregung nur Show ist, aber das ist wohl irrelevant. Lieber ein bisschen Aufregung, wenn dieser Albtraum nur heute aufhört.

Als wir alle einen Platz und Kaffee haben, stürzt sich Alicia in einen Schnellfeuervortrag darüber, wie das Große Geschworenengericht funktioniert. Neun Bürger werden alle paar Wochen willkürlich aus dem Wählerverzeichnis ausgewählt. Die müssen sich dann die wichtigsten Beweise von den Hauptzeugen anhören, die der Staatsanwalt ihnen präsentiert. Normalerweise wird der Angeklagte nicht in den Zeugenstand gerufen. Danach wird entschieden, ob die Beweise und Zeugen der Staatsanwaltschaft reichen, um ein Strafverfahren zu eröffnen. Die Schwelle ist ziemlich niedrig, und alle Vorgänge der Entscheidungsfindung bleiben geheim. Nur der Staatsanwalt ist vor Gericht anwesend, nicht der Verteidiger. Die Geschworen müssen nicht einstimmig entscheiden. Wenn die Mehrheit meint, es bestünde Grund für eine Anklage, kommt es zu einem Gerichtsverfahren. In meinen Augen ist es ziemlich viel, was neun Fremde an einem ganz normalen Montag entscheiden sollen.

»Heute Morgen wird ein Vertreter der Staatsanwaltschaft den Fall vorstellen, den Geschworenen erklären, was sich aus seiner Sicht abgespielt hat und welche Strafe es dafür geben sollte. Außer Ihnen wurden acht Zeugen einbestellt ...«

»So viele?«, frage ich.

»Ja, das ist untypisch. Wegen unserer Strategie, dass Sie alle heute vor Gericht aussagen, gehen sie kein Risiko ein.« Sie zählt sie an den Fingern ab. »Der Gerichtsarzt, der Polizist, der zuerst am Tatort war, der ermittelnde Inspektor, Heather Stanhope ...«

»Die auch?«, platzt es aus mir heraus. »Was zum Teufel soll das denn?«

»Wer ist das?«, fragt Chris. Seine Krawatte hängt ihm lose um den Hals, und sein Hemdkragen steht offen.

Ich höre die Stimme meines Vaters: *Haltung, mein Junge! Sitz gerade!* Er war Soldat, und das äußere Erscheinungsbild war ihm sehr wichtig.

»Die Stalkerin von Julie ... Mrs. Prentice«, sage ich.

Alicia schüttelt den Kopf.

»Sie brauchen nicht alles zu wissen«, hat sie uns einmal erklärt. Gewisse Dinge müssten wir nicht erfahren, wenn wir sie nicht bereits wüssten. Das war bei unserem ersten Treffen. Sie behielt sich vor, uns etwas nicht zu erzählen, wenn sie es für ratsam hielt. Das war ihre Bedingung. Andererseits musste sie alles von uns erfahren. Ob wir es für wichtig hielten oder nicht. All unsere Geheimnisse, so lautete ihre Forderung. Keine Überraschungen. Offenbar brachten Überraschungen Pläne zum Scheitern.

Damals dachte der Spaßvogel in mir unwillkürlich: *Alle Pferde des Königs und all seine Mannen brachten Humpty Dumpty nicht wieder zusammen.*

»John?«

»Ja?«

»Alicia hat dich schon zweimal etwas gefragt«, erklärt Hanna mit enttäuschtem Blick. Einem Blick, der mir in letzter Zeit allzu vertraut geworden ist.

»Erinnern Sie sich an weitere Dinge?«, fragt Alicia. »Etwas, das wichtig sein könnte?«

»Ich glaube nicht.«

»Du glaubst?«, hakt Hanna nach. »Reiß dich zusammen. Du warst schon die ganze Woche im Reich der Träume.«

Ein Anflug von Wut steigt in mir auf. Schließlich war Hanna diejenige, die vor einer halben Stunde im Auto geweint hat. Aber sie hat recht. Ich war im Reich der Träume. Und jetzt haben wir die Bescherung.

Nur kann man manchmal einen Traum nicht abschütteln. Er klebt an einem wie Klarsichtfolie.

»Was wollen denn die beiden hier?«, fragt Hanna.

Ich drehe mich um und sehe Susan und Brad Thurgood am Café vorbeihasten. Sie haben den Blick gesenkt und klammern sich aneinander, als säßen sie bei hohem Wellengang in einem Rettungsboot.

»Sie waren befreundet«, bemerkt Chris. »Mrs. Thurgood und Mrs. Prentice. Ich glaube, es gab Streit.«

Drei Erwachsene wenden sich Chris zu, in der Erwartung einer näheren Erklärung.

»Was ist?«, fragt er achselzuckend. »Ihr glaubt wohl, ihr seid die Einzigen, die was wissen.«

Monatlicher Newsletter des Pine-Street-Nachbarschaftsvereins

Ausgabe vom Januar

Hallo Nachbarn!
Brrr! Es ist klirrend kalt. Ich hoffe, ihr alle hattet eine wunderbare Weihnachtszeit. Paul, Ashley, Tanner und ich haben sie sehr genossen.
Wenn ich ein bisschen prahlen darf (rotwerd), so verkündige ich hiermit, dass unsere Ashley gerade einen lokalen Fotowettbewerb gewonnen hat. Mit einem Handyfoto.
Falls ihr sie also sehen solltet, wie sie damit Fotos schießt: Lächeln!
Außerdem möchte ich kurz vermelden, dass unsere Kampagne zur Errichtung von Temposchwellen noch läuft. Ihr könnt die Petition auf unserer Webseite unterschreiben: www.pinestreet-neighbours.com. Bis dahin fahrt bitte langsam. Neulich ist jemand – Name auf Anfrage – so schnell an unserem Haus vorbeigefahren, dass die Reifen quietschten.
Susan Thurgood öffnet im Februar ihre Türen für unsere monatliche Blockparty. Solltet ihr bisher keinen Blick auf die Regeln geworfen haben, schaut bitte kurz auf unserer Webseite nach. Es hat weitere Änderungen gegeben.
Für die Mitglieder des Buchclubs: Die Lektüre des Monats ist *Vermählung* von Curtis Sittenfeld. Das ist das neue *Stolz und Vorurteil* – ich bin so aufgeregt.
Und was glaubt ihr, fand ich neulich heraus, als ich nach neuen Büchern im Internet surfte? Dass sich eine berühmte

Autorin in unserer Mitte befindet. Julie (Apple) Prentice kann definitiv ein Geheimnis bewahren.

Zieht euch warm an!

Cindy Sutton,
Gründerin und Vorsitzende des PSNV von 2009 bis heute

EIN WEITERER TAG IM PARADIES

Julie

Neun Monate zuvor

Wir ließen die Januarblockparty – das Silvesterspektakel – aus und verbrachten lieber einen ruhigen Abend zu Hause, um uns in Erinnerungen an die Zeiten in Seattle zu ergehen, als wir noch jung und verrückt waren. Wir amüsierten uns sehr, während wir uns Geschichten über Christie Brown erzählten. Das war eine alte Freundin, die jedes Mal, wenn wir einen Abend in der City verbrachten, irgendwann verloren ging.

Gegen zehn schliefen die Zwillinge ein, erschöpft von dem *Harry-Potter*-Marathon, den wir ihnen erlaubten. »Ich will den Basilisk sehen, Mommy«, sagte Sam ständig. »Er soll wiederkommen.«

Danach liebten Daniel und ich uns verbotenerweise auf der Couch, bis es zwölf schlug. Es war das erste Mal seit Jahren, dass wir außerhalb unseres abgeschlossenen Schlafzimmers Sex hatten. Ich hatte etwas zu viel getrunken, fühlte mich sexy und unruhig. Eine heikle Kombination, die in der Vergangenheit zu Christie-Brown-Situationen geführt hatte. Doch was konnte hier, im sicheren Ohio, in unserer Festung, schon passieren, während unsere Nachbarn ein paar Häuser weiter ohne Alkohol feierten?

Eine halbe Stunde später unterbrach ein lauter Knall unseren postkoitalen Dämmer und löste die Alarmanlage aus, was wiederum die verängstigten Kinder auf den Plan rief, nachdem ich erst einmal und dann ein zweites Mal den falschen Entwarnungscode ins Display eingegeben hatte. Sam fing an, die Sirene nachzuahmen. Melly hielt sich mit beiden Händen die Ohren zu. Daniel riss die Haustür auf, stürzte mit offenen Schuhen hinaus und ließ die kalte Nachtluft herein. Als wir den Alarm endlich deaktiviert hatten, stand er mitten auf der Straße und sah ein paar Teenagern nach, die unter lautem Gejohle in die Dunkelheit rannten.

Ich blickte zu unserem Vorderfenster. Ein großer Schneeball klebte daran. Vom nachtschwarzen Himmel fielen dicke Flocken.

»Daniel?«

»Nur ein paar Jugendliche, die sich einen Jux gemacht haben.«

»Was ist ein Jux?«, fragte Melly, die mein Bein umklammert hatte. Sam versuchte, sich gleichzeitig Gummistiefel und Jacke anzuziehen.

»Eine Art Streich«, erklärte ich. »Sam, hör auf. Du musst zurück ins Bett. Es ist spät.«

»Aber ich will eine Schneeballschlacht.«

»Gute Idee, Kumpel«, sagte Daniel und vergrub beide Hände im Schnee. Er trug nur Boxerhorts zum T-Shirt und hatte seine Tennisschuhe wie Schlappen heruntergetreten. Jetzt warf er langsam einen Schneeball in meine Richtung. Er zerplatzte vor meinen Füßen.

Melly lachte.

»Noch mal, Daddy. Noch mal!«

»Dürfen wir, Mom?«, fragte Sam. »Bitte.«

»Bitte, Momsy.«

»Komm schon, Baby«, sagte Daniel. »Es ist super hier draußen.«

»Ihr seid ja verrückt.«

Die Zwillinge wussten, dass das Ja bedeutete, und machten ihrer Freude lautstark Luft. Ich bückte mich zu Sam, um ihm beim Anziehen zu helfen, und steckte dann Melly in Mantel und Stiefel. Schließlich zog ich mir selbst eine Jacke über und schnappte mir Daniels vom Haken. Er zitterte so heftig am ganzen Körper, dass ich hörte, wie er mit den Zähnen klapperte.

Sam rannte zu Daniel und gab ihm seine Jacke.

»Mädchen gegen Jungs.«

»Wie wär's denn mit Mommy und Daddy gegen die Zwillinge?«

»Erwachsene können nicht im selben Team sein«, widersprach Sam.

Melly und ich gingen zur Straße. In Johns und Hannas Haus brannte nur ein einziges Licht, das die Schatten von Sam und Daniel zu uns auf den halb zugeschneiten Bürgersteig warf. Ganz kurz meinte ich, einen der Vorhänge zucken zu sehen. Doch als ich mir die Schneeflocken aus den Augen blinzelte, hingen die Vorhänge vollkommen reglos. Daniel winkte mich zu sich und schob Sam zu seiner Schwester.

»Das gilt nicht, das ist unfair«, protestierte Sam.

»Hast du das noch nicht gelernt, Junge?«, fragte Daniel und warf in Zeitlupe einen großen Schneeball auf Melly. »Das Leben ist nicht fair.«

Das Merkwürdigste nach der Veröffentlichung des eigenen Buches ist nicht, dass es tatsächlich gelesen wird, sondern jemanden zu sehen, der es gerade liest. Das hatte ich von anderen Autoren gehört, konnte es jedoch nicht glauben, bis es mir selbst passierte. Angesichts der Tatsache, dass *Das Buch* sich schon so lange verkaufte, war es auch merkwürdig, dass dies auf unserem Weg nach Mexiko passierte, drei Monate nachdem wir nach Ohio gezogen waren.

Es war Anfang Januar. Auf dem Weg nach Puerto Vallarta hatten wir einen Zwischenstopp in L. A. Dort, in dem großen anonymen Flughafen, sah ich es. Im Wartebereich unseres Gates hatte eine Frau es sich auf einem Sitz bequem gemacht und las völlig versunken *Das Mörderspiel*. Das Cover hätte ich überall erkannt.

»Ach«, sagte ich zu Daniel. »Guck mal.«

Er blickte in die angegebene Richtung und grinste. Wir waren seit vier Uhr morgens wach. Melly hatte sich auf dem Weg zum Flughafen im Wagen übergeben, und Sam war auf dem Flug nach L. A. vollkommen überdreht gewesen, wirkte jetzt aber kränklich.

»Da liest jemand *Das Buch*«, sagte Daniel. »Ach herrje.«

Ich schlug ihm leicht auf den Arm. Da er vergessen hatte, vor der Abreise zum Friseur zu gehen, ragten seine Haare wie eine Bürste in die Höhe. »Hör auf. Gesehen hab ich das noch nie.«

»Im Ernst?«

»Nein.«

»Na, dann. Ah, gut, vier Plätze nebeneinander.«

Er ging auf die Sitzreihe zu, die Zwillinge folgten ihm. Sie hatten beide einen kleinen Rucksack mit Spielzeug und Büchern für den Flug. Da sie sich nicht hatten entscheiden können, was sie mitnehmen sollten, wurden ihre Schultern jetzt vom Gewicht nach unten gezogen.

Ich hätte sie begleiten sollen, wie eine gute Mutter, stattdessen blieb ich einfach stehen und beobachtete ein Weilchen die Frau. Sie war eine langsame Leserin, las jede Seite konzentriert. Ihr Exemplar sah so aus, als wäre es schon einmal gelesen worden.

Ich trat näher zu ihr und fragte mich, wie man sich in einer solchen Situation verhielt. Sollte ich sie fragen, wie sie es fand? Anbieten, ihr ein Autogramm zu geben? Was dachte ich mir nur dabei! Ich wollte doch nicht erkannt werden, zumindest behauptete ich das immer. Dennoch hätte ich einiges dafür gegeben, in ihren Kopf schauen und beobachten zu können, wie sich meine Worte über ihre Synapsen entfalteten.

Sie fasste das Buch etwas anders, sodass die Rückseite zu mir gerichtet war und ich aus der Distanz den Klappentext lesen konnte.

Nach zehn Jahren als Staatsanwältin ist Meredith Daley erschöpft und weiß nicht, was sie sich vom Leben erhofft. Sie ist gut in ihrem Job, aber er setzt ihr auch zu. Ihr Freund möchte den nächsten Schritt wagen, doch sie hält ihn auf Abstand. Als sie mit der Anklage eines brutalen Mordes an einem Ex-Hockey-Star betraut wird, hält sie das zunächst für einen ganz normalen Fall. Doch dieser nimmt ganz neue Dimensionen an, als ihr ehemaliger Kommilitone Julian sich als der Angeklagte erweist. Meredith, Julian, Jonathan und Lily waren im Studium eine eingeschworene Clique gewesen. Jetzt verteidigt Jonathan Julian, und Lily gerät in einen Loyalitätskonflikt. Als sich Julian für eine nur selten angewandte und ziemlich riskante Verteidigungsstrategie entscheidet, ist Meredith gezwungen, sich ihrer Vergangenheit zu stellen.

Hat ein Spiel aus ihrer Studentenzeit ein tödliches Ende genommen?

Ich trat ein paar Schritte näher zu der Frau und konnte sehen, dass sie das Kapitel erreicht hatte, wo Meredith, Julian, Jonathan und Lily sich nach der Urteilsverkündung treffen.

Das Kapitel, in dem der Leser herausfindet, ob ein Mord stattgefunden hat.

»Ich habe das Buch geliebt«, rutschte es mir heraus.

Die Frau blickte verwirrt auf. Redete ich etwa mit ihr?

»Ach, tut mir leid. Ich hab nur gesehen, was Sie lesen, und ...«

Sie war jung, Mitte zwanzig. Klare Haut, strahlende Augen, noch ungebeugt und unversehrt von dem, was das Leben ihr schon beschert hatte.

»Ich weiß noch nicht, was ich davon halten soll«, antwortete sie gedehnt. Man hörte ihr an, dass sie aus dem Mittleren Westen kam.

»Wieso?«

»Es ist ziemlich abgefahren, oder? Mord als Spiel zu betrachten?«

»Als Gedankenexperiment. Nur um zu sehen, ob es funktionieren würde.«

»Spoileralarm.«

»Verzeihung.«

Sie zuckte die Achseln. »Kein Ding. Außerdem weiß man sowieso fast alles, weil der Film bald in die Kinos kommt.«

»Ach nein, das Buch ist ganz anders als der Film.«

»Woher wissen Sie das?«

»Ich arbeite in der Branche«, sagte ich. Die Lüge ging mir ganz leicht über die Lippen. »Ich konnte das Drehbuch lesen.«

Das stimmte sogar. Das Buch sollte verfilmt werden, und jemand bekam den Zuschlag für das Drehbuch – nicht ich, obwohl ich mir das eigentlich gewünscht hätte. Er konnte ein paar Stars dafür interessieren.

Letztes Jahr verbrachte ich dann vor unserem Umzug nach Cincinnati einen Tag am Set. Es war eine ziemlich surreale Erfahrung. Als könnte man das Reich seiner eigenen Fantasie betreten und andere dabei mitnehmen. Ich hoffte nur, mein Buch wäre nicht bis zur Unkenntlichkeit deformiert, bis der Film endlich fertig war und in die Kinos kam. Meine Agentin versprach mir ständig, das Datum würde jeden Moment bekannt gegeben.

»Cool.«

»Ja, wirklich. Sagen Sie, was halten Sie von Meredith?«, fragte ich.

Meredith, die Protagonistin. Die, von der alle annahmen, sie hätte autobiografische Züge, was ich heftig abstritt. Allerdings stand sie mir trotz aller Proteste am nächsten.

»Sie ist ein bisschen verdreht, oder?«

»Inwiefern?«

»Julie«, rief Daniel. »Ich könnte Hilfe gebrauchen.«

Ich blickte zu ihm hinüber. Sam kletterte ihm auf den Rücken, während Melly still vor sich hin weinte.

»Ich muss gehen. War schön, mit Ihnen zu sprechen.«

»Ja …«

Ich eilte zu meiner Familie und verbrachte die nächsten Minuten damit, Melly zu beruhigen. Daniel ging währenddessen mit Sam zur Toilette, um ihm eine Auszeit zu verpassen und ein ernstes Wörtchen mit ihm zu reden. Unter den gegebenen Umständen würden wir wahrscheinlich das Bildschirmverbot zurücknehmen und ihnen für den nächsten Flug ihre Tablets geben.

Als Melly sich endlich beruhigt hatte, spürte ich, dass mich jemand ansah. Das Gesicht noch halb in Mellys weichem Haarschopf vergraben, hob ich den Blick und entdeckte, dass die junge Frau von eben mich beobachtete. Das Buch lag mit der Rückseite auf ihrem Schoß. Sie blickte vielsagend auf das Autorenfoto, dann wieder zu mir und hob fragend die Schultern.

Ich zog sie ebenfalls hoch.

Ja, ich bin's, wollte ich damit sagen. Aber andererseits auch nicht.

◆ ◆ ◆

Nachdem wir es endlich durch die Sicherheitskontrollen, die quälende Einreiseprozedur und durch eine Ansammlung von Time-Share-Verkäufern geschafft hatten, kamen uns die warme Luft und das viele Grün wie Balsam vor. Ich schloss die Augen, holte tief Luft und atmete wie im Yoga ganz langsam wieder aus.

Das Resort hatte uns einen Wagen geschickt, und allein das wog fast den horrenden Preis auf. Weder mussten wir uns mit dem Gepäck und den Kindern abmühen noch befürchten, vom Taxifahrer abgezockt zu werden.

Das Resort selbst war sogar schöner als im Prospekt. Dabei hatte mich bereits der überzeugt, als ich ihn einen Tag nach unserem Einzug in meiner Post fand. Während die Kinder aufgeregt auf die Palmen und die bunten Vögel zeigten, sagte ich zu mir, dass ich wirklich dankbar für mein Leben sein konnte.

Die Idee zum Buch und dann *Das Buch* selbst hatten alles verändert. Früher musste ich ständig kämpfen, und jetzt konnte ich alles haben, was ich mir wünschte. So vieles hatte sich zum Guten gewendet. Das Geld, die Anerkennung, die Befriedigung in den Momenten, wenn die Worte mühelos aus mir herausflossen. Es überwog das Schlechte meist. Nur Heather Stanhope trübte das Idyll, und die befand sich in einem anderen Land. Ich hatte schon eine ganze Weile umziehen wollen, und Heather war der perfekte Grund gewesen. Nicht zum ersten Mal hatte ich eine Geschichte erfunden, um meinen Launen folgen zu können.

Außerdem war da die schlichte Tatsache, dass niemand wusste, wo wir uns gerade befanden. Wir hatten nicht einmal unseren Familien genau gesagt, wohin wir reisten. Hauptsächlich deswegen, weil die Reise unverschämt teuer gewesen ist. Nicht mal Daniel wusste, wie viel sie kostete. Ich hatte über die Hälfte von einem Konto angezahlt, von dem er keine Ahnung hatte, damit der Preis nicht mehr so hoch erschien.

»Wozu hat man schließlich Geld, wenn man sich nicht hin und wieder etwas gönnt?«, hatte ich in den letzten zwei Jahren manchmal zu Daniel gesagt.

»Es ist alles so grün hier«, verkündete Sam, kuschelte sich an meine Brust und steckte sich den Daumen in den Mund.

»Okay, du hattest recht«, bemerkte Daniel.

Wir waren auf dem Weg zu unserer Privatvilla. Ein überdimensionaler Golfwagen brachte uns dorthin. Auf dem riesigen Gelände des Hotels konnten bis zu dreitausend Gäste untergebracht werden. Jeder von uns hatte ein Kind auf dem Schoß. Beide waren still und benommen von der Reise, die hinter ihnen, und dem Luxus, der vor ihnen lag.

»Ist das eine allgemeine Feststellung, oder gibt es Details, die du extra hervorheben möchtest?«

»Dies hier«, sagte er und wies um sich. »Das ist einfach unglaublich.«

»Nicht wahr?«

»Ich wünschte nur ...«

Er verstummte, aber ich wusste, was er sagen wollte.

Er wünschte nur, er hätte für das alles aufkommen können.

Ich hätte nie gedacht, dass Daniel eine derart konventionelle Einstellung haben könnte. Eigentlich hatte er die auch gar nicht. Aber nachdem ich die Juristerei aufgegeben hatte und danach ziellos herumgedriftet war, bis die Zwillinge kamen, waren wir beide in alte Muster verfallen, und er hatte einen Großteil der Rechnungen bezahlt. Es war mir ziemlich lange schwergefallen, dass er die Verantwortung übernahm, weil ich selbst für mein Leben aufkommen wollte. Aber wahrscheinlich hatten wir uns beide irgendwann daran gewöhnt.

Dann wurde mein Buch verlegt, und alles änderte sich. Plötzlich hatte ich mehr Geld, als ich ausgeben konnte. Für die Hypothek. Das Studiendarlehen. Die Ausbildung der Zwillinge. Die Rechte an meinem Buch wurden im Bieterverfahren verkauft. In fünfundzwanzig Länder. Dann die Filmrechte. Ich bekam einen großen Vorschuss für *Buch Zwei*.

»Das Arschlecken-Geld«, nannten wir es, weil das leichter war, als über die Höhe der Summe zu sprechen. Dabei hatte ich nicht einmal Daniel erzählt, wie viel es tatsächlich war und wie viel jeden Monat dazukam. Ich überflog inzwischen nur noch, wenn aus irgendeinem Land Lizenzzahlungen auf meinem Konto landeten. Außerdem wusste ich nicht ganz genau, wie viel Vorschuss ich für *Buch Zwei* überhaupt bekommen hatte, bei dem mich langsam der Verdacht beschlich, ich würde es niemals zu Ende schreiben.

Am Tag des ersten Vertragsabschlusses eröffnete ich das geheime Bankkonto, von dem Daniel nichts wusste. Nicht, weil ich ihm nichts von dem Geld abgeben wollte, sondern weil ich wusste, dass es einfach zu viel war. Es war für jeden zu viel.

Ganz besonders für ein Pärchen, das früher jeden Penny zweimal umgedreht und alles selbst gemacht hatte, bis hin zu Pizza, Halloweenkostümen und sogar Reinigungsprodukten. Kaum zu glauben. Es gibt so vieles, das eine Ehe aus dem Gleichgewicht bringen kann, und bei uns war es das Geld. Es fiel uns viel leichter, die meiste Zeit seine Existenz zu leugnen, als damit anzugeben und seine Macht über uns einzugestehen.

Davon abgesehen wollte ich diesen Urlaub von dem Moment an, da der böse Airline-Club, dem ich angehörte, mir den Prospekt geschickt hatte. Ich brauchte diesen Urlaub. Die Abgeschiedenheit, die Wärme, die leuchtenden Farben. Davon brachte mich auch nicht die Tatsache ab, dass er mehr kostete als mein Auto. Ich klickte einfach auf *Buchen* und erzählte Daniel erst hinterher davon.

»Du bezahlst den nächsten«, sagte ich, als wir vor der weißen Villa im Adobe-Stil hielten. Die Luft war erfüllt vom Duft nach Blumen, die ich nicht identifizieren konnte. Das Meer war nicht zu sehen, aber ich konnte es spüren. Den Sog von Ebbe und Flut, das ferne Rauschen der anrollenden Wellen.

»Verfallene Hütte am Strand?«, fragte Daniel.

»Was immer du willst.«

Er lächelte und neigte sich über die Köpfe unserer benommenen Zwillinge hinweg zu mir.

»Ich will dich«, flüsterte er mir leise ins Ohr.

»Nicht küssen!«

Trotz der luxuriösen Umgebung brauchte ich volle zwei Tage, um zur Ruhe zu kommen. Es standen uns sogar ein Massageservice und rund um die Uhr ein Butler zur Verfügung. Zwei volle Tage, um das Gefühl abzuschütteln, das ich oft in der Freizeit hatte, nämlich dass ich eigentlich arbeiten sollte, Wörter zu Papier bringen, meine Seiten in den sozialen Netzwerken pflegen oder zumindest all dies ständig im Kopf behalten sollte. Schlimmer als in meiner Studienzeit. Damals gab es wenigstens in den Semesterferien nichts, was ich hätte tun sollen oder können.

Wenn man Autorin war, folgte einem die Arbeit überall hin. Ständig kamen mir Fetzen von Dialogen in den Sinn. Während ich Daniel hätte zuhören sollen, löste sich ein Knoten im Plot auf. In bestimmten Augenblicken fühlte ich mich seltsam abgelöst von allem, ein Gefühl, das ich unbedingt festhalten wollte, um es später beim Schreiben zu nutzen.

Doch ich hatte jede Menge Strandlektüre dabei und genug Sonnencreme, um jeden Zentimeter meiner Haut damit zuzukleistern. Die Zwillinge verbrachten den ganzen Tag im Miniclub und amüsierten sich prächtig mit ihren neuen Freunden. Daniel war vollends damit zufrieden, auf einer Luftmatratze dahinzudriften und die langatmigen historischen Schmöker über England zu lesen, die er so liebte. Der Gemeinschaftspool war still, friedlich und so nahe am Meer, dass die salzigen Wellen als eine Art weißes Rauschen in meinem Kopf dienten.

Das und die Margaritas. Ich genehmigte mir zwei pro Tag. Na gut, drei. Schließlich hatte ich Ferien. Beim Abendessen wechselte ich zu Wein. All dies bewirkte, dass ich am dritten Tag gegen Mittag von einer tiefen Ruhe erfüllt war, wie ich sie seit Langem nicht mehr empfunden hatte. In acht Minuten gäbe es an der Bar alkoholische Getränke, aber wer zählte schon die Minuten?

Deshalb fühlte ich mich vollkommen sicher, als ich mein Notebook nahm, mich im hoteleigenen WLAN anmeldete und meinen beruflichen E-Mail-Account aufrief.

Die Ruhe zerstob, kaum dass ich meinen Posteingang sichtete. Neben Hunderten von unbeantworteten Fanbriefen (Schuldgefühle deswegen hatte ich längst aufgegeben) und etlichen Bitten um das Lesen oder Kommentieren von Büchern gab es mehrere alarmierende Warnhinweise, dass jemand versucht hatte, von einer ungewöhnlichen IP-Adresse aus in meinen E-Mail-Account zu kommen. Sollte ich das gewesen sein, konnte ich die Warnungen vergessen, doch wenn nicht, musste ich sofort mein Passwort ändern. Als die erste Warnung kam, waren wir in der Luft gewesen. Da hätte ich mich unmöglich von Mexiko aus oder wo auch immer wir gerade waren, einloggen können. Als ich die IP-Adresse nachprüfte, erwies sich, dass sie in British Columbia angesiedelt war. Doch ich wusste vom letzten Mal (Heather, wer sonst?), dass jeder mit auch nur begrenzten Fähigkeiten es so aussehen lassen konnte, als würde er sich wer weiß wo einloggen.

Ich fasste es einfach nicht, dass das wieder losging. Wieso konnte sie mich nicht in Ruhe lassen? Wieso konnte sie nicht einfach verschwinden?

Wieso konnte sie nicht einfach *sterben*?

Genau in dem Moment, als die Panik gegen mein Herz schwappte wie die Wellen ans Ufer, schob sich ein Schatten vor die Sonne, und eine Stimme sagte: »Das ist ja komisch. Sie hier?«

ÄRGER IM PARADIES

John

Neun Monate zuvor

Hannas Familie steht auf Urlaube mit der ganzen Verwandt-
schaft. Alle paar Jahre schlägt ihre Mutter den Gong. *Wäre
es nicht nett, wir alle flögen mal nach …* Dann kommt das,
was sie sich in den Kopf gesetzt hat. Und wir sollen dem Ruf
folgen. Aus Solidarität mit mir behauptet Hanna zwar, sie
würde diese Urlaube hassen. Aber ich weiß, in Wahrheit ge-
nießt sie sie.

Tatsächlich schien sie, als ich ihr von meiner Kündigung
erzählte, nur besorgt, wir könnten deswegen nicht in den Fa-
milienurlaub fahren.

»Es ist schon alles bezahlt«, sagte sie, und ich brauchte
eine Minute, um zu begreifen, wovon sie eigentlich sprach.

»Du meinst den Urlaub? Nein, noch nicht ganz.«

Einen Monat zuvor hatten wir eine Anzahlung geleistet
und bei einer Rabattaktion die Tickets gekauft. Aber wir
wussten beide, dass die meisten Unkosten erst durch Essen,
Trinken und Trinkgelder während der Urlaubswoche zu-
sammenkommen würden.

»Mach dir keine Gedanken«, sagte Hanna. »Wir können
es uns leisten.«

Da wusste ich, dass das Thema beendet war.

Dies war eines der ungeschriebenen Gesetze in unserer Ehe. Sie hatte das letzte Wort bei allem, was ihre Familie betraf, und ich bei allem, was meine anging. Pech für mich, wenn meine Familie eher darauf aus war, möglichst den Kontakt zu meiden. Bei allem gibt es Gewinner und Verlierer.

Ich verdrängte es. Doch in der Zeit zwischen den Jahren nahm ich meinen Mut zusammen und sprach das Thema an. Vielleicht konnten wir doch ...

»Nein. Nein und damit basta«, sagte Hanna. »Vor allem kein Wort über deine Arbeitslosigkeit, während wir da sind. Sonst würde sich Mom zu sehr aufregen. Und uns anbieten, uns Geld zu leihen.«

»Wäre das denn so schlimm?«

Sie warf mir einen Blick zu. »Ist das dein Ernst?«

Sie hatte recht. Am Anfang unserer Ehe hatten wir uns von ihren Eltern Geld für die Renovierungen des Hauses geliehen, das ich von meiner Tante geerbt hatte. Doch obwohl wir einen Rückzahlungsplan mit bequemen Raten hatten, rief uns ihre Mutter immer fünf Tage vor dem Zahltag an.

Jeden einzelnen Monat.

»Hi, Kinder! Ich habe gerade an euch gedacht. Ach, und wenn ihr diesen Monat erst später zahlen könnt, dann sagt doch bitte Bescheid, ja? Ich hab euch lieb.«

Wir zahlten nie später, nicht ein einziges Mal. Sie rief immer nur an, wenn sie wusste, dass wir in der Arbeit waren und der Anrufbeantworter anspringen würde. Wenn dann am fünfundzwanzigsten des Monats das rote Lämpchen blinkte, geriet ich jedes Mal in Rage. Ich erkundigte mich sogar bei einer Bank, ob wir eine Hypothek aufnehmen konnten, um das Darlehen mit einem Schlag abzuzahlen. Die Bank lehnte ab, was wahrscheinlich auch gut war.

Eine viel bessere Idee war, zufällig den Anrufbeantworter fallen zu lassen und Hanna zu überreden, keinen neuen zu kaufen. Wir machten einen Plan, erhöhten die Raten so weit wie möglich und zahlten das Darlehen schnellstens zurück. Dann schworen wir uns, nie wieder auch nur einen Penny von ihnen zu leihen.

»Ist gut«, sagte ich. »Gut. Wir leihen uns kein Geld von deinen Eltern. Doch wir sollten wirklich nicht in diesen Urlaub fahren.«

»Ich weiß. Aber wir schaffen das schon. Du findest ja bestimmt bald wieder was, oder? Einen neuen Job.«

»Natürlich.«

Also fuhren wir.

Als ich dann Anfang Januar meinen Morgenkaffee mit Blick aufs Meer trank, ging mir auf, dass ich mich nicht beklagen konnte. Wir hatten unser eigenes Apartment. Ein Zimmer für Hanna und mich, eins für die Kinder. Die Räume lagen weit genug voneinander entfernt, dass wir die Tür abschließen und uns geräuschlos lieben konnten, was wir in den vergangenen zwei Nächten auch getan hatten. Das Apartment hatte sogar eine eigene Küche, was hieß, wir konnten selbst kochen und sogar unser eigenes Bier mitbringen. Das machte alles wesentlich kostengünstiger. Nur zog es mich runter, dass mich jeder Dollar, jeder *Peso* schmerzte, der zum Fenster rausgeworfen wurde.

Wenn ich wieder zu Hause wäre, würde ich meine Jobsuche ernsthaft intensivieren müssen.

»Schatz, kannst du mal nach Becky gucken?«, rief Hanna von unserem Balkon aus, wo sie in unserem sogenannten

Sündenpfuhl saß, einem Whirlpool, der nur knapp zwanzig Zentimeter tief war und täglich von der Sonne gewärmt wurde. »Ich kann sie von hier aus nicht sehen.«

Becky war eine Stunde zuvor zum Pool gegangen, hatte aber versprechen müssen, in Sichtweite zu bleiben. Chris trieb sich irgendwo herum. Aber er war schon fünfzehn und ein Junge, daher galten für ihn andere Regeln.

»Bei ihr ist bestimmt alles in Ordnung«, sagte ich. »Vielleicht ist sie zum Strand runter.«

Hanna schob ihre Sonnenbrille tiefer. Ihre Nase war leuchtend rot, weil sie am ersten Tag zu viel Sonne abbekommen hatte. Sie trug einen blaugrünen Bikini, der mich lockte, die Träger an ihrem Nacken aufzuknoten.

»Ja, ja, schon gut. Ich gehe.«

Ich schnappte mir Sonnenvisier und Zimmerschlüssel und machte mich auf die Suche nach Becky. Wahrscheinlich hatte sie ihren Liegestuhl in den Schatten geschoben. Oder sie war auf der Toilette. Normalerweise war Hannas Beschützerinstinkt wesentlich weniger ausgeprägt als bei anderen Müttern. Vor unserer Abreise hatte sie jedoch gelesen, dass es in unserer Gegend ein paar Entführungen gegeben hatte. Sie machte sich vor jedem unserer Urlaube über die Gegend kundig. Normalerweise erwies sich das als Segen. Doch hin und wieder katapultierten die Informationen sie in ein Wurmloch, und wir alle hatten unter den Konsequenzen zu leiden.

Es war später Vormittag. Außerhalb unserer von der Klimaanlage gekühlten Wohnung war die Luft heiß und schwül. Ich war nur froh, meine Badehose angezogen zu haben. Sobald ich Becky gefunden hätte, würde ich sie in den Pool schmeißen und ihr nachspringen. Das brachte sie bestimmt zum Lachen.

Ich entdeckte sie an einem schattigen Plätzchen unter zwei Handtüchern. Man sah nur ihre Hand, die das Buch hielt.

»Becks, deine Mom hat sich schon Sorgen gemacht.«

Das Mädchen ließ das Buch sinken. Es war nicht Becky.

»Ach, tut mir leid. Kleine Verwechslung.«

Daraufhin hob sie wieder ihr Buch, warf mir vorher aber einen Blick zu, als wäre ich ein Perverser.

Während ich durch die Liegestuhlreihen ging, beschlich mich leichte Beunruhigung. Die war nicht Becky, die auch nicht, die auch nicht. Wie lange sollte ich suchen? Wo war das Mädchen?

Als ich jeden Liegestuhl zweimal überprüft hatte, folgte ich dem Betonweg zum Meer. Eine Gruppe Teenager spielte Volleyball am Strand. Chris war dabei, er hatte das T-Shirt ausgezogen, und seine Schultern leuchteten rot unter der weißen Schicht Sonnencreme, mit der Hanna ihn eingeschmiert hatte, bevor er ging.

Keine Spur von Becky.

»Hey, Chris!«

Er sah mich und warf dem Mädchen neben ihm einen Blick zu. Sie trug einen knallroten Bikini, der mehr zeigte, als wir bei Becky zugelassen hätten. Ihr erdbeerblondes Haar fiel ihr wie ein Vorhang über den Rücken. Ashley und Chris schienen sich auf der Silvesterparty versöhnt zu haben, aber vielleicht irrte ich mich da auch.

»Chris!«

Er kam zu mir gelaufen. »Was ist denn?«

»Hast du Becky gesehen?«

»Sie hat mit Volleyball gespielt.«

»Hat? Wann denn?«

Er zuckte die Achseln. »Keine Ahnung.«

»Tja, weißt du, wohin sie gegangen ist?«

»Ich glaube, den Strand runter.«

»Allein?«

»Kann sein, dass dieser Parker bei ihr war.«

Unwillkürlich ballte ich die Fäuste. »Welcher Parker?«

Wieder zuckte er die Achseln. Völlig unerwartet überkam mich der Drang, ihn an der Kehle zu packen.

»Wann ist sie mit diesem Kerl los? Gib mir eine vernünftige Antwort, Chris, ich warne dich!«

»Mann, sorry, Dad. Ist nicht lange her. Etwa zehn Minuten oder so.«

»In welche Richtung?«

Er zeigte den Strand hinunter.

Ich kniff die Augen gegen das grelle Sonnenlicht zusammen und entdeckte zwei einsame Gestalten. Es sah aus, als würden sie Händchen halten.

Da rannte ich los. Trotz meiner morgendlichen Runden ging mir fast sofort die Puste aus. Vielleicht lag es an der Luftfeuchtigkeit. Oder auch daran, dass irgendein Lackel, ein Junge, die Finger an meiner Tochter hatte.

Nach einer Minute war ich nahe genug herangekommen, um Becky zu erkennen. Sie trug weiße Shorts und ein blaues Lycra-Shirt, das wir ihr gekauft hatten, damit sie Surfen lernen konnte. Um wieder zu Atem zu kommen, blieb ich hundert Meter von ihnen entfernt stehen und stützte die Hände auf die Knie. Sie gingen weiter. Der vierzehn- oder fünfzehnjährige Junge, Parker vermutlich, nahm ihre Hand in seine. Dann hob er die andere und strich ihr eine Haarsträhne hinters Ohr. Er neigte sich zu ihr, um sie zu küssen. Ich schoss in die Höhe.

Offenbar hatte Becky das aus dem Augenwinkel gesehen, denn kurz bevor seine Lippen ihre trafen, drehte sie den Kopf zu mir.

»Dad! Was zum Teufel?«

»Wir haben dich gesucht«, sagte ich mit bemüht ruhiger Stimme. Nur mit großer Anstrengung unterdrückte ich meinen instinktiven Drang, den Jungen zu Boden zu schlagen. »Deine Mom war beunruhigt.«

»Liebe Güte. Ich habe nur einen kleinen Strandspaziergang gemacht.«

»Tja, dann lass uns zurückgehen und ihr Bescheid sagen, dass alles in Ordnung ist, ja?«

Parker stand nur da, ohne ein Wort zu sagen. Seine braunen Haare wirkten verfilzt. Seine Bermudashorts sahen aus, als würde sie ihm gleich von den mageren Hüften rutschen. Er hatte Beckys Hand nicht losgelassen.

Für so etwas war ich längst nicht bereit.

»Komm, Becks. Gehen wir.«

Widerstrebend folgte sie mir zum Pool. Parker trottete ihr hinterher, schloss sich aber den Volleyballspielern an, als wir die Treppe erreichten. Sie sah ihm eine Minute lang zu, während ihre Ohren immer röter wurden, was nichts mit der Sonne zu tun hatte. Als er keinen Blick zu ihr herüberwarf, drehte sie sich um und stürmte vor mir die Treppe hinauf. Wenn dieser Junge meine Tochter zum Weinen brachte, würde er es bereuen.

Am Pool setzte Becky sich auf ihren Liegestuhl und zog die Knie bis zur Brust. Sie winkte Hanna zu, die am Geländer unseres Balkons stand.

»Bist du jetzt zufrieden?«, fragte Becky.

»Schmoll hier nicht rum, ja? Das kann ich nicht haben.«

»Irgendwann musste das doch passieren, Dad. Also komm damit klar.«

Sie zog ihr Buch aus der Tasche und verschanzte sich dahinter. Während ich ihr dabei zusah, pumpte mein Herz weiter zu viel Blut durch die Adern.

»Du stehst mir in der Sonne«, bemerkte Becky.

»Alles klar, sorry. Komm nicht zu spät zum Mittagessen, ja?«

Als sie nur grunzte, machte ich mich auf die Suche nach einem freien Liegestuhl. Ich musste unbedingt in den Pool. Vielleicht würde das mein Mütchen kühlen.

Ich entdeckte einen freien Liegestuhl neben einer Frau, die unter einem breiten Strohhut auf ihr Notebook starrte. Als ich mir mein T-Shirt auszog, fluchte sie leise. Erneut fing mein Herz an zu rasen, aber aus einem anderen Grund.

Ich sah sie genauer an. Ihre Haut war so gleichmäßig braun wie bei keinem in unserer Familie. Ihre Brüste unter dem hellblauen Bikinitop waren etwas größer, als ich mir vorgestellt hatte.

»Das ist ja komisch. Sie hier?«, hörte ich mich sagen.

Manchmal bin ich ein richtiges Arschloch …

An jenem Abend gingen wir zu viert essen. Hanna und ich, Julie und Daniel. Hannas Eltern waren nur zu gerne bereit, auf alle Kinder aufzupassen. Sie scheuchten uns zur Tür hinaus und wünschten uns viel Spaß in Puerto Vallarta.

Hanna bedachte mich mit einem merkwürdigen Blick, als ich Julie in unser Apartment brachte, um ihre neueste technische Krise zu lösen. Aber Julie verhielt sich goldrichtig, hakte sich bei Hanna unter und erklärte, wie erleichtert sie sei, bekannte Gesichter zu sehen. Und wie leid es ihr tue, dass sie trotz ihrer Vorsätze noch keinen Kaffee miteinander getrunken hätten.

In meinen Ohren klang das ziemlich künstlich. Aber ich hatte schon mehrfach beobachtet, dass Hanna Schwierigkeiten hatte zu erkennen, wann jemand sie anlog.

Nach ein paar Minuten jedenfalls schwand Hannas Argwohn, freiwillig oder unfreiwillig. Julie und sie bereiteten in der Küche das Mittagessen zu, während ich mir Julies Notebook vornahm und ein paar Sicherheitsfeatures einbaute. Außerdem änderte ich das Passwort für ihren E-Mail-Account. Dazu hatte mir Julie einen Zettel mit dem Satz *You know it's all a gamble when it's just a game* gegeben. Das war eine Textzeile von Guns N'Roses, wie ich später googelte. Ich knüllte den Zettel zusammen, warf ihn in den Müll und fragte mich, was das wohl zu bedeuten hatte. Ob etwas dahintersteckte. Sie hatte mir versprochen, das Passwort später wieder zu ändern.

Kurz bevor Daniel mit den von ihrem Morgen im Miniclub erschöpften Zwillingen eintraf, sagte Julie, wie wunderschön es hier doch sei. Daraufhin bemerkte Hanna, wie *seltsam* es sei, dass wir im selben Resort gelandet wären.

»Sie haben bestimmt denselben Prospekt wie ich bekommen«, erklärte Julie daraufhin.

Ich drehte mich auf meinem Stuhl um. Hanna hatte beide Hände in die Achselhöhlen geschoben, als wollte sie sich selbst festhalten.

Julie fuhr fort: »Ich hatte keine Ahnung, dass Sie hierherfliegen.«

Ich wandte mich wieder dem Notebook zu. Um die nötigen Änderungen vorzunehmen, hatte ich Julies Abschaltfunktion für den Browser außer Kraft setzen müssen.

»Ist schon gut«, sagte Hanna mit angespannter Stimme. »Vergessen Sie's.« Lass doch, Hanna, dachte ich. Mach's nicht unangenehmer, als es ist.

Da platzten Daniel und die Zwillinge herein und setzten dem Gespräch ein Ende. Beim Mittagessen, selbst gemachten Quesadillas, kam Daniel auf die Idee, gemeinsam essen zu gehen, und meinte, er hätte von einem kubanischen Restaurant gehört, das er ausprobieren wollte. Gutes Essen, gute Musik und viele Mojitos.

Da Hannas Mutter sich einverstanden erklärte, auf die Kinder aufzupassen, sagten wir zu. Allerdings ließen wir Hannas Eltern mit der strikten Regel zurück, keines der Kinder aus den Augen zu lassen. Ich hatte Hanna von Parker und dem Mädchen erzählt, das Chris beäugt hatte.

»Vielleicht hat sich die Sache mit Ashley dann erledigt«, sagte Hanna, während wir uns umzogen. Sie mochte Ashley nicht, weil sie sie zu sehr an die gemeinen Mädchen erinnerte, die an der Highschool der Kinder das Sagen hatten. Sie wünschte sich etwas Besseres für unseren Sohn.

»Ach, sie werden doch nicht gleich heiraten«, gab ich zurück. »Aber ich fasse es nicht, dass du so ruhig bleibst, obwohl unsere Tochter fast geküsst worden wäre.«

»Es war nur eine Frage der Zeit, dass es dazu kommt«, sagte Hanna lediglich und trug eine weitere Schicht Wimperntusche auf. »Und nicht nur dazu.«

»Nur über meine Leiche.«

Sie umfasste meinen Nacken. »Alles klar, Neandertaler.«

Ich küsste sie. Sie fuhr mir mit der Zunge über die Zähne.

»Wir können das Essen ausfallen lassen«, sagte ich.

»Was? Auf gar keinen Fall werde ich die Chance verpassen, einen Abend mit Erwachsenen zu verbringen.«

Die Fahrt nach Puerto Vallarta verlief unspektakulär. Das Restaurant erwies sich wie versprochen als schickes, nach Mexiko importiertes Fleckchen Kuba. Wir saßen an einem Tisch auf der Galerie mit Blick auf die Tanzfläche. Die Band spielte laut kubanischen Jazz. Die Tische und Wände waren mit Unterschriften übersät. Ernest Hemingways berühmte Unterschrift dominierte die Wand hinter der Bar.

Wir begannen mit Mojitos, die stark und frisch schmeckten. Ich kippte meinen ziemlich schnell hinunter. Und den danach auch. Daniel und Hanna unterhielten sich über gemeinsame Bekannte. Hanna vertrat das Unternehmen, in dem Daniel arbeitete. Über seine Beschreibung des Firmenjuristen musste sie laut lachen. Wir alle lachten, obwohl es bei Julie so klang, als hörte sie die Geschichte nicht zum ersten Mal.

»Sie haben da was an den Zähnen«, sagte Julie, nachdem ich einen Schluck von meinem neuen Drink getrunken hatte. Den Alkohol schmeckte ich schon nicht mehr, was ein schlechtes Zeichen war.

»Was?«

»Hier«, sagte sie und tippte sich an den Schneidezahn. »Tut mir leid. Ich finde es besser, es jemandem zu sagen, als ihn damit rumlaufen zu lassen.«

»Ist in Ordnung. Ehrlich, danke.«

Ich entfernte mir ein Stückchen Minze vom Schneidezahn. An diesem Abend wirkte Julie besonders reizend in dem korallenroten Kleid, das ihre Kurven umschmeichelte. Die Luftfeuchtigkeit lockte ihre Haare. Ihre Haut glühte von der Sonne. Was hatte diese Frau nur an sich? Noch zwei Stunden zuvor war ich bereit gewesen, den Abend für ein Schäferstündchen mit meiner Frau sausen zu lassen. Jetzt brachte Julie mich auf andere Gedanken.

»Vielleicht bleibe ich ab jetzt bei Bier«, sagte ich.

»Klingt vernünftig«, sagte Daniel laut und guckte sich nach dem Kellner um.

Ich griff mir die Karte und studierte die Liste der angebotenen Biersorten. Dabei setzte ich mir im Stillen ein Limit. In der nächsten Stunde würde ich Julie nicht mehr direkt ansprechen.

Stattdessen hielt ich mich an Daniel, während wir einen Mix aus mexikanischem und kubanischem Essen serviert bekamen. Wir erzählten uns Schauergeschichten aus der Arbeit, während wir ein Bier nach dem anderen leerten, und begaben uns zu zweit nach unten, um näher an der Band zu sitzen. In ungezwungenem Schweigen sahen wir zu, bis sie eine Pause machten, und gingen dann zur Bar, um uns eine weitere Runde zu holen. Ich war nicht sicher, die wievielte das war. Mittlerweile scherte mich das auch nicht mehr.

Wir stießen unsere Bierflaschen aneinander.

»Übrigens danke, dass du Julie geholfen hast«, sagte Daniel.

»War doch keine große Sache.«

»Nein, ich weiß, das war nicht das erste Mal. Du hast ihr schon mit dem Passwort für das WLAN geholfen. Julie ist manchmal ... ein bisschen paranoid.«

»Ach ja?«

»Nicht, dass Heather, die Stalkerin, nicht gruselig wäre, aber irgendwie kam es mir so vor, als hätte Julie so was erwartet. Es ist schwer zu erklären.«

»War es komisch für dich, das Buch zu lesen?«

»Du meinst, Julies Buch?« Er nuschelte, ich allerdings auch. »Ehrlich gesagt, ein bisschen. Sie hat mir zwar vorher davon erzählt, aber es dann gedruckt zu sehen, als Buch ...«

»Was willst du damit sagen?«

Reue schlich sich in Daniels Miene. »Nichts, Mann. Ich hab zu viel getrunken. Da, die Mädels kommen.«

Als die Musiker wieder ihre Plätze einnahmen, driftete er von mir zu Julie und Hanna. Salsamusik setzte ein, und wir alle fingen an zu tanzen. Daniel und ich wirbelten die Mädchen zwischen uns hin und her. Nach ein paar Runden stolperte Julie und stützte sich mit den Händen auf meiner Brust ab. Ihr Geruch drang mir in die Nase. Diesmal eine Mischung aus Zitrus, Schweiß und einem Hauch Sonnencreme. Sie lehnte sich lachend zurück und streckte ihre Hände nach mir aus.

»Mein Held«, sagte sie.

»IT-Held. Sehr sexy.«

»Aber ja.«

Ich hielt inne und trat einen Schritt zurück. »Wir sind alle ziemlich betrunken.«

»Ach, jetzt mach's nicht kaputt.«

Sie sah mich schmollend an und wandte sich zu Daniel. Der reichte Hanna wieder an mich, doch wir verpassten uns, als sie einen Schritt nach links und ich einen nach rechts machte.

»Ich bin voll«, erklärte sie.

»Ich glaube, das sind wir alle.«

Kurz darauf gingen wir. Es waren so viele Menschen unterwegs, dass wir eine geschlagene halbe Stunde brauchten, bis wir einen Taxifahrer fanden, der uns zu einem vernünftigen Preis zum Hotel zurückbringen wollte. Sein Wagen war so alt und rostig, dass er gut nach Kuba gepasst hätte. Die Sicherheitsgurte funktionierten nicht, und der Fahrer fuhr, als hätte er noch nie von Geschwindigkeitsbeschränkung oder Verkehrssicherheit gehört. Hanna auf dem Beifahrersitz hielt sich die meiste Zeit die Augen zu.

Julie saß zwischen mir und Daniel. Als wir über eine gelbrote Ampel rasten und einen Müllwagen nur um Zentimeter verfehlten, trafen sich unsere Blicke. Sie lächelte mich strahlend an. Es war offensichtlich, dass sie sich großartig amüsierte. Sie genoss die Gefahr sogar, bekam davon einen Kick.

Wahrscheinlich konnte Daniel sich später glücklich schätzen.

Ich dachte an das, was Daniel über Julies Buch gesagt hatte. *Aber es dann gedruckt zu sehen, als Buch.*

Da blitzte vor meinem inneren Auge eine Szene auf. Wie der Mord geschah, mitten in der Nacht. Wie der Mörder durchs Haus schlich, über dem Opfer stand und ihm so oft mit dem Messer ins Herz stach, bis nichts mehr davon übrig blieb.

Nur sah ich es in diesem Moment so, als wäre es Julie, die mit diesem gefährlichen Lächeln wieder und wieder zustach.

Dann fuhren wir über einen Huckel.

Als ich danach Julie einen Blick zuwarf, war ihr Lächeln verschwunden.

HEUTE

John

10 Uhr morgens

Wir sitzen auf der harten Bank in der Eingangshalle des Gerichtsgebäudes. Das Große Geschworenengericht tagt im vierten Stock, aber wir dürfen erst zur Zeugenaussage dorthin.

Es war Alicias Idee, uns als Zeugen aufzurufen. Eine ungewöhnliche Maßnahme, um den Fall bereits in einem Stadium zu beenden, das normalerweise nur eine Vorstufe zum richtigen Prozess ist. Dafür ist sie bekannt: Die Sache bereits im Ansatz zu beenden, bevor eine Maschine anläuft, die nicht mehr aufzuhalten ist. Eigentlich vertraue ich ihr. Ein Teil in mir tut das jedoch nicht und ist überzeugt, dass alles in einer Katastrophe enden wird.

In der Eingangshalle wimmelt es von Sicherheitskräften und Metalldetektoren. Ein Häftling in Fußfesseln und schwarzweiß gestreiftem Overall wird von zwei Polizeibeamten zu einem Aufzug geführt. Gestresste Anwälte und Anwaltsgehilfen eilen mit Akten vorbei und nicken einander zu. Schnell, schnell, schnell.

Für mich verstreichen die Minuten nur langsam. Die Luft fühlt sich abgestanden, sorgenerfüllt an. Ich spüre bereits, wie sich hinter meinen Augen Kopfschmerz bildet.

Alicia hat uns vorgewarnt, dass das Schlimmste heute das Warten sein werde. Es gebe keinen festen Zeitpunkt für unsere Zeugenaussage. Oder auch nur die Garantie, dass alle Zeugen gehört würden. Das hinge ganz davon ab, was die anderen Zeugen sagten. Welche Strategie der Staatsanwalt verfolge. Ob er meine, er habe die Männer und Frauen überzeugt, die mit ihrem Urteilsspruch unsere Zukunft in der Hand hielten.

Chris sitzt neben mir und starrt auf sein Handy. Trotz des Medienrummels haben wir es ihm nicht weggenommen. Ich wollte zwar, aber Hanna hielt es für richtig, so normal wie möglich weiterzumachen. Da keiner von uns in dieser Hinsicht Erfahrungen hat, gab ich nach.

Ich sehe Brad und Susan Thurgood mit ängstlichen Mienen durch die Sicherheitskontrolle gehen. Brad blickt auf seine Uhr, als wäre er spät dran. Ich weiß nicht, wo sie die letzte Stunde verbracht haben. Vielleicht im Café, genau wie wir. Die Türen zum Aufzug gehen geräuschvoll auf. Eine Gerichtsdienerin erscheint, im Neonlicht wirkt ihr Gesicht bleich. Ihre Sommersprossen sehen aus wie die Krallenabdrücke eines kleinen Vogels im Sand. Sie wirft mir einen Blick zu und schüttelt dann den Kopf, als Susan über Lautsprecher aufgerufen wird.

Susan stößt einen leisen Schrei aus und fasst Brad an der Schulter. Er steht mit ihr auf, stützt sie am Ellbogen und bringt sie zur Gerichtsdienerin am Aufzug. Susan betritt die Kabine wie ein Kind das Büro des Schuldirektors. Sie kommt mir viel dünner vor als früher. Brad bleibt dort, bis die Türen sich schließen, dann schiebt er die Hände in die Taschen und geht langsam zum Ausgang.

Ich schaue mich um. Alicia und Hanna stecken auf der

anderen Seite des Aufzugs die Köpfe zusammen. Wer weiß, worüber sie reden. Wir sind alle Einzelheiten so oft durchgegangen, dass es wie einstudiert wirkt. Eher wie ein auswendig gelerntes Script als etwas tatsächlich Geschehenes, das eine Schneise durch unser Leben geschlagen hat.

Ich weiß nicht, was ich machen soll. Soll ich ihnen sagen, dass Brad gegangen ist und es aussieht, als würde er nicht mehr zurückkommen? Ist diese Vermutung überhaupt richtig oder nur Wunschdenken meinerseits? Ich weiß, ich bin nicht mehr rational. Brad will wahrscheinlich nur ein bisschen frische Luft schnappen.

Schließlich ist nicht er derjenige, der etwas zu verbergen hat.

Dennoch drängt es mich aufzustehen und ihm zu folgen. Vielleicht kann ich mit ihm reden. Wie früher. Bevor Brad und Susan sich trennten. Immer wenn Brad etwas getankt hatte, erzählte er Privates aus ihrer Ehe. Dass Susan nur kommen konnte, wenn Brad beim Sex schmutzige Wörter sagte. Dass er beim Internetpoker etwas von den Rücklagen fürs College der Kinder verspielt hatte – nicht alles, bewahre! Aber genug. Dass er manchmal den Impuls hatte, einfach ins Auto zu steigen und ohne einen Blick zurück zu verschwinden.

Damals hatte ich Brad freundschaftlich auf den Rücken geklopft und ihm noch ein Bier gereicht. Einiges hätte ich am liebsten gar nicht erfahren. Ehrlich gesagt war die Vorstellung von Brad und Susan beim Sex genauso peinlich wie die Vorstellung vom Sex meiner Eltern. Alles andere hatte ich selbst an manchen Tagen gedacht. Nach ihrer Trennung hatte ich allerdings das Gefühl, ich hätte mich besser um ihn kümmern sollen. Merken sollen, dass es nicht nur leeres Gerede war, sondern eine Art Hilfeschrei. Die Drinks, die ich ihm gab, waren jedenfalls nicht die Hilfe, die er brauchte.

Ich verlasse das Gebäude und sehe mich um, erst links, dann rechts. Da ist Brad, einen halben Block entfernt. Er marschiert so forsch, dass sein Kopf mit dem schütteren Haar auf und ab wippt. Das ist kein normales Füßevertreten. Das ist ein Fluchtversuch. Ich erhöhe mein Tempo, getrieben von dem Drang, ihn einzuholen.

Am Ende des Blocks wird Brad langsamer. Er sieht sich um, möglicherweise auf der Suche nach einer Sitzgelegenheit. Als er sich mit den Händen über die Jacke klopft, zittern seine Beine.

»Brauchst du was zu rauchen?«, frage ich bemüht freundlich. Doch stehe ich näher hinter ihm, als ich sollte.

Er schreckt zusammen, als er meine Stimme hört. Als er sich umdreht, wirkt er, als hätte er Angst, ich könnte ihm was antun.

»Ich darf nicht mit dir reden«, sagt er schrill. »Das haben sie gesagt.«

»Ist gut, Brad. Ich will nicht reden.«

»Außerdem hättest du drinnen bleiben sollen.«

»Ich bin noch nicht dran«, sage ich. »Ich brauchte frische Luft.«

Seine Augen huschen nach rechts und links. Er hat dunkle Ringe darunter. Und Schweißperlen auf der Stirn.

»Alles gut. Hier beobachtet uns niemand. Ich bin's doch nur. John. Ich dachte, wir wären Freunde. Sind wir keine Freunde mehr?«

»Du weißt ja nicht, wie das ist ...«

»Ach, das weiß ich nicht?«

»Nein, ich meine, ich kann mir nicht vorstellen, wie ...«

»Schon gut, Brad. Ist gut.«

Wieder klopft er sich die Brust ab. Sein Anzug schlackert an ihm. Er hat ihn gekauft, als er noch zehn Kilo mehr wog. Auf dem rechten Hosenbein ist ein Fettfleck. Das Missverhältnis zwischen uns kommt mir irgendwie falsch vor. Ich sollte eigentlich derjenige sein, der vor lauter Verzweiflung nicht mehr auf sein Äußeres achtet. Der nicht mehr ans Kämmen denkt.

»Gut?«, sagt Brad. »Es ist gut?«

»Ich weiß nicht, warum ich das gesagt habe. Es war ... Es ist alles so ... Was ist passiert?«

»Wir dürfen nicht darüber reden.«

»Ich weiß, das sagtest du bereits. Dann lass uns nur ...«

Ich greife in meine Innentasche und hole den Flachmann heraus. Den habe ich gestern Abend eingepackt, warum genau, wusste ich nicht. Ich sollte heute doch hundertprozentig bei der Sache sein und nicht an dem klaren Wodka nippen, für den ich mich entschieden hatte, weil man ihn am wenigsten riechen konnte.

»Kennst du den noch?«, frage ich und schwenke den Flachmann. Man hört den Inhalt darin schwappen.

Brad wirkt zu Tode erschrocken. Glühender Selbsthass durchzuckt mich.

»Nein. Ich kann nicht. Ich trinke nicht mehr. Wirklich nicht.«

»Aber an dem betreffenden Morgen warst du betrunken.«

Ich erinnere mich noch klar und deutlich an das Scheppern des Mülls. Brad schwankte brabbelnd hin und her und versuchte, die Dosen wie Soldaten aufzureihen. »Was hast du damals überhaupt da gemacht?«

»Nur versucht, meiner Familie ein bisschen zu helfen.«

»Was ist mit heute? Was ist mit meiner Familie?«

»Ich hab doch keine Wahl. Hab 'ne Vorladung bekommen. Das weißt du doch.«

Wieder überfliegt er mit dem Blick die Umgebung. Ich verstelle ihm den Weg zum Gerichtsgebäude. Weglaufen kann er nicht.

»Ich kann das einfach nicht, verdammt noch mal«, sagt Brad. »Bitte.«

»Na klar kannst du. Komm schon.«

Ich fasse ihn genauso am Ellbogen wie er eben Susan. Ein Stück weiter gibt es einen Betonblock, den die Raucher als Bank benutzen. Darauf pflanze ich ihn und gebe ihm den Flachmann. Diesmal protestiert er nicht, sondern nimmt ihn gottergeben an. Er schraubt den Deckel ab und schluckt mehr, als ich jemals könnte.

»Du hast eine Wahl, Brad. Im Ernst.«

»Ach ja«, meint er, schon leicht nuschelnd. Er trinkt einen weiteren großen Schluck und setzt erschauernd den Flachmann ab. »Was willst du von mir, John?«

»Erzähl ihnen nur von der Sonne«, antworte ich. »Die so geblendet hat, dass man nichts sehen konnte.«

MERKWÜRDIGER VORFALL
MIT HUNDEHÄUFCHEN

Julie

Acht Monate zuvor

Nach unserer Rückkehr aus Mexiko joggten John und ich nicht mehr getrennt. An jenem ersten eiskalten Morgen danach band ich meine Schuhe zu und vergewisserte mich, dass ich die Haare ordentlich unter meine Laufmütze mit der Innenseite aus Fleece gesteckt hatte. Ich wusste, dass er auf der gegenüberliegenden Straße dasselbe machte und gleichzeitig auf seine Uhr blickte, um genau rechtzeitig das Haus zu verlassen und gemeinsam mit mir loszulaufen.

Diese Vorausahnungen hatte ich schon mein ganzes Leben. Manchmal wusste ich einfach, was bestimmte Leute sagen würden, selbst wenn es so ungewöhnliche Wörter waren wie *Kakofonie* oder *obsolet*. Dann hörte ich das Wort in meinem Kopf wenige Sekunden bevor sie es aussprachen. Hin und wieder kamen auch Anweisungen. *Geh in dieses Café. Bieg links ab.*

Normalerweise war das alles ganz harmlos, aber einmal hatte es mir tatsächlich das Leben gerettet, als der Fahrer vor mir unvermittelt auf die Bremse trat und ich nur Zentimeter von seiner Stoßstange entfernt mit dem Wagen zum Stehen kam, weil ich Sekunden vorher *gesehen* hatte, wie er bremste. Wie ich später erfuhr, war der Kerl betrunken und hatte zwei Nächte nicht geschlafen.

Wenn ich darüber redete, und sei es nur mit mir selbst, dann tat ich es ironisch als Zufall ab. »Natürlich glaube ich nicht daran«, sagte ich gerne auf Partys, wenn das Gespräch auf Zufälle kam. »Aber hört euch Folgendes an ...«

Damit hatte ich die Aufmerksamkeit aller – wie man eine Geschichte erzählte, wusste ich. Wenn ich dann beschrieb, wie ich zweimal an einem Tag erriet, woher jemand kam, bevor er es mir sagte, schüttelten sie den Kopf. Irgendjemand, meist ein Mann, bezeichnete mich als *Hexe*, woraufhin alle lachten und das Thema beendet war. Erhaschte ich dann Daniels Blick, verdrehte er vielsagend die Augen. Ich hatte ihm mehr als einmal versichert, dass ich mich ein bisschen schämte, wenn ich diese Geschichten zum Besten gab. Sie boten jedoch bei sozialen Anlässen einen guten Gesprächsstoff, und ich erzählte ja auch immer nur die Hälfte.

Denn verlassen konnte man sich nicht darauf, und Erklärungen dafür gab es unzählige. Ganz im Ernst: Was wollte ich überhaupt damit sagen? Dass ich tatsächlich eine Hexe war? Dass es Magie gab? Dass ich das dritte Auge hatte?

Außerdem: Als ich Heather Stanhope zum ersten Mal begegnete, klingelten bei mir sämtliche Alarmglocken. Und trotz dieser Vorwarnung freundete ich mich mit ihr an.

Weil ich nicht an so etwas glaubte.

Weil es keine Magie gab.

Auch an diesem Morgen klingelten meine Alarmglocken, als ich die Haustür öffnete, sorgsam hinter mir zuzog und mich vergewisserte, dass sie tatsächlich geschlossen war. Auf der gegenüberliegenden Straßenseite stand John in seinen

Winterjoggingklamotten und stieß eine dünne Atemwolke aus.

»Sollen wir?«, fragte er mit aufmunterndem Lächeln.

Ich erwiderte sein Lächeln und schlug die Warnung in den Wind.

◆ ◆ ◆

Ironie des Schicksals. Als Heather Stanhope das erste Mal bei einer meiner Signierstunden auftauchte, freute ich mich, sie zu sehen.

Damals war ich auf Promotionstour, nichts Großes, Spektakuläres, nur ein paarmal die Woche Signierstunden in Buchläden. Dafür ließ ich die Zwillinge bei Daniel oder einem Babysitter, zog mir etwas Seriöses an und trug Wimperntusche auf.

Die betreffende Signierstunde fand im ersten Monat nach Erscheinen *Des Buchs* statt. Es verkaufte sich ganz anständig, aber noch nicht in dem fiebrigen Tempo wie später, nachdem es auf ein paar Bestsellerlisten gelandet war. Das E-Book wurde nach einer Preissenkung dann dreißigtausend Mal an einem Tag heruntergeladen.

Manchmal tauchte kein Mensch zu diesen Signierstunden auf und manchmal nur zwanzig Besucher. Ich hatte gelernt, dass man das unmöglich vorhersagen konnte, und genug Geschichten von Buchhändlern gehört, bei denen der berühmte Autor XY signiert hatte und kein Mensch aufgetaucht war.

Die betreffende Signierstunde war ein mittelgroßer Event bei einer großen Buchhandelskette in Seattle. Auf dem Weg dorthin hatte ich im Verkehr festgesteckt und gedacht, ich wäre spät dran, obwohl das nicht stimmte. Als ich endlich an meinem Tisch saß, fiel mir auf, dass ich vergessen hatte,

Stifte mitzubringen. Irgendwie hatte ich noch nicht verinnerlicht, dass ich die Bücher signieren würde, die sich neben mir stapelten.

Es war der perfekte Samstagnachmittag für einen Besuch im Buchladen. Weder zu sonnig noch zu regnerisch. Gerade grau und bewölkt genug, dass man dachte, man könnte gefahrlos ein paar Stunden das Haus verlassen und in Läden herumstöbern. Im Geschäft war es gesteckt voll. Ein paar Frauen blieben an meinem Tisch stehen, um zu plaudern, und kurz darauf bildete sich eine Schlange hinter ihnen. Sie war nicht endlos, aber lang genug, um mich zuversichtlich zu stimmen und mir das Gefühl zu nehmen, der Buchladen hätte sich wegen mir eine Menge Arbeit umsonst gemacht.

Irgendwann wurde die Schlange kürzer. Die Bücherstapel neben mir waren kleiner geworden, aber immer noch recht hoch. Ich hatte schwarze Farbe vom Stift an den Fingern und Kopfschmerzen vom Lösungsmittel.

»Bist du das wirklich?«

Eine große Frau mit braunen Haaren stand vor mir. Sie trug die Haare kurz, fast wie ein Junge, und hatte seit dem Studium etwas zugelegt, doch es stand ihr. Sie wirkte stark und kompetent.

»Heather?«

»Julie?«

Ich hatte gelächelt und mich vom Stuhl erhoben, um sie über den Tisch hinweg zu umarmen. Überraschenderweise roch sie nach Marihuana.

»Was machst du hier?«, fragte ich.

»Das könnte ich dich auch fragen. Wow. Hast du das geschrieben?«

»Ja, habe ich.«

Wir brachten einander auf den neuesten Stand. Ich erzählte ihr, dass Daniel und ich nach meiner Kündigung beim Staatsanwalt von Montreal nach Tacoma gezogen waren, dass ich die Juristerei aufgegeben und Zwillinge bekommen hatte. Sie erzählte mir, dass sie fast zehn Jahre lang in New York geschuftet und fast ihr gesamtes Privatleben für eine Kanzlei geopfert hatte. Doch als man ihr die Partnerschaft anbot, merkte, dass sie das gar nicht wollte. Also war sie ein halbes Jahr zuvor nach Seattle gezogen und hatte ein neues Leben angefangen.

»Warst du beim Ehemaligentreffen an unserer Uni?«, fragte sie.

»Nein, habe ich geschwänzt. Du doch auch, oder?«

»Ja. Zu viele Erinnerungen. Wenn man allerdings was für Kathryn gemacht hätte, wäre ich hingegangen.«

Sie meinte Kathryn Simpson, eine Kommilitonin, die in unserem dritten Studienjahr gestorben war.

Ich bekam eine Gänsehaut. Jemand ging über mein Grab.

»Hältst du noch Kontakt zu den anderen?«, fragte Heather.

»Booth mailt mir manchmal. Von Kevin habe ich seit Jahren nichts mehr gehört.«

Booth war damals mein Freund gewesen und Kevin Kathryns. Wir hatten ständig zusammengehockt, bis Kathryn starb und es eine Untersuchung gab. Da drifteten wir auseinander. Booth und ich trennten uns, danach lernte ich Daniel kennen.

»Ich habe ihr das Buch gewidmet«, sagte ich. »Ich denke oft an sie.«

Da flackerte etwas in Heathers Augen auf. »Ich wusste gar nicht, dass du schreibst.«

»Eigentlich habe ich auch erst vor Kurzem richtig damit

angefangen. Ich kann es immer noch nicht glauben, dass ich ein ganzes Buch zustande gekriegt habe.«

»Wovon handelt es?«

Ich verhaspelte mich, als ich es erklärte. Obwohl ich Fremden ständig davon erzählte, fühlte ich mich ihr gegenüber nervös. »Vier Jurastudenten planen den perfekten Mord. Dann begeht ihn einer von ihnen zehn Jahre später, und ein anderer der vier ist der Staatsanwalt in diesem Fall. Nur wird es nicht so erzählt.«

Ihr Gesicht verlor etwas Farbe. Sie nahm das Buch und las den Titel. »*Das Mörderspiel?* Aber ... habt ihr vier das nicht immer an der Uni gespielt?«

Doch da schrillten die Alarmglocken in meinem Kopf bereits so heftig, dass ich überzeugt war, alle Welt könnte es hören.

Daniel und ich hatten eine Abmachung. Einmal in der Woche wollte er früher von der Arbeit kommen und die Kinder ins Bett bringen.

Die Abmachung trafen wir, nachdem er mich zusammengerollt auf dem Boden vor dem Fernseher fand und die Kinder wach waren, obwohl sie seit zweieinhalb Stunden im Bett sein sollten. Stattdessen waren sie im Wohnzimmer herumgerannt und hatten sich geweigert, schlafen zu gehen. Selbst das Versprechen, sie dürften auf ihren Tablets unbegrenzt Filme gucken, wirkte erst, nachdem ich es dreimal wiederholt und ihnen zudem Müsli mit Zucker erlaubt hatte.

Als Daniel spät von einem Geschäftsessen nach Hause kam, saßen sie jeder mit einer großen Schüssel davon auf der Couch und aßen es wie Popcorn. Er musste zweimal meinen Namen rufen, bevor ich reagierte, und dann hatten wir einen schrecklichen Streit, weil ich weder ihn noch jemand anderen angerufen hatte, um Hilfe zu bekommen.

Da brach alles aus mir heraus. Dass ich insgeheim geschrieben hatte und es nicht mehr aushielt, den ganzen Tag allein zu Hause zu bleiben, ohne mit anderen Erwachsenen zu reden außer den Crossfit-Mamis, die mir ständig das Gefühl vermittelten, alles falsch zu machen. Dass ich mich wegen der Schwangerschaftspfunde, die ich nicht mehr loswurde, wieder so fühlte wie auf der Highschool, als mir nichts passte und mich alle schräg von der Seite ansahen. Dass ich das Wetter nicht mehr ertrug und dachte, ich würde verrückt werden.

Daniel brachte mich zu Bett und kümmerte sich um die Kinder. Nach einem Besuch bei meinem Hausarzt wurde meine Dosis für Wellbutrin und Vitamin D erhöht. Daniel machte mir zwei Vorschläge. Erstens, dass ich einmal pro Woche abends freihätte, um in einen Buchclub zu gehen oder mich mit Freundinnen zu treffen oder zu machen, wozu ich sonst Lust hatte. Zweitens, dass wir von nun an jeden Samstagabend ein Rendezvous hätten, egal wie kitschig uns beiden das vorkam. Seine Mutter würde mit Freuden bei uns babysitten, und wir konnten ein paar Restaurants testen, die in Tacoma neu eröffnet hatten, seit die Kinder uns in Geiselhaft hielten.

Seit dem Umzug hatten wir beides ziemlich schleifen lassen. Einerseits, weil wir keinen vertrauenswürdigen Babysitter gefunden hatten. (Ashley wollten wir auf keinen Fall nehmen.) Andererseits, weil ich keine Freundinnen hatte.

Doch als der Februar mit seinem ständig bedeckten Himmel und der klammen Kälte kam, die mich viel zu sehr an den Winter in Tacoma erinnerten, brachte ich es Daniel gegenüber zur Sprache. Obwohl ich meinte, jeglichen panischen Unterton in meiner Stimme unterdrückt zu haben, stimmte er sofort zu und machte sich daran, verlässliche Babysitterdienste im Umkreis zu googeln.

An jenem Nachmittag schickte ich Susan eine SMS, in der ich sie fragte, ob sie nach dem Abendessen Lust auf einen kleinen Spaziergang hätte. Von den spärlichen SMS, die wir seit jenem Tag im Park ausgetauscht hatten, wusste ich, dass Mittwochabends Brad die Kinder nahm. Susan hatte gesagt, dass er einmal in der Woche mit ihnen essen ging und sie jedes zweite Wochenende bei ihm waren, wenn Susan Glück hatte. Dafür gebührte ihm der Titel *Vater des Jahres*.

Jetzt hatte sie begeistert zugesagt, und die Menge der Ausrufezeichen erschien mir wie ein Hinweis darauf, dass auch sie eine Pause brauchte. In ihrer Situation mehr als verständlich.

Ich aß mit Daniel und den Kindern zu Abend, lehnte mich dann mit meinem Glas Rotwein zurück und sah zu, wie Daniel zuerst Sam und dann Melly überredete, ihren Brokkoli zu essen. Während er spülte, zog ich mich warm an und nahm Sandy an die Leine. Trotz meiner Klagen und der drohenden Winterdepression war die Kälte in Ohio um einiges besser als das berühmt-berüchtigte nasskalte Wetter im pazifischen Nordwesten, von dem sich die Knochen anfühlten wie das vollkommen wasserdurchtränkte Treibholz am Strand.

Susan wohnte etwas weiter die Straße hinunter in einem großen, schmalen Backsteinhaus. Die unterschiedlichen Häuser gehörten zu den Dingen, die ich an Cincinnati besonders mochte.

Im kompletten Gegensatz zu unserem früheren Wohnort glich kein Haus auf der Pine Street dem anderen. Jedes war nach den Launen des Erstbesitzers gebaut worden, was zu einem Türmchen hier und einem Dacherker dort geführt hatte. Es gab nur eine Gemeinsamkeit, wie ich bei meiner Haussuche vor dem Umzug hierher festgestellt hatte. Jedes Haus hatte nach hinten hinaus ein Panoramafenster mit Blick auf den Fluss.

Susan erwartete mich vor der Haustür. Sie war gekleidet wie ich. Langer Daunenmantel, Stiefel über der Jeans, Mütze. Ich konnte mich nur wundern, wie ich früher mit offener Jacke und ohne Mütze im Norden des Staates New York herumgelaufen war. War ich in meiner Jugend unempfindlicher gewesen oder einfach nur dumm?

»Der beißt doch nicht, oder?«, fragte Susan und beäugte Sandy, die brav bei Fuß ging.

»Er ist eine Sie. Und nein, außer ich befehle es ihr.«

»Ich hatte immer Angst vor Hunden.«

»Soll ich sie wieder ins Haus bringen? Aber sie hatte heute noch keinen zweiten Spaziergang, daher ...«

»Nein, lass nur. Ich habe beschlossen, mich meinen Ängsten zu stellen.«

»Das ist gut.«

Sie steckte die Hände in die Taschen. »Könnte man meinen, oder? Ist es aber nicht.«

Wir gingen die Straße hinunter. Ein paar Stunden zuvor hatte es geschneit, daher war es sicherer, mitten auf der Straße zu gehen als auf den glatten Bürgersteigen. Am Morgen hatte ich im Radio gehört, dass es in diesem Winter ungewöhnlich viel geschneit hatte. Für mich konnte es nicht genug Schnee geben. Das war eines der Dinge, auf die ich bestand, als Daniel und ich uns nach einem neuen Wohnort umgesehen hatten. Dass Schnee im Winter zumindest im Bereich des Möglichen lag.

Susan und ich hatten vorher nicht besprochen, wohin wir gehen wollten, nur dass es mindestens eine Stunde dauern sollte. Sandy trottete dicht neben mir, blieb aber stehen, um den kleinen Baum vor Cindys Haus anzupinkeln, der bei meinen morgendlichen Runden wie ein Zielflugfunkfeuer zu wirken schien.

Susan blickte sich um. »Lass dich dabei nicht von Cindy erwischen.«

»Ich mach's immer weg.«

»Das glaube ich dir. Aber du kennst doch Cindy.«

»Alles kann sie nicht kontrollieren.«

»Aber versuchen kann sie es.«

Obwohl es erst acht Uhr abends war, brannte in Cindys Haus kein Licht. Nur aus einem der Souterrainfenster drang das bläuliche Flackern eines Fernsehers.

»Ich glaube, da droht keine Gefahr«, sagte ich. »Was ist eigentlich los mit ihr? Irgendwie scheint sie jeden in ihrem Bann zu halten.«

Susan lachte. »Ja, so kann man es sehen, aber ... Also, ihre Tochter, Ashley, hatte als Kind Leukämie und wäre fast gestorben. Da war Cindy einfach großartig. Sie hat ihren Job aufgegeben, ist ins Krankenhaus gezogen und hat Ashley praktisch gezwungen weiterzuleben. Als es Ashley besser ging, ist Cindy nicht mehr arbeiten gegangen. Ich schätze, jetzt muss sie ihre Energie anderweitig loswerden.«

»Ich weiß nicht, wie ich das durchstehen könnte.«

»Ja, es war furchtbar. Manchmal übertreibt sie es ein bisschen, aber meistens ist sie einfach unglaublich großzügig. Seit Brad weg ist, hat sie mir oft geholfen.«

Wir schlenderten durchs Viertel. Die Wolken, die Mount Adams den ganzen Tag umhüllt und einem das Gefühl gegeben hatten, in einem Baumhaus zu wohnen, hatten sich endlich verzogen. Am Himmel war neben der Mondsichel klar und deutlich der Abendstern zu sehen. Die kalte Luft reinigte mein Inneres wie ein Aktivkohlefilter und entfernte mit jedem frostigen Atemzug Schmutz und Mief.

»Brad geht zu den Anonymen Alkoholikern«, bemerkte Susan unvermittelt, als wir den Hügel erreicht hatten. Es klang, als hätte sie sich für diesen Satz Mut machen müssen.

»Ist das gut?«

»Ich glaube ja. Ich hatte ihn darum gebeten. Tausendmal vor dem Aus bat ich ihn darum.«

»Also besser spät als nie?«

»Ha. Ja. Wahrscheinlich. Wer weiß, ob das was bringt.«

»Ich wäre auch fast mal hingegangen«, sagte ich zu meiner eigenen Überraschung. Von meiner Wodka-am-Morgen-Phase hatte ich nicht einmal Daniel erzählt, obwohl ich glaube, dass er was geahnt hatte. Ein paarmal hatte er Bemerkungen von sich gegeben. Ich sollte beispielsweise den Wein zum Abendessen weglassen. Daniel war nie besonders konfliktfreudig gewesen.

»Zu den Anonymen Alkoholikern?«, fragte Susan.

»Ja, vor einer Weile. Als ... ich in einer schlechten Phase steckte und viel zu viel trank.«

»Und jetzt?«

»Ich habe mir eine Regel auferlegt, um zu sehen, ob ich es ohne Hilfe schaffe, und es funktioniert. Das und bessere Medikamente.«

Sie warf mir einen Blick zu, als wüsste sie nicht, ob ich das ernst meinte.

»Ich habe Depressionen. Aber ... es ist in Ordnung. Unter Kontrolle.«

»Alles kann man nicht kontrollieren«, sagte Susan.

»Stimmt. Ha. Ich …« Plötzlich kamen mir unerklärlicherweise Tränen, und Panik stieg in mir auf. Grundlose Tränen waren meist das Startsignal einer Depression und machten mir deshalb Angst. »Ich weiß nicht, was in mich gefahren ist. Ich glaube, es liegt an dieser blöden Deadline für das Buch.«

»Wann muss es denn fertig sein?«

»In acht Monaten.«

»Bis dahin ist noch viel Zeit.«

»Das weiß ich, okay?«

Tatsächlich war bis dahin viel Zeit. Nur hatte ich neuerdings das Gefühl, nicht mehr voranzukommen. Ich brachte das nötige Pensum an Wörtern zu Papier. Mittlerweile waren es vierzigtausend. Die Figuren entwickelten sich genau nach dem Plan, den ich vor vielen Monaten entworfen hatte. Damals, im Rausch des Erfolgs von *Dem Buch*, als mein Verlag alles gekauft hätte, wie mir meine Agentin versicherte. »Aber gib dir trotzdem Mühe«, war ihr Kommentar.

Doch kam mir das, was ich im Moment täglich zustande brachte, so vor, als würde ich die Liegestühle auf der *Titanic* neu anordnen. Etwa so nützlich wie Geige spielen, während das Schiff sinkt.

Susan tätschelte mir mit geübter Hand den Rücken. Nicht zu fest, nicht zu lasch. Genau richtig.

»Ich dachte, dieser Spaziergang sollte uns aufmuntern«, sagte sie.

»Ja, stimmt. Sollte er auch.«

»Willst du darüber reden?«

»Eher nicht.«

»Dann lass uns irgendwas machen, ja? Wie wär's mit einem dieser Kürbisdinger?«

»Mit Schlagsahne?«, fragte ich hoffnungsvoll.

»Klar doch.«

Wir gingen ins *Bow Tie Café*. Sandy durfte mit hinein, und wir streiften uns in dem hell erleuchteten Café die Mäntel und Mützen ab. Von den Gästen waren die Fenster beschlagen. Leider gab es Kürbis-Chai-Latte nur im Herbst, daher gönnten wir uns Karamell-Macchiatos. Alle Tränen waren vergessen. Manchmal löst Essen eben doch Probleme.

Auf dem Heimweg rannte Sandy wieder zu ihrem Lieblingsbaum, doch diesmal hinterließ sie einen großen, definitiv menschlich aussehenden Haufen. Seufzend griff ich in meine Tasche, um ein Tütchen herauszuholen.

»Scheiße.«

»Genau.«

»Ich hab meine Tütchen vergessen.«

»Ich könnte warten, während du eins holst.« Sie warf Sandy einen Blick zu. »Oder du könntest vielleicht …«

»Ja, wahrscheinlich sollte ich …« Ich hielt inne und bedeutete Susan, still zu sein. Da war etwas, das meine Aufmerksamkeit erregt und meinen Puls beschleunigt hatte. Wir waren nicht allein. Ich schirmte meine Augen gegen das Licht der Straßenlaterne ab und starrte in die Dunkelheit. Da. Neben Cindys Kellerfenster blitzte etwas Helles auf.

»Sandy«, sagte ich mit meiner besten Kommandostimme. »Fass!«

Ich ließ die Leine los, und Sandy sprang über die niedrige Schneewehe hinweg auf etwas, das ich ganz sicher für einen Mann hielt, der vor dem Fenster kauerte.

»Hey! Au! Hey!«

Im Souterrain ging das Licht an und fiel auf Sandy, die mit allen vier Pfoten auf einem am Boden liegenden Mann stand und an seiner Jacke zerrte. Der Mann schützte sich mit den Händen, versuchte aufzustehen und wegzulaufen.

Da ging das Licht an der Haustür an, und Cindys Mann Paul erschien auf der Schwelle. Er trug nur seine Pyjamahose und Laufschuhe. Es war Viertel vor zehn.

»Was zum Teufel ist da los?«

Der Mann auf dem Boden erstarrte und lag ganz still da, während Sandy sich knurrend gegen seine Brust stemmte.

»Da ist ein Mann«, erklärte ich und wies auf den Übeltäter. »Er hat versucht durch den Keller bei Ihnen einzusteigen.«

Paul kam zur Auffahrt und blickte mit zusammengekniffenen Augen in die angewiesene Richtung.

»Haben Sie die Polizei gerufen?«

»Das habe ich erledigt«, sagte Susan und schwenkte ihr Handy.

»Das ist Chris!« Ashley, die Tochter von Cindy und Paul, kam in Jeans und T-Shirt aus dem Haus gestürzt.

»Chris! Geht es dir gut?«

Sie blieb ein paar Meter von ihm entfernt stehen, als Sandy die Zähne fletschte.

»Ich kann nicht aufstehen. Er hat mich gebissen.«

»Rufen Sie ihn zurück«, forderte Ashley mich auf.

Ich erklärte ihr nicht, dass es eine Sie war. »Sandy! Lass los! Hierher.«

Sandy sah mich an, als wüsste sie nicht, ob ich es ernst meinte.

»Lass los, Sandy. Lass los!«

Widerstrebend gab sie Chris' Jacke frei. Daunenfedern schwebten durch die Luft wie Schneeflocken. Ashley stürzte zu Chris, fiel auf die Knie und versuchte, seinen Kopf in ihren Schoß zu legen.

»Chris! Alles in Ordnung?«

Er setzte sich auf. An seiner linken Gesichtshälfte sah man einen langen, tiefen Kratzer. Blut tropfte ihm auf die Jacke. Nun, da er nicht mehr geduckt war wie ein Einbrecher, wirkte er jung, verletzlich und verängstigt.

»Mir geht's gut.«

»Aber du blutest.«

»Ashley, komm sofort ins Haus zurück.«

Cindy erschien in der Haustür, im Bademantel, den sie eng um sich gewickelt hatte.

Chris fasste sich mit der Hand an die Wange. Dann hielt er sie vor sich und schaute auf das Blut, als wäre es eine außerirdische Substanz.

Ich gab Susan Sandys Leine und ging auf ihn zu.

»Stopp«, rief Cindy. »Keinen Schritt weiter.«

Ich erstarrte. »Ich möchte mich nur vergewissern, dass es ihm gut geht.«

»Das übernehme ich«, sagte Cindy und schob sich an mir vorbei. »Ich glaube, Sie haben für heute genug Schaden angerichtet.«

NEUE REGELN

John

Acht Monate zuvor

Hanna wartete schon auf mich, als ich am Morgen, nachdem Julies Hund Chris angegriffen hatte, von meiner Joggingrunde zurückkam.

»Das kann doch wohl nicht dein Ernst sein«, sagte sie, als ich meine durchweichten Schuhe abstreifte.

Draußen schneite es dicke, klebrige Flocken. Ohne Begleitung hätte ich es niemals vor die Tür geschafft. Ich zog meine Windjacke aus und wischte mir mit dem Fleecepulli das Gesicht ab.

»Was ist? Mit Chris alles in Ordnung?«

Ich hatte noch nach ihm gesehen, bevor ich das Haus verließ. Er schlief auf dem Rücken, die Arme über dem Kopf ausgebreitet. Das Wundpflaster hob sich weiß von seiner roten Wange ab.

»Ich glaube, er wird eine Narbe zurückbehalten. Ist dir eigentlich alles vollkommen egal?«

Hanna durchbohrte mich mit einem Blick, den ich das Staatsanwaltsstarren nannte.

»Nein, überhaupt nicht. Wieso fragst du das?«

»Weil du mit ihr joggen gehst.«

Sie zeigte zur Haustür. Direkt dahinter, auf der gegenüberliegenden Straßenseite, stand Julies Haus.

»Wir sind uns zufällig über den Weg gelaufen. Im wahrsten Sinne des Wortes.«

»Aha. Alles klar. Hältst du mich für blöd?«

Ich war nervös, obwohl ich nichts falsch gemacht hatte. Mittlerweile joggten Julie und ich meistens gemeinsam. Ich war mir sicher, dass ich es Hanna gegenüber erwähnt hatte. Wenigstens einmal. Möglicherweise hatte ich mir einen günstigen Augenblick dazu ausgesucht. Während sie gerade die Zeitung las. Aber ich hatte es ihr gesagt.

»Nein«, erwiderte ich. »Ich meine, zugegeben, wir laufen manchmal zusammen. Das habe ich dir gesagt. Wir joggen zur gleichen Zeit. Was ist denn dabei?«

»Ach, egal.«

Ich hasse es, wenn sie das sagt. Das weiß sie. Die Phrase hat sie vor Jahren von den Kindern übernommen.

»Hanna, komm schon.« Ich trat einen Schritt auf sie zu. Obwohl ich nass bis auf die Knochen war, nahm ich sie in den Arm.

Sie wehrte sich. »Du ruinierst mein Kostüm.«

»Vergiss das Kostüm. Was ist denn los?«

»Ich will nicht, dass du was mit ihr machst. Und dieser Hund …«

»Das war ein Unfall. Chris hätte sich nicht mitten in der Nacht aus einem Fenster schleichen sollen.«

Als Cindy am Abend zuvor Chris zu uns schleppte, hatte sich Hannas Zorn erst einmal auf ihn gerichtet. Nachdem sie sich vergewissert hatte, dass es ihm gut ging. Sich aus dem Haus zu schleichen war verboten. Wenn er sich mit Ashley treffen wollte, musste das kein Geheimnis sein. Sollten ihre Eltern nicht wollen, dass sie Zeit miteinander verbrachten, dann musste man darüber reden. Vielleicht konnte man sich mit Cindy und Paul zusammensetzen und die Sache besprechen.

»Nein, Mom. Auf gar keinen Fall«, hatte Chris entsetzt abgewehrt und den feuchten Waschlappen noch fester auf die Wange gedrückt. Sein Shirt war blutbespritzt, und seine Hose hatte münzgroße braune Flecken. Hanna hatte den Erste-Hilfe-Kasten hervorgeholt, Desinfektionsspray und Verbandszeug herausgenommen.

»Tja, nach dem, was passiert ist, werden wir uns wahrscheinlich ohnehin mit ihnen unterhalten müssen.«

»Es ist nichts passiert.«

»Wieso hast du dich dann rausgeschlichen?«

»Wir haben zusammen gelernt und sind auf der Couch eingeschlafen. Ihre Eltern gehen früh zu Bett, und ich hätte um neun gehen sollen. Sie haben die Alarmanlage eingeschaltet.«

»Also hast du dich durch ein Fenster verdrückt?«

Sie zog seine Hand vom Gesicht und besprühte die Wunde mit Desinfektionsspray. Er zuckte zusammen.

»Bei dem Fenster funktioniert der Sensor nicht.«

»Ach, und woher weißt du das?«

»Aua, Mom, komm schon. Hör mit dem Kreuzverhör auf.«

Hanna wurde etwas sanfter. Sie hatte ständig Angst, sie wäre zu streng gegenüber den Kindern. Das nutzte Chris aus.

Sie drückte ein Stück Mull auf die Wunde und klebte es mit Pflaster fest. Als sie mit Chris schwanger war, hatten wir gemeinsam einen Erste-Hilfe-Kurs besucht. Gelernt, wie man jemanden wiederbelebt, was man tut, wenn das Kind zu ersticken droht, wie man kleine Schnitt- und Schürfwunden behandelt. Zwar hatte uns der Kurs zusätzliche Ängste eingebracht, aber wir waren beide froh, etwas tun zu können, als Chris allergisch auf die Erdnüsse reagierte.

»Bist du sicher, dass es dir gut geht?«, hatte ich gefragt.

»Ist nur ein Kratzer.«

»Eigentlich sollte sich das ein Arzt ansehen«, sagte Hanna. »Die Wunde ist ziemlich tief.«

»Kann das bis morgen warten?«, fragte Chris. »Ich bin müde.«

Hanna hatte nachgegeben. Sie hatte erklärt, sie und ich würden über seine Strafe reden und sie ihm am nächsten Morgen mitteilen. Sie legte ihm außerdem nahe, einen Ersatzmann fürs Zeitungsaustragen zu besorgen. Er meinte jedoch, das würde er schon schaffen. Als er vierzehn wurde, hatten er und ich ausgehandelt, dass er mit sechzehn ein Auto bekäme, wenn er bis dahin genug Geld gespart hätte. Also war jeder Tag Zeitungsaustragen ein Schritt Richtung Freiheit.

Als wir ins Bett gingen, schmiegte Hanna sich an mich und fragte: »Glaubst du, sie hatten Sex?«

»Wahrscheinlich.«

Sie versetzte mir einen Knuff. »Nein, ich meine das ernst.«

»Ich auch. Sie sind fünfzehn. Sie sind jetzt wie lange zusammen?«

»Seit dem Sommer.«

Ich sah sie über den Rand meiner Lesebrille hinweg an. »Seit dem Sommer, aha. Also, mittlerweile sieben, acht Monate, inklusive Trennungen? Ja. Dann haben sie definitiv Sex.«

»Das stört dich nicht?«

»Als Becky in Mexiko von einem wildfremden Jungen geküsst wurde, war das keine große Sache, aber wenn unser Sohn Sex hat, ist das was anderes?«

»Er ist unser Baby.«

»Er ist so groß wie ich.«

»Unser erstes Mal war ...« Sie zog die Nase kraus, als könnte sie sich nicht erinnern.

»Du weißt genau, wie alt ich war.«

Fünfzehneinhalb und wahnsinnig in Sara Henderson verliebt. Die mir zwei Monate später das Herz brach. Selbst heute schlug mein Herz einen Purzelbaum, wenn ich sie zufällig sah. Damals verhielt sich Sara ziemlich manipulativ und dominant. Ich war ein unbedarfter Junge und leichte Beute für sie.

»Und ich weiß, wie alt du warst«, sagte ich scherzend.

»Ich war sechzehn.«

»Was Chris in Kürze sein wird.«

»Ich weiß, ich weiß. Gott, damals kam ich mir ja so erwachsen vor. So, als wüsste ich genau, was ich da tat und warum. Chris weiß noch nicht mal, wie man Wäsche wäscht und wieso magischerweise immer genug Milch im Kühlschrank ist.«

»Wer ist daran schuld?«

»Vermutlich wir beide.«

»Ganz genau. Wie wär's, sollen wir ihm morgen als Erstes zeigen, wie Waschmaschine und Trockner funktionieren, und ihn dann zum Einkaufen schicken?«

»Ein guter Plan.«

Sie schmiegte sich enger an mich.

»Chris ist ein guter Junge«, sagte ich. »Wir haben ihm oft genug gesagt, dass er verantwortlich damit umgehen muss, und ich denke, das wird er auch machen. Wenn du willst, rede ich noch mal mit ihm.«

»Vielleicht gibst du ihm ein paar Tipps?«, regte sie an.

»Nein, das geht dann doch zu weit.«

»Chris wollte Cindy und Paul nicht wecken«, sagte Hanna am nächsten Morgen zu mir, nachdem ich geäußert hatte, Chris hätte sich den Ärger selbst zuzuschreiben.

Ich ließ sie los. »Also nimmst du ihm diese Geschichte ab?«

»Vielleicht, aber du solltest sein Gesicht sehen. Es sieht wirklich schlimm aus. Ich fahre mit ihm zum Arzt. Wenn er operiert werden muss ...«

»Was?«

»Tja, du weißt ja, dass Hundehalter für die Taten ihres Hundes verantwortlich sind, oder? Haftbar. Wenn ein Hund auch nur ein einziges Mal jemanden gebissen hat, dann ...«

»Willst du sie etwa verklagen?«

»Nicht sie, sondern ihre Versicherungsgesellschaft.«

»Wo ist da der Unterschied?«

»Sie müsste nicht aus eigener Tasche bezahlen. Wenn sie anständig versichert ist, sollte das Schmerzensgeld abgedeckt sein. Andererseits vielleicht auch nicht, weil die Sache nicht auf ihrem Grundstück passiert ist. Oder wenn der Hund sich nicht zum ersten Mal so verhalten hat. Ich wette, es ist nicht das erste Mal. Wir sollten das überprüfen.«

Hanna hatte diesen leeren Blick, den ich von ihr kannte, wenn sie darüber nachdachte, wie sie einen Fall angehen sollte. Oder mich.

»Wird das nicht von unserer Versicherung abgedeckt?«

»Darum geht es nicht. Sollte Chris dauerhaft entstellt sein ...«

»Ach, komm schon, Hanna. Dauerhaft entstellt? Es ist nur ein Kratzer. Willst du ernsthaft behaupten, dass es die Schuld des Besitzers ist, wenn ein Hund jemanden anspringt, der sich wie ein Einbrecher verhält?«

»Ja, doch, tatsächlich. Genau darum geht es bei der Haftung. Man ist verantwortlich, ganz gleich, wie sich das Opfer verhalten hat. Sie hat sich schuldig gemacht. Weil sie dem Hund befohlen hat, Chris zu fassen. Das hat er mir erzählt.«

Mich beschlich Unbehagen. Das hatte Julie beim Laufen gar nicht erwähnt. Sie hatte allerdings ein schlechtes Gewissen gehabt und zweimal nachgefragt, wie es Chris ginge. Ob er genäht werden müsste. Sie hatte gesagt, er sei so ein hübscher Junge. Sie fühle sich ganz schlecht.

»Fassen? Fass? Dieses Wort hat sie benutzt?«

»Du kannst Susan fragen, wenn du ihm nicht glaubst. Sie war dabei, schon vergessen?«

»Natürlich glaube ich ihm. Lass mich kurz nachdenken.«

Ich schälte mich aus dem nassen Laufshirt und warf es in den leeren Wäschekorb am Fuß der Treppe.

»Gibst du Chris heute Unterricht im Wäschewaschen?«, fragte ich.

»Was?«, erwiderte Hanna. Sie hatte ihr Handy hervorgeholt und überprüfte ihre E-Mails.

»Vergiss es.«

Ich holte ein Handtuch aus dem Wäscheschrank und rieb mir damit die Haare trocken. Es war erst zwanzig nach sieben, doch der Tag befand sich bereits in der Abwärtsspirale. Jegliche Entspannung, die ich beim Laufen erzielt haben mochte, tropfte bereits von mir ab wie der aufgetaute Schnee, der zu meinen Füßen eine Pfütze bildete.

»Wo ist Chris? Vom Zeitungsaustragen zurück?«

»Oben.«

Ich ging zu ihm hoch. Er war in seinem Zimmer, im Bann seines Notebooks. Ich betrachtete ihn von der Tür aus. Er hatte das Pflaster entfernt, das Hanna ihm aufgeklebt hatte. Die Wunde sah tatsächlich schlimmer aus als am Vorabend, rot und entzündet.

»Alles klar, Chris?«

»Ja.«

»Deine Mom macht sich Sorgen um dein Gesicht.«

»Es geht schon.«

Ich setzte mich zu ihm auf die Bettkante. In seinem Zimmer lag ein leichter Moschusgeruch. Unwillkürlich fragte ich mich, ob er und Ashley wirklich Sex gehabt hatten. Vielleicht sogar hier in diesem Raum.

»Chris, könntest du mich bitte ansehen?«

Er drehte sich zu mir und ließ die Finger auf der Tastatur ruhen.

»Was ist denn?«

»Was läuft da zwischen dir und Ashley?«

»Nichts, Dad. Hab ich dir doch gesagt. Ich bin eingeschlafen.«

»Du passt auf, oder?«

»O Mann!«

»Ich muss dir diese Fragen stellen, Junge. Das weißt du.«

»Ich will nicht darüber reden.«

»Ehrlich gesagt, ich auch nicht. Aber wenn man erwachsen ist, muss man oft über etwas reden, wozu man keine Lust hat.«

Chris rieb sich die Augen, als wären sie noch schlafverklebt.

»Ihre Eltern werden nicht erlauben, dass ich sie wiedersehe.«

»Wahrscheinlich. Vor allem nicht, wenn wir ihnen sagen, dass ihr miteinander schlaft.«

»Was? Ich ... Was?«

»Ganz ruhig, Junge, ganz ruhig. War nur Spaß.«

»Das ist gar nicht komisch.«

»Nein, eher nicht.«

»Du sagst nichts zu ihren Eltern, oder? Bitte, Dad. Versprich mir das.«

»Keine Angst.«

Erleichtert ließ er die Schultern sinken.

»Es kommt alles in Ordnung«, sagte ich. »Ich zieh mich schnell um, dann fahren wir zum Arzt.«

»Muss ich genäht werden?«

Er hatte Nadeln immer gehasst. Wenn er etwas sagte wie jetzt, verwandelte er sich vor meinen Augen in einen kleinen Jungen. Wie bei einer optischen Täuschung.

»Hoffentlich nicht.«

Ich tätschelte ihm den Kopf und ging in unser Schlafzimmer. Hanna saß da und starrte auf ihr Handy. Manchmal machte sie so etwas. Ging irgendwohin und wurde von diesem gottverdammten Gerät abgelenkt.

»Ich fahre mit Chris zum Arzt«, verkündete ich.

»Ach, du Scheiße!«

»Soll er nicht hin?«

»Nein, das meinte ich nicht. Guck mal.«

Sie gab mir ihr Handy. Es ging um eine E-Mail vom Nachbarschaftsverein, das heißt von Cindy.

Neue Regeln lautete die Überschrift. Je mehr ich las, desto weniger konnte ich es glauben.

HEUTE

John

11 *Uhr vormittags*

Wenn man unversehens in die Welt eines anderen gerät, verliert man leicht die Orientierung. Das denke ich, während ich Brad ins Gerichtsgebäude folge. Der verbotene und jetzt fast leere Flachmann wurde wieder gut versteckt.

Das Gebäude an sich ist nichts Besonderes. Mit dem Staatswappen an der Wand könnte es ein beliebiges staatliches Verwaltungsgebäude sein. Dennoch scheinen alle außer mir zu wissen, wo sie hinsollen. Oder sitzen. Wie sie sich als Zeuge verhalten sollen. Was sie sagen können und werden.

Ganz gleich, wie oft ich es in meinem Kopf durchgegangen bin, es will für mich nicht zusammenpassen. Irgendein Puzzleteilchen fehlt immer. Es ist da, aber außerhalb meiner Reichweite.

Dieses Gefühl hatte ich zum ersten Mal, als ich eine Woche nach dem Vorfall in Alicias Büro saß.

Wir hatten bereits die erste Befragung zum Tag des Unfalls und zum Tag danach hinter uns. Befragt wurden wir von zwei Beamten der Abteilung für Tötungsdelikte. Einer von ihnen war sehr jung und hatte eindeutig seinen ersten Fall vor sich. Sie gingen von Haus zu Haus wie zwei Zeugen

Jehovas. Dunkle Anzüge, dunkle Krawatten, weiße Hemden. Notizblöcke, auf denen jedes Wort festgehalten wurde. Gut platzierte Fragen, die uns ermutigten, ganz offen zu sprechen und nichts zurückzuhalten.

Bei jener ersten Befragung verhielten sie sich sehr mitfühlend. Als wüssten sie genau, was wir durchmachten. Als hätten sie selbst Ähnliches durchgemacht. Schlaflose Nächte, eine Endlosschleife von sich wiederholenden Bildern im Kopf und die ewige Frage, ob man irgendetwas hätte anders machen können.

Sie täten nur ihre Pflicht, erklärte Detective Grey, der Erfahrene. Das könnten wir doch sicher verstehen. Es war jemand zu Tode gekommen, ein Menschenleben jäh beendet worden. Man schuldete volle Aufmerksamkeit.

Unsere volle Aufmerksamkeit.

Dabei hatten sie die längst. Wir dachten nur und ausschließlich an sie. Von nun an würden wir an nichts anderes mehr denken. Wie sollten wir denn?

Doch bereits als ich das dachte, wusste ich, dass es eine Lüge war. Denn was auch immer geschähe, die Gedanken an jenen Tag, an sie, an alles Vorgefallene würden genauso verblassen wie andere Erinnerungen. Das Leben würde weitergehen, und andere Dinge, unwichtigere Dinge, würden sich darüberschieben.

Diese Gewissheit machte mich unendlich traurig. Aber ich verspürte auch einen Anflug von Hoffnung. Dieser Zustand der Lähmung fühlte sich unerträglich an. Nur die Möglichkeit, dass er irgendwann beendet sein würde, hielt mich aufrecht.

Das erste Anzeichen, dass die Polizei nicht mehr von einem Unfall ausging, zeigte sich am Labor-Day-Wochenende, also am dritten Tag nach dem Vorfall. Hätte ich eine Volkszählung durchgeführt, hätte ich an diesem Tag wahrscheinlich alle Bewohner der Pine Street zu Hause angetroffen. Vierzig Häuser in voller Mannschaftsstärke besetzt.

Normalerweise wären alle ausgeflogen gewesen. Zu einem verlängerten Wochenende, um die letzten Sommertage zu genießen. Alle Annehmlichkeiten des Country Clubs in Anspruch zu nehmen. Ein paar Tage mit dem Boot auf dem Lake Cumberland zu faulenzen.

Aber wir waren mit viel Wichtigerem beschäftigt als mit dem Wegfahren. Auch ohne die Aufforderung der Polizei, uns zur Verfügung zu halten, hätten wir uns nicht von der Stelle bewegt. Schon allein wegen der Übertragungswagen der Fernsehsender, die nur durch das polizeiliche Absperrband zurückgehalten wurden.

Alle sahen zu, wie die Männer in ihren schwarzen Anzügen von Haus zu Haus gingen. Das Wohnzimmer wurde in den Vorgarten verlegt. Mahlzeiten wurden im Freien eingenommen. Drinks aus beschlagenen Gläsern getrunken.

Dann kam der Wagen der Spurensicherung. Männer in Overalls begutachteten die rissige Oberfläche unserer Straße. Maßen die Höhe der Temposchwellen, die Cindy bei der Stadt durchgesetzt hatte. Maßen mit Laser die Strecke von der Stelle vor Cindys Haus bis zur Ecke, wo die Kirche stand, um die genaue Entfernung zu ermitteln. Stellten kleine gelbe Schildchen mit Zahlen auf, auf die ich mir keinen Reim machen konnte. Schossen ein Foto nach dem anderen, als wollten sie ein Album anlegen.

All das beobachtete ich von meinem üblichen Platz am Fenster, bei offener Gardine. Keiner von uns wagte sich auf die Straße. Wir bekamen Lebensmittel von nervös wirkenden Lieferjungen und Hannas Assistentin gebracht.

Als der Wagen der Spurensicherung verschwand, gesellte sich Hanna zu mir ans Fenster. Sie beobachtete eine Weile die Straße, während ich ihr berichtete, was die Spurensicherer gemacht hatten.

»Wir müssen uns einen Anwalt besorgen«, sagte sie nur und ging wieder.

Ich hatte nicht protestiert. Nicht einmal nachgefragt. Das fiel eindeutig in ihren Zuständigkeitsbereich.

Ich hatte mehr als genug getan.

Alicia war bereit, uns am nächsten Tag zu empfangen. Als wir dort ankamen, telefonierte sie gerade mit einem ihrer Kontakte im Polizeipräsidium. Sie hatte bereits mehr herausbekommen, als wir dachten.

Nachdem Hanna ihr einen großen Scheck ausgestellt hatte, kam sie sofort zur Sache.

»Es gibt ein Problem mit den Spuren«, erklärte sie.

Das Konferenzzimmer, in das sie uns geführt hatte, sah aus wie ein Aquarium, weil es auf zwei Seiten Glasfronten hatte. Hinter uns hatte man Sicht auf das Baseballstadion und den Fluss. Die Brücke nach Kentucky glitzerte in der Sonne. Hanna und ich saßen mit Blick auf die gedämpften Blau- und Grautöne und den Hartholzboden der Kanzlei. Teure Bilder an den Wänden. Hin und wieder ging jemand an der Glasfront vorbei, dem ich unwillkürlich mit dem Blick folgte. Eine junge Frau mit klackernden Pumps. Ein Seniorpartner, dessen weißer Haarschopf im hellen Licht schimmerte. Ein gestresst wirkender Angestellter mit einem Stapel kopierter Unterlagen.

»John«, sagte Hanna, die Hand auf meinem Arm. »Hast du das gehört?«

»Nein, tut mir leid. Ich ... Mir fällt es schwer, mich zu konzentrieren.«

»Das verstehe ich«, sagte Alicia. »Das liegt am Schock.«

Sie hatte einen großen, gelben Notizblock vor sich und schrieb bereits die zweite Seite voll. Hatte Hanna so viel erzählt? Wie lange hatte ich ins Leere gestarrt?

»Sie hat gesagt, die Spuren legen nicht nahe, dass es sich um einen Unfall gehandelt hat«, erklärte Hanna.

Damit hatten sie meine volle Aufmerksamkeit.

»Die Reifenspuren«, fügte Alicia hinzu. »Oder vielmehr ihre Abwesenheit.«

»Ich kann nicht folgen.«

»Wenn der Wagen im Moment des Aufpralls gebremst hätte«, sagte Hanna. »Dann hätte es auf dem Asphalt Reifenspuren gegeben. Und zwar davor ... vor der Stelle, an der sie stand.«

Ich versuchte, mich zu erinnern. Das Quietschen der Reifen war mir seitdem nicht mehr aus dem Kopf gegangen. Noch heute höre ich es wie einen Song, der zu oft im Radio gespielt wird. Jeder einzelne Ton eingebrannt in mein Langzeitgedächtnis.

Das und die Schreie.

Ich umklammerte mit den Händen die Kante des Konferenztisches, als wäre es ein Lenkrad. »Und es gibt keine? Keine Reifenspuren?«

»Nicht davor. Nein. Nur dahinter.«

»Und das heißt?«

»Dass der Wagen nicht langsamer wurde, als er sie traf. Jedenfalls nicht abrupt genug, um Reifenspuren zu hinterlassen. Die Bremse wurde wahrscheinlich erst nach dem Aufprall durchgetreten.«

»Ist das die einzig mögliche Erklärung?«, fragte ich.

»Könnte ... Könnte es nicht eine Verzögerung zwischen dem

Betätigen der Bremse und dem … Aufprall gegeben haben? Es ging alles so schnell, und die Sonne … Wenn man um die Ecke biegt, wird man geblendet. Man sieht nichts. Niemanden.«

»Ja, das habe ich gehört. Dies wird auch unsere Verteidigungsstrategie sein.«

»Verteidigungsstrategie?«

»Falls es zur Anklage kommt.«

Mir verschwamm alles vor Augen. Hanna und ich klammerten uns aneinander und gruben uns die Finger in die Oberarme. Sie so heftig, dass ich abends beim Ausziehen blaue Flecken hatte.

»Was soll das heißen?«, fragte ich.

»Wenn nicht auf Unfall befunden wird, kommt es zur Anklage.«

»Was für einer Anklage denn?«

Alicia streckte die Hände aus und berührte jeden von uns, sodass wir ein Dreieck bildeten.

»Meine Quelle meint, wegen Mordes mit bedingtem Vorsatz.«

CHECK-IN

Julie

Sieben Monate zuvor

Liebe Nachbarn!
Ich habe seit 2009 das Privileg, eure Vorsitzende zu sein.
Und in dieser Funktion mache ich mir Sorgen wegen einiger
beunruhigender Vorfälle, die sich vor Kurzem in unserem
wunderbaren Viertel ereignet haben. Natürlich ist mir klar,
dass wir alle bestrebt sind, unser kleines Fleckchen Erde so
sicher wie möglich zu gestalten, doch leider hat sich ergeben,
dass dies nicht für jeden an oberster Stelle steht. Da wir
(noch!) nicht die Möglichkeit haben, diejenigen, die in unser
Viertel ziehen, auszusuchen, müssen wir alle, die hier wohnen,
dringend bitten, sich an unsere Regeln zu halten. (Weitere
Informationen auf www.mystreetpetitions)
Falls ihr die letzten E-Mails zum Thema Sicherheit verpasst
habt (Spamordner können manchmal ziemlich tückisch sein),
sende ich euch eine Zusammenfassung unserer neuesten und
wichtigsten Regeln.
Wie schon festgelegt, müssen alle Hunde über zweieinhalb
Kilo bei ihren Spaziergängen sowohl angeleint sein als auch
einen Maulkorb tragen.
Außerdem müssen alle Hunde beim PSNV gemeldet sein. So

wissen wir genau, wer verantwortlich ist, sollte es erneut zu einem solchen Vorfall kommen.

Nach 21 Uhr darf sich niemand unter 17 Jahren auf der Straße aufhalten. Zwar können wir euch nicht zwingen, eure Kinder danach im Haus zu halten, doch jeder unter 17, der unbegleitet draußen angetroffen wird, erhält eine Verwarnung, und seine Eltern werden unterrichtet.

Die Regeln können unter www.pinestreetneighbourhood.com eingesehen werden. Oder kommt zu mir und holt euch ein laminiertes Exemplar für euren Kühlschrank ab. Ich habe jede Menge davon!

Außerdem wird die Nachbarschaftswache von nun an zweimal pro Abend auf Streife gehen. Solltet ihr irgendetwas Verdächtiges sehen, sagt es bitte der Nachbarschaftswache. Sie sind an den gelben Warnwesten erkennbar.

Schließlich kann ich euch voller Stolz verkünden, dass unsere Straße sich *iNeighbor* angeschlossen hat. Das ist ein interessantes soziales Netzwerk nur für diejenigen, die in unserem Viertel wohnen. Mehr darüber könnt ihr unter www.ineighborhood.com erfahren. (Es gibt davon auch eine App.)

Ich für meinen Teil bin begeistert von der Check-in-Funktion. Wann immer ihr von der Arbeit nach Hause kommt, geht auf die Seite und checkt ein. Genauso, wenn ihr jemanden hier besucht. Wenn ihr das Haus verlasst, um zur Arbeit zu gehen oder zum Spazieren mit eurem angeleinten, mit Maulkorb versehenen Hund oder was auch immer, *weiß jeder Bescheid.* Und hey, sollte einer von uns bemerken, dass ein anderer das Einchecken vergessen hat, keine Sorge. Wir können auch andere einchecken. Ihr seid alle bereits im System. Geht einfach zu www.ineighborhood.com und gebt ...

»O Gott, aufhören. Aufhören! Mir tut schon der Bauch weh«, sagte ich zu John.

Wir waren gerade von unserer Joggingrunde zurück. Der Frühling kam mit Macht, und am Morgen waren wir nicht gelaufen, weil es wie aus Eimern geschüttet hatte. Doch als die Wolkendecke nach dem Mittagessen aufriss, hatte ich eine SMS mit einer Frage von John bekommen: *Zeit zu laufen?* Eilends hatte ich zugestimmt. Nach zweiundvierzigtausendsechshundertvierunddreißig Wörtern war ich gleich auf mehrere Sackgassen im Plot gestoßen und hoffte, beim Jogging einen Weg aus dem Labyrinth zu finden.

Stattdessen hatten wir uns über Cindys lächerliches Rundschreiben vom Vortag unterhalten. Seit dem *Hundevorfall,* wie sie es mittlerweile bezeichnete, hatte sie wöchentlich neue Regeln ausgegeben.

Neue Verordnungen zur Anleinung von Hunden. Aufruf weiterer Freiwilliger für die Nachbarschaftswache. Ausgehverbot für die gesamte Straße.

Nichts davon war bindend. Rechtlich gesehen hatte Cindy keinerlei Handhabe, zumindest noch nicht, aber sozialer Druck kann genauso wirksam sein. Die meisten unterstützten wohl ihre Initiativen, zumindest nach den Kommentaren auf *iNeighbor* zu schließen. Mittlerweile müsste ich jedoch wissen, dass Kommentare gar nichts bedeuten. Jedenfalls kannte ich keinen außer Susan und John gut genug, um den Grund für die allgemeine Unterstützung zu begreifen. Ich versuchte es nicht persönlich zu nehmen, aber das war mir noch nie gut gelungen.

John merkte, dass es mir zusetzte. Als wir uns in seiner Einfahrt dehnten, hatte er sein Handy herausgenommen und das gesamte Rundschreiben mit Cindys Stimme vorgelesen, bis ich vor Lachen keine Luft mehr bekam.

»Vielleicht solltest du das beruflich machen«, sagte ich, als ich wieder sprechen konnte. »Andere Leute parodieren.«

»Oh ja, ich seh's genau vor mir. Ich nehme ein paar Kilo zu und trage Kleider, die mir viel zu eng sind ... Damit werde ich landesweit der Brüller bei allen Grillfesten.« Er stellte sich in Positur und zog den Bauch ein. Dann fuhr er sich übers Haar, genau wie Cindy, die ständig prüfte, ob ihre Frisur noch saß, und traf sie ziemlich genau.

»Sei nicht so gemein.«

»Ich wundere mich, dass du sie in Schutz nimmst.«

»Ich mag's nicht, wenn jemand gemobbt wird.«

Mich überkam ein vertrautes Gefühl. Wie so viele Kinder war ich in der Schule gehänselt worden. Ich trug die falschen Klamotten, war zu dick und hatte zu viel Fantasie. Eigentlich hatte ich gedacht, das hätte ich längst hinter mir gelassen, weil ich in Montreal und Tacoma fest integriert gewesen war. Aber seit meinem Umzug fühlte ich mich wieder als Außenseiterin. Ich wischte mir eine Träne aus dem Augenwinkel. Sie fühlte sich kalt auf meiner Wange an.

»Alles in Ordnung?«, fragte John.

»Ja. Ich ... Ich bin früher gemobbt worden. Ich war die Dicke, deren Kleider spannten. Das Mädchen mit den gebärfreudigen Hüften.«

»Hat dich wirklich jemand so genannt?«

»Ja. Zumindest ein Mädchen. Selbstverständlich war sie magersüchtig, daher ... Nein, ich sollte mich nicht über sie lustig machen. Damals jedenfalls habe ich es nicht getan. Sondern fing in der zehnten Klasse mit Leichtathletik an. Das half.«

»Tja, jedenfalls siehst du heute großartig aus.«

»Das liegt fast nur am Joggen, aber ...danke.«

Mein Lächeln fiel etwas schief aus. Ich wusste nie, wie ich mit Komplimenten umgehen sollte. Sollte ich auch eins machen? Wir waren beide verschwitzt, unsere Haare waren zerzaust, und Johns Nase leuchtete so rot wie bei einer Erkältung. Zugegeben, ich fand ihn attraktiv. Wohin sollte das führen, wenn ich es laut aussprach?

»Also«, sagte er. »Wie sollen wir uns verhalten?«

»Verhalten? Inwiefern?«

»Zu Cindys zwanghaften Bestrebungen, jederzeit über alles im Bilde zu sein, was wir machen.«

»Ich würde zu gerne wissen, wieso sich ihr niemand widersetzt.«

»Aus eigener Erfahrung kann ich sagen, dass es normalerweise viel einfacher ist, sich ihren Wünschen zu fügen. Außerdem hat sie ihr Herz wirklich ...«

»Am rechten Fleck. Das hat Susan auch behauptet. Mag sein. Aber mir gefällt es einfach nicht, überwacht zu werden.«

John sah sich um. Die Straße wirkte verwaist, wie immer tagsüber. Vielleicht war das eine Illusion. Vielleicht stand da und dort ein Anwohner hinter der Gardine und gab jede unserer Bewegungen in sein Tablet ein.

8. März, 13.12 Uhr: John Dunbar und Julie Prentice unterhalten sich nach ihrem gemeinsamen Joggen *zu lange.*

Mich überlief es eiskalt. »Ich sollte jetzt reingehen.«

»Ich auch. Ach, übrigens, ich hab mich um eine neue Stelle beworben und bin ziemlich sicher, dass ich sie kriege.«

»Schön«, sagte ich und unterdrückte ein Gefühl der Enttäuschung. Wenn John wieder zur Arbeit musste, wäre ich erneut den ganzen Tag allein. Obwohl wir uns normalerweise nur bei unseren Joggingrunden sahen, hatte ich es tröstlich gefunden, einen Freund in der Nähe zu wissen. Vor allem in den letzten Wochen.»Was für eine Stelle?«

»Ich gründe mein eigenes IT-Unternehmen. Netzwerke, Webseiten, so was in der Art. Ich werde von zu Hause aus arbeiten.«

Er grinste. Offenbar war ich für ihn wie ein offenes Buch.

»Das ist ja fantastisch! Ich brauche tatsächlich eine neue Webseite.«

»Ach ja?«

»Ja.«

»Tja, dann wirst du vielleicht meine erste Kundin.«

»Das wäre großartig. Sehen wir uns morgen früh?«

»Es sei denn, es gibt wieder eine Sintflut. Hals- und Beinbruch heute Nachmittag. Mit deinen Wörtern.«

»So was sagt man zu Schauspielern.«

»Passt hier aber auch, oder?«

»Vielleicht wäre ein gebrochenes Bein etwas, worüber ich schreiben könnte.«

Ich ging über die Straße. Als ich mich meiner Haustür näherte, bemerkte ich, dass am Knauf ein weißer Plastikbeutel hing. Als ich danach griff, stieg ein grässlicher Gestank in meine Nase. Verrottende Exkremente, wahrscheinlich menschlichen Ursprungs. So was hinterließ Sandy nicht, die wütend hinter der Tür bellte, weil ich sie nicht mitgenommen hatte. Ihre Hinterlassenschaften stanken nicht derart.

Als ich mit angehaltenem Atem den Beutel verknoten wollte, damit es nicht mehr so stank, hörte ich, wie darin Papier knitterte. Hatte da jemand eine Nachricht hinterlassen? Eine Botschaft für mich?

Vorsichtig griff ich hinein und zog sie mit den Fingerspitzen heraus.

Ich las den Zettel, einmal, zweimal und dann noch einmal.

Dann fing ich an zu schreien.

Meine Therapeutin hatte alle möglichen psychologischen Erklärungen dafür, dass Heather von mir so besessen war. Offenbar konnte das Stalken durch eine Kombination aus Einsamkeit, mangelndem Selbstwertgefühl und überwältigender Selbstüberschätzung veranlasst werden. Allerdings bekam ich nie die Erklärung dafür, wie mangelndes Selbstwertgefühl und überwältigende Selbstüberschätzung miteinander vereinbar waren. Trotzdem traf diese Beschreibung auf Heather Stanhope zu, und zwar seit unserer ersten Begegnung.

Bereits ein paar Wochen nach Beginn des Jurastudiums bereute ich meine Entscheidung. Mir war es ebenso gegangen wie vielen meiner Freunde, die gute Noten, aber keine Ahnung hatten, was sie mit ihrem Leben anfangen wollten. Ich entschied mich für meine Uni, weil sie im Ausland lag und mir daher exotisch vorkam, obwohl meine Mutter aus Montreal stammte und wir zahlreiche Ferien bei ihrer Familie verbracht hatten.

So dachte ich eben als Zweiundzwanzigjährige.

Es war eine schlechte Entscheidung. Jeder in meinem Jahrgang wollte Anwalt werden. Es strengte mich an und schüchterte mich gleichzeitig ein, den ganzen Tag mit Menschen zusammen zu sein, die nie einen Fehler machten. Als ich also auf einer der Erstsemesterpartys, die ich nur besuchte, weil es doch irgendjemanden geben musste, mit dem ich gern zusammen sein mochte, zufällig neben Heather Stanhope stand, gab ich mir alle Mühe, mich mit ihr zu unterhalten.

Wir waren im St.-Laurent-Viertel in einer Kellerbar, die

Frat Bay oder so ähnlich hieß. Ich hatte gehört, dass man auf der Toilette Kokain kaufen konnte. Die Musik bestand aus gecoverten Songs der 1980-ern, und die Luft roch nach Trockeneis und abgestandenem Bier.

Heather erinnerte mich an mein früheres Ich aus der Highschool. Pummelig, schlecht sitzende Haare und Kleider, deren Größe eher von Hoffnung als von Realitätssinn zeugte. Sie war eine Intelligenzbestie und bereits der Liebling unseres Profs für Eigentumsrecht, weil ihre Hand jedes Mal in die Höhe schoss, wenn er zum Luftholen verstummte. Doch irgendwie passte sie nicht zu den glatten, schicken Kommilitonen.

Wie sich herausstellte, kam auch sie aus dem Norden des Staats New York, daher konnten wir uns über Skigebiete, Campingausflüge und die schlechte Wirtschaftslage unterhalten. Wir wollten beide nicht dorthin zurück. Schließlich studierte man nicht Jura, um in der Provinz zu landen.

Ich fragte sie, wie es ihr an der Uni gefiel.

»Harvard ist die Heimat amerikanischer Ideen«, gab sie daraufhin in einem Tonfall zurück, als würde sie die Bibel zitieren. Ich wusste, dass die Uni von Montreal manchmal als Harvard des Nordens bezeichnet wurde, konnte aber trotzdem nichts damit anfangen.

»Wie meinst du das?«

»Das hat P. J. O'Rourke gesagt.«

»Ach«, erwiderte ich nur und versuchte mich verzweifelt zu erinnern, wer dieser P. J. O'Rourke war und was sein Zitat bedeuten sollte. »Und ich sage: Diese Party ist ziemlich öde.«

Sie lachte zwar, aber nicht so sehr, wie ich gehofft hatte. Wahrscheinlich hatte sie den Bezug zu Dylan nicht mitbekommen, allerdings war sie im Gegensatz zu mir wohl auch nicht auf der Highschool mit einem Dylan-Fan zusammen gewesen.

Wir standen an der Bar und hielten unsere Gläser mit Gin Tonic in der Hand, denn sonst gab es nur wässriges Bier.

»Was meinst du, wie sie das machen?«, fragte Heather.

»Was denn?«

»So einfach ... dazugehören.«

Sie zeigte auf unsere Kommilitonen, die sich in Grüppchen um die Tische scharten, Billard spielten, flirteten und debattierten. Sie waren bereits in diesen ersten zwei Wochen zusammengewachsen. Jahrgang 1999. Eine Bezeichnung, die sie prägen würde.

»Indem sie ihre Identität sublimieren?«, schlug ich vor.

Diesmal bekam ich meinen Lacher.

»Du bist witzig«, befand sie.

»Danke.«

»Wie kommt es, dass du nicht bei den anderen bist?«

»In Gesellschaft anderer bin ich manchmal schüchtern.«

»Ich auch, aber nur, weil ich so aussehe.«

Sie zeigte mit dem Glas in der Hand an sich herunter, worauf etwas von ihrem Gin Tonic auf ihr geblümtes Shirt spritzte.

»Lass das«, sagte ich. »Mach dich nicht selbst runter. Es gibt genug andere, die das liebend gern für dich übernehmen.«

»Ein guter Rat. Aber befolgst du ihn selbst?«

»Soll das ein Witz sein?«

Da lachte sie bellend auf, schlug sich aber sofort die Hand vor den Mund.

Ich nippte an meinem Drink und tat so, als wäre nichts.

Glücklicherweise war die Musik so laut, dass offenbar niemand sie gehört hatte. Ich fragte mich, ob sie an einer leichten Form von Tourette litt.

»Das ist mir noch nie passiert«, sagte sie, nachdem sie mehrere große Schlucke von ihrem Gin Tonic getrunken hatte.

»Ich hab mal laut in der Klasse gesungen.«

»Im Ernst?«

»Auf der Highschool. Ich war erst nach zwei Jahren rehabilitiert.«

»Kann ich mir vorstellen.«

Sie brachte ihren Drink zur Bar. »Das schmeckt grässlich.«

»Da gebe ich dir recht.«

»Wieso haben wir die überhaupt bestellt?«

»Weil die Bienenkönigin auch einen trinkt?«

Damit meinte ich Kathryn Simpson, die mit Abstand Schönste in unserem Jahrgang. Als große, dünne Blondine war sie sicher das beliebteste Mädchen auf der Highschool gewesen, dennoch wirkte sie nett und klug. Die Jungen unseres Jahrgangs umschwärmten sie wie die Motten das Licht. Während wir uns unterhielten, befand sie sich auf der Tanzfläche und wurde von mehreren umringt, die versuchten, ihr zu zeigen, dass sie zwar Jura-Nerds waren, aber trotzdem cool.

»Sie ist wirklich hübsch«, gab Heather zu.

»Allerdings.«

»Echt hassenswert, oder?«

»Du sagst es.«

»Kommt mir unfair vor, dass jemand so Schönes Jura studieren darf.«

»Vielleicht hat sie sich reingevögelt?«

»Vielleicht ritzt sie sich, um sich vom Essen abzuhalten?«
Jetzt platzte aus mir ein Lachen heraus. Andererseits: Wie kam man denn auf so was?

»Du bist ein bisschen schräg, oder?«

Sie zuckte die Achseln, ließ Kathryn aber nicht aus den Augen. Irgendwann wandte ich ebenfalls der Bar den Rücken zu und tat es ihr gleich.

Ein paar Wochen später wurden Kathryn und ich derselben Arbeitsgruppe zugeteilt. Kathryn stellte mich Booth und Kevin vor, Freunden aus dem Internat, und mit einem Mal war ich Teil einer Clique. Das Studium fing an, Spaß zu machen, und Heather trat in den Hintergrund.

War das der Auslöser gewesen?

Wie sollte man das je wissen?

Nachdem ich den Beutel nebst Botschaft gefunden hatte, gelang es mir, irgendwie den Tag durchzustehen John hatte mich beruhigt und ich ihn danach weggeschickt. Zwar brachte ich kein einziges Wort zu Papier, aber ich schaffte es, in den Supermarkt zu gehen und Vorräte für eine ganze Woche einzukaufen. Den gesamten Nachmittag kochte ich dann Mahlzeiten vor, die ich die nächsten Tage nur aus der Tiefkühltruhe holen musste. Lasagne, Chicken Nuggets und Blätterteigtaschen, die die Kinder gerne in Sojasauce tunkten.

Die ganze Zeit ließ ich den Fernseher in der Küche eingeschaltet und hatte mein Handy in der Tasche. Als alles im Ofen oder in der Kühltruhe war und das ganze Haus wie ein Restaurant roch, googelte ich wie eine Wahnsinnige nach Alarmanlagen, bis meine Internetsperre mich unterbrach.

Beim Klingeln des Telefons schrak ich zusammen. Als ich ranging, hörte ich nur lautes Atmen und dann das Freizeichen. Die Rufnummer war unterdrückt, was nichts bedeuten musste. An diesem Tag kam mir alles bedrohlich vor. Daniel war an der Reihe, die Kinder von der Schule abzuholen. Am Abend war ich mit Susan verabredet, aber ich sagte per SMS ab, ohne näher den Grund zu erklären. Es ist was dazwischengekommen, schrieb ich. Es ist was herausgekommen, hätte ich fast geschrieben.

Als Daniel mit den Zwillingen heimkam, ließ ich zu, dass sie sich im Wohnzimmer auf mich stürzten, mich zu Boden warfen und ein Mommy-Sandwich machten. Mit ihrer Liebe zerquetschten sie mich fast.

Daniel erklärte ich nur, ich hätte Lust gehabt zu kochen, und öffnete eine gute Flasche Rotwein zu unserer Lasagne mit Knochblauchbruschetta. Dann setzten wir uns wie eine Bilderbuchfamilie gemeinsam zu Tisch und aßen, fragten einander höflich, wie unser Tag gelaufen war, maßregelten hin und wieder reflexartig die Zwillinge und tranken erst ein und dann ein zweites Glas Wein. Während des Essens klingelte zweimal das Telefon, brach jedoch ab, bevor Daniel rangehen konnte. »Wahrscheinlich hat sich jemand verwählt«, sagte ich mechanisch.

Als Daniel schließlich die Kinder gebadet und ins Bett gebracht hatte, setzte er sich zu mir auf die Couch, goss den Rest Wein in sein Glas und fragte mich, was los sei.

»Und komm mir nicht mit *nichts,* denn das ist Bullshit.«

»Heather hat mir heute das hinterlassen«, sagte ich und gab ihm den Zettel, der auf dem Haufen gelegen hatte. Ich hatte den Papierfetzen in einen Plastikbeutel gesteckt, weil er ein Beweismittel war, aber auch, um den Gestank loszuwerden, der immer noch von ihm ausging. Trotz der köstlichen Essendüfte, die das Haus erfüllten, bekam ich diesen Geruch einfach nicht aus der Nase. Am Nachmittag hatte ich zweimal über der Kloschüssel gehangen, wie so oft in meiner Schwangerschaft, weil ich meinte, mich übergeben zu müssen.

»Was stinkt denn hier so?«, fragte Daniel.

»Scheiße.«

»Was?«

»Der Zettel lag auf einem Haufen Scheiße.«

Daraufhin ließ er ihn auf den Tisch fallen und ging sich die Hände waschen. Das hätte ich mir sparen können. Daniel hatte schwer mit seinem Waschzwang zu kämpfen. Ehrlich, es war gemein von mir gewesen, ihm überhaupt den Zettel zu geben.

Als er mit krebsroten Händen zurückkam, weil er sie immer mit kochend heißem Wasser wusch, erklärte ich ihm, wie und wo ich die Botschaft gefunden hatte. Ich erwähnte bewusst, dass John dabei gewesen war, denn mein Geschrei hatte sicherlich die Aufmerksamkeit von mehr als einem Nachbarn auf sich gezogen, wenn auch niemand nach draußen gekommen war.

Daniel hatte nie ein Wort über meine Freundschaft mit John verloren, aber ich kannte ihn. Er war zwar nicht eifersüchtig, aber aufmerksam, und er kannte mich besser als sonst jemand. Indem ich unser Beisammensein so erwähnte wie ein Treffen mit Leah, entschärfte ich das, was hätte zum Problem werden können. Ich hoffte, wenn ich es ganz offen zugab, würde es sich einfach in Luft auflösen.

»Ich bin froh, dass du nicht allein warst, aber wieso hast du mich nicht im Büro angerufen?«

Das hatte ich mich auch gefragt, aber ein Anruf bei ihm hätte nichts verändert, sondern alles nur noch realer gemacht, was ich so lange wie möglich hatte aufschieben wollen.

»Du hattest heute dieses wichtige Meeting.«

»Das hier ist wichtiger.«

»Nein. Wenn wir das zulassen, hat sie gewonnen.«

Daniel fuhr sich mit der Hand durch die Haare. Er hatte sie sich vor Kurzem schneiden lassen, und ich hatte das nicht bemerkt.

»Wann warst du denn beim Friseur?«

»Äh ... vor ein paar Tagen. Woher weißt du, dass Heather das war?«

»Lies mal«, sagte ich und drehte den Beutel so, dass er den Text lesen konnte.

Und wenn du noch so weit wegrennst. Verstecken kannst du dich nicht.

»Ist das mit ... Das ist doch nicht mit Blut geschrieben, oder?«

»Doch, ich glaube schon.«

»Genau dasselbe hat sie schon einmal geschrieben.«

»Ja, und sie ritzt sich. Jedenfalls hat sie das während des Studiums gemacht.«

Wie ich erfahren sollte, hatten Heathers Bemerkungen über andere immer etwas mit ihr selbst zu tun. Ihre Behauptung an jenem Abend, Kathryn könnte sich ritzen, bedeutete nur, dass sie selbst sich ritzte. Die beiläufige Erwähnung eines Gerüchts, wonach Kevin nur mithilfe von Ritalin die ganze Nacht wach blieb, bedeutete, dass sie Tabletten von ihrem jüngeren Bruder stahl, um gute Noten zu erzielen. Und so weiter und so fort. Damals hielt ich das nur für eine ihrer Schrullen. Später lernte ich, es als Alarmsystem zu nutzen.

Daniel leerte sein Weinglas. Dann ging er zur Bar und schenkte sich einen großen Scotch ein.

»Du auch?«

»Nein.«

Er goss sich etwas nach und ließ sich auf dem Fensterbrett nieder.

»Wir müssen die Polizei rufen.«

»Ich weiß.«

»Warum hast du das noch nicht getan?«

»Ich bin mir nicht sicher, ob ich das alles noch einmal durchstehe.«

Damit meinte ich nicht nur die Störung meiner Privatsphäre, die vielen Fragen und die Angst, es würde etwas an die Öffentlichkeit durchsickern, sondern auch die Überprüfung all dessen, was ich sagte. Das Gefühl, dass sie nach Unstimmigkeiten in meinen Angaben suchten. Das war einer der Gründe, warum ich der Juristerei den Rücken gekehrt hatte. Ich wollte nicht, dass bei mir nach Unstimmigkeiten gesucht wurde, und ich wollte auch nicht bei anderen danach suchen.

»Wenn das alles so ist, wie es aussieht«, sagte Daniel, »wenn sie dich … uns … wirklich aufgespürt hat und alles wieder von vorne anfängt, dann dürfen wir dieses Risiko nicht eingehen. Es ist gefährlich, Jules, es ist …«

»Das weiß ich, okay? Ich weiß das.« Ich zog die Knie an die Brust und stützte mein Kinn auf die knochigen Kniescheiben, die ich durch meine Jeans hindurch spürte. In letzter Zeit aß ich nicht mehr genug, und langsam zeigte sich das.

»Ich muss ständig daran denken … Weißt du noch … der Artikel?«

»Der, den du über Heather geschrieben hast?«

»Genau.«

»Was ist damit?«

»Darin stand alles, was sie uns angetan hat. Die Botschaften, die sie hinterließ, die Methoden, wie sie mir zusetzte. Was ist, wenn sie das gar nicht war? Wenn jemand aus der Nachbarschaft sie nachgeahmt hat, um mich zu ärgern?«

»Wie kommst du darauf? Wegen der anderen Geschichten?« Er wedelte mit der Hand, als hätte sich der Geruch nicht verflüchtigt. »Glaubst du wirklich, das würde dir jemand antun?«

»Hast du in letzter Zeit auf diese *iNeighbor*-Seite geguckt? Da gibt es einen *Thread* namens *Hundevorfall* mit ständigen Aktualisierungen. Wie bei People.com. Ich werde unablässig beobachtet, was ich mit Sandy mache. Wo sie ist, ob sie an der Leine läuft, ob ich ihre Häufchen wegmache. Alles, was ich mache, wird dort veröffentlicht.«

Alles kommt einem harmlos vor, bis es schriftlich festgehalten wird.

6.00 – 7.00 Uhr. Jogging mit Hund und John Dunbar. Wieder einmal.

14.20 Uhr. Einkaufen beim Supermarkt. Keinen Einkaufskorb dabei.

14.50 Uhr. Verlässt Supermarkt. Mit Plastiktüten.

Ich hatte mit meinem Anwalt Lee darüber gesprochen, doch er meinte, solange es dabei um Aktivitäten in der Öffentlichkeit ginge, könnte man nichts dagegen unternehmen. Ich hatte es satt, so etwas von ihm zu hören. Vielleicht brauchte ich einen neuen Anwalt.

»Das ist doch aberwitzig«, sagte Daniel.

»Vollkommen. Cindy ist verrückt, hat aber das halbe Viertel unter ihrer Knute.«

Zugegeben, die meisten Kommentare stammten von Cindy, aber gestern hatte eine Frau zwei Häuser weiter einen Eintrag geschrieben. Kaum einer hatte sich von der Webseite abgemeldet.

Allerdings gab es keinen einzigen Eintrag über das Päckchen auf meiner Türschwelle.

»Du glaubst doch nicht ernsthaft, dass das Cindy war, oder?«

»Eher nicht. Aber vielleicht eins der Kinder?«

»Hast du John nach Chris gefragt?«

»Wie denn? Nach dem, was Sandy ihm angetan hat? Dazu fühle ich mich viel zu schuldig.«

Daniel zuckte die Achseln. »Was schleicht er sich auch im Dunkeln herum.«

»Daniel!«

»Was denn? Seine Schuld. Jedenfalls müssen wir die Polizei rufen, wer auch immer es war.«

Ich winkte ihn zu mir. Er nahm sein Glas und ließ sich neben mir auf die Couch sinken. Gleich fühlte ich mich besser. Das durfte ich nicht vergessen. Denn ich hatte schon wieder das Gefühl, ein Joch auf meinen Schultern zu tragen. Das Knirschen im Nacken, das Bedürfnis zu husten, obwohl mein Hals frei war, der nachlassende Appetit. All das kannte ich schon, es waren Vorboten einer Depression. Manchmal ging es vorbei, manchmal wurde es schlimmer und zog mich nach unten. Also musste ich tun, was ich konnte, um das zu verhindern.

»Ich weiß«, sagte ich. »Morgen, gleich als Erstes, ja?«

Als ich mich zurücklehnte, schlang er den Arm um mich. Ich nahm ihm den Scotch ab und roch daran.

»Der stinkt fast so schlimm wie der Beutel.«

»Das ist Ketzerei.«

»Dann verbrenn mich auf dem Scheiterhaufen.«

»Niemals, auch wenn du eine Hexe bist.«

»Zweifelst du noch daran?«

Ich spürte, wie er in meinen Haarschopf lächelte.

Dann saßen wir da, bis der Mond aufging und sich Stille über die Straße legte.

Im Lauf unserer Beziehung hatten wir viele Abende so verbracht, im Frieden der Nacht, unsere Herzen schlugen im Takt der Uhr auf dem Kaminsims. Manchmal schlief ich sogar ein, so wie an diesem Abend, und Daniel trug mich ins Bett wie eines der Kinder.

Ich glaube, an diesem Abend fühlte ich mich zum ersten Mal seit dem Umzug zu Hause und geborgen.

Hätte ich gewusst, dass ich mich nie mehr so fühlen würde, wäre ich für immer auf dieser Couch geblieben und hätte mich gegen den nächsten Morgen gesperrt.

MOUNT ADAMS JOURNAL

Berühmte Autorin Julie Apple belästigt

Polizei sucht nach Hinweisen

10. März

Julie Apple Prentice, die erst kürzlich nach Mount Adams gezogen ist, gab bei der Polizei an, sie sei in ihrem Haus in der Pine Street belästigt worden. Die zweiundvierzigjährige Autorin hat unter ihrem Mädchennamen den Roman *Das Mörderspiel* geschrieben, der auf Platz eins der *New-York-Times*-Bestsellerliste landete.

Zwar war Mrs. Prentice zu keinerlei Kommentar bereit, doch polizeinahe Quellen gaben an, jemand habe sich in den vergangenen Monaten in ihr WLAN und ihren E-Mail-Account gehackt und vor zwei Tagen etwas Beunruhigendes auf ihrer Türschwelle hinterlassen. Mrs. Prentice war bereits an ihrem früheren Wohnort im Staat Washington das Opfer einer Stalkerin namens Heather Stanhope geworden, worüber sie den berühmten *Vogue*-Artikel *Warum ich?* schrieb.

Nach offizieller Verlautbarung verfolgt die Polizei momentan keine Spuren.

Mrs. Prentice' Nachbarin Cindy Sutton (45) erklärte, Mrs. Prentice habe Schwierigkeiten, sich in die Nachbarschaft einzufügen.

»Sie nicht besonders gesellig«, gab Mrs. Sutton an. »Wir legen großen Wert auf Gemeinschaft, doch sie hat sich bislang zu keiner Aktivität gemeldet. Und dann war da noch der Vorfall mit ihrem Hund.«

Damit verwies Mrs. Sutton auf den Vorfall vor einem Monat, als der deutsche Schäferhund von Mrs. Prentice den fünfzehnjährigen Sohn von Mr. und Mrs. John Dunbar angriff.

Auch die Dunbars waren zu keinem Kommentar bereit. »Wahrscheinlich wird der Junge eine Narbe zurückbehalten«, sagte Mrs. Sutton. »Wegen ihr mussten wir eine ganze Reihe neuer Regeln aufstellen.«

Auf die Frage, ob Mrs. Prentice es verdient habe, belästigt zu werden, erklärte Mrs. Sutton: »Nun, so weit würde ich nicht gehen. Aber wie heißt es so schön: Wer Wind sät, wird Sturm ernten, oder?«

Nicht alle Anwohner denken so. »Julie war mir immer eine gute Freundin«, gab Susan Thurgood (47) an. »Es ist einfach schrecklich, was ihr passiert. Ich hoffe, die Polizei nimmt die Sache ernst.«

Das Mörderspiel, in dem es um eine Gruppe Jurastudenten geht, die den perfekten Mord planen und ihn dann vielleicht Jahre später ausführen, erregte bei seinem Erscheinen vor zwei Jahren großes Aufsehen. Der Roman verkaufte sich fast drei Millionen Mal. Er löste zahlreiche Spekulationen darüber aus, ob dieses Buch zumindest teilweise auf den Erfahrungen von Mrs. Prentice beruht, vor allem in Bezug auf den mysteriösen Tod einer ihrer Kommilitoninnen namens Kathryn Simpson.

»Das ist kompletter Unsinn«, ließ Mrs. Prentice' PR-Managerin verlauten, die wir um einen Kommentar baten. »Wir haben guten Grund zu glauben, dass Heather Stanhope hinter diesen Spekulationen steckt, wofür es auch Beweise gibt.«

FLIEGEN LERNEN

John

Sieben Monate zuvor

»Hast du davon gewusst?«, fragte mich Hanna ein paar Tage nachdem Julie den Beutel mit dem Haufen und der gruseligen Botschaft an ihrer Haustür gefunden hatte.

Wir machten uns einen faulen Samstagvormittag. Ausnahmsweise mussten wir keine Kinder zu einer der unzähligen außerschulischen Aktivitäten karren, sondern konnten es uns in der Küche gemütlich machen.

Die Sonne schien mir auf den Rücken. Der Geruch von angebranntem Speck hing schwer in der Luft. Becky hatte sich bereit erklärt, das Frühstück zu machen.

Hanna reichte mir die Lokalzeitung und tippte mit dem Finger auf die Schlagzeile: *Berühmte Autorin Julie Apple belästigt.* Rasch überflog ich den Artikel, in dem mehrere Vorfälle erwähnt wurden, die Julie in den letzten Monaten widerfahren waren. Einige Details blieben unerwähnt. Zum Beispiel, dass die Botschaft auf dem Zettel möglicherweise mit Blut geschrieben worden war. Allein bei der Vorstellung bekam ich Gänsehaut.

Was trieb jemanden dazu, sich selbst einen Schnitt zuzufügen, bei dem genug Blut für einen kleinen Drohbrief floss?

Als ich zu Julie gesprintet war und sie mit dem Schreien aufhörte, zitterte sie am ganzen Körper. Ich wollte die Polizei anrufen oder Daniel, irgendwas tun. Doch dann hatte sie sich beruhigt und meinte, sie würde sich darum kümmern. Also blieb mir nichts anderes übrig, als mich zu trollen.

Die vergangenen zwei Tage hatte sie jedes Mal in letzter Sekunde unsere Joggingrunde per SMS abgesagt und mich auf den nächsten Tag vertröstet.

»Einiges davon«, sagte ich zu Hanna. »Ich hab sie gewarnt, dass ihr Internetzugang ungesichert ist, weil ich in ihr Netzwerk konnte. Sie meinte, eines ihrer Kinder hätte das Passwort entfernt. Und erinnerst du dich noch an die Sache mit der E-Mail in Mexiko? Dort habe ich ihr auch geholfen, ihren Account zu sichern.«

»Ja, ich erinnere mich.« Hanna zog eine Augenbraue in die Höhe. Ihre Haare waren vom Schlafen zerzaust. So gefiel sie mir am besten, obwohl sie mir das nicht glaubte. »Hat dich jemand wegen Chris angerufen und um einen Kommentar gebeten?«

»Nein. Dich?«

»Nein. Diese Journalisten sollten sich besser vorsehen. Auch wenn sie nur für eine Lokalzeitung arbeiten.«

»Wahrscheinlich haben sie unter Unterbeschäftigung gelitten«, erwiderte ich. »So eine Story ist doch viel aufregender als die übliche Katze-im-Baum-Geschichte.«

Früher hatte ich nie die Lokalzeitung gelesen. Da ich jedoch inzwischen den ganzen Tag zu Hause verbrachte, ertappte ich mich dabei, dass ich sie von vorne bis hinten gründlich studierte.

Ich überflog den Rest des Artikels. Der Abschnitt mit dem Verweis, Julies Buch basiere möglicherweise auf ihren eigenen

Erfahrungen, erinnerte mich an Daniels Bemerkung in der Bar in Mexiko. Damals dachte ich, er wollte mich auf den Arm nehmen. Aber dann sah ich das Glitzern in Julies Augen, als der Taxifahrer sein Bestes gab, um unser Leben aufs Spiel zu setzen. Hatte Julie möglicherweise mit dem Tod eines Menschen zu tun? Hatte sie ihn als Grundlage für ihr Buch benutzt?

Ich verdrängte den Gedanken. Wenn ich anfing, das *Mount Adams Journal* ernst zu nehmen, musste ich öfter vor die Tür.

»Sie hat eine PR-Managerin«, bemerkte Hanna. »Sie hat Leute, die für sie arbeiten. Ich brauche auch welche.«

»Du hast eine Assistentin.«

»Ja, aber die arbeitet nicht nur für mich.« Sie nahm mir die Zeitung ab und las den Artikel ein zweites Mal. »Das Ganze kommt mir nicht so schlimm vor. Ich fasse es nicht, dass sie die Polizei gerufen hat.«

Ich hatte Hanna weder von dem Beutel noch von der Botschaft erzählt, weil Julie mich darum gebeten hatte. Da im Artikel keine Details aufgeführt waren, wollte ich ihr Vertrauen nicht missbrauchen. Vielleicht hielt die Polizei die Einzelheiten zurück, um den Schuldigen aufzuspüren.

»Ich finde, es klingt ziemlich beunruhigend«, sagte ich.

»Ach, komm schon, John. Du hast gerade selbst gesagt, zumindest einer dieser Vorfälle wäre passiert, als sie nicht in Cincinnati war.«

»Derjenige, der versucht hatte, sich in ihren E-Mail-Account zu hacken, befand sich doch nicht in Mexiko! Es geschah nur zu dem Zeitpunkt, als wir dort waren. Vielleicht hat sie sich geirrt, als sie ihre Kinder verdächtigte. Wie wahrscheinlich ist es denn, dass ein Sechsjähriger das Passwort für den Internetzugang entfernt?«

Hanna stand auf und räumte die Spülmaschine ein. Ein Ring aus Ahornsirup zeugte davon, wo ihr Teller gestanden hatte. Beckys Versuch, Pancakes zu machen, war kaum besser gelungen als der Versuch mit dem Frühstücksspeck. Ich nahm mir vor, ihr ein bisschen Unterricht zu geben.

»Wieso verteidigst du sie?«, fragte Hanna.

»Und wieso verteidigst du sie nicht? Willst du ihr vorwerfen, dass sie sich belästigt fühlt? Vor allem seit dieser *iNeighbor*-Sache?«

»Zugegeben, Cindy ist ein bisschen außer Kontrolle. Aber wenn ich an Chris' Gesicht denke, fällt es mir schwer, Mitleid für Julie aufzubringen.«

Chris' Wunde hatte am Ende doch nicht genäht werden müssen. Der plastische Chirurg hatte uns erklärt, die Narbe würde auch ohne Naht verblassen und in ein paar Jahren nicht mehr zu sehen sein. Also hatten wir uns einverstanden erklärt, die Wunde nur zu verpflastern und dann abheilen zu lassen. Dennoch zuckte Hanna jedes Mal zusammen, wenn sie Chris' Gesicht sah. Als wäre sie selbst verletzt worden.

Chris hingegen schien kein Problem damit zu haben. Zumindest behauptete er das. Aber ich hatte ihn ein paarmal dabei ertappt, wie er sich mit gerunzelter Stirn im Spiegel betrachtete. Ich hatte angeboten, ihm eine Augenklappe zu besorgen, um den Piratenlook zu vervollständigen. Da musste er lachen, und wir machten einen kleinen Ringkampf, den er gewann. Zum sechsten Mal in Folge. Auch wenn ich wieder in Form war, konnte ein Fünfzehnjähriger einen Fünfundvierzigjährigen schlagen. Was wahrscheinlich gut war.

Viel anstrengender war es gewesen, Hanna von einer Klage abzubringen. Ich war allerdings nicht ganz sicher, ob mir das tatsächlich gelungen war.

»Chris geht's gut«, sagte ich. »Und sie hat sich entschuldigt. Es war ein Unfall.«

Sie klappte die Spülmaschine zu und trocknete sich die Hände ab. Sie hatte ihre Trainingssachen an. Hanna hasst es, draußen zu joggen, und zieht die klimatisierte Atmosphäre eines Fitnessstudios vor.

»Das war kein Unfall. Irgendwas daran kommt mir komisch vor.«

»Was denn?«

»Irgendwas an ihrer Ausstrahlung. Sie erinnert mich an eine Klientin, die ich vertreten habe. Weißt du noch, die mit dem Münchhausen-Stellvertreter-Syndrom?«

»Die Frau, die ihre Kinder krank gemacht hat?«

»Genau. Ich wusste von Anfang an, dass etwas nicht mit ihr stimmt.«

»Was willst du damit sagen?«

»Menschen tun seltsame Dinge, um Aufmerksamkeit zu bekommen.«

»Das weiß ich. Julie will aber gar keine Aufmerksamkeit. Sie redet nicht mit der Presse.«

»Wie sind die dann an ihre Story gekommen?«

Das war eine gute Frage. Hanna stellte nur gute Fragen.

»Du sagst doch immer, Journalisten würden Kanzleiangestellte bestechen, damit sie ihnen saftige Geschichten liefern.«

»Ja, das kommt vor. Aber bei einer Lokalzeitung? Außerdem, wenn etwas über einen Promi rauskommt, ist meist er selbst die Quelle.«

»Julie ist keine Kardashian.«

»Nein, aber sie sagt ständig das eine und tut dann das andere. Zum Beispiel ist ihr beim ersten Gespräch mit dir ihr

Name herausgerutscht. Wenn sie solchen Wert auf Privatsphäre legt, wieso wissen wir dann, wer sie ist?«

Ich atmete tief aus. Es hatte keinen Sinn, mit Hanna zu reden, wenn sie in dieser Stimmung war. Außerdem war es wahrscheinlich meine Schuld, dass sie so empfand. Ich verbrachte viel zu viel Zeit mit Julie. Das musste aufhören. Hanna vertraute mir. Ich hatte ihr nie Grund zum Misstrauen gegeben. Allein die Vorstellung, ihr jetzt einen Grund zu liefern, widerte mich an.

So einer war ich nicht.

Wirklich nicht.

Eine Woche später wurde Chris fünfzehneinhalb. Zwar hatten wir aufgehört, halbe Geburtstage zu feiern, als er acht wurde, aber dieser war etwas ganz Besonderes. Ab sofort konnte er mit dem Autofahren beginnen. Als das abgemacht wurde, hatte er den Tag auf dem Küchenkalender rot umkringelt. »Auf gar keinen Fall«, hatte Hanna zuerst gesagt und sich geschüttelt. Aber er hat sie bearbeitet, bis sie irgendwann kapitulierte.

Also stapelte ich an einem milden Märztag halbmondförmige Pancakes auf Chris' Teller – als Vorgeschmack auf den halben Geburtstagskuchen, den er später bekommen würde. Dann fuhr ich ihn zum *Department of Motorvehicles*. Wir gingen wegen der Theorieprüfung zur Führerscheinstelle.

Während er Fragen wie: *Wann darf man an einer roten Ampel rechts abbiegen?*, beantwortete, studierte ich auf meinem Handy Baseballstatistiken. Die Prüfung bestand er mit links. Nachdem ich versprochen hatte, ihn nur in Begleitung von mir oder Hanna fahren zu lassen, bekam er eine vorläufige Fahrerlaubnis.

Wir hatten ihm erlaubt, die Schule zu schwänzen, weil wir den Tag für Fahrstunden nutzen wollten. Als er die Fahrerlaubnis in der Tasche hatte, fuhr ich mit ihm zur Eastgate Mall, weil ich damit rechnete, dass der riesige Parkplatz an einem Donnerstagmorgen leer sein würde. Ich parkte den Wagen und schaltete den Motor aus.

»Bereit?«, fragte ich Chris.

Er blickte mich an. Es versetzte mir einen Stich, als ich die Narbe auf seiner Wange sah. Wenn den Kindern etwas passierte, kam ich mir jedes Mal wie ein Versager vor. Als hätte ich mich selbst verletzt. Ganz gleich, wie klein die Verletzung war. Das war das Schreckliche am Elterndasein. Verschwand dieser Schmerz jemals?

Mit brüchiger Stimme sagte er: »Ich glaube schon.«

»Du wirst ein großartiger Fahrer.«

»Du schreist mich nicht an, oder?«

»Natürlich nicht.«

»Ashleys Dad hat sie nämlich angeschrien, als er ihr das Fahren beibrachte.«

»Tja, sein Fehler.« Ich schnallte mich ab. »Los, tauschen wir.«

Als wir uns an der vorderen Stoßstange trafen, drückte ich ihm die Schulter. »Hab ich dich je angeschrien, wenn ich dir was beigebracht habe?«

»Nein.«

»Mein Dad hat auch gebrüllt, und das hat mich wahnsinnig gemacht. Also keine Angst. Du schaffst das.«

»Ist gut.«

Wir stiegen wieder in den Wagen. Ich erklärte ihm, wie man den Motor startete, den Rückwärtsgang einlegte und aufs Gaspedal trat. Nachdem Chris ein paarmal das Gas-

und das Bremspedal verwechselt hatte, während wir uns noch im Parkmodus befanden, fuhr er uns ein bisschen zu schnell aus der Parklücke. Ich war froh, dass der Parkplatz leer war.

»Folge dieser Spur bis zum Stoppschild«, sagte ich. »Achte auf Fußgänger. Die springen gern zwischen parkenden Autos hervor.«

Chris blickte nach links und rechts und wurde immer langsamer.

»Das ist echt Stress.«

»Du kriegst den Bogen schon raus. Es ist nicht schlecht, wenn du vorsichtig bist.«

Er wirkte nicht überzeugt.

»Wir könnten uns unterhalten. Um dich abzulenken.«

»Ich dachte, ich sollte mich konzentrieren?«

»Das tust du doch. Du musst lernen, zwei Dinge gleichzeitig zu machen.«

Er umklammerte das Lenkrad. »Ich glaube, das kommt erst später.«

»Dann bieg doch hier rechts ab.«

Er fuhr langsamer, bis er nach zweimaligem Rucken zum Stehen kam.

»Sorry.«

»Alles okay, Chris. Denk dran: Gas rechts, Bremse links.«

»Wieso kann ich nicht beide Füße benutzen?«

»Weil du deinen linken Fuß für die Kupplung brauchst, wenn du ein Auto mit Gangschaltung fährst. Du wirst dich dran gewöhnen. Jetzt setz den rechten Blinker und fahre langsam um diese Kurve. Dann lenk da drüben hin und parke zwischen den beiden Autos.«

Chris neigte sich vor und folgte meinen Anweisungen. Als

er schief zwischen den beiden Wagen geparkt und den Motor ausgeschaltet hatte, zitterten ihm die Hände.

»Alles klar, Kumpel?«

»Ist viel schwerer, als ich dachte.«

»Du schaffst das. Versprochen.«

»Danke, Dad.«

Ein Handy summte, verstummte und summte dann erneut. Ich überprüfte meins, aber da waren keine neuen Nachrichten.

»Sieht so aus, als wollte dich jemand erreichen«, bemerkte ich.

»Ja, ja.«

»Ist irgendwas?«

»Wahrscheinlich Ashley.«

»Hat ihre Mom erlaubt, dass ihr euch treffen könnt?«

»Irgendwie schon.«

»Wieso gehst du dann nicht ran?«

»Weil ich was anderes zu tun hab.«

»Schickt sie dir oft SMS?«

»Was heißt oft?«

Fast hätte ich gelacht. Ich war heilfroh, dass ich mich bei meinen ersten Beziehungen nicht mit SMS, E-Mails oder all diesen Dingen herumschlagen musste, die wir heute als selbstverständlich betrachten. Damals war es mir schwergefallen, mit Mädchen zu telefonieren, sodass manchmal minutenlang Schweigen geherrscht hatte. Mir waren diese Telefonate damals genauso unangenehm wie Chris dieses Gespräch heute. Vielleicht wären SMS meine Rettung gewesen.

»Ich glaube, es gibt oft etwas, das man nicht will, bei dem man aber Kompromisse machen muss.«

»Was heißt das?«

»Kompromisse, mein Sohn. Das Schmieröl von Beziehungen. Du hast sicher schon bemerkt, dass Mädchen viel mehr reden als Jungen?«

»Allerdings.«

»Sie machen sich auch mehr Sorgen. Zum Beispiel deine Mom. Die möchte, dass du anrufst oder eine SMS schickst, wenn du unterwegs bist. Das machst du doch, oder?«

»Ja, aber das ist eben Mom.«

»Stimmt, aber ich mach das auch. Weil ich weiß, dass sie sich sonst Sorgen macht. Das nennt man Kompromiss.«

»Was kriegst du dafür?«

»Es ist kein Handel, sondern eher so, dass sie mir meinen Willen lässt, wenn ich etwas wirklich wichtig finde.«

Er seufzte. »Das klingt nach Arbeit.«

»Manchmal ist es tatsächlich Arbeit. Das hängt davon ab, ob es das Ganze wert ist.«

»Woher weiß man das?«

»Bei der Familie ist das ganz einfach. Bei euch ist es das immer wert. Aber ganz allgemein ist es schwer zu beurteilen. Ich glaube, man muss sich stets fragen, ob die Vorteile die Nachteile überwiegen. Niemand ist vollkommen. Jeder hat seine Macken. Irgendwas, das man nicht versteht oder nervig findet. Wenn man jemanden liebt oder meint, man könnte ihn vielleicht lieben, dann entscheidet man, was wichtiger ist. Ob man denjenigen in seinem Leben haben möchte oder nicht.«

Wieder summte sein Handy. Er legte seine Hand darauf und umklammerte es durch den Stoff seiner Jeans.

»Wieso gehst du nicht ran?«

Darauf legte er seine Hände wieder ans Steuer. »Ich möchte es lieber noch mal versuchen.«

»Ganz sicher?«

»Ja.«

»Ist gut. Also, dann wirf einen Blick in den Rückspiegel und setze ganz langsam zurück. Schlag das Lenkrad erst ein, wenn ich es dir sage.«

»Danke, Dad.«

Als er mir ein scheues Lächeln zuwarf, wusste ich, dass er mir nicht nur für die Fahrstunden dankte.

Monate später sollte ich mich fragen, ob es irgendetwas geändert hätte, wenn ich an diesem Tag etwas anderes gesagt hätte.

Das Leben besteht aus Wendepunkten. Aus Weggabelungen.

Wir treffen jeden Tag Entscheidungen, die uns den einen oder den anderen Weg einschlagen lassen.

Mittlerweile habe ich gelernt, dass an den Kreuzungen meist keine Hinweisschilder stehen.

HEUTE

John

12.00 Uhr

Wir sind in die Mittagspause gegangen. Gegen elf kam jemand von der Staatsanwaltschaft herunter und gab uns Bescheid, dass wir erst am Nachmittag aufgerufen würden. Da wir etwas essen mussten, beschlossen wir, ins *Rookwood* zu gehen, ein Restaurant, das im Gebäude der früheren *Rookwood*-Töpferei untergebracht war. Der alte Brennofen steht mitten im Restaurant. Eine große Terrasse mit Blick auf den Fluss wurde nachträglich angebaut. Da sich die bedrohliche Wolkendecke verzogen hat, nehmen wir einen Tisch draußen in der Sonne.

Als Chris ein Kind war, ging er sehr gerne hierhin. Er und Becky bestellten Shirley Temples und Pommes Frites, was ihnen nur ausnahmsweise erlaubt wurde. Sie waren als Bestechung gedacht, damit sie sich gut benahmen und die Erwachsenen relativ ungestört essen konnten.

Heute bestellt Chris einen klassischen Burger, der heutzutage mit Pflücksalat serviert wird, was auch immer das sein soll. Ich weiß, dass er nicht viel davon essen wird. Die Pancakes heute Morgen sind auch in ihrer Siruppfütze kalt geworden. Genau wie die meisten der zahlreichen Mahlzeiten

197

seit dem Morgen des Unfalls, in denen er nur herumgestochert hat.

Jetzt reißt er sein Tischset aus Papier in tausend kleine Fetzen und verteilt Konfetti über den Metalltisch. Seine Miene wirkt ausdruckslos, benommen.

»Chris, gibt es etwas, das du uns nicht erzählt hast?«, fragt Alicia.

»Weiß ich nicht«, erwidert Chris. »Was zum Beispiel?«

»Was ist denn, Alicia?«, fragt Hanna.

»Ich möchte es zuerst von Chris hören. War da irgendwas an jenem Tag oder im Monat davor, das du uns vorenthalten hast? Etwas Wichtiges?«

Chris rutscht unbehaglich auf seinem Stuhl hin und her. Hanna hat mir mehr als einmal erklärt, dass alle Zeugen etwas zurückhalten, zu dem sie nicht befragt werden wollen. Etwas, das sich als wichtig oder als harmlos erweisen kann. Die Herausforderung besteht darin, es ihnen zu entlocken, bevor sie in den Zeugenstand treten.

Ich frage mich, ob Alicia das gerade versucht. Ob sie Chris vor seiner Aussage etwas entlocken will, was er nicht preisgeben möchte.

Wir beobachten, wie Chris mit sich kämpft. Wie gerne möchte ich glauben, dass da nichts ist. Dass er keine Geheimnisse vor uns hat. Aber ich weiß, das ist reines Wunschdenken. Wie viel er uns verschweigt, weiß ich allerdings nicht.

Die Kellnerin kommt mit unserem Essen. Chris scheint davon auszugehen, dass er damit vom Haken ist, und beißt tatsächlich herzhaft in seinen Burger.

Hanna rührt ihren Salat nicht an. Ihr Blick huscht zwischen Chris und Alicia hin und her, als wäre sie bei einem Tennismatch.

»Was ist los, Alicia? Bitte sagen Sie es uns«, fordert sie sie schließlich auf.

Alicia wirft Chris einen letzten Blick zu und gibt nach. »Man geht davon aus, dass Chris etwas mit den Aktionen gegen Julie zu tun hatte.«

»Wer ist *man?*«

»Die Polizei. Die Staatsanwaltschaft. Sie sind Julies Beschwerden inzwischen nachgegangen. Offenbar wurden die anfangs nicht besonders ernst genommen.«

Chris legt seinen Hamburger auf den Teller. Er hat einen Klecks Ketchup am Mundwinkel, den Hanna automatisch wegwischt. Wie oft hat sie das in den letzten sechzehn Jahren gemacht? Wie oft hat sie das Chaos beseitigt, das Chris immer hinterlassen hat, selbst als kleiner Junge?

»Chris?«, frage ich. »Ist das wahr? Hattest du was mit den Belästigungen zu tun?«

Bevor er nickt, weiß ich bereits, dass es stimmt. Das erklärt eine Menge. Obwohl die Bedrohung durch Heather Stanhope in gewisser Weise real war, schien es wahrscheinlicher, dass jemand aus der Nachbarschaft etwas damit zu tun hatte.

»Irgendwie schon«, sagt er. Seine Stimme steigt eine Oktave höher.

»Was soll das heißen?«

»Es tut mir leid.«

»Es tut uns allen leid. Aber wir haben uns darauf geeinigt und versprochen, Alicia alles zu sagen, damit es vorher aus dem Weg geräumt werden kann.«

Jetzt schimmern Tränen in seinen Augen. »Soll ich wirklich alles sagen?«

Ein besonderer Unterton liegt in seiner Stimme. Drohend. Warnend.

»Wenn es mit dem zu tun hat, was ihr angetan wurde, dann ja«, rudere ich ein wenig zurück. »Du musst es uns sagen. Und zwar sofort.«

Darauf senkt er den Blick und schiebt den Teller von sich.

»Es war nicht meine Idee.«

»Was war nicht deine Idee?«, frage ich genau in dem Augenblick, als Hanna nachhakt: »Wessen Idee war es denn?«

»Ashleys«, gesteht Chris. »Es war Ashleys Idee.«

Zögernd und stockend beichtet er die ganze Geschichte. Dass Ashley Hausarrest bekam, als Chris an jenem Abend aus dem Kellerfenster stieg. Dass ihre Eltern ihr das Handy wegnahmen und ihr verboten, in der Schule mit ihm zu reden. Dass sie sich unheimlich über die Wunde in seinem Gesicht aufregte. Sie wollte, dass Julie für das bezahlte, was sie angerichtet hatte. Davon schien sie besessen.

»Julie war nicht verantwortlich dafür, dass du an jenem Abend bei Ashley warst«, bemerke ich.

»Ich weiß. Aber sie hat mir den Hund auf den Hals gehetzt, Dad. Ehrlich.«

Hanna wirft mir einen Blick zu. *Wie kann ich es wagen, unserem Sohn jetzt Vorwürfe zu machen?*

Ja, wie kann ich es wagen.

»Was ist dann passiert?«, erkundigt sich Alicia, nimmt einen Schreibblock aus ihrer Tasche und fängt an, sich Notizen zu machen. Weitere Papiere für den Stapel. Ich wollte sie immer schon fragen, was sie damit macht.

»Sie hat nur noch darüber geredet. Dass wir irgendwas unternehmen sollten. Es ihr heimzahlen. Damit sie sich genauso fühlt wie ich an dem Abend. Daraus entwickelte sich eine Art Spiel. Sollten wir ihr Haus in Klopapier einwickeln? Oder ihren Wagen knacken? Oder …«

»Einen Scheißhaufen mit einem Drohbrief an ihrer Haustür hinterlassen?«

»Ja. Genau.«

»Das war deiner?«

Zum ersten Mal erlebe ich, dass Alicia peinlich berührt wirkt. In Anbetracht ihres Berufs hätte ich das nicht für möglich gehalten.

»Ja.«

»Und der Brief? Womit wurde der geschrieben?«

»Ashley hat sich in den Finger gestochen. Sie hatte im Internet was über diese Frau gelesen, die Mrs. Prentice gestalkt hat. Die hatte auch so was gemacht.«

Unsere muntere Bedienung taucht auf.

»Ist alles in Ordnung? Hat Ihnen der Burger nicht geschmeckt?«

»Ich hab keinen Hunger«, sagt Chris.

»Dann nehme ich das mit«, erwidert sie, stapelt unser Geschirr und bringt es weg.

»Was bedeutet das?«, fragt Hanna Alicia. »Für den Fall?«

»War das alles, Chris?«, hakt Alicia nach. »Sonst habt ihr nichts gemacht?«

»Wir haben ein paarmal bei ihr angerufen und wieder aufgelegt. So was. Vielleicht hat Ashley noch mehr gemacht. Aber davon wollte ich eigentlich nichts wissen.«

»Nun, wenn das alles war, kriegen wir das wahrscheinlich hin«, verkündet Alicia.

»Wie denn?«

»Durch entsprechende Darstellung. Es war alles Ashleys Idee, oder, Chris?«

»Ja schon, aber …«

»Ich weiß, dass du ihr nicht die Schuld in die Schuhe

schieben willst. Schon klar. Trotzdem hat die Geschichte Auswirkung darauf, wie die Geschworenen dich einschätzen. Erzähl es so, wie du es uns erzählt hast. Widerstrebend. Der Staatsanwalt soll es dir ruhig aus der Nase ziehen. Es muss deutlich werden, dass du es ohne ihren Einfluss nie gemacht hättest.«

»Um sich die Sympathie der Geschworenen nicht zu verscherzen?«

»Genau. Sie und Ihr Mann haben davon nichts gewusst, oder? Hatten Sie einen Verdacht?«

»Nein.«

»Nein«, bestätige ich. »Wir wussten nichts davon. Wie auch?«

Alicia streift mich mit einem Blick. »Normalerweise nehmen einem die Geschworenen das nicht ab. Sie gehen davon aus, dass man mitbekommt, was in der eigenen Familie passiert.«

»Kein Mensch kann alles mitbekommen«, widerspricht Hanna. »Nicht mal im eigenen Haus.«

»Das stimmt, aber damit werden wir keinen Erfolg haben. Wir müssen die Geschworenen überzeugen, dass Sie nichts wussten.«

»Ich hab's niemandem erzählt«, sagt Chris. »Ashley auch nicht.«

»Wenn du das zu den Geschworenen sagst, ist das gut.«

Als die Kellnerin die Rechnung bringt, zahlen wir. Hanna geht vor, während ich mit Alicia zurückbleibe.

»Kann das tatsächlich ein Problem werden?«, frage ich sie. »Ein dummer Streich?«

»Es sieht nicht gut aus. Könnte als Motiv betrachtet werden.«

»Wofür?«

»Wenn Julie wusste, wer hinter den Belästigungen steckte, hätte sie damit drohen können, sie anzuzeigen.«

»Woher hätte Julie das wissen sollen?«

»Sie hat wegen des Prozesses jemanden angeheuert, der Nachforschungen anstellte.«

»Wirklich?«

»Genauer gesagt, war es Daniel.«

»Also wussten sie, dass Chris und Ashley dahintersteckten?«

»Ich habe keinen Zugang zu allen Einzelheiten. Die Zeugenaussagen sind unter Verschluss.«

»Sie wussten genug, um Chris die entsprechenden Fragen zu stellen.«

»Ich habe meine Quellen, aber die sind nicht allwissend.«

Schweigend fahren wir zum Büro der Staatsanwaltschaft zurück. Da unser perfekter Parkplatz weg ist, stelle ich den Wagen auf der gegenüberliegenden Straßenseite ab. Hanna und Alicia gehen vor und stecken wieder die Köpfe zusammen. Chris wartet an der Eingangstür auf mich, spricht mich aber erst an, als die Frauen durch den Eingang verschwunden sind.

»Soll ich wirklich die ganze Wahrheit erzählen?«, fragt er, als wir sie nicht mehr sehen.

Er wirkt aggressiv, wie ein in die Enge getriebenes Tier. Was hat diese Veränderung bei ihm hervorgerufen?

»Das hatten wir doch schon. Wie Alicia sagt, sollst du alle Fragen beantworten, musst aber nicht ungefragt Informationen preisgeben.«

»Okay, Dad. Okay. Ich werde nichts preisgeben. Wenn sie nicht fragen, werde ich nichts sagen.«

Mir zieht sich der Magen zusammen. Jetzt bedauere ich es, nichts gegessen zu haben.

»Was ist los, Chris?«

»Nichts.«

»Das stimmt nicht.«

»Ist doch egal. Ändert ja sowieso nichts.«

»Woher weißt du das, wenn du mir nicht sagen willst, was los ist?«

»Weil es bei solchen Sachen ganz egal ist, was die Wahrheit ist. Wichtig ist nur, was ich dachte, als ich es sah.«

»Was denn?«

Er schiebt die Hände in die Taschen. Ich bezweifle, dass er diesen Anzug jemals wieder anziehen wird. Den Anzug zur Beerdigung meines Vaters hab ich auch nie mehr getragen. Vielleicht sollte ich beide in einem Fass im Garten verbrennen.

Wenn dieser Tag jemals ein Ende hat.

»Was denn, Chris?«

»Nichts, okay? Nichts. Was weiß ich, was ich da gesehen hab.«

»Am Morgen des Unfalls?«

Er zuckt die Achseln. Teenager.

Hanna steckt den Kopf durch die Tür.

»John, Chris, kommt jetzt.«

Wieder zuckt Chris die Achseln. Dann dreht er sich um und folgt seiner Mutter.

Ich bleibe auf dem Bürgersteig und überlege, was das bedeuten soll.

Was wollte er mir sagen?

Als sich mein Magen erneut zusammenzieht, fällt es mir ein.

Ein anderer Morgen, an dem etwas Entscheidendes geschah.

Das konnte er unmöglich gesehen haben.

Oder doch?

ICH BEHALTE DICH IM AUGE

Julie

Sechs Monate zuvor

»Die Polizei unternimmt nichts?«, erkundigte sich Susan bei einem unserer Abendspaziergänge im April.

Meistens unterhielten wir uns über unsere Kinder und die kleinen Probleme und Dramen des Alltags. Oder sie erzählte mir von ihrer Scheidung. Geschichten darüber, was Brad zuletzt verbrochen hatte. Hin und wieder verriet ich ein bisschen über *Buch Zwei,* um eine neue Perspektive zu bekommen und vielleicht den Knoten zu durchtrennen, in den ich mich bei etwa fünfzigtausend Wörtern verstrickt hatte. Das hatten Leah und ich früher immer beim Joggen gemacht. Ohne sie fehlte mir die sanfte Unterstützung, die ich brauchte, um von A nach B zu kommen.

Es war das erste Mal, dass ich mich Susan anvertraute. Ich hatte nicht gewusst, ob ich ihr vertrauen konnte. Irgendetwas hatte mich zurückgehalten, obwohl sie mir gegenüber völlig offen war. Aber dieser Abend hatte etwas Besonderes an sich. Regen lag in der Luft, und aus mehr als einem der bunten Häuser unseres Viertels drang der Geruch nach Holzfeuer. Obwohl die Tage deutlich wärmer wurden, war es nachts winterlich kalt. Alles fühlte sich fremd an, unwirklich und doch tröstlich. Wie die Schneeglöckchen, die ihre Köpfe durch den letzten Schnee im Eden Park steckten und etwas in mir aufleben ließen.

Ich erzählte ihr alles. Warum ich bei unserer ersten Begegnung aus dem Café gerannt war. Dass jemand versucht hatte, meinen E-Mail-Account zu hacken, während ich in Mexiko war. Dass John unsere Internetverbindung mit einem neuen Passwort sichern musste.

Ich erzählte ihr von dem *Präsent* vor meiner Tür und dem amateurhaften Drohbrief, die so sehr an das erinnerten, was Heather mir vor unserem Umzug hinterlassen hatte. Ich erzählte ihr alles, was Heather getan hatte und warum mir das, was gerade passierte, gleichzeitig surreal und vertraut vorkam.

Es strömte aus mir heraus, als wären alle Dämme gebrochen. Die wortlosen Anrufe in den letzten Wochen, die mich dazu gebracht hatten, nur noch bei ausgehängtem Telefonhörer zu arbeiten. Der Vorfall mit der offenen Hintertür, die ich ganz sicher abgeschlossen hatte, weil ich das immer mache. Die Schrecksekunde, als Melly erzählte, sie hätte eine neue Lehrerin namens *Header,* die sich dann als freundliche Frau Mitte Zwanzig erwies.

»Was sagt die Polizei zu alldem?«

»Die glauben, ich wäre hysterisch«, erwiderte ich. »Ich hab ihnen nichts von dem schweigenden Anrufer erzählt.«

»Können die Anrufe nicht zurückverfolgt werden?«

»Möglich. Aber nur, wenn sie die Sache richtig untersuchen würden.«

»Was ist denn mit der Tatsache, dass du schon mal eine Stalkerin hattest? Die genau solche Sachen gemacht hat?«

»Ja, man sollte meinen, dass das was ändert. Wenn ich

einen Herzinfarkt hatte und bekäme dieselben Symptome, dann würden die doch ernst genommen, oder?«

»Na klar. Männer.«

Das sagte Susan oft. So als wären alle Männer Verräter und Versager wie ihr Ex.

»Das Seltsamste habe ich dir noch gar nicht erzählt. Ich habe nachgedacht und glaube nicht, dass Heather dahintersteckt.«

Das stimmte. Als ich mich einmal hingesetzt und alles gründlich durchdacht hatte, wurde mir klar, dass sie es nicht sein konnte. Heather war schlau, das hatte ich ihr immer zugestehen müssen. Obwohl sie ein, zwei Briefchen hinterlassen hatte, hätte sie sich nie wiederholt oder Spuren ihrer DNA geliefert. Schließlich war sie im Strafrecht die Beste gewesen. Zwar war es mir gelungen, eine einstweilige Verfügung gegen sie zu erwirken, aber nicht, weil sie einen Fehler gemacht hatte. Sie wurde bei ihren Machenschaften zufällig von einem Passanten gesehen, der die Polizei rief, anstatt einfach weiterzugehen.

»Wie kannst du da so sicher sein?«

»Weil die Polizei zumindest das überprüft hat. Heather ist in Seattle, und nichts weist darauf hin, dass sie vor Kurzem die Stadt verlassen hat. Sie taucht regelmäßig in der Arbeit auf, leistet ihre Sozialstunden. Es gibt keine auf ihren Namen gebuchten Flüge. Ende der Geschichte.«

»Und, wer war es dann?«

Ich zögerte. Es war eine Sache, mit Daniel über diese Möglichkeit zu diskutieren, eine ganz andere, sie offen auszusprechen. »Höchstwahrscheinlich jemand aus der Gegend.«

Wir bogen in die nächste Straße ein. Unsere Spaziergänge waren strukturiert wie das Bergtraining beim Joggen. Einen

Block bergauf, den nächsten bergab. Obwohl ich mich mittlerweile an die vielen Hügel gewöhnt hatte, schlug mir das Herz jedes Mal bis zum Hals, wenn wir bergauf gingen. Am Ende fing es an zu regnen. Die dicken Tropfen platschten auf den Asphalt und die Kapuzen unserer Anoraks, aber irgendwie störte mich das nicht so wie sonst. Es erschien mir eher wie das passende Hintergrundgeräusch zu allem, was passiert war oder passieren würde.

»Hast du eine Ahnung, wer es sein könnte?«, fragte Susan.

Der Polizei hatte ich von meiner Theorie nichts erzählt. Schließlich hatte ich bei Johns Sohn bereits genug Schaden angerichtet. Wenn er sich tatsächlich wegen Sandys Biss an mir rächte, hatte ich das vielleicht verdient. Sollte er es tatsächlich gewesen sein, musste ich mir außerdem keine Sorgen mehr machen.

Aber wenn ich mir keine Sorgen machte, wieso schüttete ich dann bei Susan mein Herz aus?

»Nein, eigentlich nicht«, sagte ich. »Gott, ich hasse es, dass ich so paranoid geworden bin. Es ist schwer genug, sich an einen neuen Wohnort zu gewöhnen, und Cindys verdammte Webseite ist da nicht gerade hilfreich. Dazu dieser Zeitungsartikel. Wenn Heather bisher nicht wusste, wo ich bin, hat sie es inzwischen vielleicht herausgefunden.«

»Daran habe ich ja noch gar nicht gedacht.«

»Nicht deine Schuld. Sondern Cindys.«

Cindy, die mir ständig hinterherspionierte. Ganz sicher hatte sie gesehen, dass die Polizei bei mir war, und einem Lokalreporter einen Tipp gegeben.

»Hast du mit Cindy geredet?«, fragte Susan. »Vielleicht würde sie sich beruhigen, wenn du ihr ein bisschen von dem erzählen würdest, was du mir gerade erzählt hast.«

»Glaubst du wirklich, das würde was ändern?«

»So schlimm ist sie wirklich nicht. Sie hat einfach zu viel Zeit. Du weißt doch, wie das ist. Ihre Kinder sind den ganzen Tag in der Schule, da langweilt sie sich wahrscheinlich zu Tode.«

Ich wusste, was sie meinte, hatte es selbst aber nie erlebt. Ich hatte nie genug Zeit gehabt, gründlich über etwas nachzudenken. Ganz gleich, ob die Zwillinge zu Hause waren oder nicht. In meinem Kopf herrschte immer dichtes Gedränge, und die Gedanken versuchten, sich gegenseitig den Platz wegzunehmen. Gab es einen Gegensatz zu *sich zu Tode langweilen?*

»Deswegen darf man dann das gesamte Umfeld als Spitzel missbrauchen?«

»So wird sie es nicht sehen.«

»Ganz bestimmt nicht. Trotzdem ist ihr Verhalten ziemlich absurd und trägt kein bisschen zur Sicherheit bei. John meint, wenn jemand die Webseite hackt, was bei den dürftigen Sicherheitsvorkehrungen ziemlich einfach wäre, dann würde er genau wissen, wann jemand zu Hause ist und wann nicht. Dadurch würde es viel leichter, irgendwo einzubrechen.«

»John meint?«

Ich versteckte meinen Kopf tiefer unter meiner Kapuze. »John Dunbar. Er ist IT-Experte.«

»Ich weiß. Ich kenne ihn schon lange. Wann hat er dir das denn erzählt?«

»Wir joggen manchmal zusammen. Ich dachte, das wüsstest du.« Ich dachte, das wüssten alle. »Wieso?«

»Ach, nur so.«

Ich versuchte, einen Blick von ihr zu erhaschen, doch auch

sie hatte sich ihre neongrüne Kapuze weit über den Kopf gezogen.

»Los, sag schon, was du denkst«, forderte ich sie auf. »Ich verkrafte das.«

»Ach, ich bin in solchen Sachen überempfindlich.«

Ein Blitz zuckte über den Himmel. Ich zählte die Sekunden, bis es donnerte. Mindestens drei. Nervös wurde ich erst, wenn es nach einer Sekunde donnerte.

»Brad ist ein Betrüger«, sagte Susan. »War. Jetzt kann er ja machen, was er will.«

»Das tut mir wirklich leid für dich, aber ... wie kommst du darauf?«

»Ich ... hab da was gehört.«

Ich blieb stehen. »Was denn?«

»Ach nur, dass Hanna es wohl nicht so toll findet, wie viel Zeit ihr miteinander verbringt.«

»Wir verbringen nicht viel Zeit miteinander. Wir joggen nur. Mit dir verbringe ich Zeit.«

Ich setzte mich wieder in Bewegung, und Susan bemühte sich, mit mir Schritt zu halten.

»Bist du sauer?«

»Nein. Danke, dass du mir das gesagt hast.«

»Du hast doch was.«

»Ich wünschte nur, die Leute würden nicht über mich reden. Nie wieder.«

»Das tun sie doch gar nicht. Jedenfalls nicht oft.«

Ich wischte mir den Regen aus dem Gesicht, aber Regen ist nicht salzig.

»Rede mit Cindy, Julie. Ich glaube, das würde echt was bringen.«

Das bezweifelte ich, aber ich sagte, ich würde es versuchen.

Während meines ganzen Referendariats versuchte ich, Daniel auf Distanz zu halten. Wir hatten uns im letzten Jahr meines Jurastudiums kurz vor den Abschlussprüfungen kennengelernt. Er hatte sich in die neue juristische Bibliothek eingeschmuggelt und lernte eine ganze Woche am Tisch neben mir. Zum Reden gab es nicht viel Zeit, und es war auch nicht der rechte Ort zum Flirten, weil die Streber zischend Ruhe verlangten, sobald man mehr als zehn Worte miteinander wechselte. Er bat um meine Telefonnummer, und ich gab sie ihm, obwohl ich noch Liebeskummer wegen Booth hatte, mit dem ich seit dem ersten Jahr zusammen gewesen war.

Nach den Prüfungen rief Daniel mich an, und wir gingen ein paarmal was trinken. Ich mochte ihn und hätte gerne mehr empfunden, aber es sprang kein Funke über. Jedenfalls nicht bei mir. Danach begann das Referendariat. Dieses widersinnige, viel zu lange Praktikum, bei dem die meisten scheitern. Meine restliche Zeit ging für meinen Teilzeitjob im Büro des Staatsanwalts und das Lernen fürs Examen drauf.

Man könnte sagen, dass ich Daniel in der Freundschaftszone hielt. Daniel tat so, als wäre das in Ordnung, aber eigentlich spielte er auf Zeit.

Vor Prüfungen kam er oft zu mir und kochte für mich, damit ich nicht vergaß zu essen. Meist irgendetwas Einfaches, Sättigendes wie Spaghetti Bolognese, als bräuchte ich Kohlehydrate für einen Marathon.

Jedes Mal, wenn ich eine Prüfung hinter mir hatte, spendierte er mir einen einzigen Drink, und hörte mir zu, während ich mich über die kryptischen Prüfungsfragen aufregte. Dann erzählte er mir witzige Geschichten über die Irren in seinem Studiengang, worauf ich so lachen musste, dass mir der Bauch wehtat.

Eines Tages, als meine Prüfungen endlich vorbei waren und ich meinen ersten Job hatte, bat Daniel um ein Treffen und überraschte mich an der Bar mit der Eröffnung, dass er den Sommer über bleiben, danach aber wahrscheinlich gehen und an einer anderen Uni seinen Doktor machen würde. Als er mich in seine Arme zog, kam ich mir vor wie ein Idiot. Wie ein trauriger, irregeleiteter Schwachkopf. Daniel wollte weggehen? Nein. Das durfte er nicht. Er war das einzig Gute in meinem Leben. Das musste ich ihm sagen. Das musste ich ihm zeigen.

Ich küsste ihn auf den Hals.

Erschrocken zuckte er zurück, und ich fühlte mich richtig schlecht. Das ganze Jahr hatte keiner von uns eine andere Beziehung erwähnt. Ich hatte angenommen, er wäre Single und interessiert. Natürlich hatte er nicht gewartet. Natürlich war eine andere Frau nicht so dämlich gewesen wie ich.

Er trat wieder näher zu mir, nahm mein Gesicht in seine Hände und vergrub seine Finger in meinem Haar.

»Was machst du da?«, fragte ich.

»Ich schaue dich an«, sagte er. »Okay?«

Ich nickte. Ich hatte kirschroten Lippenbalsam auf seinem Hals hinterlassen und streckte die Hand aus, um ihn wegzuwischen. Er wich der Hand aus und küsste mich stattdessen. Obwohl wir in einer Bar waren und der Nachbartisch erst johlte und uns dann zurief, wir sollten uns ein Zimmer nehmen, standen wir stundenlang so da.

Wir küssten uns, als hätten wir alle Zeit der Welt.

Ich erwischte Cindy in der Abholschlange vor der Schule. Der katholischen Schule, wo die Zwillinge gerade ihre erste Klasse beendeten und ihr Sohn Tanner in der fünften oder sechsten Klasse war. Ich hätte es wahrscheinlich genau wissen sollen, konnte aber nicht einmal alle Daten und Fakten meines eigenen Lebens behalten.

Die Privatschule war mit dem Wagen fünfzehn Minuten von der Pine Street entfernt. Dort hatten sie wunderschöne Schuluniformen. Weiße Blusen und Faltenröcke für die Mädchen, weiße Hemden und blaue lange oder kurze Hosen für die Jungen. Nach der zweiten Klasse trug kein Junge mehr kurze Hosen, daher wusste ich, dass Sams Tage in Shorts gezählt waren. Mein Lieblingsfoto von ihm und Melly zeigte beide in Schuluniform, aber mit vertauschten Klamotten. Er trug den Rock, sie trug die Shorts. »Guck mal, Momsy«, hatte Melly gesagt. »Jetzt bin ich Sam.«

Ich kam zehn Minuten früher als sonst an der Schule an. Die Schlange bestand aus SUVs und riesigen Familienkutschen mit drei Sitzbänken, die alle darauf warteten, je ein Kind abzuholen. Ich hatte mich oft gefragt, was aus dem guten, alten Sammeltaxi geworden war, der losen, auf Vertrauen basierenden Verabredung der Mütter, die mich sicher und ungefährdet durch meine frühe Schulzeit gebracht hatte. So etwas schien in unserem Viertel undenkbar.

Ich war so früh aufgetaucht, weil ich bemerkt hatte, dass Cindy normalerweise die Schlange anführte und damit zeigte, wie pflichtbewusst und organisiert sie war. Im Gegensatz zu mir. Mein Ziel war es, jeden Tag rechtzeitig da zu sein, wenn die Zwillinge aus der Eingangstür kamen. Das hatte ich mir vorgenommen. Sie sollten niemals auf mich warten und sich nie fragen müssen, ob ich sie vergessen hatte.

Meine eigene Mutter, eine Alleinerziehende mit zwei Kindern, hatte diese Sünde mehr als einmal begangen. Zwar hatte ich ihr eigentlich verziehen, aber mir selbst würde ich ganz gewiss nicht verzeihen, wenn mir das auch passierte. Daher hatte ich mir zwei Erinnerungen eingerichtet. Eine auf meiner Armbanduhr und eine an meinem Computer, damit ich sie auf keinen Fall vergaß, ganz gleich, wie sehr ich in die Arbeit vertieft war.

Es regnete wieder. Offenbar hatte uns ein Tiefdruckgebiet fest im Griff. Da meine Joggingschuhe ständig durchweicht waren, hatte ich mir ein zweites Paar gekauft. Nun wechselte ich sie täglich, hatte aber dennoch zwei große Blasen an den Zehen, bei denen ich nicht wusste, ob ich sie aufstechen und mit einem Pflaster überkleben oder einfach in Ruhe lassen sollte.

Meine frühe Ankunft zahlte sich aus. Ich war die erste in der Schlange. Hurra, gut gemacht!

Cindy hielt kurze Zeit später direkt hinter mir. Ich sprach mir Mut zu, stieg aus dem Wagen und klopfte an ihre Scheibe. Mit verwirrter Miene ließ sie sie herunterfahren. Durch die Feuchtigkeit waren ihre Haare ungewöhnlich kraus. Sie strich sich mit der Hand über den Hinterkopf.

»Hi, Cindy. Hätten Sie kurz Zeit?«

Sie blickte auf die Uhr. In vier Minuten würde es läuten. Der Hinweis war mehr als deutlich.

»Na klar, was ist denn?«

»Ich möchte mit Ihnen über *iNeighbor* reden.«

»Haben Sie technische Probleme? Vielleicht könnte Ihnen John Dunbar dabei helfen.«

Aha, so soll das laufen, dachte ich.

»Nein, technische Probleme habe ich nicht.«

»Was dann?«

»Ich habe mich gefragt ... Nein, eigentlich hatte ich gehofft,

Sie könnten darüber nachdenken, ob Sie unsere Straße wieder rausnehmen.«

»Rausnehmen? Nein, das wohl eher nicht.«

»Aber ... Könnten Sie mir kurz zuhören?«

Wieder blickte sie auf die Uhr. Noch zwei Minuten bis zum Läuten.

Ich sprach so schnell ich konnte. »Sie wissen doch, wer ich bin, oder? Sie haben in dem Newsletter darüber geschrieben.«

»Von Ihnen ist dieses Buch.«

»Sie haben den Zeitungsartikel über mich gelesen, in dem Sie zitiert werden. Also wissen Sie, dass ich eine Stalkerin habe, und Sie wissen, dass ich auch jetzt von jemandem belästigt werde.«

»Vielleicht von einem sitzen gelassenen Exfreund?«

»Nein, das ist nicht ... Es ist eine Frau, mit der ich vor Jahren bekannt war. Nach dem Erscheinen meines Buchs war sie wie besessen von mir und hat mir alles Mögliche ... Es war schrecklich. Deshalb sind wir umgezogen.«

»Das tut mir leid«, sagte Cindy. Es war nicht zu erkennen, ob sie damit ihr Mitleid ausdrücken wollte oder ihr Bedauern, dass wir in ihre Straße gezogen waren. »Aber ich wüsste nicht, was das mit *iNeighbor* zu tun hat.«

»Nicht?«

Sie sah mich blinzelnd an. Ich fragte mich, welche Antidepressiva sie nahm und ob vielleicht ein Beruhigungsmittel unter ihren Medikamenten war.

»Dieses System macht es für meine Stalkerin oder für den, der hinter den Belästigungen steckt, einfach. Es ist ziemlich abartig, was der Betreffende macht.«

»Sie meinen dieses ... Päckchen vor Ihrer Haustür?«

»Unter anderem.«

»Das war nur ein Streich.«

»Moment. Woher wissen Sie …«

Da ertönte die Schulglocke. Dieses Geräusch löste bei mir immer noch den Pawlow'schen Reflex aus, durch die Tür nach draußen zu stürzen. Die Glocken der Freiheit, wieder ein Tag hinter mir. Nur war ich bereits draußen und konnte überallhin. Aber Freiheit? Ich konnte mich nicht erinnern, wann ich mich das letzte Mal frei gefühlt hatte.

»Cindy, woher wissen Sie von dem Päckchen?«

Sie hatte den Blick auf die Schultür gerichtet. Kinder strömten heraus, manche Jungen mit Superhelden-Regenmänteln, manche Mädchen mit kleinen, durchsichtigen Schirmen. Ich wusste, dass meine Kinder erst in ein paar Minuten kommen würden. Wie mir war es ihnen fast unmöglich, irgendwo pünktlich aufzutauchen.

»Wie bitte?«

»Sie sagten, das wäre nur ein Streich gewesen. Woher wissen Sie das? Wissen Sie, wer das war?«

»Sie müssen mich missverstanden haben. Ah, da ist er ja.«

Sie schickte sich an, die Tür zu öffnen. Ich hielt dagegen. Sie versuchte, sie aufzudrücken, doch durch mein Gewicht bewegte sich die Tür keinen Zentimeter.

»Sie blockieren die Tür.«

»Tanner schafft's allein zum Auto. Bitte sagen Sie mir, was Sie wissen.«

»Sie können doch nicht … mich einfach im Auto gefangen halten. Lassen Sie mich raus!«

Sie klang panisch. Als eine Frau zu uns herüberkam, wich ich zurück.

»Was geht hier vor? Cindy? Ist alles in Ordnung?«

»Alles okay«, sagte ich. »War nur ein Missverständnis.«

Ich hob entschuldigend die Hände und ging um ihren Wagen herum Richtung Schuleingang.

»Julie. Julie, bleiben Sie sofort stehen!«

Cindy überholte mich und baute sich vor mir auf. Sie hatte ihre Freundin dabei.

»Ich muss zu meinen Kindern.«

»Sie können mich nicht bedrohen und dann einfach weggehen.«

»Ich habe nichts dergleichen getan.«

»Sie wollten mich nicht aus dem Wagen lassen. Das hast du doch gesehen, Leslie, oder?«

Leslie biss sich auf die Lippen. »Ich weiß nicht … Ich hab nicht mitbekommen, was sie gesagt hat.«

»Ich habe Cindy gebeten, mir zu helfen. Ich würde niemals jemanden bedrohen.«

»Was ist los?«

Jetzt hatte Susan sich zu uns gesellt, und ich spürte, dass andere zu uns herübersahen. Während weiterhin Kinder aus der Schule Richtung Autoschlange strömten, bildete sich ein Kreis um uns. Im Regen sahen die Kinder alle gleich aus. Kam es manchmal vor, dass jemand das falsche Kind mitnahm? Oder erschien nur mir das möglich?

»Ich hab dir ja gesagt, dass das keine gute Idee ist«, sagte ich zu Susan.

»Was?«, fragte Cindy. »Was ist keine gute Idee?«

Die anderen Frauen rückten näher um mich herum zusammen. Cindys Gesicht war so dicht vor meinem, dass ich den Knoblauch roch, den sie wahrscheinlich zum Lunch gegessen hatte. Ich spürte, wie mich die Klaustrophobie beschlich, die ich oft in größeren Menschenmengen oder in Einkaufszentren verspürte.

»Ich will einfach nur, dass das alles aufhört.«

Susan legte mir den Arm um die Schultern. Da mir schwach zumute war und mir die Ohren klingelten, lehnte ich mich an sie.

»Wo sind die Kinder?«

»Ich weiß nicht genau …«

Ich entdeckte sie in der Nähe des Eingangs, wo sie mit ihren identischen Regenmänteln und -stiefeln durch eine Pfütze platschten. Erleichterung, die jedoch nie bis in mein Innerstes vordrang, durchströmte mich. Nur gaben diesmal davon fast meine Knie nach.

»Da. Da hinten sind sie«, sagte ich zu Susan. Meine Stimme hörte sich komisch an, so als würde ich unter Wasser sprechen.

»Ich hol sie. Setz dich ins Auto.«

»Es geht schon. Ich schaff das.«

»Nein, das glaube ich nicht. Geh zum Wagen, ich hole die Kinder.«

»Was ist denn los mit ihr?«, fragte Leslie.

»Gar nicht beachten, ist nur Theater.«

Susan gab mir einen Stups. Der Kreis teilte sich, und ich ging zittrig zu meinem Wagen zurück. Ich lehnte mich dagegen, so schwindelig war mir. Einer meiner Therapeuten hatte bei mir eine leichte Form von posttraumatischer Belastungsstörung diagnostiziert. Ich wusste nicht, ob das richtig war, aber dies hier war auch nicht richtig. Mir verschwamm alles vor den Augen.

»Momsy«, rief Melly und warf sich gegen mich. »Wir sind in Pfützen gesprungen.«

Ich befahl mir, mich zu konzentrieren. »Das hab ich gesehen, Schatz. Wie war die Schule?«

»Langweilig«, sagte Sam. »Und mein Bild schmilzt.«
Er hielt mir ein Aquarell von einem Haus hin. Der Regen ließ die schwarze Umrandung zerfließen.

»Dann mal schnell ins Auto.«

»Kannst du fahren?«, erkundigte sich Susan.

»Ich glaube schon.«

»Wir könnten deinen Wagen stehen lassen und uns alle in meinen quetschen.«

»Es geht schon. Ich fahre vorsichtig.«

»Dann fahre ich dir nach.«

Ich wollte protestieren, wusste aber, dass es keinen Zweck hatte. Außerdem wohnten wir in derselben Straße. Also würde sie mir auf jeden Fall folgen.

Ich schnallte Melly und Sam in ihren Kindersitzen fest und vergewisserte mich, dass die Gurte eng an ihren kostbaren kleinen Körpern anlagen, bevor ich mich ans Steuer setzte. Über den Rückspiegel stellte ich Blickkontakt mit Cindy her. Sie wartete darauf, dass ich losfuhr. In Kolonne krochen wir zurück zur Pine Street.

Obwohl ich den Weg kannte, drückte ich auf meinem eingebauten GPS auf *Zuhause*. Es war sehr leicht, sich in Cincinnati zu verfahren. Keine einzige Straße verlief gerade. Obwohl ich vor unserem Umzug hierher unzählige Male den Stadtplan studiert hatte, konnte ich ihn nicht ins Dreidimensionale übersetzen.

Von der Computerstimme geleitet fuhr ich langsam und vorsichtig und achtete darauf, an jedem Stoppschild zu halten und den Blinker zu setzen. Melly und Sam schnatterten fröhlich auf ihren Sitzen und bombardierten mich wie üblich mit Fragen. »Wieso, wieso, wieso«, fing Sam stotternd an, weil sein Gehirn zu viele Fragen auf einmal produzierte. Ich antwortete geduldig, und als ich endlich in meine Auffahrt einbog, atmete ich erleichtert auf. Gleich, wenn ich drinnen in Sicherheit war, würde alles besser sein.

Sam und Melly schnallten sich ab und kletterten aus dem Wagen. Da es in der Einfahrt Pfützen gab, musste erst einmal darin herumgesprungen werden. Ich schnappte mir die Sachen der Kinder vom Rücksitz und hob Sams ruiniertes Bild vom Boden auf. Für einen Sechsjährigen hatte er unser Haus gut hingekriegt. Strichmännchen, die wohl Daniel und mich darstellen sollten, standen mit Sam und Melly vor uns an der Haustür. Neben dem Haus, wo die Wagen parkten, stand ein weiteres Strichmännchen und hielt den Arm ausgestreckt, als zeigte es direkt auf mich.

Eine Hupe ertönte. Susan. Ich winkte ihr zu, um zu signalisieren, dass alles in Ordnung war, und wackelte mit nach unten gerichtetem Zeige- und Mittelfinger, um ihr zu bedeuten, dass wir bald einen Spaziergang machen würden. Sie nickte und fuhr weiter die Straße hinunter.

Als ich mich umdrehte, meinte ich, aus dem Augenwinkel etwas Gelbes am Eingang zum Garten aufblitzen zu sehen. Ich ging einen Schritt darauf zu und blinzelte mir den Regen aus den Augen, aber da war es schon weg.

Dann schaute ich noch einmal auf das Bild, und da war das fünfte Strichmännchen, das ich zu sehen gemeint hatte, auch verschwunden.

IM AUGE DES STURMS

John

Sechs Monate zuvor

Ich schnürte mir gerade meine Joggingschuhe, als mein Handy mit einem Ping eine SMS anzeigte.

Komm hinten rum, hatte Julie geschrieben. *Erklärung wenn du da bist.*

Ok, schrieb ich zurück. *Sofort da.*

Ich steckte Handy und Hausschlüssel in die versteckte Tasche meiner Laufshorts und zog den Reißverschluss meiner Regenjacke zu.

Es regnete unaufhörlich. Wir hatten den regenreichsten April seit Beginn der Wetteraufzeichnungen, dabei blieben uns noch neun Tage dieses Monats. Langsam kam die Sorge auf, die Häuser auf dem Hügel könnten abrutschen. Nach einem besonders heftigen Platzregen hatten ein paar Häuser einen Block von uns entfernt Teile ihrer hinteren Veranda verloren, weil das Fundament weggeschwemmt worden war. Unsere Straße hatte sich in einen Fluss verwandelt.

Ich überquerte die Straße und öffnete das Törchen an der Seite von Julies Haus. Als ich die nassen Äste eines Flieders beiseiteschob, spritzte mir das Wasser auf die nackten Beine, und rosa Blüten blieben an meinen Armen kleben. Nach ein paar Schritten war ich im Garten, wo mehrere Terrassen in den Hügel hineingebaut worden waren. Einen Großteil der mittleren Terrasse nahm eine rostige Schaukel ein, unter der sich in den Kuhlen von den Füßen mehrerer Kindergenerationen Pfützen gebildet hatten. Auf der Terrasse darüber standen auf einem neueren Picknicktisch zwei Plastikbecher, die bis zum Rand mit Regenwasser gefüllt waren. Narzissen lagen platt gedrückt am Boden. Ein leeres Futterhäuschen für Vögel schaukelte im Wind.

Keine Spur von Julie.

Leise rief ich ihren Namen, weil ich niemanden im Haus wecken wollte. Es war kurz nach sechs Uhr, und der Glockenschlag der Kirchenuhr hallte noch nach.

»Hier«, meinte ich gehört zu haben. Doch ich sah sie nicht.

Ich ging auf die obere Terrasse.

»Julie?«

»Hier«, hörte ich wieder. Dann blitzte etwas Weißes auf. Eine winkende Hand hinter einer Holzkiste.

Sie kauerte dahinter. Mit hochgezogenen Knien und klappernden Zähnen.

»Was ist los?«, fragte ich und ging vor ihr in die Knie.

»Ich dachte, ich hätte jemanden gehört.«

Ich sah mich um. Ein Garten, nass und völlig harmlos.

»Ich sehe niemanden.«

»Da ist auch niemand.«

»Warum ...«

»Hockst du hier so?«

Sie breitete ihre Hände aus. Darin lag ein Spielzeug, eine Barbiepuppe. Ohne Kopf.

»Das ist Mellys.«

Sie unterdrückte ein Schluchzen. Ihre Haare, die sie straff aus dem Gesicht gekämmt hatte, glänzten vom Regen. Sie wirkte jung, müde und verängstigt.

»Becky hat das früher auch gemacht«, sagte ich sanft. »Sie hat all ihren Puppen den Kopf abgerissen. Und die Haare so kurz geschnitten, dass sie wie Borsten abstanden. Für uns war das ein Hinweis, dass sie zu alt für Puppen war.«

»Melly war das nicht.«

»Woher weißt du das?«

»Weil die Barbie an der Hintertür saß. Mit dem Kopf im Schoß. So.«

Sie setzte die Puppe auf die Terrasse und legte den Kopf auf die Beine. Ich hob beides auf.

»Du musst die Polizei rufen.«

»Nein.«

»Wieso nicht?«

»Die haben mich bereits beim letzten Mal nicht ernst genommen. Außerdem bin ich mir sicher, dass sie was an die Zeitung haben durchsickern lassen. Was soll das also bringen?«

»War ein Zettel dabei?«

»Nein, dazu ist sie zu schlau.«

»Wer? Ich dachte, es wäre nicht Heather.«

»Beim letzten Mal. Diesmal schon.«

Ich ließ die Puppe fallen, als könnte sie mich infizieren.

»Jetzt sind meine Fingerabdrücke drauf.«

»Egal.« Sie streckte die Hände aus. »Komm, hilf mir hoch.«

Sie hatte eiskalte Hände. Ihre abgekauten Fingernägel kratzten über meine Handflächen. Ich zog sie hoch, worauf sie gegen mich prallte. Sie roch nach Schweiß, als hätten wir unsere Joggingrunde hinter und nicht vor uns. Um uns herum prasselte der Regen herunter.

»Ich habe Angst«, sagte sie.

»Das wird schon wieder.«

»Nein, wird es nicht.«

Ich drückte ihr Gesicht an meine Brust, obwohl ich befürchtete, sie würde merken, wie sehr mein Herz hämmerte. »Wir müssen doch etwas tun können.« Ich strich ihr über die Haare, fuhr mit den Fingern hindurch. »Irgendwas, wodurch du dich sicherer fühlst.«

»Ich habe das Ganze schon mal durchgemacht. Es gibt nichts, was man tun könnte. Man kann nur fliehen.«

»Nicht doch.«

Sie wurde ganz still.

»Du willst nicht, dass ich weggehe?«

»Nein.«

Sie legte den Kopf in den Nacken. Ihre Augen waren rot gerändert, was die goldenen Sprenkel in ihren braunen Augen hervorhob. Die waren mir noch nie aufgefallen.

»Wieso? Ich bring doch nur Ärger.«

Ich konnte es nicht in Worte fassen. Dass sie Farbe in mein Leben brachte. Vorher hatte ich gar nicht gewusst, was mir fehlte. Mit einem Anflug von Vorfreude aufzuwachen anstatt mit leichtem Unbehagen. Früher war ich selbstgefällig und zufrieden gewesen, heute fühlte ich mich unruhig und lebendig. Es waren zu viele Gedanken und Eindrücke. Zu viele, um sie in Worte zu fassen.

Also küsste ich sie lieber.

Ich rechnete fest damit, dass sie sich zurückziehen würde. Aber das tat sie nicht. Stattdessen kam sie mir entgegen, sodass unsere Zähne gegeneinander schlugen. Eine Sekunde lösten wir uns voneinander, dann kamen wir wieder zusammen. Glitschige Zungen, heißer Atem und die Gedanken in meinem Kopf! O Gott.

Ich fuhr ihr mit den Händen unter ihr nasses Shirt und hakte mich mit den Daumen in ihren Sport-BH ein, als uns ein Geräusch auseinanderfahren ließ.

»Da ist jemand«, sagte Julie.

Ich trat einen Schritt zurück. Es hatte geklungen wie ein knackender Zweig. Aber der Morgen war derart erfüllt von Geräuschen, dass wir uns das vielleicht nur eingebildet hatten.

»Scheiße, Scheiße, Scheiße«, sagte Julie. »Was haben wir da gemacht?«

Ich wandte mich wieder ihr zu. Versuchte, sie erneut an mich zu ziehen.

»Nicht. Es war ein Fehler. Ein schrecklicher Fehler. Das darf nicht wieder passieren.«

»Ich weiß.«

»Ich liebe Daniel.«

»Ich liebe meine Familie auch.«

»Nein, im Ernst. Er bedeutet mir alles. Bitte erzähl niemandem davon.«

»Ich werde es niemandem erzählen.«

»Das sagt man am Anfang immer, aber dann kommen die Schuldgefühle und dann ... Versprich's mir. Versprich mir, dass du kein Wort sagen wirst, ganz gleich, was passiert. Zu Hanna nicht und zu niemandem sonst.«

Sie streckte ihre Hand aus. Ihr kleiner Finger war gekrümmt.

»Ist das dein Ernst?«

»Ich weiß, es ist albern, aber tu's, ja?«

Ich hakte meinen kleinen Finger bei ihrem ein.

»Es ist nie passiert«, sagte sie. »Jetzt du.«

»Es ist nie passiert.«

Leise murmelnd senkte sie die Hand. So als verspräche sie sich etwas. Oder wünschte sich etwas.

»Kommst du klar?«, fragte ich.

»Woher soll ich das wissen?«

»Ich meine, jetzt gerade.«

»Gehst du etwa?«

»Wäre doch besser, oder?«

»Ja. Geh. Ich komm klar. Ich wecke Daniel.«

Als unsere Blicke sich trafen, dachten wir beide dasselbe.

Wieso hatte sie Daniel nicht gleich geweckt?

Sie wandte den Blick ab.

»Das muss nichts ändern«, sagte ich.

»Hat es doch schon.«

Die ganze Woche nach dem Kuss joggte ich allein. Jeden Morgen wartete ich am Fenster, trank meinen Kaffee und wartete auf ein Zeichen von der gegenüberliegenden Straßenseite, dass alles ganz normal weitergehen konnte. Dass unser Leben nicht durch einen unbedachten Augenblick aus der Bahn geraten war. Doch so war es.

Am dritten Morgen wagte ich eine SMS.

Was macht die Verletzung?

Ich wusste nicht genau, was ich mir dabei dachte. Ich war mir nur ziemlich sicher, dass sie seit dem betreffenden Morgen nicht allein gelaufen war, obwohl ich mich bemüht hatte, nicht allzu sehr auf die Vorgänge in ihrem Haus zu achten. Vielleicht hatte Daniel was bemerkt? Vielleicht hatte sie gesagt, sie hätte sich verletzt? Damit er keine Fragen stellte. Nicht nachfragte, was passiert war, warum sie ihre Routine unterbrochen hatte.

Das jedenfalls hätte ich getan, wenn Hanna gefragt hätte. Aber Hanna fragte nicht.

Ich starrte auf mein Handy. Unter meiner SMS erschien eine Sprechblase, die mir anzeigte, dass sie antwortete. Dann verschwand sie. Tauchte wieder auf. Verschwand erneut. Ich spürte förmlich Julies Unentschlossenheit.

Gerade schon wollte ich mein Handy weglegen, da summte es.

Viel HERD.

??, schrieb ich zurück.

Hochlegen. Eis. Ruhe. Druckverband.

Alles klar. Gute Idee. Pass auf dich auf.

Danke. Viel Spaß beim Joggen.

Die Botschaft war angekommen. Mach ganz normal weiter. Wie früher. Wie davor.

Ich fühlte mich verraten.

Es ist schwer zu erklären. Ich hatte meine Familie betrogen, ihr Vertrauen enttäuscht. Aber ich hatte versprochen, es niemandem zu sagen. Julie hatte recht. Ein winziger Moment hätte nur für unendlich viel Wut und Schmerz gesorgt. Besser, ihn zu verdrängen. Nicht mehr dran zu denken. Vergessen, dass es ihn je gegeben hatte.

Trotzdem. Dass sie mich einfach so ausschließen konnte. Ganz und gar. Das war schwer zu verdauen.

Also joggte ich. Länger, schneller und härter als zuvor. Die Hügel im Eden Park rauf und runter. Wieder und wieder die Treppen vom Mirror Lake bis zum Theater hoch. An diesem Morgen und am nächsten. Dann schälte ich mich aus den verschwitzten Klamotten und spülte mir das Salz vom Körper, als hätte es etwas Unreines aus mir herausgelöst.

Freitagmorgen, Tag vier nach Kuss, war kalt und regnerisch, daher beschloss ich zu schwänzen. Gegen drei Uhr nachmittags riss die Wolkendecke auf. Direkt nachdem ich eine deprimierende E-Mail von meinem ehemaligen Boss mit der Anfrage bekommen hatte, ob ich in meinen alten Job zurück wollte. Ich konnte mir vorstellen, Projekte für sie zu übernehmen. Wieder Vollzeit für sie zu arbeiten stand außer Frage. Obwohl wir ohne mein Einkommen finanziell gut klarkamen, spürte ich, wie meine männliche Ehre angegriffen war. Ich musste der Ernährer sein. Die Zähne zusammenbeißen. Das war das Mindeste, nach allem, was ich getan hatte.

Ich schnappte mir meine Joggingklamotten und trieb mir ein bisschen Selbsthass aus. Als ich nach Hause kam, stand Hanna an meinem Stammplatz am Fenster. Sie hatte eines ihrer Kostüme an, in denen sie stark und Furcht einflößend wirkt.

»Wusstest du davon?«, fragte sie.

»Wovon?«

Sie zeigte über die Straße. Vor Julies und Daniels Haus parkte ein Lieferwagen. Der war in den letzten Tagen ein paarmal da gewesen, aber ich hatte nicht groß darauf geachtet.

»Was soll das sein?«

»Das ist der Wagen eines Sicherheitsunternehmens.«

»Woher weißt du das?«

»Ich habe einen der Arbeiter gefragt.« Sie reichte mir ihr Handy. *Secure It!*, zeigte das Display. Die Webseite eines Unternehmens für Alarmanlagen, Bewegungsmelder, Kameras.

»Ja und?«

»Sie lassen Überwachungskameras an ihrem Haus installieren.«

»Was?«

Sie stieß mit dem Finger zum Haus. »Da. Da. Und da. Und alle sind auf uns gerichtet.«

»Woher weißt du das?«

»Weil ich Augen im Kopf habe.«

Sie drehte sich zu mir um. Vor lauter Wut hatte sie Flecken im Gesicht. »Was zum Teufel soll das?«

»Keine Ahnung.«

»Bitte lüg mich nicht an.«

»Tue ich auch nicht.«

»Ihr beide seid diese Woche nicht zusammen gelaufen. Außerdem verhältst du dich komisch, und sie installiert Überwachungskameras an ihrem Haus.«

Ich dachte fiebrig nach. Ich hatte es versprochen. Ich durfte es nicht sagen. Ich hatte es versprochen.

Doch ich hatte auch Hanna ein Versprechen gegeben. Ich hatte ihr alles versprochen.

»Als ich neulich morgens zum Joggen zu ihr kam, war sie vollkommen durch den Wind. Jemand hatte einer Puppe von ihrer Tochter den Kopf abgerissen und sie an die Hintertür gesetzt. Es sah echt gruselig aus, und sie drehte vollkommen durch. Ich riet ihr, die Polizei zu rufen, aber sie meinte, die hätten schon bei ihrer ersten Beschwerde nichts unternommen.«

»Wahrscheinlich, weil sie alles erfunden hatte.«

»Komm mir nicht wieder damit.«

»Ständig nimmst du sie in Schutz.«

»Ist gar nicht wahr.«

»Das erklärt aber nicht, wieso sie Überwachungskameras installieren lässt, die auf unser Haus gerichtet sind.«

»Ich weiß es nicht, ganz ehrlich. Aber …«

»Was, aber?«

»Sie sagte irgendwann, dass die anderen Sachen nicht von Heather gemacht worden wären … ihrer Stalkerin. Vielleicht verdächtigt sie jemanden aus dem Viertel?«

»Meint sie etwa, wir hätten den Mist verbrochen, den sie sich nur ausgedacht hat?«

»Natürlich nicht. Außerdem glaube ich nicht, dass die Kameras auf uns gerichtet sind. Das wirkt nur von hier aus so.«

Hanna zog die Vorhänge zu.

»Ich werde vor Gericht gehen.«

»Moment, was?«

»Ich will sie verklagen.«

»Weswegen denn?«

»Wegen dem, was mit Chris passiert ist. Er wird eine Narbe zurückbehalten. Und jetzt lässt sie Kameras mit Blick auf unsere Haustür installieren. Außerdem habe ich gehört, sie hätte Cindy neulich vor der Schule fast angegriffen.«

»Ach, komm. So war das nicht.«

»Woher willst du das wissen?«

»Ich habe den Beitrag von Susan Thurgood gelesen. Auf diesem *iNeighbor*-Ding. Was übrigens auch vollkommen absurd ist.«

Susan hatte einen beschwichtigenden Bericht über Julies und Cindys Konfrontation geschrieben, der ein paar unterschiedliche Kommentare provoziert hatte, bevor er gelöscht wurde. Vermutlich von Cindy. Um dann von einem etwas verworrenen Beitrag über die Etikette beim Abholen der Schulkinder ersetzt zu werden.

»Ach, du liest neuerdings Einträge auf *iNeighbor*?«

»Irgendwas muss ich ja machen.«

»Ich dachte, du würdest für deine Selbstständigkeit arbeiten?«

»Das tue ich auch, und das weißt du. Ich dachte, wir wären uns einig gewesen, dass ich mir dafür Zeit nehmen könnte.«

»Ich hätte nicht gedacht, dass es so viel Zeit in Anspruch nehmen würde.«

Ich verkniff mir, dass nicht mal ein halbes Jahr vergangen war. Was, wenn sie erfuhr, was mir vor zwei Stunden angeboten worden war? Wenn meine Joggingrunde eines ganz klargemacht hatte, dorthin würde ich nie mehr zurückgehen.

»Was soll ich machen?«, fragte ich. »Mich wieder um eine Stelle bewerben?«

»Das habe ich nicht gesagt.«

»Was dann?«

»Als wir uns geeinigt haben, dass du zu Hause bleibst, dachte ich nicht, du würdest deine Tage damit verbringen, dich mit anderen Frauen zu treffen und im Internet zu surfen.«

Ich zählte im Stillen bis drei, bevor ich ihr antwortete.

»Das ist eine vollkommen verzerrte Darstellung. Mein Job erfordert es, dass ich im Internet herumsurfe. Was ist los, Hanna? Warum benimmst du dich so?«

»Hab ich dir doch gesagt. Ich will sie verklagen.«

»Und dann wird alles besser? Du erzählst mir ständig, wie schrecklich ein Prozess für deine Klienten ist. Wie viel Stress er erzeugt. Wie du versuchst, ihnen den Stress zu nehmen. Wer wird denn uns den Stress nehmen?«

»Lass das! Verwende ja nicht meine eigenen Worte gegen mich.«

»Ich versuche, dich zur Vernunft zu bringen. Mit Geld wird Chris' Narbe auch nicht verschwinden.«

»Vielleicht kriege ich sie dazu, die Kameras zu entfernen.«

»Wieso fragst du sie nicht einfach?«

»Habe ich schon.«

»Wann?«

»Vor zwei Tagen. Als der Wagen das erste Mal auftauchte.«

»Wieso hast du mir das nicht erzählt?«

»Ich wollte erst warten, bis du was sagst.«

»Ist das dein Ernst? Was haben Julie und Daniel denn gesagt?«

»Ich habe nicht mit Daniel gesprochen. Nur mit ihr.«

»Was hat sie gesagt?«

»Schwörst du, dass du das nicht weißt?«

»Ich höre heute zum ersten Mal davon.«

»Sie meinte, die Kameras würden die ganze Straße erfassen und ihr gesamtes Grundstück. Nur so könnte sie die nötigen Beweise bekommen. Sollten die Belästigungen aufhören, wäre das der Beweis, dass es jemand aus der Nachbarschaft war. Und wenn sie weitergingen, hätte sie alles aufgezeichnet.«

»Das würde doch nur funktionieren, wenn alle davon wüssten.«

»Genau. Deshalb wird sie allen Bescheid sagen.«

»Wie denn? Ach, etwa über *iNeighbor*?«

»Du hast es erfasst.«

»Das ist ...«

Genial? Diabolisch? Idiotisch?

»Ziemlich schlau«, sagte Hanna. »Schlau ist sie, das war mir schon vorher klar. Also, bist du auf meiner Seite oder nicht?«

»Sie hat sich wirklich geweigert, sie zu entfernen?«

Hanna blickte mich direkt an. »Wieso bist du diese Woche nicht mit ihr gejoggt?«

Ich wollte ihr sagen, dass Julie sich verletzt hatte. Aber sie hatte mit Julie geredet, und ich wusste nicht wann.

»Sie will nicht mehr. Wahrscheinlich weil sie aufgebracht ist. Glaubst du wirklich, ein Prozess ist die einzige Lösung?«

»Wir schicken ihr als Erstes eine schriftliche Aufforderung.«

»Ich halte das für einen Fehler. Aber ich bin auf deiner Seite.«

Ihre Unterlippe zitterte. »Wirklich?«

Ich nahm sie in die Arme. »Wirklich. Ich bin immer auf deiner Seite.«

Über ihre Schulter hinweg blickte ich durch den Spalt der Gardinen, die die Sicht kaum behinderten. Ein Mann stand auf einer Leiter und fummelte an etwas Schwarzem, Rechteckigem an Julies Hausfassade. Eine Kamera. Er hielt ein Tablet in der Hand. Blickte darauf. Richtete die Kamera aus. Blickte wieder auf das Tablet.

Vielleicht war es nur eine optische Täuschung, aber ich hätte schwören können, dass die Kamera direkt auf mich starrte.

HEUTE

John

13.00 Uhr

Bis ich es durch die Sicherheitsschleuse geschafft habe und mit dem langsamen Aufzug in den vierten Stock gefahren bin, ist Hanna schon als Zeugin aufgerufen worden. Ich sehe sie nur noch von hinten, wie sie durch die Tür zum Gerichtssaal tritt. Sie geht aufrecht, mit gestrafften Schultern, als würde sie zum Morgenappell gerufen.

Ich wünschte, ich hätte kurz mit ihr reden können, bevor sie aufgerufen wurde. Ich wünschte, ich wüsste, was ihr durch den Kopf geht.

Ich kenne Hanna mein gesamtes Leben. Wir wuchsen in derselben Straße auf, in der sich rote Backsteinhäuser aneinanderreihten und große Bäume einen Baldachin über den Vorgärten bildeten. Wir rannten gemeinsam durch die Sprinkleranlagen in den Gärten. Wir gingen zusammen durch das Geisterhaus, das ein Nachbar zu Halloween einrichtete – komplett mit Skelett, das Hanna jedes Mal zu Tode erschreckte, wenn es aus einem Sarg sprang. Grundschule. Mittelschule. Highschool. Ganz gleich, welche Momentaufnahme meines Lebens ich betrachte, Hanna ist dabei. Manchmal ganz vorn, manchmal im Hintergrund, manchmal leicht aus dem Fokus. Dennoch eine Konstante.

Es ist etwas Besonderes, jemanden so lange zu kennen. Wir kamen erst im zweiten Collegejahr richtig zusammen – an der Universität von Ohio, die wir beide besuchten. Doch vorher waren wir bereits füreinander da. Wir mussten keine gemeinsame Geschichte schaffen, obwohl wir auch das taten.

Denn wir waren unsere Geschichte.

Das weiß ich zu schätzen, ehrlich. Aber ich betrachtete es als selbstverständlich. Ich betrachtete uns als selbstverständlich. Daher ließ ich mich ablenken, als eine attraktive Fremde bei uns gegenüber einzog und wir auf einer anderen Ebene miteinander in Verbindung kamen – nicht besser, nicht schlechter, nur anders. Ich vergaß meine Vergangenheit und machte Platz für jemanden außerhalb meiner Familie. Ich ließ Gedanken zu, die ich hätte blockieren sollen.

Ich weiß nicht, was ich an jenem verregneten Tag auf Julies Terrasse getan hätte, wenn sie keinen Rückzieher gemacht hätte. Ich weiß nicht, wie weit ich gegangen wäre.

Damit muss ich jeden Tag leben.

Es heißt, der Flügelschlag eines Schmetterlings im Regenwald des Amazonas kann das Wetter am anderen Ende der Welt beeinflussen. Chaostheorie. Das bedeutet: Alles, was in diesem Augenblick passiert, ist eine Akkumulation dessen, was vorher passiert ist. Jeder Atemzug. Jeder Gedanke. Es gibt keine harmlose Tat. Die Auswirkungen mancher Taten sind so gewaltig wie Unwetter. Unübersehbar. Während andere unbemerkt im Bruchteil einer Sekunde vorbei sind.

Vielleicht weiß nur Gott, was wann kommt.

Ich jedenfalls weiß, wie leicht man denken kann, das eigene Verhalten sei nur der Flügelschlag eines Schmetterlings, während der Donner bereits zu hören ist. Und beides kann in einem Sturm enden.

◆◆◆

Hanna hat immer gesagt, dass Anwälte die schlechtesten Zeugen sind. Weil sie meinen, alles besser zu wissen. Weil sie meinen, sie würden nicht in die Fallen tappen, vor denen sie ihre Klienten warnen. Sie können ihr Anwaltshirn nicht ausschalten. Das Hirn, das ständig zu ergründen versucht, warum eine bestimmte Frage gestellt wird. Wie die Strategie des Staatsanwalts aussieht. Was er zu erreichen hofft. Wie man auf die Geschworenen wirkt. Ob man zu viel gesagt hat. Oder nicht genug.

Mit all diesen Fragen im Kopf ist es kein Wunder, dass Anwälte es oft vermasseln.

Genau das haben wir von Anfang an befürchtet. Dass einer von uns einen Patzer macht. Zu viel oder zu wenig sagt. Dass das, worauf wir uns geeinigt haben, unsere Geschichte, wenn man so will, nicht glaubhaft oder nicht ausreichend ist. Dass die Geschworenen die Lücken erahnen, weil der Rest, also das, was wir preisgeben, nicht alles abdeckt.

Es werden Fragen offen bleiben.

Ich überfliege den Wartebereich vor dem Gerichtssaal nach Chris. Er sitzt mit dem Rücken zu einer beige tapezierten Wand auf einem Stuhl. Zwei Sitze weiter sehe ich einen Polizeibeamten. Ein Dutzend Leute sind im ganzen Raum verteilt. Ich erkenne keinen von ihnen.

Alicia hat uns erzählt, dass stets zwei Große Geschworenengerichte tagen und normalerweise mehrere Fälle pro Tag anhören. Bei uns sieht die Sache anders aus, denn wegen Alicias Strategie wird unsere Verhandlung länger dauern. Also müssen die übrigen Wartenden mit der Tragödie eines anderen Menschen zu tun haben. Der Mann, der an den Fingernägeln kaut. Der Mann mit der erschöpften Miene. Die Anwälte, die ihre Notizen sichten.

Ich nehme neben Chris Platz. Der Stuhl mit dem bunten Polster ist überraschend bequem, obwohl der Stoff auf den Armlehnen durchgescheuert ist. Aufgerieben. Chris wendet sich von mir ab. Von der gegenüberliegenden Seite erhasche ich einen Blick von Alicia. Ich zucke die Achseln. Teenager. Sie neigt ihren Kopf wieder über den Notizblock. Ich glaube, sie versucht unsere Zukunft festzuschreiben. Hanna legt gerade Zeugnis über unsere Vergangenheit ab.

Über jenen Tag.

Ich zähle die Minuten, zähle wieder und wieder im Stillen bis sechzig. Mittlerweile ist Hanna bereits seit dreißig Minuten drinnen. Ich versuche auszurechnen, wie viele Sekunden das sind. Aber mein Verstand fühlt sich steif an wie ein ungenutzter Muskel.

Ich halte es nicht mehr aus.

»Chris«, sage ich leise. »Was hast du draußen gemeint?«

»Vergiss es, Dad.«

»Das kann ich nicht. Ich möchte, dass du es mir sagst, was auch immer es ist.«

Er rutscht auf seinem Stuhl hin und her. Ich weiß nicht, wieso ich unbedingt eine Antwort von ihm hören muss. Wieso glaube ich meinem Sohn nicht, dass ich es nicht wissen will?

»Ich habe nichts gesagt«, bemerkt Chris.

»Ich weiß. Das sagtest du bereits.«

»Nein, über ... Ich habe niemandem gesagt, was ich gesehen habe.«

»Was hast du denn gesehen?«

»Dich, Dad. Dich und sie.«

Da breitet sich ein Kribbeln in meinen Händen aus. Ich werfe einen Blick zu Alicia, aber sie scheint uns nicht gehört zu haben.

Ich fasse Chris am Ellbogen und zwinge ihn, mit mir aufzustehen. Mit einem Finger auf meinen Lippen bedeute ich ihm: kein Wort mehr. Er nickt und lässt sich von mir in den Flur führen.

Wir streben an den Aufzügen vorbei zur Toilette. Der Flur ist schmal und riecht antiseptisch. Ich gehe so dicht neben Chris, dass ich seinen Stress spüren kann. Oder meinen. Ein Mann verlässt die Toilette und wischt sich die Hände an der Hose ab. Ich blicke ihm nach, bis er um eine Ecke verschwunden ist.

»Was hast du gesehen, Chris?«, frage ich.

»Ich bin durch die Gärten nach Hause gegangen. Von Ashley. Ich hätte nicht draußen sein sollen. Es war ... sehr früh am Morgen.«

Er kann nur einen einzigen Morgen meinen. Ich versuche, es mir vorzustellen. Am Ufer des Flusses führt ein Fußweg an allen Gärten vorbei. Es ist wirklich schön dort, weil die Bäume einen Baldachin über den Pfad bilden.

Der perfekte Ort für ein Stelldichein.

»Als ich den Hügel hinaufging, um auf den Weg an ihrem Haus vorbeizukommen, sah ich dich.« Ihm versagt die Stimme. »Du hast sie geküsst.«

»Nein, Chris, wir haben nicht ...«

»Dad, hör auf! Ich bin nicht Becky, klar? Ich weiß, was ich gesehen habe.«

»Das war ein Versehen«, sage ich. »Ein Versehen.«

»Wie kann man jemanden aus Versehen küssen?«

Jedes Mal, wenn er *küssen* sagt, fühle ich mich, als würde er mir in den Magen treten.

»Es ist kompliziert. Ich ... Ich kann dir das nicht erklären. Es hat nichts zu bedeuten.«

»Wie kannst du das sagen? Hast du ... willst du Mom verlassen?«

»Ich würde deine Mutter niemals verlassen.« Ich lege ihm die Hand auf die Schulter. Sie zittert. »Bitte, Chris. Du wirst doch nichts sagen, oder?«

Sein enttäuschter Blick ist schlimmer als die Schuldgefühle, die seit Monaten an mir nagen.

»Ich dachte, ich sollte die Wahrheit sagen, die ganze Wahrheit und nichts als die Wahrheit?«

»Über alles, was relevant ist, ja. Aber das ... könnte vielen Menschen wehtun. Es könnte Leid hervorrufen. Und es hat nichts mit dem zu tun, was geschehen ist. Also, behältst du es für dich? Bitte?«

Darauf antwortet er nicht, sondern bedenkt mich nur mit einem Blick, bei dem ich mich fühle, als wäre ich sein Sohn und er mein Vater.

Da wird sein Name über den Lautsprecher aufgerufen. Er muss hinein. Ich nehme meine Hand von seiner Schulter, obwohl ich ihn nicht aus meiner Nähe lassen will. Ein erbärmlicher Teil in mir möchte ihn noch einmal bitten, mein Geheimnis nicht preiszugeben. Aber es gibt nichts, was ich sagen könnte. Was ich sagen sollte. Entweder er erzählt es oder nicht. Ich habe nur wenig unter Kontrolle. Und es hat so gut wie nichts genützt, dass ich alles unter Kontrolle zu halten versucht habe. Meine Gedanken, meine Gefühle, meine Handlungen.

Wie ich erfahren habe, gibt es viele verschiedene Versionen der Wahrheit. Bei jedem Menschen eine andere.

Aber die ganze Wahrheit? Kein Mensch erzählt die ganze Wahrheit.

Oder doch?

AUSSEN VOR

Julie

Fünf Monate zuvor

Gibt es etwas Schlimmeres als das Schrillen eines Telefons?
Ich weiß noch, wie ich mich als Teenager über das Geräusch freute und stundenlang mit meinen Freunden telefonierte. Im Mai löste dieses Geräusch bei mir jedoch erst Schreck, dann Hass und dann blanke Angst aus.

Die Anrufe folgten keinem Muster. Die Nummer war immer unterdrückt, daher konnte man sie nicht blockieren, außer man nahm den Hörer von der Gabel. Das taten wir auch, oft und lange. Danach bekamen wir panische E-Mails von unseren altmodischen Eltern, die nicht darauf kamen, dass sie uns über Handy erreichen konnten, wenn die Festnetznummer besetzt war.

Wer auch immer der Anrufer war, schien einen sechsten Sinn dafür zu haben, wann sein Anruf die schlimmsten Auswirkungen hatte: zur ruhigsten Tageszeit oder beim Bad der Zwillinge oder in jener Zeitspanne kurz vor dem Einschlafen.

Sonst passierte nach der Installation der Kameras außer den Anrufen nichts mehr.

»Also heißt das, dass es tatsächlich jemand aus der Nachbarschaft ist«, sagte ich zu Daniel, als er eines Abends nach dem Essen ins Wohnzimmer kam. Laut Bericht des Sicherheitsunternehmens hatten die Aufzeichnungen mehrerer Wochen nicht das Geringste ergeben.

»Nein, nicht unbedingt«, erwiderte er. »Vielleicht hat es sich derjenige anders überlegt oder ist verschwunden oder wurde von den Kameras abgeschreckt.« Er löste den Blick von mir. »Es gibt viele mögliche Erklärungen dafür.«

»Zum Beispiel?«

»Ich weiß es nicht. Was meinst du?«

»Du glaubst doch wohl nicht, dass ich irgendwas damit zu tun habe, oder?«

»Was soll die Frage?«

»Nur weil ... beim letzten Mal....«

Schuldbewusst verzog er das Gesicht. In Tacoma hatte er mir das ebenfalls vorgeworfen. Damals, als es mit den Drohbriefen und Nachrichten anfing. Als es nur Hinweise auf Heather gab, die auf mich zurückgingen. Denn Heather hatte es geschafft, meine IP-Adresse und meinen E-Mail-Account zu knacken. Dadurch sah es so aus, als stünde ich hinter allen Schikanen.

Sie war so gut darin, dass ich anfing, mir selbst zu misstrauen. Lag es vielleicht an meinen Medikamenten? Tatsächlich hatte ich Gedächtnislücken. Nicht gerade Blackouts, aber mit einem Mal erinnerte ich mich schwer an Dinge, die ich früher ständig im Kopf hatte. Konnte ich tatsächlich so etwas derart Abwegiges, Irrsinniges getan haben?

Wahrscheinlich glaubten weder ich noch Daniel das tatsächlich. Doch er hatte die Frage gestellt. In meinen Augen verriet er damit alles, was wir einander seit der Zeit vor all den Jahren in Montreal bedeuteten, als er mein zerbrochenes Herz wieder geflickt hatte.

»Beim letzten Mal habe ich einfach nicht begriffen, was los war«, sagte er. »Das hat niemand. Du weißt, wie schlecht ich mich deshalb fühle. Ich dachte, wir wollten das nie wieder zur Sprache bringen.«

»Du hast recht. Tut mir leid.«

»Schon gut, ich bin auf deiner Seite, Jules. Ich wünschte, du würdest mir das glauben.«

»Das tue ich doch.« Ich schlang die Arme um seinen Bauch und schmiegte mein Gesicht in seine Halskuhle. »Ich weiß einfach nicht mehr, was ich tun soll. Ich habe das Gefühl, als wären alle gegen uns.«

»Wenn du willst, ziehen wir um.«

Mein Magen verkrampfte sich, denn ich wollte wirklich umziehen. Allerdings nicht nur wegen der Tatsache, dass Heather oder jemand wie sie hinter alldem stecken mochte, sondern auch wegen des Vorfalls mit John. Aber wie konnte ich meiner Familie das antun? Die Zwillinge hatten sich so gut in der Schule eingelebt. Daniel mochte seinen Job und konnte sich nicht jedes halbe Jahr einen neuen suchen, bloß weil mein Leben so verrückt war.

Weil ich so verrückt war.

»Nein. Wir bleiben. Vielleicht …«

»Was?«

»Vielleicht sollte ich mit dem Schreiben aufhören.«

In gewisser Weise hatte ich das Gefühl, ich hätte bereits aufgehört. Trotz der Beteuerungen gegenüber meiner Agentin war mein täglicher Wörterausstoß zu einem Rinnsal verkümmert. Mein Buch war in fünf Monaten fällig, aber nicht einmal zur Hälfte fertig. Wenn man die lose Aneinanderreihung von Szenen und Charakterbeschreibungen überhaupt Buch nennen konnte.

»Was sollte das bringen?«, fragte Daniel.

»Damit hat alles angefangen, oder nicht? Also hört es vielleicht auf, wenn ich aufhöre.«

»Ich glaube, so funktioniert das nicht.«

»Wahrscheinlich hast du recht, aber hoffen kann man doch.«

»Nein«, sagte Daniel. »Das will ich nicht. Schreiben macht dich glücklich. Weißt du noch, wie du dich vorher gefühlt hast? So verloren? So überwältigt von allem? Was ganz normal ist. Wäre ich den ganzen Tag mit den kleinen Monstern zu Hause, würde ich mich genauso fühlen. Dann hast du mit dem Schreiben angefangen, und es hat dir geholfen.«

»Das und die Medikamente.«

»Wer weiß, was den Ausschlag gegeben hat. Lass uns nicht die Pferde scheu machen.«

»Du liebe Zeit. Ein Spruch aus Großmutters Zeiten. Nein, und ich werde auch keine schlafenden Hunde wecken.«

»Ha, ha, ha.« Er küsste mich, worauf sich alles in mir anspannte, weil mir der Kuss mit John durch den Kopf schoss. Ich löste mich von ihm.

»Was ist?«

»Wo ist Melly?«

»Oben bei Sam. Ich hab sie vor einer halben Stunde ins Bett gebracht.«

»Ach ja, tut mir leid. Ich war abgelenkt, weil ich den Bericht von der Sicherheitsfirma gelesen habe. Findest du es da oben nicht ein bisschen zu ruhig?«

»Sie werden halt älter. Genießen wir es.«

»Bald sind sie Teenager und gehen aus und … Uff.«

»Apropos Teenager: Hast du John gefragt, ob Chris irgendwas mit dem Drohbrief oder dem anderen Zeug zu tun hat?«

»Nein, ich … Ich habe ihn in letzter Zeit nicht gesehen.«

»Wieso? Ich dachte, ihr beide joggt jeden Morgen zusammen.«

»Nein, nicht mehr.«

»Warum denn nicht?«

Ich stand auf und fing an, die Sachen der Kinder aufzulesen. Würde es jemals eine Zeit geben, in der ich nicht täglich eine Stunde oder mehr dafür opfern müsste?

»Ich glaube, es … es war mir peinlich, wie ich reagiert habe. Als ich den Zettel fand und danach die Barbie ohne Kopf, bin ich ziemlich durchgedreht. Er hat beide Zusammenbrüche mitgekriegt. Sehr unangenehm.«

»Moment, soll das heißen, dass du seitdem allein joggst?«

»Äh …«

»Verdammt noch mal, Julie! Das ist echt gefährlich.«

»Ich hab Sandy und außerdem den Panikknopf dabei.«

»Das reicht nicht. Nicht, bis die Schikanen endgültig aufgehört haben oder der Täter geschnappt ist.«

»Willst du mir etwa verbieten, allein zu joggen?«

Er zögerte. Wir sagten uns nicht, was wir zu tun und zu lassen hatten. So lief das nicht bei uns.

Er hob kapitulierend die Hände. Unser Zeichen, dass ein Entgegenkommen des anderen erwünscht war und erwidert werden würde. »Ehrlich gesagt, wäre es mir wirklich lieber, du würdest das nicht machen. Ich möchte mir nicht jeden Tag deinetwegen Sorgen machen.«

»Also soll ich mit John laufen?«

»Vielleicht könntest du eine Laufgruppe finden. Es gibt in der Gegend bestimmt mehrere. Wieso guckst du nicht auf *iNeighbor* nach?«

»Du machst wohl Witze. Scheiße. Das alles ist so kompliziert.«

»Mommy hat ein böses Wort gesagt.«

Ich drehte mich um. Sam hing über dem Treppengeländer, wie so oft. Bei dem Anblick klopfte mir das Herz bis zum Hals. Wenn es nach mir gegangen wäre, gäbe es auf keinem Spielplatz Klettergerüste.

»Was machst du da?«, fragte Daniel.

»Ich hab Hunger.«

Daniel ging zur Treppe und schnappte ihn sich. »Wir hatten vereinbart, dass es nach dem Betthupferl nichts mehr gibt.«

»Ich weiß, Daddy. Aber mein Bauch ist echt hungrig. Ich glaube, ich wachse wieder.«

»Dann wirst du mich bald überragen.«

»Nein, werde ich nicht.«

»Oh doch, gut möglich.«

Er warf Sam auf den Rücken und kitzelte ihm den Bauch.

»Hör auf, Daddy! Hör auf«, lachte Sam.

Ich hätte mir Sorgen gemacht, dass Melly aufwachen würde. Doch die schlief tief und fest.

Daniel setzte ihn vor mir ab. »Du leistet Mommy Gesellschaft, während ich dir schnell was zu essen besorge, damit du wachsen kannst.«

Sam lehnte sich an meine Beine und schaute mit seinen großen, braunen Augen zu mir auf. »Daddy hat nur einen Witz gemacht, oder, Mommy?«

»Ja, das hat er.«

»So groß will ich nicht werden.«

»Wieso nicht?«

»Weil du in dem Pilotenbuch vorgelesen hast, dass Kampfpiloten nicht so groß sein dürfen, weil sie sonst nicht mehr ins Flugzeug passen.«

»Du willst also Kampfpilot werden?«

»Ja.«

»Was ist mit deinem Plan, Feuerwehrmann zu werden?«

»Da war ich erst fünf, Mommy.«

»Ach so. Tja, dann muss ich wohl mein Buch auf den neuesten Stand bringen.« Ich tat so, als holte ich ein Notizbuch hervor und blätterte es durch. »Hm, mal sehen, wo ist die Seite? Melly, Daniel, ach, da hab ich's ja. Sam. Was ich werden will, wenn ich groß bin. Also schreibe ich jetzt Kampfpilot?«

Sam nickte begeistert. Ich tat so, als schriebe ich es auf.

»Alles klar dann. Ist notiert.«

»Das heißt doch, dass es wahr wird, oder, Mommy?«

»Ja, wahrscheinlich. Wenn du richtig viel lernst und übst.«

»Du hast es aufgeschrieben. Wenn man etwas aufschreibt, wird es auch wahr.«

»Wer hat dir denn das erzählt?«

Er zuckte die Schultern. »Das weiß jeder.«

»Sam«, rief Daniel aus der Küche. »Ich glaube, hier ist ein Toast mit Erdnussbutter, auf dem dein Name steht.«

Sam huschte den Flur hinunter Richtung Mitternachtssnack. Ich räumte weiter das Wohnzimmer auf, während Daniel ihm beim Essen zusah und ihn dann wieder ins Bett brachte. Als er zurückkam, checkte er die E-Mails auf seinem Handy.

»Das ist ja lustig.«

»Was denn?«

»Rate mal, bei wem die nächste Blockparty stattfindet?«

»Bei niemandem?«

»Das hättest du wohl gern. Nein, bei den Dunbars.«

»Vielleicht sollten wir nicht hingehen.«

»Oh nein. Das ist die perfekte Gelegenheit, über deine Scham, oder was auch immer es ist, hinwegzukommen und wieder mit John joggen zu können. Oder jemand anderen aus der Nachbarschaft zu finden. Mir ist alles gleich, Hauptsache ...«

»Ich laufe nicht allein, schon klar.«

◆ ◆ ◆

Die Party vom Mai war die letzte, die ich besuchte.

Bevor es zu regnen anfängt, gibt es einen Moment, in dem der Wind kurz aussetzt und der Himmel den Regen anzukündigen scheint. Die sogenannte Ruhe vor dem Sturm. Nur ist das keine echte Ruhe, sondern eine gewisse Vorahnung. Wenn die Bäume ganz kurz zu rascheln aufhören, holt die Natur ein letztes Mal tief Luft, um dann loszustürmen.

Genauso fühlte es sich an, als Daniel und ich vor der Haustür der Dunbars standen.

Obwohl ich nicht zur Party gehen wollte, interessierte mich doch eines. Würde es Alkohol geben? Schließlich hatte John sich bei anderen Gelegenheiten geweigert, das Alkoholverbot zu befolgen.

Der Mai erwies sich als warm, daher hatten die Dunbars natürlich über *iNeighbor* bekannt gegeben, das Essen würde draußen stattfinden, solange das Wetter es irgend zuließ.

Ich imprägnierte die Kinder mit Mückenspray und zog ihnen lange Hosen an. An den vorhergehenden Abenden waren die Mücken in der Dämmerung zum Angriff übergegangen. Melly hatte mehrere große Quaddeln auf ihren flaumigen Wangen, und meine Fußknöchel schienen zu ihren Lieblingsrestaurants zu gehören.

Hanna begrüßte uns mit gezwungenem Lächeln. Daniel präsentierte seine übliche Flasche Wein. Ich hatte einen großen Kartoffelsalat dabei, weil der auf keiner guten Sommerparty fehlen durfte, auch wenn es noch nicht ganz Sommer war. Der Anblick der Weinflasche schien Hanna etwas zu entspannen, sodass ihr Lächeln ihre leicht verfärbten Zähne zeigte. Offenbar hatte sie Rotwein getrunken.

Ich fragte mich, ob ich ihr etwas von den verräterischen Flecken sagen sollte, dachte dann aber, dass ich es wohl deshalb so auffällig fand, weil ich früher immer verbergen wollte, dass ich etwas getrunken hatte. Also ließ ich es lieber.

Die Zwillinge entdeckten ein paar ihrer Klassenkameraden und blickten um Erlaubnis heischend zu Hanna auf, bevor sie durchs Haus rasten. Wir folgten ihnen auf die Terrasse. Ich versuchte, mich nicht allzu neugierig umzusehen, obwohl ich noch nie hier gewesen war.

Wie die meisten Häuser unserer Straße sah es von außen aus wie eine schmale, bescheidene viktorianische Villa. Doch nachfolgende Generationen hatten über der Garage und nach hinten hinaus Anbauten vorgenommen, sodass es wie bei uns mehrere Ebenen gab. Die Einrichtung war traditionell in Blau- und Beigetönen gehalten. Überall sah man Fotos aus zwanzig gemeinsamen Jahren. Johns Joggingschuhe standen auf einem Regal voller Sportequipment. Die Wand darüber war mit Mänteln, Mützen und Schirmen bedeckt.

Ich fühlte mich weder unbehaglich noch zu Hause. Ich fühlte mich, als stünde ich im Leben eines Fremden.

Der Garten war schön. Chinesische Lampions hingen zwischen den Bäumen, und die Erwachsenen konnten an drei langen Picknicktischen bequem sitzen, essen und sich unterhalten, während die Kinder Plastikbänke hatten. Es war ein gut ausgestatteter Garten, in dem bereits viele Partys stattgefunden hatten.

Die halbe Straße war bereits da. Die Männer standen rund um den Grill, während die Frauen die Kinder im Auge behielten. Über Außenlautsprecher ertönte leise Musik. Jazz, der niemandem besonders gefallen oder missfallen konnte.

Da niemand auf uns zukam, um uns zu begrüßen, standen wir einfach da und sahen zu wie Kinder, die darauf warten, beim Sport in eine Mannschaft gewählt zu werden. An Daniel lag das bestimmt nicht. Ich war diejenige, die uns zurückhielt, sowohl buchstäblich als auch metaphorisch gesehen.

»Sind wir eigentlich eingeplant?«, fragte ich Daniel. Den Kartoffelsalat hatte ich im Esszimmer gelassen. Jetzt umklammerte ich seine Hand wie ein Kind an seinem ersten Tag im Kindergarten. Normalerweise klammerte ich nicht, aber aus mehreren Gründen wollte ich meinen Verbündeten in meiner Nähe behalten.

»Du meinst für diese Party?«

»Nein, überhaupt. Müssten wir nicht auch irgendwann eine Party geben?«

»Ich glaube, wir werden erst im zweiten Jahr eingeplant oder so. Damit wir uns vorher eingewöhnen können.«

»Na klar.«

»Bist du so wild drauf?«

»Nein, aber ich will ein paar Leuten zeigen, dass sie sich in mir geirrt haben.«

»Sei nicht paranoid. Du musst niemandem was beweisen.«

Ich biss die Zähne zusammen. Er wusste genau, dass ich es hasste, als paranoid bezeichnet zu werden. Ich holte tief

Luft und beließ es dabei. Für einen Streit war es zu früh am Abend.

»Da ist John«, sagte Daniel und zeigte zum Grill. »Los, geh.«

Als er mir einen kleinen Schubs gab, ließ ich seine Hand los. John stand mit zwei anderen Männern zusammen, deren Namen ich noch nicht verinnerlicht hatte. Das erinnerte mich an meine Anfangszeit im Studium. Offenbar gab es ein Zeitfenster, um die Namen der Mitmenschen zu lernen. Wenn man das verpasste, war man die nächsten vier Jahre ziemlich übel dran.

Die Männer hielten Bierflaschen in der Hand, die sich bei näherem Hinsehen jedoch als alkoholfrei erwiesen. Also galt das Verbot nach wie vor, zumindest im Garten.

»Lasst mich raten«, sagte ich in dem selbstbewussten Ton, den ich früher auf Collegepartys anschlug, nachdem ich mir ein paar Longdrinks genehmigt hatte. »Ihr habt es irgendwie geschafft, echtes Bier in diese Flaschen zu füllen.«

John lachte. »Verrat uns bloß nicht.«

Cindys Mann Paul sah sich überrascht seine Flasche an.

»Ach, schmeckt das deshalb so gut?«

»Das war nur ein Scherz, Paulie.«

»Ach so. Tja, trotzdem lass ich es lieber langsam angehen, nur für alle Fälle.«

Er entfernte sich auf seine unauffällige Weise, die ich schon öfter an ihm bemerkt hatte. Ohne Cindy schien ihm ein wesentlicher Teil seiner Persönlichkeit zu fehlen. Ein paar Sekunden später wurde der andere Mann in gereiztem Ton von seiner Frau zurückbeordert, damit er etwas wegen ihrer Kinder unternahm.

Damit waren John und ich allein.

Sofern man auf einer Party allein sein kann, wo die anderen Gäste einen nicht aus den Augen lassen.

»Wie geht's?«, fragte er und wendete eine Reihe Würstchen.

»Ehrlich gesagt war das ein seltsamer Monat. Und bei dir?«

»Bei mir auch.« Er trank einen Schluck von seinem Bier.

»Mit all den Kameras, die unser Haus im Blickfeld haben.«

»Was? Nein.«

»Was dann?«

»Sie decken die gesamte Umgebung unseres Hauses ab, damit wir mitbekommen, wenn jemand unser Grundstück betritt.«

»Kannst du die Aufnahmen direkt sehen?«

»Nur die von der Kamera über der Haustür, damit wir wissen, wer davorsteht. Wieso?«

»Gibt es eine Möglichkeit, Hanna das zu zeigen?«

»Wie denn?«

»Lad sie zu dir ein, und beweise ihr, dass es keine Monitore gibt, die unser Haus zeigen.«

»Wieso? Genügt mein Wort denn nicht?«

»Sie ist nur …« Er klappte den Deckel des Grills zu und blickte sich um. Hanna war nicht zu sehen, aber Cindy ließ uns nicht aus den Augen. »Sie kommt sich beobachtet vor. Und dann die Sache mit Chris … Wenn sie wüsste, dass ich dir das sage, würde sie mich umbringen. Sie möchte euch ein Schreiben schicken, die offizielle Aufforderung eines Anwalts, die Kameras zu deinstallieren und Schmerzensgeld zu zahlen.«

»Wie bitte?«

»Nicht so laut. Ich hätte sowieso nichts sagen sollen.«

»Macht sie das, weil ... Sie weiß doch nichts von ...«

»Hältst du mich für verrückt?«

»Im Moment weiß ich nicht, was ich glauben soll.«

John warf einen Blick über meine Schulter.

»Daniel kommt.«

Ich starrte auf meine Schuhe und versuchte zu verarbeiten, was er gesagt hatte. War alles derart aus dem Ruder gelaufen, dass jemand, der mich terrorisierte, einfach so davonkam, während Menschen, um deren Freundschaft ich mich angestrengt bemühte, mich verklagten, weil ihr Sohn sich wie ein Einbrecher verhalten hatte?

»Und, habt ihr alles geklärt?«, fragte Daniel und legte mir die Hand auf den Rücken. Schutzbedürftig lehnte ich mich dagegen.

»Geklärt?«, wiederholte John.

»Er meint das Joggen. Er findet, wir sollten wieder zusammen laufen, damit er sich keine Sorgen machen muss, wenn ich allein unterwegs bin.«

Während ich das sagte, sah ich ihn flehentlich an, damit er ablehnte.

»Ehrlich gesagt, hab ich immer noch Probleme mit dem Schienbein«, erwiderte John. »Kennst du Stephanie und Leslie? Die laufen ziemlich häufig. Und ich stimme Daniel zu. Du solltest nicht allein joggen.«

Ich ließ die Schultern sacken. Das mit dem Schienbein war gelogen. Ich sah ihn täglich gegen Mittag losrennen. Aber darauf herumreiten konnte ich wohl kaum.

»Könntest du mich ihnen vorstellen?«

»Sie stehen da drüben an der Schaukel«, erklärte John und zeigte auf eine Rothaarige und eine falsche Blondine, die ich als die Frau identifizierte, die Cindy bei unserer Konfrontation vor der Schule beigestanden hatte. Keine von beiden wirkte besonders fit, aber ich konnte kaum wählerisch sein. »Danke«, sagte ich, setzte mich in Bewegung und ließ Daniel mit John allein.

Ich stellte mich an den Rand des Grüppchens, zu dem Stephanie und Leslie gehörten, und wünschte, ich hätte Johns Flachmann zur Hand. Ich hasste es, jemanden um etwas zu bitten. Vielleicht reichten meine Abendspaziergänge mit Susan aus? Wo war sie überhaupt, verdammt? Sie hatte mir versprochen, heute Abend als moralische Unterstützung für mich da zu sein.

»Kann ich Ihnen helfen?«, fragte Stephanie, als sie mich endlich bemerkte. Sie hatte runde, blaue Augen und einen Porzellanteint.

»Äh, hi. Ich bin Julie. Ich weiß nicht, ob wir uns schon vorgestellt wurden. Ich wohne im Haus gegenüber.«

»Wir wissen, wer Sie sind.«

»Ach ja. Also, äh, John hat erwähnt, Sie würden manchmal zusammen joggen. Da hab ich mich gefragt, ob ich nicht mitmachen könnte.«

»Ich dachte, Sie würden mit John joggen?«, gab Leslie zurück. Sie war kleiner als ich und hatte die kräftigen Oberschenkel einer Sprinterin.

»Er hat eine Sportverletzung.«

»Tatsächlich?«

»Hat er gesagt. Jedenfalls, wenn Sie lieber allein laufen wollen, ist das auch okay. Ich wollte nur gefragt haben.«

Ich legte den Rückwärtsgang ein. Nach drei Schritten prallte ich so heftig gegen jemanden, dass ein Tablett voller Gläser laut scheppernd zu Boden ging und überall Scherben verteilte.

Als ich mich umdrehte, stand eine geschockte Hanna vor mir.

»Ach, das tut mir unendlich leid. Ich bin das größte Trampel der Welt.«

Ich bückte mich, um die Scherben aufzusammeln. Stephanie ging zu den Kindern, damit sie nicht herüberkamen.

»Hast du vielleicht einen Müllsack? Und einen Besen?«

»Lass es«, sagte Hanna. »Ich mach das schon.«

»Ich möchte wirklich helfen. Die Gläser ersetze ich dir und ...«

»Julie. Bitte. Meinst du nicht, du solltest lieber gehen?«

Ich blickte zu ihr auf. Jetzt hatte sie auch lila Flecken auf ihren Lippen, so als hätte sie nachlässig beerenfarbenen Lippenstift aufgetragen.

»Was?«

»Geh einfach. Ich fasse es sowieso nicht, dass du überhaupt aufgetaucht bist.«

John und Daniel näherten sich uns. John sah aus, als wollte er etwas sagen, hielte sich aber zurück.

Daniel trat zu mir und half mir auf.

»Findest du das wirklich angemessen, Hanna?«, fragte er mit unterdrücktem Zorn. »Es war ein Unfall.«

»Ach, bei ihr ist doch alles ein Unfall! Chris, die Gläser, die Kameras, die rein zufällig auf unser Haus ausgerichtet sind.«

»Ich habe mich tausendmal für das mit Chris entschuldigt. Was soll ich denn noch machen? Was möchtest du?«

Hanna ließ die Bescherung liegen und marschierte in die Küche. Ich sah Daniel an.

»Kannst du die Kinder holen?«

Er nickte und ging zum Sandkasten, wo sie mit ihren Freunden eine Burg bauten. Die anderen Gäste waren verstummt.

Als ich John einen kurzen Blick zuwarf, zog er kaum merklich die Schultern hoch. Niemand kam mir zur Hilfe oder nahm mich in Schutz. Ich stand allein in einem Meer aus Scherben.

»Hier«, sagte Hanna, die aus der Küche zurückgekehrt war. Ihr Gesicht war voller hektischer Flecken. Sie hielt mir einen dicken Umschlag hin. »Das kannst du tun. Es steht alles da drin.«

Reflexartig wollte ich ihn öffnen, aber Daniel hielt mich auf.

»Lies das später. Gehen wir.«

Die Blicke aller folgten uns, als wir vier den Garten verließen. Im Flur stießen wir auf Cindy, die aus dem Bad kam. Ihre Augen wirkten glasig.

»Sie gehen schon?«, fragte sie etwas schleppend.

»Was ist eigentlich los mit Ihnen?«, fragte ich.

»Lass es, Jules.«

»Nein. Ich hab es so satt. Seit wir hierhergezogen sind, benimmt sie sich, als wäre ich ein Stück Scheiße, das ihr unterm Schuh klebt. Liegt es daran, dass ich Ihren Willkommenskorb nicht lauthals bejubelt habe?«

»Sie haben mir kein Dankeskärtchen geschickt.«

»Ist das Ihr Ernst? Weil ich mich nicht für etwas bedankt habe, was ich gar nicht haben wollte, dürfen Sie jetzt mein Leben ruinieren?«

Hinter uns drängten andere Gäste in den Flur.

»Seien Sie doch nicht so melodramatisch«, gab Cindy zurück. »Ihr Leben ruinieren? Was soll denn der arme Junge sagen? Und Hanna, die das Gefühl haben muss, jeder ihrer Schritte würde gefilmt?«

»Das alles hat viel früher angefangen. Sie wollten mich

nie hierhaben. Seit dieser ersten Party waren wir als Außenseiter abgestempelt, die nicht gut genug für Sie sind.«

»Können Sie mir das verdenken? Sie Neureiche mit Ihrer unerzogenen Tochter und dem grusligen Buch, das Sie geschrieben haben? Es stimmt einfach. Im wirklichen Leben sind Sie genauso abartig wie im Buch.«

»Ich denke, das reicht«, unterbrach Daniel sie scharf.

»Das finde ich auch«, stimmte John zu, was ihm einen irritierten Blick sowohl von Daniel als auch von Hanna einbrachte. »Cindy, geh in den Garten. Die anderen auch. Ende der Vorstellung.«

Schnaubend stürmte Cindy den Flur hinunter. Hanna nahm sie auf eine Art beiseite, die ein verbotenes Glas Brandy verhieß. Die anderen trollten sich, bis nur noch John, Daniel, ich und die Kinder im Flur standen. Johns Hochzeitsfoto von ihm und Hanna hing gefährlich schräg an der Wand.

»Das alles tut mir sehr leid«, bemerkte er.

»Nicht deine Schuld, Mann.«

John sah mich an. »Pass auf dich auf. Die Aufregung wird sich irgendwann legen.«

Er streckte die Hand aus und drückte kurz meinen Arm, da kehrte Hanna zurück. Obwohl es eigentlich nur eine kurze Ermutigung war, sagte Melly laut und deutlich, bevor er die Hand sinken ließ: »Nicht küssen!«

NACHBARSCHAFTSHILFE

John

Fünf Monate zuvor

Am Morgen nach der Blockparty fand ich Hanna im Garten, wo sie die letzten unsichtbaren Scherben von unserer Terrasse saugte. Am Abend zuvor hatten wir eine Stunde damit zugebracht, die Scherben einzusammeln. Alle hatten geholfen. Irgendwie hatte es sogar Spaß gemacht. Wir hatten das Glas auf einen kleinen Haufen gelegt. Wenn man ihn ansah, schien er aus wesentlich mehr Scherben als von nur sechs Trinkgläsern zu bestehen.

Glas ist schon komisch.

»Was machst du da?«, fragte ich. Hanna hatte die Haare zu einem straffen Zopf auf dem Kopf zusammengebunden. Sie sah aus wie Becky. Jung und dynamisch. Und zornig.

Wir waren schweigend zu Bett gegangen. Ich hatte lange nicht einschlafen können. Zwar hatte ich Hanna vor einem Monat grünes Licht für ihr Vorhaben gegeben, Julie zu verklagen, hatte seitdem aber nichts mehr darüber gehört. Ich wusste nicht genau, was sie ihr auf der Party gegeben hatte, konnte es mir jedoch vorstellen.

»Wonach sieht es denn aus?«

»Ich dachte, wir hätten gestern Abend alles erledigt?«

Daraufhin hielt sie eine winzige Scherbe hoch. Sie glitzerte in der Sonne. »Ich wäre fast draufgetreten.«

»Pech.«

»Nein, kein Wort mehr dazu. Ich wusste von Anfang an, dass mit ihr was nicht stimmt. Weißt du noch, wie ich das nach der Blockparty zu dir gesagt habe?«

Nein, das wusste ich nicht, nickte aber trotzdem.

»Sie ist Gift. Sie vergiftet uns. Früher waren wir glücklich, oder nicht?«

Ich bückte mich und nahm Hanna den Staubsauger aus der Hand.

»Was meinst du mit *früher*? Uns geht es gut, oder?«

»Es fühlt sich für mich nicht so an.«

»Hey, komm her.« Ich half ihr aufzustehen und führte sie zu einem der Picknicktische. Es war ein herrlicher, frischer Morgen, perfekt zum Joggen. Das war jedoch das Letzte, was ich jetzt machen sollte, ob allein oder nicht.

»Rede mit mir«, forderte ich Hanna auf. »Was ist los?«

Sie legte ihr Kinn auf ihre Unterarme. »Ich weiß, es ist irrational, zumindest hoffe ich das. Seit sie hergezogen ist, habe ich das Gefühl, irgendwas zwischen uns ist anders.«

»Inwiefern?«

»Als würdest du neben mir stehen, befändest dich aber eigentlich ganz woanders.«

Wie gerne hätte ich so getan, als wüsste ich nicht, was sie meinte. Aber das konnte ich nicht. Denn seit Oktober war ich mit meinen Gedanken tatsächlich im Haus gegenüber gewesen. Offenbar konnte ich das nicht ändern.

»Ich bin hier. Ich werde immer bei dir sein.«

»Was würdest du machen, wenn ich dich bitten würde, nie wieder mit ihr zu reden?«

»Glaubst du, das wäre notwendig?«

»Es könnte notwendig werden.«

»Dann würde ich es tun. Wenn du das von mir verlangst.«

»Es läuft wirklich nichts zwischen euch?«

»Nein. Wir sind nur Freunde. Oder waren es.«

Hanna hat immer behauptet, dass sie trotz ihres Berufs nie merkt, wenn jemand sie anlügt. Sie weiß es, wenn sie ein Dokument hat, das es beweist, oder wenn jemand bei einer eidesstattlichen Aussage etwas anderes gesagt hat. Die Hinweise, auf die sich Anwälte im Fernsehen stürzen, gibt es für sie nicht, sie entgehen ihr einfach.

Ich umfasste ihre Wange und drehte ihr Gesicht zu mir, um ihr direkt in die Augen zu blicken.

»Ich schwöre«, sagte ich. »Zwischen uns ist nichts. Wir sind nur Freunde. Weil wir beide den ganzen Tag zu Hause sind. Du weißt doch, wie schwer es mir anfangs gefallen ist, nicht mehr jeden Tag zur Arbeit zu fahren. Es ist schön, jemanden zu haben, der weiß, wie das ist. Ich hätte erkennen müssen, dass es für dich anders wirken könnte, und mit dir darüber reden sollen.«

Ich küsste sie. Unsere Lippen berührten sich nur kurz. Ich bedrängte sie nicht, spürte aber, dass sie sich entspannte.

»Darf ich dich noch etwas fragen?«, sagte sie, als wir uns voneinander lösten.

»Na klar.«

»Es ist ziemlich albern.«

»Schieß los.«

»Wieso hat ihre Tochter das gestern Abend gesagt? Als sie gingen?«

»Was?«, fragte ich angespannt, obwohl ich mir alle Mühe gab, lässig zu klingen. »Das mit dem *nicht küssen?*«

»Genau. Das war merkwürdig. Findest du nicht?«

»Keine Ahnung, warum sie das gesagt hat. Sie ist sechs.«

»Manchmal sprechen Kinder aus, was Erwachsene sich nicht trauen.«

»Was soll das heißen? Glaubst du etwa, ich hätte Julie vor ihrer Tochter geküsst?«

Sie wich leicht vor mir zurück. »Wenn du es so ausdrückst ...«

»Traust du mir das wirklich zu?«

»Nein.«

Im vollen Bewusstsein meiner Niedertracht stand ich auf, ging in die Küche und ließ Hanna auf der Terrasse zurück. Weil mir nichts Besseres einfiel, öffnete ich die Spülmaschine und räumte Geschirr ein.

»Du weckst die Kinder«, bemerkte Hanna und schloss die Terrassentür hinter sich.

»Es gibt Schlimmeres.«

»Bist du sauer auf mich?«

»Nö.«

»Du hast doch was.«

Ich stellte einen Teller auf der Küchentheke ab. »Ich bin fertig, Hanna. Für mich ist das schwer zu verstehen und hinzunehmen. Ich weiß nicht, wie wir an diesem Punkt gelandet sind.«

»Da geht es dir wie mir.«

»Wahrscheinlich suchen wir beide nach einer Antwort.«

Sie legte ihre Hände auf meine Hüften. Ich drehte mich um. Hanna wirkte nicht oft verletzlich, in diesem Augenblick aber schon. Mein Drang, sie zu beschützen, war genauso stark wie bei meinen Kindern. Es gefiel ihr nicht, wenn ich ihr das sagte. Aber ich dachte, an diesem Tag wäre es vielleicht anders.

»Wir stecken gemeinsam in dieser Sache«, sagte ich.

»Ehrlich?«

»Wir sind eine Familie. Du bist meine Familie.«

»Ich will sie verklagen.«

»War das in dem Umschlag gestern Abend? Den du Julie gegeben hast?«

»Das war die offizielle Aufforderung, die Kameras zu deinstallieren und für Chris' Verletzungen Schmerzensgeld zu leisten. Wenn sie das nicht macht, dann ...«

»Glaubst du wirklich, das bringt was?«

Sie legte den Kopf in den Nacken. In ihren Augen schwammen Tränen. »Ich weiß es nicht. Aber ich fühle mich im Moment, als hätte ich nichts unter Kontrolle. Das muss sich ändern.«

»Würde es ... Würdest du mir erlauben, zu ihr zu gehen und sie ein letztes Mal darum zu bitten, die Kameras zu entfernen?«

»Damit ist die Sache mit Chris' Narbe nicht aus der Welt geschafft.«

»Ich weiß. Vielleicht könnten wir das bei ihrer Versicherung melden? Lass es mich zumindest versuchen, ja?«

»Was ist mit dem Prozess?«

»Glaubst du, es wäre besser, wenn ich es ihr sagte? Um ihr zu zeigen, wie ernst du ... wir es meinen?«

»Nein. Wenn es wirklich dazu kommt, baue ich auf das Überraschungsmoment. Ich möchte sehen, wie sie sich fühlt, wenn ein Bote vom Gericht vor ihrer Tür erscheint und ihr die Vorladung aushändigt.« Auf einmal wirkte Hanna hart. So wie vor Gericht. Hart wie Panzerglas.

»Okay«, sagte ich. Die Lüge ging mir mittlerweile routiniert über die Lippen. »Dann verrate ich nichts vom Prozess.«

Ich wartete bis Montag. Publikum konnte ich nicht gebrauchen, wenn ich mit Julie sprach. Eigentlich wollte ich gar nicht mit ihr sprechen. Doch ich schuldete das meiner Frau. Und Julie. Ich hatte bei unserem ersten Gespräch im Oktober etwas in Gang gebracht. Eine Lawine ausgelöst.

Ich fand den perfekten Vorwand. Endlich war es mir gelungen, ihre Webseite so zu gestalten, wie es mir vorschwebte. Vor Monaten hatten wir uns ein einziges Mal darüber unterhalten. Dabei hatte sie mir Websites gezeigt, die ihr gefielen, und mir erzählt, was sie an ihrer eigenen nicht mochte.

Dann war mir ein Auftrag dazwischengekommen. Es war beunruhigend, wie mir die Tage zwischen den Fingern zerrannen, seit ich keine festen Arbeitszeiten mehr hatte. Allerdings anders als bei dem Phänomen, dass die Jahre immer schneller vergingen, je älter man wurde, und jedes Jahr weniger Zeit einnahm. Eher so, dass man etwas Formloses nur schwer definieren konnte. Außerhalb der Mahlzeiten hatte ich keine festen Zeiten mehr. Selbst das Mittagessen konnte variieren. Wen interessierte es, ob ich um elf oder um fünfzehn Uhr aß? Solange ich meine Abgabetermine einhielt, interessierte eigentlich überhaupt nichts.

Und irgendwie hatte ich nicht das Gefühl, bei Julies Website gäbe es einen Abgabetermin. Im Gegenteil, es fühlte sich eher so an, als könnte ich die Verbindung zu ihr nur so lange halten, bis die Website fertig war.

Nun musste ich alle Verbindungen kappen. Also arbeitete ich das ganze Wochenende fieberhaft daran, sobald Hanna ins Bett gegangen war. Auf gar keinen Fall wollte ich, dass sie mitbekam, wie ich versuchte, mich zwischen zwei Profilfotos von Julie zu entscheiden.

Am Montagmorgen verbrachte ich viel Zeit am Fenster. Mittlerweile konnte man auf dem Boden sehen, wo ich normalerweise stand. Vielleicht bildete ich mir das auch ein. Vielleicht waren die Schrammen von Anfang an da gewesen, hinterlassen von früheren Bewohnern, und mir vorher nur nie aufgefallen.

Dennoch stellte ich mich auf meinen Posten und schob die Gardine beiseite. Ich sah zu, wie Julie Daniel und die Kinder zum Wagen brachte und dann ins Haus zurückkehrte. Ich sah zu, wie sie eine halbe Stunde später in ihren Joggingklamotten auftauchte. Ich widerstand dem Impuls, ihr nachzulaufen, und beschäftigte mich irgendwie bis zum Zeitpunkt ihrer Rückkehr. Als sie eine Stunde später kam, war ich auf meinem Posten.

Dann zählte ich die Minuten, die ich für Stretching und Duschen veranschlagt hatte.

Offenbar hatte ich ihr nicht genug Zeit gelassen.

Als ich vor ihrer Haustür stand, suchte ich nach der Klingel, sah aber nur ein Display und eine Sprechanlage. Keinen Knopf, den man drücken konnte.

Ich hob die Hand, um anzuklopfen, und hörte das Surren einer Kamera, die in meine Richtung schwenkte.

»Was ist?«, ertönte eine körperlose Stimme, noch bevor ich das Holz berührt hatte.

»Julie? Hier ist John. Darf ich reinkommen?«

»Ich komme gerade aus der Dusche.«

»Ich kann warten.«

»Ja, Moment.«

Ich setzte mich auf die Vordertreppe und blickte über die Straße zu meinem eigenen Haus. Unscheinbar wie eh und je. Ein Müllwagen kroch laut dröhnend die Straße hinauf.

Ansonsten war alles menschenleer. Dennoch fühlte ich mich beobachtet. War überzeugt, wenn ich jetzt mein Handy hervorholte und auf *iNeighbor* nachsah, dann hätte mich gerade jemand eingetragen.

John Dunbar sitzt vor Julie Prentice' Haustür. Sieht nach Ärger aus.

Die Tür hinter mir piepte und ging auf. Julie hatte zwar ein Handtuch um ihre Haare geschlungen, war aber vollständig angezogen.

Julie lässt John ins Haus, obwohl sie eindeutig aus der Dusche kommt.

»Hast du davon gewusst?«, fragte sie, kaum war ich im Haus, und hielt mir einen Zettel vor die Nase.

Ich spürte einen Anflug von Zorn. War Hanna vorgeprescht und hatte die Papiere zustellen lassen, obwohl ich sie gebeten hatte zu warten?

»Was zum Teufel ist eigentlich los mit diesem Weib?«, fragte Julie.

»Moment. So redest du nicht von meiner Frau.«

»Deiner Frau? Was? Ich meinte Cindy. Steckt etwa Hanna dahinter?«

»Wohinter?«

Sie gab mir den Zettel. Es war ein Brief von Cindy, in dem sie ihr mitteilte, dass sie bei den allmonatlichen Blockpartys nicht mehr willkommen wäre.

»Habt ihr vielleicht darüber abgestimmt? Ich wollte auf *iNeighbor* nachsehen, war aber auch da gesperrt. Ha!« Ein Anflug von Hysterie lag in ihrer Stimme.

»Davon hatte ich keine Ahnung.«

»Nach all der Kleinlichkeit kommt sie mir jetzt so. Ich darf nicht mehr zu ihren Partys. Dabei wollte ich da nie hin.«

Sie lächelte, aber ihre Unterlippe zitterte. »Was zum Teufel ist eigentlich so schlimm an mir?«

»Nichts.«

»Du und Susan sind die Einzigen, die mich überhaupt willkommen geheißen haben.«

»Das ist nicht wahr.«

»Doch, ist es. Ich fühle mich wieder wie das dicke unbeliebte Mädchen in der Highschool.«

»Hey, nein, komm schon.«

Sie schlug die Hände vors Gesicht und schluchzte heftig. Ich wusste nicht, was ich tun sollte. Also tat ich das Falsche.

Ich nahm sie in meine Arme und ließ zu, dass sie sich an meiner Schulter ausweinte. Reflexartig strich ich ihr über die Haare.

John und Julie bei Umarmung beobachtet.

Als sie zittrig Luft holte, lösten wir uns voneinander.

»O Gott«, sagte sie. »Ich muss Daniel anrufen.«

»Daniel?«

Sie wischte sich die Tränen weg. »Ich habe mir geschworen, dass das nie mehr passieren würde.«

»Es ist doch gar nichts passiert.«

»Es hätte was passieren können.«

»Na gut, mag sein, aber es war nichts. Wir haben nichts gemacht.«

»Ich muss damit aufhören. Ich muss Verantwortung für mein Leben übernehmen. Im Moment ist alles so verworren.«

»Das liegt wohl nicht nur an Cindy.«

»Stimmt. Aber ... Was wolltest du eigentlich?«

»Ach. Äh, ich hab deine Website fertig.«

»Wirklich?«

»Ja, weißt du nicht mehr? Du hast mir doch den Auftrag erteilt.«

»Aber ich hab dich nicht bezahlt.«

»Kein Problem.«

»Ich schreibe dir einen Scheck aus.«

»Wirf zuerst einen Blick auf die Seite und guck, ob sie dir gefällt. Dann kannst du mich bezahlen.«

»Ist gut.«

»Ich schicke dir den Link.«

»Danke.«

»Ach, und eins noch.«

»Ja?«

»Es ist mir echt unangenehm, dich zu fragen, aber gibt es keine Möglichkeit, die Kameras wieder abzumontieren? Und bei deiner Versicherung nachzufragen, ob sie etwas dazu beisteuert, wenn Chris sich einer plastischen Operation unterzieht?«

»Genau das hat Hanna in dem Brief verlangt, den sie mir gegeben hat.« Julie runzelte die Stirn. »Deswegen verklagt ihr mich.«

»Wir haben dich nicht verklagt.«

»Ja, aber ihr werdet es tun. Das habt ihr am Freitag gesagt. Also bist du nur gekommen, um mich zu überreden, die Kameras zu entfernen, sonst …«

»Ja, wahrscheinlich schon«, gab ich zu.

»Ich kann nicht.«

»Warum nicht?«

»Weil außer ein paar wortlosen Anrufen nichts mehr passiert ist, seit die Kameras da sind.«

»Könnte das nicht Zufall sein?«

»Natürlich. Es könnte aber auch jemand aus der Nachbarschaft hinter alldem stecken.«

»Glaubst du, jemand aus meinem Haus? Zeigen deshalb alle Kameras auf uns?«

Sie nahm das Handtuch vom Kopf. Ihre Haare sahen feucht und zerzaust aus. »Ich hab Hanna bereits gesagt, dass die Kameras nicht auf euer Haus gerichtet sind.«

»Ich hab das Gefühl, wir drehen uns im Kreis.«

»Ich auch.«

»Was machen wir damit?«

»Du gehst deiner Wege und ich meiner. Deswegen bist du auch gekommen, oder? Um mir zu sagen, dass wir nicht mehr miteinander reden können.«

»Ja.«

»Das finde ich traurig.«

»Ich auch.«

Unsere Blicke trafen sich. Ich wusste, es war die richtige Entscheidung, leichter wurde es dadurch nicht.

»Verzichtet ihr auf den Prozess?«, fragte sie.

»Verzichtest du auf die Kameras?«

»Nein«, sagte sie. »Das kann ich nicht.«

»Dann werde ich Hanna nicht davon abhalten können.«

»Ich könnte ... dir einen Scheck für Chris ausstellen.«

»Nein.«

»Ich möchte das aber.«

»Vielleicht solltest du deswegen mit Hanna reden.«

»Wie sich herausgestellt hat, bringt das nichts.«

»Sie ... Sie ist echt nett, weißt du. Ich liebe sie. Ich hab sie immer geliebt.«

Sie zuckte leicht zusammen. »Das sieht man. Ihr seid ein schönes Paar.«

»Daniel liebt dich auch.«

»Ja, das stimmt.«

»Ich muss los. Aber ... Warum versuchst du nicht, dich mit Hanna anzufreunden? Ich habe das Gefühl ... wir haben uns alle nur auf dem falschen Fuß erwischt.«

»Diese verdammten Joggingschuhe im Partnerlook«, sagte sie, worauf wir eine Minute dastanden und auf unsere Füße starrten.

Monatlicher Newsletter des Pine-Street-Nachbarschaftsvereins
Ausgabe vom Juni

Hallo Nachbarn!
Wow, es ist Sommer! Woher ist der so plötzlich gekommen?
Die Zeit vergeht wie im Flug.
Mein Almanach prophezeit, dass es ein heißer Sommer werden wird. Ich weiß, wir alle lieben unseren Rasen, aber übertreiben wir es nicht mit dem Wässern.
Es gibt aufregende Neuigkeiten zum Thema Temposchwellen. Wir, äh, das heißt ich, hatten ein Treffen mit einer Angehörigen des Stadtrats, und ich freue mich, mitteilen zu können, dass sie unser Anliegen ernsthaft in Erwägung zieht. Offenbar hat der Umstand zu unseren Gunsten entschieden, dass wir über *iNeighbor* zahlreiche Beschwerden wegen der Raser auf unserer Straße beibringen konnten. Also sammelt weiter fleißig Beweise. Zwar gibt es noch keinen Termin, wann sie eingebaut werden, aber wir hoffen, der kommt bald.
Riesiger Dank gebührt allen, die sich die Zeit genommen haben, beim Junior-Fotowettbewerb von Cincinnati für Ashleys Serie über den Eden Park zu stimmen. Zwar ist der zweite Platz fantastisch, aber ich habe eine offizielle Untersuchung wegen des Verdachts in Gang gebracht, dass die Eltern der Gewinnerin dem Sieg mit automatisierten Anrufen nachgeholfen haben. Ich glaube, wir sind uns alle einig, dass ihre Fotos nichts sind im Vergleich zu Ashleys. Sollte jemand

von euch sich mit diesem Thema auskennen – ich meine dich, John Dunbar! –, dann rufe er mich bitte an.

Die Lektüre des Monats in unserem Buchclub ist *Aus den Trümmern* von Emily Bleeker. Ich habe gehört, es ist viel besser als gewisse Bücher, deren Titel ich nicht nennen will!

Bleibt cool (aber nicht zu cool).**
Cindy Sutton,
Gründerin und Vorsitzende des PSNV von 2009 bis heute

** Laut Verordnung 201.45 dürfen Sprinkler nur zweimal die Woche höchstens dreißig Minuten angestellt werden.

HEUTE

John

14.00 Uhr

Als Hanna den Gerichtssaal verlässt, weicht sie meinem Blick aus. Obwohl sie gefasst wirkte, als sie hineinging, ist sie jetzt völlig aufgelöst. Sie hat sich die Haarnadeln aus der Frisur gezogen, was sie nur tut, wenn sie besorgt ist. Die Haare hängen ihr vor den Augen und verbergen die Hälfte ihres Gesichts. Ihr Kostüm sieht aus, als hätte sie darin geschlafen, und an ihrem Rock zeigen die Falten, wo sie sich in den Stoff gekrallt hat.

Ihr Gesichtsausdruck erinnert mich an den bei dem Flug, als wir in ein Gewitter gerieten. Wir sackten mehrfach abrupt in die Tiefe. Eine Frau hinter uns musste sich übergeben. Eine der Stewardessen flog erst an die Decke und knallte dann auf den Boden. Wir mussten die Sicherheitshaltung einnehmen. Als wir endlich wieder auf dem Boden waren, taumelten wir aus dem Flieger, als wären wir durch ein Kriegsgebiet geflogen.

Genau so sieht Hanna in diesem Augenblick aus. Als wäre sie im Krieg gewesen. Vielleicht mit sich selbst.

Ich öffne die Arme und winke sie zu mir. Doch sie geht zu Chris, umarmt ihn und flüstert ihm etwas ins Ohr. »Ich hab dich lieb«, verstehe ich. Der Rest geht unter.

Dann ruft der Gerichtsdiener ihn auf. Hanna umklammert seinen Arm, will ihn nicht gehen lassen. Er löst sanft ihre Finger, einen nach dem anderen. Sagt: »Ist schon gut, Mom.« Ich drücke seine Schulter, er sieht mich nicht an. Vielleicht glaubt er, ich wollte ihn ermahnen, mein Geheimnis nicht zu verraten. Aber das ist das Letzte, woran ich gerade denke. Mein Sohn geht an einen Ort, wo ich ihm nicht mehr helfen kann. Vielleicht war das bereits früher der Fall. Nur habe ich das nie vorher so stark empfunden.

Dann entfernt er sich von uns. Geht durch die Türen. Die werden geschlossen. Wir bleiben in einem Raum voller Fremder zurück, die so tun, als würden sie nicht jede unserer Bewegungen beobachten.

»Wieso haben sie Chris aufgerufen?«, frage ich Alicia mit leiser Stimme.

Sie hat die Stirn gerunzelt. »Das weiß ich nicht genau. Sie haben ihre eigene Methode, um das Puzzle zusammenzusetzen. Wie ich schon sagte, läuft das nicht so, dass es heißt: *X hat das gesagt, was haben Sie dazu zu sagen?* Sie stellen erst ihre Fragen und präsentieren den Fall dann den Geschworenen. Allerdings sind die Fragen bereits eine Art Präsentation. Bausteine. Deshalb ist es wichtig, dass sich jeder von uns an seine Vorgaben hält.«

Bausteine. Schaufeln mit Dreck. Eine Mauer bauen. All diese Analogien kenne ich von ihr. Statt einfach zu sagen, was sie mit uns vorhaben. Uns unser Grab zu schaufeln.

»Wie ist es gelaufen?«, fragt sie Hanna, die schweigt.

»Ich dachte, das dürfte ich nicht sagen.«

»Nicht, was drinnen stattgefunden hat, aber geht es Ihnen gut?«

»Ich habe Schlimmeres durchgemacht.«

Alicia legt ihr den Arm um die Schultern. Erst versteift sie sich, doch dann wird sie weich. Ich spüre einen Anflug von Eifersucht. Bei mir sollte sie sich anlehnen. Bei mir sollte sie sich entspannen.

Heute Morgen, im Wagen, hat sie das auch gemacht. Weil kein anderer da war?

»Er wird sich da drinnen bestimmt gut schlagen«, sagt Alicia. »Er ist ein kluger Junge und weiß, was zu tun ist.«

Hanna bebt am ganzen Körper. Ihre Unterlippe zittert. Sie und Alicia sitzen dicht nebeneinander, bewegen sich wie ein Körper.

»Es war schrecklich«, sagt Hanna. »Ich hätte nicht gedacht ... Nie hätte ich gedacht, dass es so ist. Bewirke ich das bei anderen Menschen?« Sie sieht mich an.

»Bei dir ist das was anderes, Schatz«, beruhige ich sie. »Bei dir geht es nur um Geld.«

Sie schüttelt den Kopf. Wird Hannas Karriere ein weiterer Kollateralschaden des Unfalls? Dieses katastrophalen Tages?

»Sie haben doch nur Fragen gestellt, mit denen wir gerechnet haben, oder?«, hakt Alicia nach. »Alles, worüber wir geredet haben?«

Sie tauschen einen Blick. Einen, der mich ausschließt. Haben sie sich heimlich getroffen? Oder gehe ich wegen meiner eigenen Geheimnisse davon aus, dass auch andere etwas zu verbergen haben?

Hanna sieht mich an. Durch mich hindurch. Ich drehe mich um, um zu prüfen, ob jemand hinter mir steht, doch da sind nur Fremde mit unbehaglichen Mienen und eine schmuddelig-beige Wand.

»Hanna? Was ist?«, frage ich.

»Das darf ich dir nicht sagen. Das weißt du doch. Ich darf nichts aus meiner Zeugenaussage verraten.«

Wut schießt in mir hoch. Mit zusammengebissenen Zähnen sage ich: »Das ist lächerlich. Mit meiner eigenen Frau kann ich nicht – hier geht's doch um meine Familie! Unsere Familie. Wie können sie uns zwingen, gegeneinander auszusagen?«

»Glaubst du im Ernst, ich würde gegen dich aussagen?«, gibt Hanna zurück. »Wie kannst du so was nur denken?«

»Ich habe das Gefühl, du verheimlichst mir einiges. Als hättet du und Alicia eine geheime Strategie, von der ich nichts wissen darf.«

»Ach, das ist ja krass!«

»Was soll das heißen?«

Hanna sieht aus, als wäre alle Energie aus ihrem Körper geströmt und ich wäre derjenige, der den Stöpsel gezogen hat.

»Wenn du getan hättest, worum ich dich gebeten habe, wenn du dich von ihr ferngehalten hättest, wäre das nicht passiert.«

»Das habe ich. Ich habe mich von ihr ferngehalten. Was an jenem Morgen passiert ist … das hätte jeder andere auch getan.«

»Genau das war von Anfang an das Problem, nicht wahr?«, erwidert sie. »Es war nicht irgendjemand, sondern du. Schau dir an, wohin uns das gebracht hat.« Sie zeigt auf die Tür, hinter der Chris verschwunden ist. »Schau dir an, wo unser Sohn gelandet ist.«

NEW YORK IM JUNI

Julie

Vier Monate zuvor

»Und dann meinte mein Anwalt«, sagte ich, als ich einen weiteren Hügel hinaufschnaufte und wünschte, ich hätte mein ärmelloses Joggingshirt angezogen. »Wenn sie wirklich damit durchkäme, würde ich allein an ihn fünfzigtausend Dollar Honorar zahlen müssen.«

Susan und ich machten einen unserer Abendspaziergänge. Ich hatte am Nachmittag mit meinem Anwalt Lee gesprochen. Er hatte mich endlich zurückgerufen, um mir mitzuteilen, welche Optionen es gab. Zwar hatte er vor Gericht zu tun gehabt, aber dennoch ... Angesichts des vielen Geldes, das ich ihm bereits in den Rachen gestopft hatte, war ich davon ausgegangen, auf seiner Prioritätenliste weiter oben zu stehen. Das sagte ich ihm auch, und offenbar gefiel es ihm nicht.

»Das ist viel Geld«, bemerkte Susan.

Etwas an ihrem Ton irritierte mich.

»Ja, ist es.«

Sie löste das T-Shirt von ihrer Haut. »Ich fasse es nicht, dass es abends um halb zehn so heiß ist.«

»Fünfzigtausend Dollar ist auch für mich viel Geld.«

»Tatsächlich?«

»Sicher.«

Sie zog sich ihr T-Shirt aus und schlang es sich um den Bauch. Darunter trug sie ein langes, schwarzes Sportbustier, das mehr verbarg als die meisten Badeanzüge. Ich tat es ihr gleich, obwohl mein Sport-BH knapper ausfiel. Die Luft kühlte meine schweißnasse Haut, wenn auch nur vorübergehend.

Trotzdem vergewisserte ich mich, dass mich niemand sah. Wären wir auf der Pine Street gewesen, hätte Cindy sicher eine neue Regel zu angemessener Sportkleidung aus dem Hut gezaubert. In den letzten Monaten war alles, was ich tat und sagte, zensiert worden. Das reichte für den Rest meines Lebens.

Susan hatte in den letzten Monaten etwas abgenommen. Unser Berg-und-Tal-Training hatte ihren Körper wieder in Form gebracht. Ich hingegen fühlte mich unfit und aufgeschwemmt. Vor zwei Monaten wäre ich mühelos diesen Hügel hinaufgejoggt. Heute schnaufte ich genauso wie Susan.

Der verdammte John! Und der blöde Kuss!

»Aber dein Buch hat sich doch drei Millionen Mal verkauft, oder nicht?«

»Ja ... ungefähr.«

»Wie viel kriegst du pro Buch? Zwei, drei Dollar?«

Gott, wie ich diese Frage hasste. Ich würde weder Susan noch einen anderen jemals fragen, wie viel sie als selbstständige Buchhalterin für ein paar hiesige Geschäfte verdiente oder wie viel Unterhalt Brad ihr zahlte. Bei mir jedoch wollte jeder Hinz und Kunz wissen, wie viel man als Autor verdiente, wie viele Bücher man verkauft hatte und ob man erfolgreich war. Auch wenn mein Buch sich gut verkauft hatte, waren mir diese Fragen genauso unangenehm, als hätte ich nur fünfhundert Exemplare losgeschlagen, wie ich bei Erscheinen des Buchs erwartet hatte.

»So kann man das nicht rechnen. Es waren eine Menge E-Books dabei, es hat viele Rabattaktionen gegeben, meine Agentin kriegt fünfzehn Prozent und dazu kommen die Steuern ...«

Ich verstummte, weil es sinnlos war. Susan hatte recht. Auf dem Papier waren fünfzigtausend Dollar für mich ein Klacks. Dass es sich für mich nicht so anfühlte, war eine Form der Verleugnung. Das Geld strömte noch heute unablässig wie Wasser aus einer Quelle, aber daran wollte ich nicht denken.

Ich redete nicht einmal mit Daniel darüber, der die halbjährigen Honorarabrechnungen mit den neuesten Verkaufsrekorden stets ignorierte. Das gerahmte Cover, das man mir nach Verkauf der ersten Million Exemplare schickte, hatte ich aufgehängt, die nächsten beiden waren in der Schublade gelandet.

»Es geht nicht ums Geld«, erklärte ich. »Sondern ums Prinzip.«

»Das sieht Hanna sicher auch so.«

»Hast du mit ihr darüber geredet?«

»Nur allgemein. Ich kenne sie schon ziemlich lange.«

»Das weiß ich, und ich bin dir dankbar, dass du auf meiner Seite bist, ehrlich.«

»Ich ergreife für keinen Partei«, gab Susan zurück. »Nur will ich deswegen nicht unsere Freundschaft beenden.«

»Danke. Das bedeutet mir viel.«

Wir bogen in die nächste Straße ein und gingen den Hügel hinunter.

»Hast du in letzter Zeit was von Brad gehört?«

»Ich glaube, er will zu mir zurückkommen.«

Ich warf ihr einen Blick zu. Von der schwülwarmen Luft hatte sie rote Wangen und aufgeplusterte Haare. Sie sah verwirrt und verletzlich aus.

»Warum sagst du das erst jetzt?«

»Ich weiß nicht, was ich davon halten soll.«

»Was macht er denn?«

»Ich hab dir doch erzählt, dass er zu den Anonymen Alkoholikern geht? Tja, das scheint er richtig ernst zu nehmen. Er behauptet, mittlerweile drei Monate trocken zu sein, und kniet sich voll in diese Wiedergutmachungssache rein.«

»Das ist prima, oder nicht?«

»Für ihn vielleicht, aber für mich? Soll ich ihm deswegen die vielen Gelegenheiten verzeihen, als ihm der Alkohol wichtiger war als seine Familie?«

»Das musst du nicht.«

»Aber ich habe das Gefühl, ich müsste, verstehst du? Alkoholiker sind solche Egoisten! Immer geht es nur um sie, sogar, wenn sie trocken sind. Ich brauche dies, ich brauche das. Bla, bla, bla. Ich habe es satt, verstehst du?«

»Ja. Wie gehen denn die Kinder damit um?«

»Die Kinder«, brach es aus ihr heraus. »Die machen ja alles so schwierig.«

»Weil du Angst vor dem hast, was er tun könnte?«

»Weil er sie da mit reingezogen hat. Auf einmal bin ich die Böse, wenn ich ihn nicht mehr zurücknehme.«

»Das finde ich nicht richtig.«

»Ist es auch nicht.«

»Kannst du nicht mit Brad reden? Ihm sagen, wie du dich fühlst?«

»Genau das ist das Problem. Wenn ich mit ihm rede, macht

er sich vielleicht Hoffnungen. Wenn ich dann diese Hoffnungen zerstöre, fängt er eventuell wieder an zu trinken. So oder so, ich kann nur verlieren.«

»Das tut mir leid, Susan.«

»Dieser Scheißkerl.«

Wir schwiegen, bis wir den Fuß des Hügels erreicht hatten und anfingen, zu einem weiteren Aussichtspunkt über den Ohio River hinaufzusteigen. Trotz allem, was passiert war, gefiel mir das Viertel noch. Die bunten Häuser, der Ausblick auf den Fluss, die unterschiedlichen Stimmungen. Ein Jogger überholte uns schwer atmend, machte das Gleiche wie wir, nur im Laufschritt. Bergtraining. Hatte ich früher auch gemacht. Es war unangenehm gewesen, aber wenn ich den ganzen Weg zum *bösen Gipfel* hinauflaufen konnte, wie Leah und ich ihn nannten, ohne mich übergeben zu müssen, fühlte ich mich unendlich stark.

»Wie lang willst du ihn mit Samthandschuhen anfassen?«, fragte ich schließlich.

»Ich habe auf einer der AA-Seiten im Internet nachgesehen. Ich glaube, er muss ein Jahr trocken sein.«

»Was heißt das für dich?«

»Dass ich den Kontakt zu ihm auf ein Minimum begrenze, ihm aber nicht sagen darf, dass es keine Hoffnung für uns gibt. Ich kann ihm nicht die Wahrheit sagen.«

»Ist das so?«

»Ich glaube schon.«

»Das tut mir leid.«

»Ach, es geht schon. Irgendwie habe ich's akzeptiert.«

»Vielleicht ist ja falsch, was auf der Webseite steht? Im Internet steht alles Mögliche.«

»Du hast ja recht ... Und bei dir? Irgendwas im Internet?«

Wegen all der Ereignisse war Heather in den Hintergrund gerückt, wo sie hoffentlich auch blieb. »Ich trau mich kaum, es zu sagen, aber an der Heather-Front scheint alles ruhig.«

»Das ist doch gut. Hast du gesehen, dass Ashley mit ihrem Foto einen Preis gewonnen hat? Mit dem aus dem *Bow Tie,* weswegen du ihr nachgerannt bist?«

»Wo hast du das gesehen?«

»Ich glaube, auf Facebook.«

»Sind wir ... darauf zu sehen?«

»Nicht erkennbar. Es ist alles verschwommen ... Ich war ziemlich beeindruckt.«

»Du musst mich für verrückt gehalten haben, als ich einfach so losstürmte.«

»Nach allem, was passiert ist, war das eine nachvollziehbare Reaktion.«

Ich nickte, sagte dann aber nichts mehr, sondern ging im Kopf alles durch, was seit meiner Ankunft in Ohio passiert war. Dass die Videoaufzeichnungen nichts ergeben hatten. Dass die Polizei mich nicht ernst nahm. Dass keiner der Vorfälle etwas Konkretes bewies.

War es möglich, dass alles ganz harmlos war?

War es möglich, dass ich mir alles nur eingebildet hatte?

Dass etwas nicht mit Heather stimmte, merkte ich in dem Sommer, in dem wir beide in New York arbeiteten.

Meiner Meinung nach ist das Sommerpraktikum der Hauptgrund für ein Jurastudium. Die Jobs sind gut bezahlt, und man muss nichts anderes tun, als die Seniorpartner einer Kanzlei zu teuren Geschäftsessen zu begleiten und danach aufzupassen, dass man wegen der vielen Kohlehydrate im Blut nicht am Schreibtisch einschläft.

Ich bekam in meinem zweiten Studienjahr einen Job bei Kerr, Byrne & Grant. Es war ein Pakt mit dem Teufel, das wusste ich. Ein gut bezahlter und fauler Sommer im Tausch gegen sieben brutale Jahre als Assistent, sobald ich mein Examen hätte. Doch ich hatte die Noten und brauchte das Geld und überhaupt: New York!

Es war Kathryns Idee gewesen. Booth und Kevin waren dabei, weil sie alles machten, was Kathryn entschied. Kathryn und ich teilten uns im Village eine Wohnung, nur ein paar Blocks von ihnen entfernt. Die Jungs arbeiteten bei einer anderen Kanzlei, aber wir hatten genug Freizeit, um uns mit den Türstehern im *Fiddlesticks* anzufreunden, einer irischen Bar in der Nachbarschaft.

Heather war in jenem Sommer ebenfalls in New York. Zwar wohnte sie nicht in unserem Apartment, aber in der Nähe. Sie arbeitete in derselben Kanzlei wie Kathryn und ich. Anscheinend war sie die einzige Studentin, die das Take-it-easy-Memo nicht gekriegt hatte, denn sie brütete ständig über irgendwelchen Unterlagen. Sie nahm ab und bekam Ringe unter den Augen. Versuchte ich sie von ihrem Schreibtisch loszueisen, sah sie mich nur müde an und erklärte, ihre Arbeit sei zu wichtig, um sie zu unterbrechen.

Ich fühlte mich in diesem Sommer ganz anders, joggte jeden Morgen am East River, ging auf Partys und trug Klamotten, die ich mir nicht leisten konnte, weil Kathryn behauptete, was ihres sei, sei auch meines. Ich hatte das Gefühl, die Zeit liefe rückwärts und die Jahre fielen von mir ab.

Wieso hatte ich mich mit vierundzwanzig überhaupt so alt gefühlt? Das konnte ich mir gar nicht mehr vorstellen. Bloß weil ich so darauf versessen gewesen war voranzukommen, irgendwohin, nur nicht dorthin, woher ich stammte, war ich nirgendwo lange genug geblieben, um einfach nur zu sein.

Doch in jenem Sommer mit Kathryn und den anderen gelang es mir, einfach das Leben zu genießen. Zwar war ich mit Booth zusammen und sie mit Kevin, aber eigentlich bildeten wir vier eine Einheit.

Zumindest glaubte ich das die meiste Zeit.

Hin und wieder, wenn Kathryn an meinem Schreibtisch vorbeikam und wir über irgendeinen Insiderwitz vom Abend zuvor lachten, ertappte ich Heather dabei, wie sie uns verstohlen und mit einem leisen Lächeln auf den Lippen beobachtete. Ihr Blick gab mir das Gefühl, klein und nichtswürdig zu sein, so als lächelte sie über einen Witz auf meine Kosten und wartete nur darauf, dass ich es merkte. Dann sagte ich mir, das würde ich mir nur einbilden, und tat wieder so, als würde ich arbeiten.

Eines Tages Mitte August ging Heather an mir vorbei zur Toilette und ließ etwas fallen. Es war ein Zettel. Ich wollte ihr schon nachrufen, da sah ich, dass mein Name darauf stand.

Ich hob ihn auf und drehte ihn um.

Du wirst nie eine von ihnen sein, las ich, und die Erkenntnis durchdrang jede Faser meines Körpers.

Das war die erste von unzähligen Botschaften, die ich bekam.

Mittlerweile war es Juni geworden. An einem Samstag stand ich vor dem Eingang des Joseph-Beth-Buchladens und schwitzte Blut und Wasser. Im Schaufenster hingen zwei riesige Poster meines Buchs, dazwischen ein Foto von mir, was mir wie immer das Gefühl vermittelte, ich wäre eine Hochstaplerin. Würden nur meinetwegen tatsächlich ein paar Leute auftauchen? Zugegeben, ich konnte sehen, dass sich im Laden so etwas wie eine Schlange bildete.

Wie war ich bloß hier gelandet?

Alles in mir hatte sich gegen diese Signierstunde gesperrt, aber meine Verlegerin hatte darauf bestanden. In ein paar Monaten sollte der Film in die Kinos kommen, und es wäre gut, den Verkauf ein bisschen anzukurbeln.

Ich fragte mich, ob sie je bei einer Signierstunde gewesen war. Selbst wenn es gut liefe, würde ich höchstens ein paar Hundert Bücher verkaufen. Das konnte die Zuschauerzahlen auf keinen Fall beeinflussen. Doch sie hatte mich gedrängt, meine Agentin mit ins Boot geholt, und am Ende war es leichter gewesen zuzustimmen als abzulehnen. Außerdem fing ich langsam an zu glauben, dass Heather mich tatsächlich vergessen hatte. Sogar die gruseligen Anrufe hatten nachgelassen und schließlich ganz aufgehört.

Früher liebte ich Buchläden. Dorthin ging ich an den wenigen Nachmittagen, wenn ich für ein paar Stunden einen Babysitter für die Zwillinge hatte. Statt wichtige Besorgungen zu erledigen, die die Kosten für den Babysitter gerechtfertigt hätten, steuerte ich den großen Ledersessel in der Belletristikabteilung an und studierte ein, zwei Stündchen in aller Ruhe die Neuerscheinungen.

Heute schäme ich mich, dass ich ganze Bücher gelesen habe, ohne dafür zu bezahlen. Damals kam mir nie in den Sinn, dass ich mir etwas erschlich. Mich interessierte nur, meinem normalen Dasein zu entkommen.

Diese gestohlenen Nachmittage waren der Auslöser dafür, dass ich anfing zu schreiben. Ich war zufällig auf das Buch einer anderen Absolventin meiner Universität gestoßen, einer Frau namens Moira aus meinem Jahrgang, die ich allerdings nicht besonders gut gekannt hatte. Ihr Buch lag auf dem Ramschtisch! Es hatte ein schrilles Cover mit bluttriefendem Titel und hieß *Mens rea* – Unrechtsbewusstsein.

Kaum sah ich Moiras Namen, wusste ich, das Buch handelte von Kathryn. Mein Puls beschleunigte sich, während ich es vom Tisch nahm und zu meinem Sessel trug. Es war in jenem umnebelten ersten Jahr nach der Geburt der Zwillinge erschienen, wo nur die Polizei mit einem Haftbefehl vor meiner Tür mich aus meiner Privatblase gerissen hätte.

Als ich das Buch überflog, sah ich, dass nichts Neues darin stand. Nur die altbekannten Theorien und Spekulationen über Kathryns Tod und den Täter, wenn es denn einen gab. Die *Verdächtigen* umfassten mich und zwanzig andere Partygäste, die sie gekannt hatten, sie wurden einzeln vorgenommen, geprüft und verworfen. Sie hatte sogar sich selbst in Betracht gezogen, denn sie und Kathryn lagen miteinander im Streit. Moira hatte auf einer Party Kevin geküsst und behauptet, sie hätte nichts von seiner Beziehung zu Kathryn gewusst. Außerdem war Moira an jenem Abend dabei gewesen.

Letztlich kam sie zu dem Schluss, dass es ein tragischer Unfall gewesen war. Kathryn hatte zu viel getrunken. Keiner hätte vermutet, dass sie nie mehr aus ihrem Nickerchen aufwachen würde, während die Party um sie herum weiterging. Die Vorstellung, jemand hätte ihr ein Kissen aufs Gesicht gedrückt, war einfach zu absurd. Auch wenn sie wie ein Rockstar gestorben war, gab es keinen Grund, an eine Verschwörung zu glauben.

Das Buch war schlecht geschrieben, grenzte an Verleumdung, und der Titel ergab keinen Sinn. Selbst bei fehlendem Unrechtsbewusstsein konnte es einen strafbaren Akt gegeben haben. In ihrem Buch existierte keines von beidem.

Eins blieb jedoch in meinem Kopf hängen: *Mens rea* – Unrechtsbewusstsein. Darüber hatten Kathryn, Booth, Kevin und ich Dutzende Male beim Bier im *McKibbin's* oder beim Wein in einem unserer Apartments diskutiert. An welchem Punkt wurde das Nachdenken über etwas oder gar das Planen von etwas strafbar? Wann wurde der Schalter umgelegt? In welchem Moment genau? Am Anfang des Plans? Am Ende? Und wie?

Aus diesen Diskussionen entstand das *Mörderspiel*. Das war der Name für unsere alkoholgeschwängerten Gespräche, aus denen sich lange Planungssitzungen für den perfekten Mord entwickelten.

»Ms. Apple?«

Vor mir stand eine Buchhändlerin in einem grünen Kittel und sah mich fragend an. Ich wusste, ich sah nicht aus wie auf dem Foto. Das war teilweise beabsichtigt, weil ich meist keine Zeit hatte, mich so sorgfältig zurecht zu machen.

»Ja, stimmt.«

»Ach, das hatte ich mir gedacht. Wie aufregend!« Sie fasste mich am Ellbogen und führte mich in den Laden. »Schauen Sie, es sind ganz viele Besucher da.«

Sie zeigte auf die Schlange, die ich bereits gesehen hatte. Vor einem Pult standen mehrere Reihen leerer Stühle. Da ich nicht wusste, warum man sich anstellen musste, um sich hinzusetzen, fragte ich nach.

»Reine Psychologie! Verstehen Sie? Eine Schlange lässt alles wichtiger aussehen.«

»Aha«, sagte ich. »Soll ich dann zum Pult gehen?«

»Das wäre fantastisch. Also werden Sie zuerst etwas vorlesen? Und dann Fragen beantworten? Und dann die Bücher signieren?«

Ich fühlte mich bereits jetzt ausgelaugt.

»Klingt großartig.«

»Das Buch muss zuerst gekauft werden. Sehen Sie, alle haben ein Exemplar in der Hand.«

Das stimmte. Etwa hundert Frauen und nur ein paar Männer drückten sich ein Buch an die Brust. Ich war froh, nur wenige Männer zu sehen, denn die waren, abgesehen von Heather, die merkwürdigeren Fans. Ganz kurz dachte ich sehnsüchtig an den Anfang zurück. Wie ich die mickrigen Besuchergrüppchen fotografiert hatte, die ihr Buch in die Höhe hielten, und es dann ins Netz stellte. *Ich bin in Seattle! Ottawa! Frankfurt!*

Auf meinem Computer war die Taste mit dem Ausrufezeichen abgenutzt und verblasst.

Genauso fühlte ich mich jetzt auch.

Die muntere Buchhändlerin stellte mich vor, während ich unbehaglich auf meinem Stuhl hin und her rutschte und versuchte so zu tun, als spräche sie über jemand anderen. Dann setzte ich ein Lächeln auf und begann vorzulesen.

Es ist schwer, den Zeitpunkt zu bestimmen, an dem das eigene Leben außer Kontrolle gerät ...

Vor sechs Monaten war ich eine erfolgreiche Staatsanwältin in Montreal. Heute lebe ich praktisch auf der Flucht und verstecke mich in einem Strandort am anderen Ende der Welt.

Glücklich war ich vorher nicht gerade. Meinen Job fand ich stressig. Ich schlief schlecht. Ich war zu mager. Ich stieß alle weg, die mir zu nahe kamen.

Aber zumindest hatte ich ein Leben.

Jetzt befinde ich mich in einem Vakuum. Ich schlafe zwar, wache aber zu früh auf. Ich esse nur aus Gewohnheit. Ich jogge im Morgengrauen am Strand entlang, ohne Blick für die Schönheit um mich herum.

Ich muss zurück. Zurück in mein Leben. Und zum Anfang. Nur so kann ich erfahren, kann ich begreifen, wie ich hier gelandet bin.

Was wir getan haben. Warum wir es taten.

Doch vor allem muss ich eins wissen. Waren wir unschuldig?

Oder schuldig?

Sagen Sie es mir ...

◆ ◆ ◆

»Ihr Buch hat mir unheimlich gut gefallen«, sagte eine Frau und reichte mir ihr Exemplar.

»Ach! Vielen Dank!« Da waren sie wieder, die Ausrufezeichen. »Welchen Namen soll ich schreiben?«

Eine Stunde lang fragte und signierte ich. Der ganze Laden war begeistert, sagte die Buchhändlerin, begeistert. Ich erwiderte, dass ich unabhängige Buchläden immer wichtig gefunden hätte. Dass sie meine Rettung gewesen wären, weil sie als Erste mein Buch gefördert und damit den Erfolg ausgelöst hätten.

»Ah, da kommt noch jemand«, bemerkte sie.

Vor mir stand Hanna. Sie trug ein blaues Top, das ihre Schulterblätter betonte, und eine perfekt sitzende Jeans. Ihre blonden Haare wirkten weich und lässig, aber ihr Gesicht sprach eine andere Sprache.

Mit steifen Armen schob ich meinen Stuhl zurück.

»Keine Angst«, sagte Hanna. »Ich komme in Frieden.«

»Aha.«

»Würdest du das für mich signieren?«

Sie hielt mir das Buch hin. Es sah aus, als wäre es schon gelesen worden. Sogar mehrmals.

Ich nahm es und schlug es auf. In einer Ecke stand ordentlich Johns Name und daneben ein Datum. Vor zwei Jahren.

Ich blickte zu Hanna hoch.

»John ist ein Fan von dir, wusstest du das nicht?«

»Ich wusste, dass er es gelesen hat.«

Eine diplomatischere Antwort fiel mir nicht ein.

»Tja, er ist ein großer Fan.«

»Soll ich es für dich signieren?«

»Vielleicht für uns beide?«

Wollte sie mir damit etwas sagen? Möglich.

Ich zog die Kappe von meinem Stift und schrieb: *Für Hannah und John.*

»Hanna wird ohne h geschrieben.«

»Ach je. Tut mir leid. Normalerweise frage ich immer! Ich hab deinen Namen noch nie geschrieben gesehen.«

Das stimmte nicht. Er hatte auf dem Schreiben gestanden, das sie mir bei ihrer Blockparty gegeben hatte.

Unsere Mandanten John und Hanna Dunbar haben uns beauftragt, sie in einem möglichen Rechtsfall gegen Sie zu vertreten ...

Es war von jemandem aus ihrer Kanzlei unterschrieben, aber dadurch wirkte es nicht weniger real oder bedrohlich.

»Du kannst das H durchstreichen«, sagte sie.

»Ich möchte es nicht ruinieren. Ich gebe dir ein neues Exemplar ...«

»Nein, es geht schon.« Sie nahm mir das Buch und den Stift aus der Hand und strich das H durch. »Siehst du. So ist es gut.«

Sie legte das Buch auf den Tisch zurück. Ich zog es zu mir her und überlegte, was ich schreiben sollte.

Danke für den freundlichen Empfang! Schön, Sie kennengelernt zu haben! Danke, dass Sie gekommen sind, das bedeutet mir viel!

Die üblichen Floskeln kamen mir unmöglich vor, deshalb schrieb ich: *Ich hoffe, ihr habt (hattet) viel Spaß damit,* und setzte meinen Namen darunter.

Dann gab ich es ihr zurück.

»Du kannst bestimmt die Frage nicht mehr hören, ob du Meredith bist.«

Meredith. Die Erzählerin des *Mörderspiels.* Die Figur, die ich rückblickend ganz anders hätte gestalten sollen. Hätte das was geändert? Heute war mir jeden Tag beim Schreiben bewusst, dass alles, was auch nur entfernt meinem Leben ähnelte, nicht mehr als Produkt meiner Fantasie betrachtet werden würde.

»Merkt man mir das an?«, fragte ich.

Auch heute war diese Frage aufgetaucht, und ich hatte meine Standardantwort gegeben: *Wenn ich einen Mord planen würde, käme ich nicht damit durch.*

Normalerweise ernte ich dafür einen Lacher. So auch heute.

»Nein, kaum. Also ... Aus deinem Studienjahrgang ist jemand gestorben?«

»Kathryn. Sie hatte sich bei einer Uniparty ziemlich betrunken und legte sich ein bisschen hin. Als wir sie Stunden später wecken wollten, war sie tot.«

»Wie schrecklich.«

»Ja, war es.«

»Eine gute Freundin?«

»Ziemlich. Ich habe sie an der Uni kennengelernt. Du weißt ja, wie das ist. Heute habe ich kaum Kontakt zu Freunden aus dieser Zeit. Aber damals standen wir uns sehr nahe.«

»Ja, das kenne ich. Sie wurde nicht ermordet?«

Unter dem Tisch ballte ich die Fäuste. »Laut Autopsie hat sie aufgehört zu atmen. Es lagen viele Kissen auf dem Bett, und sie hatte ziemlich viel getrunken …«

»Es heißt, man schreibt nur über das, was man kennt«, bemerkte Hanna.

»Ja, so heißt es.«

»Bist du anderer Meinung?«

»Ich glaube, die Leute verwechseln das damit, dass man nur über sich selbst schreibt. Ich habe eine eigene Erfahrung benutzt, um die Gefühle in einer erfundenen Situation realistisch zu beschreiben.«

»Es las sich ziemlich echt.«

»Danke.«

Wenn sie meinte, ich würde ihr mehr erzählen, hatte sie sich getäuscht. Das hatten bereits ganz andere versucht, und ich war auf der Hut. Benahm sie sich vor Gericht auch so durchschaubar?

»Wieso bist du vorbeigekommen?«, fragte ich.

»Ehrlich gesagt, weiß ich das nicht genau. Ich las in der Zeitung davon, schnappte mir das Buch und kam einfach her.«

»Ich habe noch nicht auf das Schreiben reagiert. Das deiner Anwälte.«

»Ich weiß. Warum nicht?«

Das Gespräch kam mir komisch vor. Ich saß hinter dem Tisch, und sie presste mein Buch an die Brust, als wollte es ihr jemand entreißen.

Spontan sagte ich:»Wie wär's, wenn ihr einfach mal zum Essen zu uns kämt? Sagen wir nächsten Freitag? Dann könnten wir vielleicht alles besprechen und eine Lösung finden.«

»Ich ...«

»Oder wir zwei gehen was zusammen trinken? Was dir lieber ist.«

»Nein, Essen ist gut.«

»Großartig!«, sagte ich und benutzte ein letztes Mal das Ausrufezeichen.»Um sieben?«

DAS ABENDESSEN

John

Vier Monate zuvor

Als Hanna mir erzählte, wir würden zu einem Abendessen bei Daniel und Julie gehen, dachte ich zuerst, sie machte Witze. Obwohl ihr das gar nicht ähnlich sah. Aber nein, es stimmte tatsächlich. Aus irgendeinem Grund war sie zu Julies Signierstunde gegangen. Die Widmung im Buch war der Beweis.

»Das verstehe ich nicht«, sagte ich, als wir unsere Samstagsliste mit Haushaltspflichten abarbeiteten. Wäsche waschen. Betten beziehen. Arbeitskleidung für die nächste Woche vorbereiten. Ich hatte ein paar Besprechungen wegen neuer Aufträge. Da konnte ich kaum in der alten Jogginghose auftauchen, in der ich zu Hause meist herumlief. Jetzt legte ich Hemden auf den Berg Bügelwäsche. »Du hast gesagt, du wolltest Lebensmittel einkaufen.«

»Das habe ich auch gemacht. Danach bin ich in den Buchladen gegangen.«

»Wusstest du, dass sie da sein würde?«

»Ja. Sonst hätte ich dein Buch nicht mitgenommen.«

»Also hast du mein Buch als Vorwand benutzt, um mit ihr zu reden?«

»Ja, genau.«

»Wieso?«

»Einfach so.«

»Das verstehe ich nicht, Hanna. Ich verstehe dich nicht.«
Sie hatte die Laken vom Bett gezogen und warf sie in den
Wäschekorb. Dann holte sie frische Bettwäsche aus dem
Schrank.

»Hilfst du mir?«

Ich nahm das andere Ende des Spannbettlakens und ging
zu meiner Seite des Betts, wo ich das Laken um eine Ecke
schnappen ließ.

»Ich hab über alles nachgedacht. Als ich heute Morgen
aufwachte, fragte ich mich: Was ist, wenn du die Situation
falsch gedeutet hast? Wenn es für alles eine Erklärung gibt?
Und ich dachte ... wenn ich sie sähe, könnte ich das vielleicht
herausfinden.«

»Und, hast du?«

»Ich hörte mir an, was sie über ihre ursprüngliche Idee zu
dem Buch erzählte. Wusstest du davon?«

»Nein«, sagte ich. »Eigentlich nicht.«

»Eine Frau aus ihrem Studiengang starb auf diese schreckliche Weise, und darüber schrieb sie dann das Buch.«

»Hat sie das gesagt? Der Plot des Buchs ist doch ganz
anders.«

»Sie hat nicht eins zu eins darüber geschrieben. Der Vorfall hat ihr die Idee dazu gegeben.«

»Ist was dagegen einzuwenden?«
Sie warf mir das obere Laken zu. Ich breitete es aus und
steckte es unter der Matratze fest, wie meine Mutter es mir
beigebracht hatte.

»Vermutlich nicht. Aber es kommt mir parasitär vor.«

Ich unterdrückte den Impuls, Julie in Schutz zu nehmen. »Wie seid ihr von da zu einer Einladung zum Essen gekommen?«

»Während der Lesung tat sie mir irgendwie leid. Sie war sehr routiniert und gut, wirkte aber ... verletzlich. Und sie hat Talent.«

»Allerdings.«

Hanna stopfte ein Kissen in die Hülle und warf es ans Kopfende.

»Man steht bestimmt enorm unter Druck, wenn man nach so einem erfolgreichen Buch ein zweites schreibt.«

»Geht es dir so, wenn du einen großen Fall gewonnen hast?«

»Darüber habe ich nie nachgedacht«, sagte Hanna. »Ich glaube schon. Eigentlich stehe ich bei jedem Fall unter Druck, das weißt du.«

»Du hast mir mal gesagt, das läge daran, dass es dir wirklich wichtig sei.«

»Das stimmt auch.«

»Vielleicht ist das bei ihr genauso? Stell dir vor, du würdest all deine Zeit für diese eine Geschichte aufwenden. Dann wird sie veröffentlicht, und die Leute schreiben grässliche Dinge über dich. Und du hast einen Stalker.«

»Ja, genau das dachte ich auch. Unter anderem deshalb tat sie mir ja leid. Dazu der ganze Ärger zwischen uns ... Jedenfalls habe ich für Freitag zugesagt.«

Ich beobachtete sie und versuchte zu ergründen, was sie wirklich dachte. »Weil sie dir leidtat?«

»Weil sie mich gefragt hat. Weil es besser ist, sich außergerichtlich zu einigen. Du bist doch dabei?«

»Wenn du gehst, gehe ich auch.«

Sie war mit den Kissen fertig. Wir zogen gemeinsam die Decke glatt. Ich dachte daran, wie kühl sich die Laken auf meiner Haut anfühlen würden, wenn wir abends ins Bett gingen. Ein Gefühl, das die Nacht nicht überleben würde. Am Freitag, wenn wir zum Essen hinübergingen, würden die Laken vollkommen verknittert sein.

Aber in diesem Augenblick sah das Bett frisch und einladend aus.

Wenn sich das Leben mit ein bisschen Zupfen und Glattstreichen nur auch so anfühlen könnte.

Am Freitag standen wir im Flur von Julies und Daniels Haus und zogen uns die Regenmäntel aus, die wir trotz des kurzen Wegs übergeworfen hatten, weil ein heftiger Schauer die Luft abkühlte. Ich wusste nicht, ob Hanna seit Julies und Daniels Einzug jemals in diesem Haus gewesen war. Jedenfalls tat sie so, als wäre ihr alles neu. Sie nahm die Umgebung in sich auf und schwenkte den Blick hin und her wie die Kameras, die sie so auf die Palme brachten.

Was sah sie? Kühle Farben an den Wänden. Familienfotos. Ein Sammelsurium aus Spielzeug und kleinen Schuhen, das früher auch bei uns auf dem Boden verteilt gewesen war.

Daniel hieß uns herzlich willkommen und winkte uns, ihm zu folgen. Wir nahmen im Wohnzimmer Platz. Dort standen zwei dunkelbraune Ledersofas einander gegenüber, ein blaugrauer Perserteppich zierte den Boden. Der Kaminsims war mit weiteren Fotos in unterschiedlichen Rahmen vollgestellt. Daniel bot uns einen Drink an, den er von einem altmodischen Servierwagen am Vorderfenster holte. Mir kam kurz der Gedanke, dass es vielleicht besser wäre, an diesem Abend nichts zu trinken, aber Hanna hatte um Weißwein gebeten, und das Bier, das Daniel mir anbot, sah gut aus.

Es schmeckte auch gut. Kalt und frisch nach einem langen Tag vor dem Computer.

»Wo sind die Kinder?«, erkundigte sich Hanna, als Daniel uns gegenüber Platz nahm.

»Ist dir aufgefallen, wie still es ist?«, erwiderte er.

Hanna lächelte. »Allerdings.«

»Sie schlafen heute woanders. Bei den Hendersons. Ziemlich mutig von denen. Acht Sechsjährige.« Er schüttelte sich. »Kennt ihr die? Ein nettes Pärchen.«

»Ihre Älteste ist in Beckys Klasse.«

»Schön, schön.«

Er zupfte am Etikett seiner Bierflasche. Seine Hände waren rau. Wund. Genau wie in Mexiko. Ich machte ein Witzchen über die Wahnsinnstaxifahrt auf dem Rückweg von der Bar. Das brach das Eis. Wir unterhielten uns darüber, welches unser Lieblingsrestaurant im Resort gewesen war und ob wir ein zweites Mal dorthin fahren würden.

Dann fragte Hanna nach Julie. Sie war in der Küche und kümmerte sich um das Essen. Aus irgendeinem Grund überraschte mich das. Obwohl ich aus einem der Gesprächsthemen beim Joggen wusste, dass sie und Daniel abwechselnd kochten, wirkte sie gar nicht wie eine Hausfrau. Hätte ich das laut ausgesprochen, würde Hanna mir das um die Ohren hauen.

»Was auch immer das wird, es riecht jedenfalls köstlich«, sagte Hanna.

»Neun-Minuten-Pasta«, erklärte Julie, die gerade ins Wohnzimmer kam. Sie hielt ein Glas Rotwein in der Hand und trug eine cremefarbene Hose und eine Schürze, die meinen früheren Eindruck Lügen strafte. So wirkte sie ganz und gar wie eine Hausfrau. Und unbefangen. Als fühlte sie sich wirklich zu Hause. So hatte ich sie noch nie gesehen.

»Ah«, sagte Hanna. »Davon habe ich gelesen. Man schmeißt alles in einen Topf, nicht wahr? Wasser, Pasta und alles andere.«

»Genau. Klingt vollkommen irre, schmeckt aber fantastisch.«

»Es hat unser ganzes Leben verändert«, bemerkte Daniel.

»Hör auf, dich über mich lustig zu machen«, sagte Julie und schlug ihm leicht auf den Arm. »Einmal wurde es eine einzige Pampe, weil er vergessen hatte, die Uhr zu stellen. Das lag nicht am Rezept.«

»Man kann auch anderes so kochen, oder nicht?«, fragte Hanna. »Alles Mögliche mit Pasta, auch Suppen.«

»Ja, genau. Da unsere Kinder Nudeln lieben, finde ich es einfach großartig. Denn normalerweise rennen sie ständig kreischend in der Gegend herum ...« Sie verstummte und sah sich um, als wäre ihr erst gerade aufgefallen, dass die Kinder nicht da waren. »Sollen wir mal bei den Hendersons anrufen und nachfragen, wie es so läuft?«, fragte sie Daniel.

»Auf gar keinen Fall. Die haben unsere Nummer.«

»Die beiden können ziemlich anstrengend ...«

»Du hast dir auch solche Sorgen gemacht, als Chris das erste Mal woanders schlief. Weißt du noch, Schatz?«, sagte ich und tätschelte Hanna liebevoll das Knie.

»Ja, aber wenn ich mich recht erinnere, bist du rübergefahren, um nachzuschauen, ob alles in Ordnung ist.«

»Echt?«

»Kann ich dir nicht verdenken, Mann«, sagte Daniel. »Ich glaube, für uns ist es sogar schlimmer, weil wir die ganze Zeit lässig sein sollen, in Wirklichkeit aber alles unter Kontrolle haben wollen«, bemerkte Daniel. »Kann ich dir noch ein Bier bringen?«

Ich blickte auf meine Flasche. War die tatsächlich leer?

»Ja, das wäre nett.«

Er ging mit meiner Flasche in die Küche.

»Noch vier Minuten«, rief er.

Julie nippte an ihrem Wein. »Schmeckt er dir nicht?«, fragte sie Hanna, die kaum etwas von ihrem getrunken hatte.

»Wenn nicht, hätten wir auch noch anderen.«

»Nein, er ist gut, danke.«

Darauf trat Schweigen ein. Ich suchte angestrengt nach einem Gesprächsthema, fand aber kein harmloses.

»Wie läuft es mit dem neuen Buch?«, erkundigte sich Hanna. »Hast du eine Deadline?«

Daniel kam mit zwei Bierflaschen zwischen den Fingern zurück.

»Noch zwei Minuten.«

»Ja, in ein paar Monaten. Ich habe etwa sechzigtausend Wörter geschrieben.«

»Hört sich ziemlich viel an.«

»Reicht aber leider nicht.«

»Worum geht es denn, darfst du das sagen? Wieder um einen Mord?«

»So was in der Art.«

»Julie spricht nicht gern übers Schreiben«, bemerkte Daniel. »Dass *Das Mörderspiel* fertig war, habe ich erst erfahren, als sie eine Agentin gefunden hatte.«

»Ehrlich?«, fragte Hanna. »Hattest du keinen Verdacht? Schließlich hat sie bestimmt viel Zeit am Computer verbracht.«

Ein Piepen ertönte.

»Das sind die Nudeln«, sagte Julie und leerte ihr Glas.

»Geht ihr bitte zu Tisch, ich serviere.«

Wir gehorchten und nahmen unsere Getränke mit ins Esszimmer. Hannas Glas war plötzlich leer. Ihre Augen glitzerten kalt. Diesen Blick bekam sie manchmal, wenn sie etwas trank.

»Sie hat in Cafés geschrieben«, erklärte Daniel. »Wir hatten für die Nachmittage einen Babysitter besorgt, damit Julie ab und zu eine Pause machen konnte.«

Wir nahmen an dem dunklen Holztisch Platz, den vier Stühle mit weißen Wildlederbezügen umstanden. Ein gläserner Kronleuchter und ein paar Kerzen auf dem Tisch erhellten das Zimmer.

»Wie alt waren die Zwillinge damals?«, fragte ich.

»Zwei, zweieinhalb. Julie hatte zwei ganze Jahre mit ihnen allein im Haus überlebt. Genug, um jeden in den Wahnsinn zu treiben.« Das Schuldbewusstsein zeigte sich in seiner Miene. »Nicht, dass Julie es nicht geliebt hätte, bei den Kindern zu bleiben ...«

»Mach dir keine Gedanken«, sagte Hanna. »Wenn ich länger zu Hause geblieben wäre, hätte ich schwere Beruhigungsmittel kriegen müssen.«

»Die bekam ich auch«, sagte Julie, die mit einer großen Schüssel voll dampfender Pasta hereinkam. »Und kann es nur empfehlen.«

Ich lachte. Etwas Besseres fiel mir nicht ein.

»Das war kein Witz«, sagte Julie und nahm am Kopf des Tischs Platz. »Gebt mir bitte eure Teller.«

Wir gehorchten, während Daniel frische Gläser mit Rotwein füllte. Großzügig.

»Ich hatte den Babyblues«, sagte Hanna. »Nach Beckys Geburt.«

Das war mir neu.

»Bei mir war es ein bisschen schlimmer«, erwiderte Julie. »Aber es ist okay. Ich schäme mich nicht. Außerdem, wer weiß, wozu bestimmte Erfahrungen gut sind? Hätte ich keine Depressionen gehabt, hätte ich vielleicht nie *Das Buch* geschrieben.«

»Das ist Julies Name dafür«, sagte ich und bedauerte es sofort. »Ich meine ...«

»Eine dumme Angewohnheit von mir«, erklärte Julie, während sie die Teller herumreichte. Die Pasta in einer roten Sauce mit Würstchen und frischem Basilikum roch wunderbar. »Bei mir wird alles, was in meinem Leben überdimensionale Formen annimmt, groß geschrieben. Das Buch. Die Deadline. Der Prozess.«

Fast hätte ich mich an meinem Wein verschluckt.

»Ich dachte, wir wären hier, um das Kriegsbeil zu begraben«, sagte Hanna vorsichtig.

»Stimmt«, bestätigte Daniel. »Bitte nehmt es nicht persönlich.«

»Ja, bitte«, nickte Julie. »Manchmal sage ich einfach, was ich denke. Ohne Filter. Mein größter Fehler, nicht wahr, Daniel?«

Daniel prostete ihr zu. »Das macht dich so interessant.«

»Ich habe panische Angst davor, langweilig zu sein.«

Hanna betrachtete Julie aufmerksam über ihre dampfenden Nudeln hinweg. Im Gegensatz zu Hanna mit ihrem kalten Blick wirkte Julie manisch. So hatte ich sie noch nie gesehen. Mischte sie Tabletten mit Alkohol? Oder bewirkte das Hanna?

»Ich glaube, das geht uns allen so.«

»Bitte greift zu.«

Ich wickelte ein paar Nudeln um meine Gabel und probierte sie. Sie knackten.

»Verdammt«, sagte Julie. »Die sind noch hart.«

»Nein, das geht doch«, widersprach ich. »Es ist köstlich.«

»Nein, nein.« Sie stand auf und griff nach ihrem Teller und der Schüssel. »Das ist mir unendlich peinlich. Ich stelle es noch mal für ein paar Minuten auf den Herd.«

»Das ist doch nicht ...«

»Ich helfe dir«, sagte Hanna und stand auf, als Julie an ihrem Stuhl vorbeiging. Ihre Schulter stieß gegen den Teller, der scheppernd zu Boden fiel. Julie glitt die Schüssel aus den Händen, und der gesamte Inhalt ergoss sich über Hannas Schulter und die Vorderseite ihres Pullis. Ihres Lieblingspullis, den sie von den Kindern zu Weihnachten bekommen hatte.

Sie schrie vor Schmerz auf.

»O mein Gott. Das tut mir ja so leid! Hab ich dich verbrannt?«

Ich stürzte zu Hanna. Sie zog sich den Pulli über den Kopf.

»Es ist kochend heiß.«

Ich half ihr. Auf ihrer Schulter war ein knallroter Fleck, der sich immer weiter ausbreitete. Ihr BH war mit roter Sauce durchtränkt.

»Komm mit mir hoch«, sagte Julie. »Du solltest kalt duschen. Schnell.«

Sie zog Hanna aus dem Zimmer.

»Das sieht übel aus«, sagte Daniel. »Sehr schlimm. Vielleicht sollten wir den Notarzt rufen?«

»Warten wir erst ab, ob das kalte Wasser hilft. Ich glaube,

die Verbrennung war nicht so schlimm. Zumindest hoffe ich das. Sollte ich ihnen vielleicht nachgehen?«

Er legte mir die Hand auf die Schulter. »Sie ruft dich sicher, wenn sie dich braucht.«

»Ja. Verdammt. Das hatte ich mir ganz anders vorgestellt.«

»In letzter Zeit trifft das auf so einiges zu.«

»Das kannst du laut sagen.«

»Wir sollten das wegmachen, bevor es den Teppich ruiniert.«

Ich blickte nach unten. Der Teppich war farblich ganz ähnlich wie der im Wohnzimmer, nur eine Spur dunkler. Die rote Sauce breitete sich in einem immer größer werdenden Kreis aus. Auch Hannas Stuhl war damit bedeckt.

»Ist wahrscheinlich bereits zu spät«, sagte ich.

Daniel ging in die Küche und kam mit einem Mülleimer, ein paar Handtüchern und einem Eimer Seifenlauge zurück.

Wir gingen beide auf alle viere. Er hob den zerbrochenen Teller und die Schüssel mit einem Handtuch auf und steckte sie in den Mülleimer. Ich tauchte ein Handtuch in das Seifenwasser und fing an, den Teppich abzutupfen.

»Ich glaube, da muss ein Experte ran«, sagte ich.

»Das hatte ich befürchtet. Der Teppich war ein Hochzeitsgeschenk meiner Eltern.«

»Dann muss er unbedingt gerettet werden.«

Daniel reichte mir ein neues nasses Handtuch, und ich gab ihm mein altes, das in den Müll ging.

»Noch eine Bescherung, die beseitigt werden muss«, bemerkte er.

»Ich hab versucht, Hanna die Sache mit dem Prozess auszureden.«

»Ist schon gut. Wenn ich an eurer Stelle wäre und den

ganzen Tag Kameras auf mich gerichtet hätte, würde ich es vielleicht genauso sehen. Hanna und Julie passen anscheinend genauso wenig zueinander wie ...«

»Nudeln und dieser Teppich?«

»Genau.« Er seufzte. »Ich hab versucht, ihr die Kameras auszureden. Ich hab sogar jemanden engagiert.«

»Engagiert?«

»Einen Privatdetektiv.«

»Ach. Wieso denn?«

»Um sich alles ... anzusehen.«

Daniel bedachte mich mit einem durchdringenden Blick, als wollte er sehen, ob ich was zu sagen hätte. Dachte er vielleicht, ich würde zusammenzucken? Beichten?

»Hat er herausgefunden, wer hinter den Schikanen steckt?«

»Nein, das nicht. Aber er hat eine Theorie. Eine, die Sinn ergäbe. Er dachte, Julie hätte ...«

»Habt ihr vielleicht Sprudelwasser?«, unterbrach ich ihn.

»Was?«

»Sprudelwasser. Meine Mutter hat immer gesagt, dass von der Kohlensäure Flecken rausgehen.«

Er schüttelte den Kopf. »Nein, haben wir nicht. Hast du gehört, was ich gesagt habe?«

»Ja. Findest du wirklich, du solltest mir das sagen?« Ich gab den Teppich auf und hockte mich auf die Fersen.

»Wahrscheinlich nicht. Ich hab Julie auch nie erzählt, dass ich jemanden engagiert habe. Es sollte eine Überraschung sein. Dämlich, oder?«

Daniel wirkte verlegen.

»Ehrlich gesagt, kam mir auch kurz der Verdacht, sie könnte dahinterstecken«, gab ich zu. »Hat sie ... früher schon mal so was gemacht?«

»Ich weiß nicht ... aber Heather gab es tatsächlich. Gibt es tatsächlich.«

»Das will ich nicht bestreiten.«

»Sie ist nur so ... verloren, seit wir hier sind.«

Daniel ließ sich zurücksinken und barg sein Gesicht in den Händen. Sein Atem roch nach gärendem Bier. Als würde es sich in etwas Hochprozentiges verwandeln.

»Hat er Beweise gefunden?«, fragte ich.

»Da gibt es ein paar Dinge ... Er ermittelt noch. Wie bist du auf den Gedanken gekommen?«

»Sie erzählte mir, dass das die Theorie der Polizei sei. Da keimte wohl der Verdacht in mir auf.«

»Ist es möglich, mit jemandem zusammenzuleben und ihn nicht zu kennen? Nicht richtig?«

Ganz kurz musste ich an unseren Kuss denken.

»Ich glaube, das kommt ständig vor.«

»Was soll ich denn ...«

»Ich hab gesagt, du sollst aufhören!« Hannas Stimme. Aufgebracht. Schmerzerfüllt.

Ich schoss so schnell vom Boden hoch, dass mir schwindelig wurde. Ich stützte mich an der Wand ab und rannte zur Treppe.

»Hanna?«

Sie stand, in ein Handtuch gewickelt, am oberen Treppenabsatz und hielt ihre Kleider in der Hand.

»Halt sie bloß von mir fern!«

Sie hastete die Treppe herunter. Ihre Haare wirkten feucht, und ihre beiden Schultern waren rot, besonders die, auf die die Nudeln gefallen waren. An ihrem Schlüsselbein bildete sich eine kleine Brandblase.

»Was ist passiert?«, fragten Daniel und ich gleichzeitig.

Julie stand oben an der Treppe. Ihre Frisur hatte sich aufgelöst. Sie sah aus, als hätte sie mit jemandem gerungen.

»Vergiss es. Wir gehen!«

Hanna marschierte aus dem Haus. Ich blickte kurz zu Julie hoch, um eine Erklärung zu bekommen, drehte mich dann aber um, schnappte mir die Mäntel von der Garderobe und eilte hinter Hanna her.

Sie überquerte barfuß die Straße und platschte durch mehrere Pfützen.

»Hanna, warte doch! Sollen wir ins Krankenhaus fahren?«

Als ich sie eingeholt hatte, drückte sie auf unsere Klingel. Kurz darauf öffnete Chris die Tür.

»Mom! Was ist mit dir passiert?«

Sie ließ sich gegen Chris fallen und legte den Kopf auf seine Schulter.

»Das war sie«, sagte sie nur.

Da wusste ich, es war aus.

HEUTE

John

15.00 Uhr

Chris ist seit fast einer Stunde im Gerichtssaal. Die Zeugen für die Anhörungen im anderen Saal huschen geschäftig herein und hinaus. Ich frage Alicia, warum unser Fall so anders liegt, nur um mir ein weiteres Mal anzuhören, was ich bereits auswendig weiß.

Dass wir entschieden haben, als Zeugen auszusagen, was Angeklagte normalerweise so gut wie nie tun. Damit haben wir die Staatsanwaltschaft gezwungen, den Fall umfassender zu präsentieren. Um auf das reagieren zu können, was wir sagen werden. So werden wir gewinnen, sagt Alicia. Denn wenn die Geschworenen die ganze Geschichte hören und nicht nur die Sicht der Staatsanwaltschaft, kann es nicht zu einer Verurteilung kommen.

Während ich auf die Tür starre, um Chris sofort zu sehen, überlege ich, was ich sagen werde. Kurz nach drei geht die Tür tatsächlich auf, und Chris erscheint. Er wirkt bleich und ausgemergelt. Man sieht ihm an, dass er geweint hat. Etwas hat sich verändert. Als er den Saal betrat, war er ein Junge. Jetzt sehe ich den Mann in ihm. Den Mann, der er werden wird, ganz gleich, wie das alles endet.

Der Gerichtsdiener ruft eine fünfzehnminütige Pause aus, während Chris wie in Trance auf uns zukommt. Hanna zieht ihn an sich und führt ihn von mir weg. Ich will ihn fragen, wie es gelaufen ist. Aber er darf mir nichts sagen. Außerdem sieht man es ihm an. Die Momente, an die er sich wieder erinnern, die er wieder heraufbeschwören musste. Die Gefühle, die er seit zwei Monaten unterdrückt hat und die sich jetzt Raum verschaffen. Der Schmerz, das Entsetzen, die Trauer.

Unsere Blicke treffen sich. Er nickt einmal, ganz kurz. Unser Geheimnis ist sicher, denke ich und weiß nicht, ob ich erleichtert oder von mir selbst angewidert bin. Vielleicht beides.

Dann trifft mich das, was ich getan habe, mit aller Macht. Die Knie werden mir weich. Alicia umfasst meinen Ellbogen.

»Sie wirken blass.«

»Mir geht es nicht besonders.«

»Sollen wir kurz an die frische Luft gehen?«

»Komme ich nicht als Nächster dran?«

»Ich glaube, vor Ihnen kommt noch ein anderer Zeuge.«

»Wer denn?«

Darauf schüttelt sie nur den Kopf. Ein wenig später nicke ich und folge ihr zu den Aufzügen.

»Gehen wir ein Stück«, sagt sie, als wir draußen sind. »Ich finde, das hilft.«

Ich lasse sie vorangehen. Die Wolken haben sich verzogen. Es fühlt sich an, als würde es morgen wärmer werden. Langsam atme ich ein und aus. Stadtluft, das vertraute Gemisch von Abgasen und vielen Menschen. Ich spüre, wie ich ein Stück meiner Selbstbeherrschung wiedererlange. Die Panik lässt nach, weil ich mich von der drohenden Gefahr entfernt habe, die der Saal oben birgt.

»Haben Sie jemals als Zeugin ausgesagt?«, frage ich Alicia.

»Ja, das habe ich.«

»Bei welcher Gelegenheit?«

»Kurz nachdem ich in meiner Kanzlei anfing, wurde einer der Partner von einem Klienten erschossen. Direkt in seinem Büro.«

»Mein Gott, das ist ja schrecklich.«

»Ja. Vor allem, weil er wahrscheinlich mich treffen wollte. Wir hatten die Büros getauscht.«

»Wieso wollte er Sie treffen?«

»Weil er seinen Fall verloren hatte. Ich war dem Fall zwar nur beigeordnet, aber er gab wohl mir die Schuld.«

»Es muss schwer sein, über so was hinwegzukommen.«

Sie lächelt schwach. »Ich glaube nicht, dass man über so was je hinwegkommt. Wir bekamen andere Büros, zogen in ein ganz neues Gebäude, und ich machte eine Therapie. Es ist lange her.«

»Ich glaube, ich würde völlig dichtmachen.«

»Aber Sie haben doch nicht … Ach, du liebe Zeit.«

Sie blickt über die Straße. Dort steht eine stämmige Frau in der Nähe meines Parkplatzes. Sie sieht aus wie einer der vielen Anwälte, die heute durchs Wartezimmer gehuscht sind. Ihr dunkelbraunes Haar ist fast jungenhaft kurz. Sie redet mit Nachdruck auf einen Mann ein.

Wahrscheinlich liegt es an den Haaren und dem Kostüm, aber ich erkenne sie erst nach einer Sekunde.

Als ich Heather Stanhope das erste Mal sah, trug sie einen Trainingsanzug, und ihre Haare waren lang und unordentlich.

»Sie dürfen nicht mit ihr sprechen«, sagt Alicia.

»Das hatte ich nicht vor.«

»Sie ist heute Morgen nicht aufgerufen worden.«

»Das heißt?«

»Ich bin mir nicht sicher. Das ist ihr Anwalt. Bleiben Sie hier, ich finde es heraus.«

Während ich Alicia nachsehe, die die Straße überquert, zwinge ich mich, langsamer zu atmen.

Heather Stanhope. In Fleisch und Blut.

Lange kam sie mir wie eine imaginäre Person vor. Wie jemand aus einer Fernsehserie.

Vor Monaten habe ich sie gegoogelt. Julie hatte mir ein paar ihrer Posts gezeigt, als wir noch miteinander redeten. Die benutzte ich als Ausgangspunkt. Ehrlich gesagt war es ziemlich leicht, wenn man wusste, wo man suchen musste.

Zum Beispiel wusste ich, dass sie in Julies Jahrgang an der Uni gewesen war. Meine Nachforschungen ergaben, dass sie für juristische Fachzeitschriften arbeitete, was wohl sehr prestigeträchtig war, auch wenn ich nicht verstand, warum. Dann trieb ich ein Jahrbuch auf. Von Heather gab es nur die offiziellen Fotos und eines von der Repetitoriengruppe. Auf dem war auch Julie zu sehen, in Kleidern, die aussahen, als kämen sie aus der Männerabteilung. Ein paar Seiten weiter gab es ein weiteres Foto von Julie. Dort hatte sie die Arme um die Schultern eines sehr hübschen Mädchens und eines unauffälligen Typen geschlungen. Ein anderer Mann hatte seine Arme um Julies Taille gelegt und sein Gesicht halb hinter ihr versteckt.

Ganz hinten entdeckte ich eine Gedenkseite für Kathryn Simpson, das hübsche Mädchen von dem Foto mit Julie. Sie war gestorben, weil sie auf einer Party zu viel getrunken hatte. Julie und die Typen vom ersten Foto waren mehrfach in der Collage zu sehen. Auf einem Foto meinte ich auch Heather zu erkennen, die finster zusah, wie die anderen lachten.

Ich googelte weiter. Nicht alles auf einmal, sondern im Laufe mehrerer Wochen. Ich las das Kondolenzbuch für Kathryn durch, das noch im Netz stand. Die Fakultät und alle aus dem Jahrgang hatten Trauerbekundungen hinterlassen.

Julie hatte geschrieben: *Du hast dich meiner angenommen, als ich keine Freunde hatte, und mir geholfen, meinen Weg zu finden. Du warst der großzügigste Mensch, den ich je kennengelernt habe. In meinem Herzen und meinem Leben wird eine Lücke bleiben. Das Leben ist nicht gerecht, das empfand ich nie schmerzlicher als bei deinem Tod. Ich werde dich immer lieben.*

Booth und Kevin, die Typen aus ihrer Clique, wie ich durch weitere Nachforschungen herausfand, schrieben Ähnliches. Mir ist aufgefallen, dass Tote stets idealisiert werden. Aber diese Gefühlsbekundungen wirkten echt.

Heather hatte ebenfalls eine Nachricht hinterlassen. Sie jagte mir einen Schauer über den Rücken.

Du warst meine einzige Freundin auf der ganzen Welt. Was soll ich nur ohne dich machen?

Ich weiß nicht genau, was mich daran störte, aber verglichen mit den vielen anderen kam sie mir falsch vor.

Als ich weiter nachforschte, stieß ich auf eine Reihe aktuellerer Posts von Heather. Zu jedem Jahrestag von Kathryns Tod schrieb sie etwas. Wie sehr sie sie vermisste. Dass sie dauernd an sie dachte. Dass sie wünschte, sie wäre noch da, um sich ihr anzuvertrauen. Die Posts wirkten, als wüsste sie, dass sie fünf bis zehn Jahre nach Kathryns Tod niemand mehr lesen würde. Vor ein paar Jahren kamen die Posts in kürzeren Abständen.

Wusstest du, dass Julie ein Buch geschrieben hat? Ich glaube, es handelt von dir.

Julie behauptet, sie hat alles erfunden, aber das glaube ich nicht.

Die drei hingen ständig zusammen und spielten dieses dämliche Spiel. Sie dachten, das wüsste ich nicht, weil außer dir niemand auf mich achtete. Ich hörte, wie sie einen Plan schmiedeten. Überlegten, wer das perfekte Opfer abgeben würde. Du warst immer besser als sie.

So ging es mehrere Seiten. Als Heathers Theorien abwegiger wurden, verzichtete sie auf Namen. Aber sie tat weiterhin so, als stellte sie Kathryn Fragen, als könnte sie antworten. Fragte sie, ob sie ihr nicht erzählen könnte, wie sie gestorben und was wirklich passiert war.

Alles zu lesen dauerte über eine Stunde. Danach fühlte ich mich schmutzig. Besudelt. Ich fuhr den Computer herunter und versuchte so zu tun, als gäbe es die Seite nicht.

Nach dem katastrophalen Abendessen bei Julie und Daniel, bei dem Daniel mir von dem Privatdetektiv erzählt hatte, ging ich wieder auf jene Seite. Ich fing an, ihre Einträge mit den Posts in verschiedenen Blogs zu vergleichen, in denen sie behauptete, Julies Buch wäre nicht zur Gänze erfunden. Die ersten erschienen unter verschiedenen Usernamen in Kommentaren zu lobenden Kritiken über ihr Buch. Dann griff ein eifrigerer Blogger die Geschichte auf und schrieb etwas à la *Was wäre, wenn.* Er beschuldigte Julie nicht direkt, sondern fügte hie und da ein paar Fakten und Fragen zusammen, sodass es aussah, als wäre *Das Mörderspiel* eher Fakt als Fiktion.

Ich weiß nicht, ob sich jemand je die Mühe gemacht hat, dem nachzugehen. In meinen Augen war ziemlich deutlich, dass Heather hinter den Gerüchten steckte. Heather, die verschiedene virtuelle Persönlichkeiten angenommen hatte, einschließlich der des Bloggers, der alles zusammenfügte.

Doch warum sollte sie Julie das vorwerfen? Warum behauptete sie, sie und Kathryn wären eng befreundet gewesen, obwohl es dafür keinerlei Beweis gab? Worauf zielte sie ab? War sie einfach nur gestört, psychisch krank, oder gab es ein Körnchen Wahrheit, auf das sie gestoßen war? Wie beim Theorem des endlos tippenden Affen?

Alicia überquert die Straße und kommt zu mir zurück. Heather und ich sehen uns an. Sie erkennt mich, verzieht das Gesicht und wendet sich ab.

»Was ist los?«, frage ich.

»Sie wurde gebeten, sich heute Nachmittag zur Verfügung zu halten. Für alle Fälle.«

»Für welchen Fall?«

»Für den Fall, dass man sie als Zeugin der Anklage braucht.«

»Sie meinen, um etwas zu widerlegen, was wir ausgesagt haben?«

»Ja.«

»Aber das, das ...sie ...«

»Sie müssen mir jetzt noch einmal genau erzählen, was an jenem Morgen geschah. Von Anfang an.«

»Wo soll ich denn anfangen?«

»Das entscheiden Sie, John. Es ist Ihre Geschichte.«

VERSTÄRKUNG

Julie

Drei Monate zuvor

Leah kam mitten in einer Hitzewelle.

Am Montag nach dem katastrophalen Essen bekam ich das Schreiben vom Anwalt. Hanna und John verklagten mich wegen der Kameras, wegen des Hundebisses und wegen der *möglicherweise dauerhaften Brandnarben von dem Abendessen.* Das im Schreiben genannte Schmerzensgeld hätte uns finanziell ruiniert.

Selbst das gesamte Geld von *Dem Buch* hätte nicht zur Kompensation für Hannas Zorn gereicht.

Als ich mich vom ersten Schock erholt hatte, rief ich Leah an und fragte sie, ob sie und ihre Familie mich so bald wie möglich besuchen könnten. Ich würde für alles bezahlen, und wir könnten ... was auch immer.

Leah besprach das mit ihrem Mann Rick und rief mich innerhalb einer Stunde zurück. Es war alles arrangiert. Sie würden in zwei Wochen kommen und hatten eine Hütte am Lake Cumberland gemietet, einem *paradiesischem Fleckchen Erde,* wie sie versicherte. Ein zweitausendfünfhundert Quadratmeter großes Grundstück mit Aussicht auf den See, einem Billardtisch im Keller und einer Terrasse, von der man perfekt den Sternenhimmel bestaunen konnte. Die Kinder würden schwimmen und mit den Jetskis fahren können, die zum Haus gehörten. Wir hingegen würden den ganzen Tag Wein trinken und es uns auf der Terrasse gut gehen lassen. Es klang zu schön, um wahr zu sein.

Als Daniel sich so weit beruhigt hatte, dass er nicht mehr zu John und Hanna hinübermarschieren und ihnen ein bisschen Vernunft einbläuen wollte, war er einverstanden. Er machte alles mit, Hauptsache, es lenkte uns von den kommenden Monaten voller Stress, Ausgaben und Feindseligkeiten ab.

Also holten wir Leah, Rick und ihre beiden Kinder Liam, fünf, und Owen, sieben, vom Flughafen ab, setzten sie in einen gemieteten SUV und fuhren direkt zum Lake Cumberland.

Die zwei Wochen zwischen meinem Anruf und ihrer Ankunft waren wirklich grauenhaft gewesen. Ich konnte nicht schlafen und hatte das Gefühl, den ganzen Tag nur am Telefon zu verbringen, um mit meinem Anwalt zu sprechen. Ich konnte nicht schreiben, brachte buchstäblich kein einziges Wort zu Papier.

Daniel tat sein Bestes, um mich zu unterstützen. Das Schlimmste war, wenn ich ihn dabei ertappte, wie er mich mit grüblerischer Miene ansah. Diesen Blick hatte ich früher bereits gesehen, konnte aber nicht nachfragen. Ich hatte genug mit meinen Selbstzweifeln zu tun.

Die letzten zwei Tage tat ich morgens wieder Wodka in meinen Orangensaft.

Nicht gut, wie Sam sagen würde, gar nicht gut.

»So, wie ist das jetzt«, sagte Leah, als wir endlich auf der I-75 waren. »Wir befinden uns nicht in Ohio?«

Wir saßen in der mittleren Reihe. Die drei Jungen lümmelten auf der hintersten Sitzbank und steckten die Köpfe über den beiden Tablets zusammen, die sie sich teilen mussten. Melly saß neben mir und schaute sich etwas auf meinem Handy an.

»Guckt aus dem Fenster, Kinder«, rief Daniel. »Da sind Pferde.«

Ich glaube, sie hörten ihn nicht einmal.

»Der Flughafen ist in Kentucky«, warf Rick vom Beifahrersitz ein. Er hatte eine große Landkarte auf dem Schoß ausgebreitet, obwohl der Wagen mit einem Navi ausgestattet war. Ein Navi war, wie jede moderne Technologie, wohl was für Loser. »Das hab ich dir schon eine Million Mal gesagt.«

Daniel blickte breit grinsend über den Rückspiegel zu mir. In Gegenwart von Leah und Rick konnte man sich nur wohlfühlen. Sie verströmten Spaß wie andere ihn verdarben.

»Das ist komisch«, bemerkte Leah. »Ist doch komisch, oder?«

»So komisch nun auch nicht«, sagte ich.

Leah schob mir eine Haarsträhne aus dem Gesicht. »Du musst zum Friseur.«

»Wahrscheinlich.«

»Ich überlege, ob ich mir alle Haare abrasiere.«

Leah hatte dichte braune Haare, die sie kurz trug, seit ich sie kannte. Sie hatte das Gesicht dafür. Knabenhaft mit großen, braunen Augen. Mit diesem Gesicht löste sie bei Männern Beschützerinstinkte aus, obwohl sie durchaus in der Lage war, sich um sich selbst zu kümmern – und alle anderen gleich mit. Wir hatten uns im Geburtsvorbereitungskurs kennengelernt, als ich mit den Zwillingen schwanger war. Sie hatte im zweiten Drittel der Schwangerschaft eine Fehlgeburt erlitten. Das war das einzige Mal, dass ich sie und Rick deprimiert gesehen hatte. Andere hätten sich nach einem solchen Verlust von einer Hochschwangeren wie mir zurückgezogen. Leah tat das Gegenteil und stürzte sich in meine Schwangerschaft, als wäre es ihre eigene. Sie kam mit dem kleinen Owen zu mir, um mir beim Möbelaufbauen zu helfen oder Mahlzeiten in der Tiefkühltruhe zu deponieren, die wir im Mutterschaftsurlaub essen konnten.

»Nicht dein Ernst!«

»Provozier sie nicht«, sagte Rick. »Sonst macht sie es nur, um zu beweisen, dass sie sich traut.«

»Klingt ganz nach mir, oder?«, lachte Leah.

»Allerdings.«

»Da, seht mal! Ein Pferd!«

Melly blickte vom Handy auf.

»Soll das ein Witz sein, Tante Leah?«

»Wieso sollte ich Witze über ein Pferd machen? Schau genau hin.«

Sie zeigte auf eine Weide. In der Mitte stand ein Pferd, dessen braunes Fell in der strahlenden Sonne glänzte.

»Was macht es da?«, fragte Melly. »Wo sind seine Eltern?«

»Ich glaube, es gehört zu der Farm da drüben, Schatz«, sagte ich. »Es sieht erwachsen aus. Also kann es allein bleiben.«

Sie warf mir einen skeptischen Blick zu. »Ich glaube, ich will ein Pferd.«

»Echt?«

»Ja. In der Schule haben wir eine Geschichte über ein Mädchen gelesen, das ein Pferd hat. Sie musste misten ... Stallmis...«

»Den Stall ausmisten?«

»Genau. Jeden Tag.«

»Weißt du, was das bedeutet?«

»Ich glaub schon.«

»Das heißt, man muss das A-a vom Pferd wegräumen. So wie wir das bei Sandy müssen, nur ist es beim Pferd mehr und größer.«

»Aha«, sagte sie und senkte den Blick wieder aufs Handy.

»Jeden Tag?«

»Jeden Tag zweimal.«

»Aha«, sagte sie noch einmal. Damit war klar, dass das Thema sich erledigt hatte. Melly wusste, dass sie ab Herbst mit Sam für einen der täglichen Hundespaziergänge verantwortlich war. Sandy sollte die Straße hinuntergeführt und ihre Hinterlassenschaften weggeräumt werden. Sie versuchte bereits, sich davor zu drücken, und entwarf immer raffiniertere Pläne, diese Pflicht ihrem Bruder oder gar Daniel aufzuhalsen. Neulich hatte ich gehört, wie sie zu Daniel sagte: »Dann kitzle ich dir auch den Rücken.« Da sie das unheimlich gern mochte, dachte sie, bei anderen wäre das genauso.

»Also«, sagte Leah. »Wo halten wir als Erstes?«

»*McDonald's*«, rief Sam.

»Ja«, pflichtete Owen bei. »Gute Idee. Ich will Pommes.«

»Ach ja, bitte, Mommy«, bettelte Liam.

»Ihre Großeltern gehen mit ihnen zu *McDonald's*«, erklärte Leah und verdrehte die Augen. Eigentlich hatte sie nichts gegen einen Burger ab und zu einzuwenden, nur schienen Ricks Eltern ständig mit ihren Enkeln da hinzugehen. Einerseits weil sie viel Zeit mit ihnen verbringen wollten, andererseits aber sonst nichts mit ihnen anfangen konnten. Sowohl die Eltern von Rick als auch die von Leah lebten in ihrer Nähe. Meine hingegen hatten sich getrennt und wohnten weit weg, Daniel besuchte seine nur an den *hohen Feiertagen,* wie er sie nannte. Ostern, Thanksgiving und Weihnachten. Seit unserem Umzug hatten wir keinen von ihnen gesehen, sondern uns nur einmal pro Monat über *Skype* gemeldet.

»Wir schauen mal«, sagte ich.

»Ach, Navigator«, meldete sich Leah. »Was sagt die Landkarte?«

»Dass wir noch zwei Stunden brauchen und uns jede Menge ansehen können, wenn wir erst da sind.«

Leah zog einen Schmollmund. Jedes Mal, wenn wir zusammen verreisten, wollte sie alle Sehenswürdigkeiten auf dem Weg besichtigen.

»Sieht ganz so aus, als könnten wir zu *McDonald's,* Kinder«, verkündete sie.

»Jaaaah«, ertönte es im Chor von der Rückbank.

»Für den weltgrößten Hamburger?«, erkundigte ich mich bei ihr.

»Du hast es erfasst.«

Ein paar Tage vor ihrer Ankunft hatte ich in einem der Schränke nach Strandlaken gesucht und war auf einen alten Karton gestoßen, den ich mir seit der Uni nicht mehr angesehen hatte. Darin befanden sich unzählige Andenken, bei denen ich größtenteils nicht mehr wusste, warum ich sie aufgehoben hatte.

Warum zum Beispiel besaß ich eines der Platzdeckchen aus Papier von einem Restaurant, die man normalerweise nach dem Essen zusammenknüllte und wegwarf? Welche Bedeutung hatte die Baseballkappe ohne Logo? Hatte sie Booth gehört, oder war sie nur zufällig in dem Karton gelandet?

Einerseits war ich beunruhigt, dass ich das nicht mehr wusste, andererseits froh darüber. Es hatte eine Zeit gegeben, da hatten diese drei Menschen mein ganzes Leben ausgemacht. Es war schön, dass ich mich weiterentwickelt hatte. Eine ganze Stunde sichtete ich den Inhalt. Lachte über ein paar Fotos, weinte wegen ein paar Bildern von Kathryn, die an unserem letzten gemeinsamen Wochenende aufgenommen worden waren. Ganz unten lag ein schwarzes Heft mit Spiralbindung. Das Tagebuch, das ich immer führen wollte, was mir aber nie gelang. Kurz nach Kathryns Tod gab ich es endgültig auf. Darin stand vieles, an das ich mich nicht mehr erinnerte. Auseinandersetzungen, Ideen, Hirngespinste. Ein Eintrag ganz am Ende ließ mich stutzig werden.

3. Februar 1998
Es ist spät, und ich habe was getrunken, aber weil ich mir vorgenommen habe, jeden Tag was zu schreiben, schreibe ich jetzt.

Mal wieder mit Booth, Kevin und Kathryn unterwegs. An unserem üblichen Tisch im McKibbin's, in den wir unsere Namen geritzt haben. Booth und Kevin außergewöhnlich voll, haben ihre Gläser geleert, als hätten sie Monate in der Wüste verbracht. Auf der Toilette begegnete ich Heather. Ich lud sie ein, sich zu uns zu gesellen, und hoffte, sie würde ablehnen. Kam mir gemein vor. Fieses Gefühl, das sie ständig in mir auszulösen scheint. Sie lehnte dankend ab. Später sah ich, wie sie uns über den Spiegel an der Bar beobachtete.

Was ist ihr Problem?

Gegen zehn holte Kevin sein Notizbuch heraus, mit dem wir immer das Spiel spielen, und wandte sich seinem soge-

nannten Magnum Opus *zu. Er redete ziemlich schnell und viel, wie auf Koks, völlig aufgedreht und kaum verständlich, und warf mit Ideen und möglichen Komplikationen um sich, bot aber nur wenige Lösungen dafür an.*

»Du bist stockbesoffen«, sagte Kathryn.

»Ich? Und was ist mit dir?«

Sie stützte ihren Kopf auf die Hand. »Ich bin vollkommen klar.«

»Ha«, *sagte Kevin.* »Du solltest sie sehen, wenn sie erst zu Hause ist.«

Kathryn boxte ihn auf den Arm.

»Was denn? Ist doch wahr. Beim letzten Mal fiel sie so ins Koma, dass ich nicht wusste, ob sie noch atmet.«

»Arschloch«, *sagte Kathryn.* »Red nicht so über mich.«

»Ich mach mir nur Sorgen, Süße. Ich meine – oha. Oha!«

»Was ist denn?«, *fragte Booth. Unter dem Tisch zog er mit dem Finger Kreise auf meinem Oberschenkel, was ziemlich kitzelte.*

»Das ist perfekt, ganz im Ernst.«

»Raus damit.«

»Ich könnte Kathryn umbringen.«

Sie schüttelte den Kopf. »Alles klar. Ohne Motiv.«

»Das ist ja gerade das Gute, verstehst du nicht?«

»Ich nicht«, *sagte ich.* »Ehrlich nicht. Du wärst der Hauptverdächtige.«

»Ganz genau, aber man wäre niemals in der Lage, das zu beweisen. Es wäre wirklich der perfekte Mord.«

»Lass mal hören, du Genie«, *forderte Kathryn ihn auf.* »Wie willst du es anstellen?«

»Wart's ab und hör mir gut zu.«

Ich ging mit dem Heft in die Küche, stellte den Grill vom Ofen an und hielt es so lange unter die Grillstäbe, bis es Feuer fing. Dann ging ich damit auf die Terrasse und warf es in eine leere Schubkarre, die den Kindern gehörte.

Ich sah zu, bis es von den Flammen aufgefressen und nur noch ein Häufchen Asche war. Dann ging ich wieder ins Haus, packte den Karton weg und machte weiter mit meinem Tag.

Bis wir unser Ferienhaus erreichten, waren wir bis oben voll mit Fetten und Nitraten.

Merkwürdigerweise waren die Kinder völlig damit einverstanden, in ihre neuen Zimmer zu gehen und sich ein bisschen hinzulegen. Leahs Kinder waren einen Tag unterwegs gewesen, aber ich wusste nicht, welchen Grund meine Kinder hatten. Wurden mithilfe von Tablets Schlafwellen übermittelt? Jedenfalls freuten wir uns über die Ruhe und nutzten sie, um auszupacken und uns mit unserem Ferienhaus vertraut zu machen.

Eigentlich hatte ich mir eine einfache Hütte am See in Strandoptik vorgestellt. Stattdessen fanden wir ein ultramodernes Haus vor, das erst im Vorjahr renoviert worden war. Von außen sah es wie eine Blockhütte aus, aber innen gab es Schränke aus Ahornholz, Steinböden und frisch geweißelte Wände. Ich war ziemlich sicher, dass der Vermieter es nach dem Urlaub bedauern würde, uns das Haus überlassen zu haben.

Nach ein paar Stunden weckten wir die Kinder und ließen sie auf dem Rasen mit Sandy spielen, während wir ihnen ein frühes Abendessen und gleichzeitig unser eigenes Essen zubereiteten. Die nächsten Stunden waren wir mit unseren lärmenden Familien beschäftigt. Wir aßen, tranken und brachten uns auf den neuesten Stand. Als die Kinder mit ihren Nudeln fertig waren, rannten sie im Wohnzimmer herum, während Leah und Rick uns Neuigkeiten aus unserem alten Viertel erzählten. All die kleinen Dramen und Siege, die wir wegen unseres Umzugs verpasst hatten.

Nostalgische Gefühle überkamen mich, als ich ihnen zuhörte. Als wäre es ein Fehler gewesen wegzuziehen. Einen Augenblick lang erschien mir die Angst, die mich zur Flucht bewogen hatte, ganz klein und weit weg.

Als die Kinder bettfertig waren, beschlossen Leah und ich, zum See zu spazieren. An einem Sandstrand entdeckten wir einen Picknicktisch. Die Luft roch nach Nadelbäumen und Seewasser. Leah nahm ihren Rucksack ab und holte eine Flasche Weißwein heraus.

»Du böses Mädchen.«

»Ich lebe wild und gefährlich«, sagte Leah. »Wie immer. Und du trinkst wieder.«

»Eindeutig.«

Ich nahm die Flasche und schenkte mir Wein in eins der Plastikgläser, die sie mitgebracht hatte.

»Nein, ich meine ernsthaft. Schon früh am Morgen.«

Leugnen war zwecklos. Leah hatte immer gewusst, was ich dachte und tat, noch bevor ich es ihr mitteilte. Das war heute nicht anders.

»Nur die letzten Tage.«

»Wodka?«

»Ja.«

»Das darfst du nicht, Julie. Zu gefährlich.«

»Ich weiß.«

»Tatsächlich?«

Ich behielt meinen Schluck Wein im Mund. Er schmeckte kühl und säuerlich. Die Luft war so heiß, als säßen wir vor einem Heißluftgebläse. Eigentlich hatte ich gedacht, hier draußen in der Wildnis wäre es kühler, aber da hatte ich mich geirrt.

»Das Jahr war hart.«

»Ja, Jules. Aber du weißt doch, was passiert, wenn du deine Tabletten mit Alkohol nimmst.«

Das wusste ich eigentlich nicht so genau. Ich hatte es nur als ein paar umnebelte Tage auf der Couch in Erinnerung. Für Leah, die mich gefunden und nur mit ein paar Ohrfeigen wach bekommen hatte, war das jedoch eine zutiefst erschreckende Erfahrung gewesen. Sie versprach, Daniel niemals davon zu erzählen, aber erst nachdem ich ihr versprach, nie wieder zu trinken.

»Bitte sag's nicht Daniel.«

»Dann zwing mich nicht dazu.«

Ich lehnte mich mit dem Rücken an den Picknicktisch. Das raue Holz bohrte sich zwischen meine Schulterblätter. Die Vermieter hatten bei der Beschreibung des Nachthimmels nicht übertrieben. Er sah aus, als hätte man Glitzerstaub darübergestäubt.

»Es bricht alles zusammen.«

Dies war der Satz, der mir durch den Kopf ging. Ich sprach ihn laut aus. Dann brach ich zusammen.

Leah ließ mich einen Moment schluchzen und zog mich an sich. Es lag etwas so Vertrautes darin, dass es dadurch nur noch schlimmer wurde.

Früher war ich nie zusammengebrochen. Ich war zäh, das hatte ich zumindest von mir behauptet. Selbst meine postnatale Depression hatte dieses Selbstbild nicht beeinträchtigt.

Schließlich war das etwas Biochemisches, wie Krebs. Wegen eines chemischen Ungleichgewichts würde ich mich weder schämen noch verändern. Die Medikamente würden das richten, und so war es auch.

Dass ich sie seitdem nicht mehr abgesetzt hatte, nun, daran dachte ich nicht ... So gut wie nie.

Diesmal fühlte es sich anders an. Wie Scheitern.

»Was ist wirklich los?«, fragte Leah.

Ich wischte mir die Tränen von den Wangen. »Was meinst du?«

»Hier geht's nicht nur um den Streit oder den Prozess. Dahinter steckt doch was anderes.«

»Ich glaube, es liegt an Cincinnati. Ich kann's nicht erklären.«

»Warum bleibt ihr dann da?«

»Wir können nicht schon wieder einpacken und verschwinden.«

»Nein?«

Sie bedachte mich mit einem durchdringenden Blick, der mir zeigte, dass es keinen Zweck hatte, ihr was vorzumachen oder etwas zu verbergen, das ich vor allen anderen geheim hielt. Ich musste es ihr sagen ... irgendwas.

»Ich bin der falschen Person zu nahe gekommen.«

»Zu nahe? Du meinst eine Affäre?«

»Nein.« Der Kuss, der Kuss, der Kuss. »Das würde ich nie machen.«

»Wie viele Menschen haben das wohl schon behauptet, was meinst du?«

»Ich weiß, ich weiß. Aber es stimmt. Das musst du mir glauben.«

»Also, was ist dann passiert?«

»Ich bin jemandem gefühlsmäßig zu nahe gekommen.
Wir wurden Freunde. Er ist ein Mann, ich bin eine Frau. Er
ist attraktiv und findet mich wahrscheinlich auch attraktiv.
So. Also fühlt es sich anders an.«

»Aufregend?«

»Ja.«

»Wer ist dieser Mann? Der von gegenüber?«

Ich nickte.

»Bist du deshalb verklagt worden?«

»Kann ich mir nicht vorstellen. Vielleicht hat seine Frau
was mitbekommen, aber ...«

»Ach, Süße. Wenn ich was vom anderen Ende des Landes
mitbekommen habe, dann hat sie bestimmt was gemerkt.«

»Aber ich sag doch, wir sind nur Freunde.«

»Freunde mit unangemessenen Gefühlen. Glaubst du im
Ernst, das weiß sie nicht? Und Daniel?«

»O Gott, Daniel. Er war so ...«

»Daniel eben?«

»Ja, genau. Ich habe ihn einfach nicht verdient.«

»Niemand hat Daniel verdient.«

Das hatte damals in Tacoma jeder gesagt, und in vielerlei
Hinsicht stimmte es auch. Da war dieser großzügige, gut
aussehende Mann, der viel mehr für mich getan hatte, als ich
ihm je vergelten konnte. Trotzdem war er ein ganz normaler
Mensch mit Fehlern. Die er besser verbarg als die meisten anderen. Doch es ging nicht um Daniel, sondern um mich. Mich.

»Wir sind immer noch zusammen«, sagte ich.

»Was denkt er über die ganze Sache?«

»Er ist wütend. So wütend habe ich ihn eigentlich nie
erlebt.«

»Wirklich?«

»Du kennst doch Daniel. Er würde die Wut nie richtig rauslassen, aber sie ist eindeutig da. Im Moment ist sie auf den Feind gerichtet.«

»Heather?«

»In gewisser Hinsicht wäre das viel einfacher. Nein, auf Hanna und John. Er benimmt sich wie jemand aus einem Verschwörungsfilm. Er hat sogar eine Pinnwand mit Beweismitteln in seinem Arbeitszimmer aufgehängt, jede Anschuldigung aus der Klageschrift vergrößert, dort hingeklebt und darunter Karteikärtchen mit Hinweisen, wie man die Anschuldigung zurückweist.«

»Klingt doch sehr vernünftig.«

»Mag sein. Solange er nicht glaubt, das Radio würde mit ihm sprechen. Oder seine Zahnfüllungen.«

Leah schenkte uns nach. Das brachte nur sie fertig. Jemandem Wein einzuschenken, dem sie gerade Vorträge über Alkoholmissbrauch gehalten hatte.

»Was willst du unternehmen?«

»So tun, als wäre nichts?«

»Kommt mir nicht besonders erfolgversprechend vor.«

»Eigentlich können wir gar nichts unternehmen. Jedes Mal, wenn ich was versuche, mache ich es nur schlimmer.«

Ich erzählte ihr von dem Abendessen, bei dem ich durch meine Tollpatschigkeit wieder einmal alles verdorben hatte.

»Was hast du ihr im Bad denn angetan?«

»Ich wollte die richtige Wassertemperatur einstellen, hab's aber viel zu heiß gemacht.«

»Absichtlich?«

»Natürlich nicht.«

Leah trank einen großen Schluck. »Könnte ich bei mir nicht ausschließen.«

»Nein!«

»Tja, ist jedenfalls lustig, sich das vorzustellen.«

»Eigentlich ist sie ziemlich nett.«

»Das kann nicht dein Ernst sein.«

»Zugegeben, zu mir war sie nicht nett. Aber irgendwie kann ich ihr das nicht verübeln.«

Ich legte den Kopf in den Nacken und betrachtete den Himmel. Der Große Wagen hob sich deutlich von den anderen Sternen ab. Etwas Blinkendes zog langsam durch die Nacht. Ein Satellit? Die Raumstation? Vielleicht ein Flugzeug.

»Und, was kommt als Nächstes?«, fragte Leah.

»Ich wünschte, das wüsste ich. Das Buch zu Ende schreiben. Vor Gericht gehen. Umziehen vielleicht.«

»Würdest du nach Tacoma zurückkommen?«

»Da gibt's eine Menge anderer Probleme.«

»Probleme gibt's überall, Julie. Das nennt man Leben.«

Ein paar Tage später fuhren wir mit Sonnenbrand und Blähbauch von zu viel Fast Food in den Mammoth-Cave-Nationalpark. Leah mit ihrer ständigen Suche nach dem *Größten Wasauchimmer* hatte verkündet, wir müssten uns unbedingt die Mammuthöhle ansehen. Also machten wir uns auf den Weg.

Genau wie im Reiseführer beschrieben, erwies sie sich als *großartiger und düsterer Ort mit ganz besonderer Atmosphäre.* Zwar waren bereits vierhundert Meilen der Höhle erforscht, aber wir würden nur einen winzigen Teil davon zu sehen bekommen, obwohl die Führung zwei Stunden dauerte. Wegen der Kinder hatten wir uns für die Tour mit anständiger Beleuchtung statt für die mit Petroleumlampen entschieden.

Melly und Sam schliefen immer noch mit Nachtlicht, und manchmal reichte selbst das nicht aus. Auf Panikattacken wegen der Finsternis konnten wir gut verzichten.

Während der Touristenführer uns erklärte, was wir zu sehen bekämen, hörte ich nur mit halbem Ohr zu und blätterte durch eine Broschüre. Die Höhlen hatten Namen wie *Grand Avenue, Frozen Niagara* und *Fat Man's Misery* – Pech für den fetten Mann. Der Name für diese Höhle war eindeutig vor langer Zeit festgelegt worden. Sollte Cindy je hierherkommen, würde er innerhalb weniger Stunden geändert.

Als wir die Mammuthöhle betraten, erklärte uns der Touristenführer, dass trotz des Namens kein einziges Mammut dort gefunden worden wäre.

»Siehst du, hab ich doch gesagt«, bemerkte ich zu Daniel, der verlegen mit den Schultern zuckte. »Ich hoffe, die Kinder sind nicht allzu enttäuscht.«

»Machst du Witze? Sieh dich um! Als ich in ihrem Alter war, hättest du mich nur mit Gewalt hier rausgekriegt.«

Ich nahm seine Hand und stellte mir Daniel als Sechsjährigen vor, während wir den anderen in die Höhle folgten. Die Kinder waren stumm vor Staunen und zeigten von einer Felsformation zur nächsten. Die Höhlen waren sechstausend Jahre lang von Menschen bewohnt gewesen. Ich dachte an die, deren Knochen gefunden worden waren. All die Familien, die hier Schutz gesucht, Kinder geboren, gelacht hatten und dann gestorben waren. Die ganze Zeit hatten sie mit der Gefahr gelebt zu verhungern, krank zu werden, sich zu verletzen. Hatte sich ihr Leben tatsächlich so sehr von unserem unterschieden?

Damals wie heute konnte ein einziger Fehltritt ins Chaos führen.

Ein einziger Fehltritt.

Als wir im Rotundensaal standen, trat Leah zu mir.

»Komisch, oder«, sagte sie. »Wir haben ständig den Drang, solche Orte nach Dingen zu benennen, die uns vertraut sind.«

»Darüber habe ich noch nie nachgedacht.«

»Als könnten wir etwas nicht verstehen, wenn wir es nicht mit etwas aus unserer Zeit vergleichen können.«

»Als wären die Namen eine Art Rahmenhandlung.«

»Ganz genau.«

»Ich hasse Rahmenhandlungen.«

»Wieso?«

»Zu bequem. Erzähl deine Geschichte, trau dem Leser ruhig was zu. Wirf ihn mitten rein, er wird sich schon zurechtfinden.«

»Dir ist klar, dass *Das Mörderspiel* auch eine Rahmenhandlung hat, oder?«

Ich verzog das Gesicht. »Schließlich hab ich das Ding geschrieben.«

»Und?«

»Es war mein erster Roman. Ich wusste nicht, wie ich anfangen sollte.«

Das stimmte. Die Idee für *Das Buch* fesselte mich, aber als ich mich hinsetzte, um sie zu entwickeln, fand ich nicht die richtigen Worte. Da erinnerte ich mich daran, wie wir alle zu Kathryns Beerdigung gegangen waren. Ich sah es wie von oben, nicht aus der Distanz, sondern als könnte ich in uns drei hineinblicken, während wir so dastanden.

Ich dachte daran, dass ich vor alldem geflohen war. Nicht unmittelbar danach, aber als Daniel mich bat, mit ihm nach Tacoma zu gehen, ergriff ich sofort die Gelegenheit. Ich fragte mich, was wohl geschehen würde, wenn mich etwas zurückriefe. Wenn mich jemand zurückriefe.

Das war meine Rahmenhandlung, das Fenster, durch das ich blicken und dann beginnen konnte.

»Wie ist es bei dem aktuellen Buch?«

»Ich gebe mein Bestes, aus meinen Fehlern zu lernen.«

LANGE, HEISSE SOMMERTAGE

John

Drei Monate zuvor

»Chris ist gemein zu mir«, klagte Becky, die sich an der Tür zu meinem Arbeitszimmer herumdrückte. Mitte Juli. Die Kinder hatten Ferien. Ich hatte nichts zu tun – weder jetzt noch überhaupt. Wie der Regen waren meine Aufträge immer spärlicher geworden. Dennoch saß ich jeden Tag vor meinem Computer. Versuchte normale Arbeitszeiten einzuhalten. Bewarb mich um jede Stelle, die ansatzweise passte. Außer um meinen früheren Job in meiner alten Firma.

Früher hatten wir Urlaub nehmen, Sommercamps buchen oder uns auf die Großzügigkeit der Nachbarn verlassen müssen, um die Kinder in den Ferien versorgt zu wissen. In diesem Jahr hatte Hanna dankenswerterweise gemeint, die Kinder wären alt genug selbst zu entscheiden, was sie tun wollten. Schließlich war ich zu Hause. Beide schienen nicht besonders auf Gruppenunternehmungen erpicht. Es würde alles problemlos laufen.

Allerdings kam es dann so, dass ich selbst eine Art Sommercamp veranstaltete. Becky und ihre Freundinnen suchten zu jeder Tageszeit unser Haus heim. Offenbar gab es viele halbwüchsige Mädchen, die lieber den ganzen Tag auf Yoga-matten in der Sonne lagen, als vom Schwimmbad zum Tennisplatz kutschiert zu werden. Ich machte täglich Mittagessen für sechs bis acht Personen.

Vor ein paar Tagen hatte ich eine neue Liste an unserem Kühlschrank entdeckt. Jemand, vermutlich eine Mutter, hatte Ernährungsempfehlungen für *Mädchen im Wachstum* aufgeschrieben und daneben gleich Menüvorschläge wie Quinoa-Salat und selbst gemachte Veggie-Burger platziert. Von mir bekamen sie hauptsächlich Hot Dogs und Hamburger. Ihrem schrillen Kichern nach zu urteilen, ging es ihnen damit sehr gut.

Hanna und ich hatten uns wegen der Unkosten gestritten. Wenn ich den Kindern ständig was zu essen servierte, sollten sie sich wenigstens ihre eigenen Getränke mitbringen. Es war eine Sache, für unsere Kinder zu sorgen. Fast hätte ich babysitten gesagt, aber dann wäre Hanna in die Luft gegangen. Jedoch ein völlig anderes Ding, für die halbe Nachbarschaft freie Kost und Logis anzubieten.

Ich nannte es einen Streit. Im Grunde meckerten wir jedoch nur aneinander herum, wie es seit dem Abendessen mittlerweile normal war. Das fand ich ermüdend und zermürbend. Trotzdem konnte keiner von uns damit aufhören. Obwohl deswegen die ganze Familie gereizt war. Obwohl wir damit gegen die wichtigste Regel verstießen, die wir vor Jahren aufgestellt hatten. Niemals vor den Kindern streiten.

Heute stritten sich schon die Kinder.

»Was ist denn los?«, fragte ich Becky. »Ich dachte, Chris wäre mit Ashley unterwegs?«

»Sie haben sich getrennt.«

»Echt?«, fragte ich. Wieder einmal. Langsam reichte es.

»Ja«, sagte sie, löste sich eine Strähne aus ihrem Pferdeschwanz und kaute darauf herum. Sie trug einen Badeanzug
und einen Sonnenhut mit breiter Krempe. Ich wusste, sie
hätte lieber einen Bikini und eine Tennissonnenblende gehabt wie die anderen Mädchen. Aber dafür waren Hanna
und ich nicht zu haben. Außerdem wirkte Becky ein bisschen
erleichtert, als Hanna es ihr strikt verbot.

»Wann ist das passiert?«

»Ach, die trennen sich doch täglich.«

»Und warum?«

»Weil er mit Cassie flirtet.«

Cassie war eine aus der schnatternden Gänseschar, die
unseren Garten bevölkerte. Kicherte ständig.

»Aha. Aber wieso ist er dann gemein zu dir?«

»Dad!«

»Was denn?«

»Sie ist meine Freundin. Das geht gar nicht.«

Ich verkniff mir ein Lächeln. Sollte ich meinem Sohn tatsächlich verbieten, mit Mädchen zu flirten?

Ich stand auf. Meine Knie fühlten sich steif an. Den ganzen Sommer hatte ich meine Strecke verlängert, vorgeblich
um im September einen Halbmarathon zu laufen. Ich stampfte
meinen ganzen Körper in den Asphalt. Stählte ihn. Hoffte,
mein Kopf würde nachziehen. Bislang vergeblich.

»Wo ist er?«

»Er ist mit ihr unterwegs. In deinem Wagen.«

»Was wollt ihr Mädchen heute zum Mittagessen?«

»Hot Dogs?«

»Alles klar.«

Wir gingen nach unten und trennten uns im Flur. Statt
nach draußen zu gehen, steuerte ich meinen Platz am Fenster

an. Becky hatte recht. Chris saß auf dem Fahrersitz meines Wagens und Cassie daneben. Chris wirkte aufgekratzt und fuchtelte beim Reden mit den Händen. Cassie wirkte schüchtern, aber erfreut, von einem älteren Jungen beachtet zu werden.

Da kam Ashley die Straße heraufmarschiert. Als sie den Wagen erreicht hatte, riss sie am Türgriff der Beifahrertür.

»Raus da«, schrie sie Cassie an. So laut, dass selbst ich es durch das geschlossene Fenster hörte.

Chris verließ den Wagen. Sein Gesicht war hochrot vor Wut und Scham. Ich wusste nicht, was ich tun sollte.

Wollte er, dass ich dazwischenging? Oder wollte er das lieber selbst erledigen?

Das ewige Dilemma von Eltern.

Chris sagte etwas. Er war schwerer zu verstehen.

»Mein Leben ... Freundin ... Warum ... aufhören ...«

Was mich schließlich doch vor die Tür trieb, war Cassies Gesichtsausdruck. Sie sah aus, als hätte sie Angst, die zierliche Ashley könnte ihr etwas antun.

Mit großen Schritten verließ ich das Haus, bereit, ein väterliches Machtwort zu sprechen.

Doch Julie kam mir zuvor. Sie eilte von ihrem Haus über die Straße.

»Lass sie in Ruhe«, sagte sie und hielt Ashleys Arm fest, als sie knapp vor ihr haltmachte.

»Rühr mich nicht an, du verrücktes Miststück.«

Julie ließ die Hände sinken, worauf Ashley einen Schritt zurücktrat.

»Was ist hier los?«, fragte ich mit bemüht ruhiger Stimme.

Seit dem Abendessen hatte ich nicht mehr mit Julie gesprochen.

»Nicht, Dad«, sagte Chris.

»Was nicht?«

»Misch dich nicht ein. Ich regle das.«

Cassie nutzte die Unterbrechung, um aus dem Wagen zu steigen und sich hastig neben mich zu stellen.

»Mr. Dunbar, ich hab nichts gemacht. Sagen Sie meiner Mom nichts davon.«

»Schon gut, Cassie. Ich bin sicher, das war alles nur ein Missverständnis. Oder, Chris? Ashley?«

Chris nickte, wollte mich aber eindeutig loswerden. Ashley starrte abwechselnd finster auf Julie und Cassie. Julie wirkte wie gelähmt.

»Cassie«, sagte ich. »Warum gehst du nicht wieder zu den anderen? Es gibt bald Mittagessen.«

»Hot Dogs?«, fragte sie hoffnungsvoll, aber ihre Stimme klang weinerlich.

»Ganz genau.«

Darauf drehte sie sich um und rannte hinein.

»Chris, mach mit Ashley einen kleinen Spaziergang, dann könnt ihr das klären.«

»Ja, ja, schon gut.«

Er knallte die Wagentür zu und schlurfte zu Ashley hinüber. Sie reckte ihr Kinn, jetzt meldete sich ihr Stolz. Chris sagte etwas, das ich nicht verstand, worauf sich beide umdrehten und die Straße hinuntergingen.

Julie und ich blieben allein zurück.

»Tut mir leid, dass ich dazwischengeplatzt bin«, sagte sie. Sie trug eine kurze Pyjamahose und ein labbriges T-Shirt. Kein BH zu sehen. Wahrscheinlich hatte sie geschrieben.

»Du wolltest nur helfen. Hast du auch.«

»Das bezweifle ich.«

337

»Wieso?«

»Die Beweislage ist ziemlich eindeutig. Alles, was ich anfasse, wird zu Scheiße.«

»Du klingst verbittert.«

»Kein Wunder, oder? Vermutlich wird das ein weiterer Anklagepunkt beim Prozess.«

Sie blickte auf ihre Schuhe. Die Laufschuhe, in denen ich sie kennengelernt hatte. Inzwischen sahen sie abgetreten und schmutzig aus.

»Ich will das nicht«, sagte ich.

»Aber alle anderen.«

»Das stimmt anscheinend«, erwiderte ich. »Was glaubst du, woran das liegt?«

»Ich hab da eine Theorie.«

»Spuck's aus.«

»Sie kam mir in der Mammuthöhle. Warst du mal da?«

»Klar. Ich liebe die Höhle.«

Tatsächlich war sie einer meiner liebsten Orte auf der Welt. Angesichts ihrer uralten Geschichte fühlte ich mich jedes Mal wie der hoffnungsvolle Achtjährige, der ich bei dem ersten Ausflug dorthin gewesen war.

»Wir waren in einer der kleineren Höhlen, ich weiß nicht mehr, welcher. Da kam mir auf einmal der Gedanke: *Gleich verliert jemand die Nerven.* Genau das ist passiert. Eine Frau mit Platzangst bekam eine Panikattacke und musste durch einen Notausgang rausgeschafft werden.«

»Was hat das mit uns zu tun?«

»Es war der Gedanke, verstehst du nicht?«

»Nein, ehrlich gesagt nicht.«

»Ich dachte daran, und es passierte. Das ist bei mir manchmal so.«

»Das ist doch …«

»Verrückt, ich weiß. Eine andere Erklärung habe ich nicht. Mittlerweile rechne ich nur noch mit dem Schlimmsten. Und das passiert dann.«

»Viele Menschen rechnen mit dem Schlimmsten. Das heißt nicht, dass sie es auslösen.«

»Vergiss es. Ich hätte nichts sagen sollen.«

»Nein, schon gut, ich …«

»Ich sollte gehen, bevor die Nachbarschaftspolizei registriert, dass wir miteinander reden.«

Sie wippte auf ihren Fußballen, als wollte sie jeden Moment losrennen.

»Warte, Julie …«

»Was denn?«

»Ich … Es tut mir leid, dass alles so schwer für dich ist.«

Sie hob die Schultern. »Langsam gewöhne ich mich dran.«

»Es tut mir leid.«

»Das sagtest du bereits«, erwiderte sie und rannte los.

Ich machte erst Mittagessen für die Mädchen und wartete dann auf den Stufen vor der Haustür auf Chris. Dabei las ich ein Handbuch fürs Programmieren. Es war todlangweilig, und die Sonne brannte unerbittlich herunter. Ich driftete weg. Vögel, Zikaden und Fliegen sorgten für eine Art weißes Rauschen. In regelmäßigen Abständen ertönte Gekicher aus dem Garten, wenn die sonnenbadenden Mädchen sich umdrehten. Wie lange ich dort gesessen hatte, konnte ich nicht sagen.

Ich schrak erst hoch, als ich das bösartige Zischen des Gartenschlauchs hörte und eine Ladung lauwarmes Wasser ins Gesicht bekam.

»Was zum Teufel soll das?«

Chris stand mit dem Gartenschlauch in der Hand vor mir und grinste wie ein kleiner Junge.

»Chris!«

»Tut mir leid, Dad. Ich konnte nicht widerstehen. Du hast geschlafen.«

»Was bitte?«

»Ja, tief und fest.«

»Leg das weg.«

»Was? Das?«

Er hob den Schlauch auf Taillenhöhe, wie ein Revolverheld, der schnell ziehen will.

»Das würdest du nicht wagen.«

»Nicht?«

»Nicht, wenn du weißt, was gut für dich ist.«

Sein Finger zuckte am Abzug. Ich ertappte mich, dass ich wie Julie eben auf den Fußballen wippte.

Bereit zur Flucht.

»Ich bin ein Teenager. Wieso sollte ich da wissen, was gut für mich ist?«

»Dann hör auf deinen Vater.«

Er schien darüber nachzudenken. Was mir genug Zeit verschaffte, auf ihn zuzustürzen.

Auf halber Strecke erwischte mich noch eine Ladung Wasser, aber ich rannte weiter und versuchte den Schlauch an mich zu reißen, bekam ihn aber nicht gut zu fassen. Wir fielen zu Boden, der Schlauch richtete sich auf und bespritzte uns beide.

»Du machst mich ganz nass«, schrie Chris.

»Nicht dein Ernst!«

Ich stand auf, ging zum Wasserhahn und drehte ihn zu.

Dann wandte ich mich an Chris. »Was sollte das?«

Er schüttelte sich wie ein nasser Hund. »Hab ich doch gesagt. Ich konnte nicht widerstehen.«

»Nein, eben. Mit Ashley.«

»Ach das.«

»Ja, das. Was ist da los?«

»Ich will nicht darüber reden.«

»Kann ich mir denken. Aber ich glaube, ich muss drauf bestehen.«

Ich ging zur Vordertreppe, setzte mich wieder und klopfte einladend auf den Platz neben mir. Widerstrebend ließ Chris sich auf die Treppe sinken.

»Habt ihr euch wieder getrennt?«

»Kann sein.«

»So was weiß man doch.«

Da bedachte er mich mit einem Blick, bei dem ich mir auf einmal sehr alt vorkam. Genauso wie beim Anblick seiner langen Beine, die er neben mir ausgestreckt hatte. Seine Schuhe sahen so aus, als könnten sie mir passen.

»Tja, warum hast du dann mit Cassie geflirtet?«

»Hab ich gar nicht.«

»Ach, komm schon, Chris. Du musst vorsichtiger sein. Man kann jemandem ganz leicht das Herz brechen.«

Er murmelte etwas. So was wie: *Musst du grad sagen.*

»Wie bitte?«

»Nichts. War's das?«

»Ja, ich … ich möchte nur, dass du glücklich bist.«

»Ich komm klar.«

»Tja dann … Wie wär's, hättest du heute Lust auf eine Fahrstunde? Du willst doch die Prüfung bestehen.«

Hin und wieder verwechselte Chris immer noch das Gaspedal mit der Bremse. Außerdem musste er am Rückwärts-Einparken arbeiten.

»Klar. Sag mal, gibt's noch Hot Dogs?«

Am Abend erzählte ich Hanna eine zensierte Version von Ashleys und Chris' Streit. Ich verharmloste ihn ein bisschen und erwähnte kein Wort von Julie. Hanna meinte, sie würde mit ihm reden. Die Sache mit Ashley hatte schon viel zu lange gedauert. Sie tat beiden nicht gut.

Da ich nicht streiten wollte, verkniff ich mir die Bemerkung, dass ein Verbot nur Widerstand erzeugen würde. Schließlich wusste sie das. Außerdem würde er auf sie vielleicht hören. Das, was ich zu sagen hatte, schien ihn in letzter Zeit nicht mehr zu interessieren.

Nachher, im Bett, musste ich ständig daran denken, was Julie gesagt hatte. Dass sie meinte, wenn ihr ein Gedanke in den Kopf käme, dann würde er Realität. Das war einfach irre. Ich steckte es mit allem in eine Schublade, was ich an ihr irritierend fand. Der größte Brocken war die Tatsache, dass sogar Daniel ihr misstraute.

Nachdem ich mich eine Stunde unruhig hin und her gewälzt hatte, stand ich auf und ging in mein Arbeitszimmer, um im Internet nach einer E-Mail-Adresse zu suchen.

Dann schrieb ich an Heather Stanhope.

HEUTE

John

16.00 Uhr

Um 16.02 Uhr werde ich vor das Große Geschworenengericht gerufen.

Die letzte halbe Stunde habe ich die Uhr an der Wand beobachtet. Jedes Zucken des Zeigers, der über das Zifferblatt wandert. Ich weiß nicht, wer gerade aussagt. Wenn es Heather ist, müssen sie sie durch die Hintertür hereingeholt haben.

Als mein Name aufgerufen wird, stehe ich unsicher auf. Hanna sagt etwas, das ich nicht verstehe. Wie alle vor mir trete ich durch die Tür. In einen Raum mit Holzvertäfelung. Neun Männer und Frauen auf schwarzen Stühlen. Der holzverkleidete Zeugenstand. Das Podium des Staatsanwalts. Alles ist wesentlich kleiner, als ich mir vorgestellt habe. Enger. So eng, dass ich sogar sehen kann, wie müde die Geschworenen wirken. Ich frage mich, was sie über mich denken.

Alles danach bleibt verschwommen. Außer der Stimme des Staatsanwalts. Alicia hat mich ermahnt, mir seine Fragen genau anzuhören. Also tue ich das. Meine Antworten sind jedoch nicht an ihn gerichtet, sondern an die Geschworenen. Letzten Endes sind sie es, die ich überzeugen muss.

Der Staatsanwalt will, dass ich von jenem Morgen erzähle. Das habe ich bereits getan. Gegenüber der Polizei, Detective Gray und seinem Kumpel. Mehr als einmal. Ich habe mir meine Aussage so oft durchgelesen, dass ich sie auswendig kann. Das muss ich in diesem Augenblick vergessen. Ich muss vergessen, dass es eine Wiederholung ist, muss es so klingen lassen, als wäre es eine Erstausstrahlung.

Sonst wirkt es nicht aufrichtig.

Sondern so, als würde ich eine Geschichte erzählen.

Jener Tag vor zwei Monaten fing mit einem Streit zwischen mir und Hanna an.

Er hatte sich seit einiger Zeit angekündigt. Weil sie unbedingt vor Gericht gehen wollte und einen Verdacht hegte, warum ich das nicht wollte. Weil ich als Selbstständiger keinen Erfolg hatte. Weil sie das Gefühl hatte, deswegen mehr arbeiten zu müssen. All das kam zum täglichen Zündstoff des Lebens hinzu.

Auch an diesem Tag mussten wir zum Gericht. Aber darum ging der Streit nicht.

Es begann damit, dass Hanna mich zum üblichen Zeitpunkt am Fenster erwischte. Ich hatte mir meine Joggingschuhe angezogen, weil ich eine kurze Runde absolvieren wollte.

»Lächelst du in die Kameras?«, fragte Hanna mit dem bissigen Unterton, den ich in letzter Zeit viel zu oft gehört hatte.

Ich ließ die Gardine los.

»Ich prüfe die Wetterlage«, erklärte ich bemüht gelassen. »Sieht so aus, als würde es ein schöner Tag werden. Hoffentlich ein bisschen kühler.«

Der ganze August war so heiß gewesen, dass die gesamte Feuchtigkeit des regenreichen Frühlings aus dem Boden gezogen wurde, bis die Blätter an den Bäumen vergilbten und das Gras unter unseren Füßen raschelte.

Ich sah Hanna an. Sie trug ein ärmelloses Top und weiche Baumwollshorts. Darin hatte sie nachts geschlafen. Unsere Klimaanlage war kaputt. Also schliefen wir beide schlecht, lagen schwitzend auf dem Rücken und starrten an die Decke. Kein Lüftchen regte sich. Früher hätten wir uns einander zugewandt und mit Sex abgelenkt. Oder uns etwas Lustiges erzählt. Alberne Geschichten, über die wir gelacht hätten. Heutzutage hingegen beobachteten wir die Schatten an der Wand, bis erst einer von uns einschlief und dann der andere.

»Chris ist nicht da«, sagte sie an jenem Morgen.

»Was?«

»Er ist nicht in seinem Bett. Geht auch nicht an sein Handy.«

»Bist du sicher, dass er nicht auf seiner Zeitungstour ist?«

»Ziemlich«, sagte Hanna. »Es sieht so aus, als hätte er nicht in seinem Bett geschlafen.«

Ich zog wieder die Gardine zurück. »Mist. Der Wagen ist nicht da.«

Ich verließ das Haus und betrat die Einfahrt. Der Kies bohrte sich in meine Fußsohlen. Die Einfahrt war halb leer. Mein Auto stand zwar da, nicht aber Hannas Wagen.

»Wieso sollte er dein Auto nehmen?«, fragte ich. »Er ist kaum damit gefahren. Und er weiß, dass er nur in Begleitung eines Erwachsenen fahren darf. Das haben wir ihm mehr als einmal gesagt.«

Sie zückte ihr Handy und drückte auf Wahlwiederholung, erreichte aber nur seine Mailbox.

»Chris, ruf uns bitte zurück. Wo bist du? Wir machen uns Sorgen.«

»Vielleicht ist er versehentlich bei Ashley eingeschlafen?«

»Ich glaube, die haben gerade wieder Schluss gemacht«, erwiderte Hanna.

»Hat er was erzählt?«

»Ist dir seine schlechte Laune nicht aufgefallen?«

»Die hat er doch, seit er vierzehn geworden ist.«

Hanna stemmte die Hände in die Hüften. »Könntest du die Sache bitte ein bisschen ernster nehmen?«

»Das tue ich. Was sollen wir denn machen?«

»Vielleicht Ashley anrufen.«

»Gute Idee.«

Da schraken wir beide zusammen, weil ein Hund bellte. Julie stand auf der vorderen Veranda ihres Hauses. Sie hielt Sandy an der kurzen Leine.

Wir müssen ein merkwürdiges Bild abgegeben haben. Ich ohne Schuhe und Hanna in ihrem Schlafanzug. Um sechs Uhr morgens debattierend vor dem Haus.

Julie winkte uns nur kurz zu. Offenbar löste diese nervöse Geste etwas in Hanna aus.

»Halt dich da raus«, sagte sie, fast drohend. Daraufhin bellte Sandy wieder.

»Woraus denn?«, gab Julie zurück.

Ich legte Hanna die Hand auf die Schulter. »Los, gehen wir rein. Wir können dort telefonieren.«

Hanna schüttelte mich ab und marschierte mit großen Schritten auf Julie zu. Die packte Sandy am Halsband.

»Warum tauchst du eigentlich immer dort auf, wo du nichts zu suchen hast?«

»Was? Ich … ich wollte nur meinen Hund ausführen.«

»Ständig spielst du das Opfer und willst dich an meinen Mann ranschmeißen. Wo ist denn dein Mann, Julie? Wieso reicht der dir nicht?«

»Hanna, bitte«, sagte ich. »Hör auf.«

»Wieso, John? Soll ich etwa leiser reden, damit die Nachbarn nichts mitkriegen? Sie hält doch alles auf Video fest. Was machst du überhaupt mit den ganzen Aufzeichnungen? Beobachtest du uns? Verschafft dir das einen Kick?«

»Ich hab dir tausendmal gesagt, dass es mir nur um die Sicherheit geht. Ich bekomme die Aufzeichnungen nicht zu sehen.«

»Trotzdem verweigerst du uns das Recht, das zu überprüfen.«

»Ich bin nicht gezwungen, Fremde in mein Haus zu lassen.«

»Fremde. Ha! Ja, du und ich, wir sind uns tatsächlich fremd.«

Julie sah mich flehend an.

»Hanna«, sagte ich noch einmal. »Du weckst Becky auf. Und die Zwillinge.«

»Die sind nicht da«, erklärte Julie. »Daniel ist mit ihnen weggefahren.«

»Soll ich dich jetzt etwa bedauern?«, fragte Hanna.

»Du kannst tun, was du willst.«

»Ich will, dass du verschwindest.«

Ich fasste Hanna am Ellbogen. »Okay, das reicht. Davon taucht Chris auch nicht wieder auf.«

Hanna schien zur Besinnung zu kommen. »Du hast recht. Gehen wir.«

»Chris?«, setzte Julie an.

»Weißt du was über meinen Sohn?«

»Ich hab gesehen, dass er mitten in der Nacht weggefahren ist.«

»Ich wusste doch, dass du spionierst!«

»Ich hab nicht spioniert …«

»Was hast du gesehen, Julie?«, fragte ich und packte Hanna fester am Arm.

»Ich war auf der Toilette. Da hörte ich eine Autotür knallen, blickte aus dem Fenster und sah Chris mit eurem Wagen die Straße runterfahren.«

»War er allein?«

»Ich glaube schon.«

»Hat er irgendwo angehalten?«

»Ich glaube, vor Ashleys Haus.«

»Ich wusste es«, murmelte Hanna.

»Lass es, Hanna, ja?«

Ich zog sie am Arm und zerrte sie fast zum Haus zurück.

»Danke, Julie«, rief ich über die Schulter zurück.

»Bis später«, erwiderte sie. »Ich hoffe, ihr findet ihn schnell.«

»Bis später?«, wiederholte Hanna, als wir im Haus waren. »Will die mich verarschen? Als träfen wir uns nicht vor Gericht, sondern auf einer Party?«

»Das hat sie nur so gesagt.« Ich schnappte mir meine Laufschuhe und kniete mich hin, um sie zuzubinden. »Sie hat sich sicher nichts dabei gedacht.«

»Was machst du da?«

»Ich geh mit Cindy und Paul reden. Kommst du mit?«

Sie warf sich den Regenmantel über den Pyjama und stieg in ihre Gummistiefel. Auf der kurzen Strecke die Straße hinunter sagten wir kein Wort. Seltsamerweise saß Brad Thurgood auf der Treppe vor seinem ehemaligen Haus und barg den Kopf in den Händen. Ich konnte mir nicht vorstellen, was er da trieb, hatte aber in dem Augenblick andere Sorgen. Hanna hielt mich auf, als ich klingeln wollte.

»Vielleicht sollten wir erst Ashley anrufen. Hast du ihre Nummer?«

»Wieso? Du hast gehört, was Julie gesagt hat.«

»Ganz genau. Wenn sie nur eine kleine Spazierfahrt machen ... Ich will nicht, dass sie Ärger kriegt.«

»Was soll das heißen? Sie kriegen beide Ärger, und zwar großen.«

Darauf erwiderte Hanna nichts.

»Was ist? Weißt du irgendwas?«

»Nicht sicher, aber ... neulich habe ich was mitbekommen, als er telefoniert hat. Zu dem Zeitpunkt verstand ich es nicht, aber inzwischen ergibt es einen Sinn.«

»Was hat er denn gesagt?«

»Ich habe nicht das ganze Gespräch mitbekommen, nur etwas wie sie könnten es in ihrem Haus machen. Oder unserem. Dann verpasste ich was und hörte nur noch *Hannas Auto*.«

»Willst du damit sagen, dass Chris und Ashley weggefahren sind, um auf dem Rücksitz unseres Wagens miteinander zu schlafen?«

»Ich fürchte, ja.«

»Scheiße!«

»Schsch. Du warst doch derjenige, der meinte, sie hätten schon Sex.«

»Aber doch nicht in unserem Wagen«, erwiderte ich. »Mitten in der Nacht.«

»Vielleicht irre ich mich ja auch.«

»Also, was machen wir jetzt?«

»Vielleicht warten wir noch eine Stunde und sehen, ob er rechtzeitig zur Schule auftaucht?«

»Okay, vielleicht haben wir überreagiert. Schließlich ist er ja nicht abgehauen oder so, oder? Das würde er niemals tun.«

»Chris ist ein guter Junge.«

»Genau. Ein guter Junge. Also gehen wir wieder nach Hause?«

Hanna wirkte unsicher. »Und wenn Cindy merkt, dass Ashley nicht da ist? Dann flippt sie aus.«

»Daran habe ich gar nicht gedacht.«

»Wir müssen ihr sagen, dass sie sich wahrscheinlich keine Sorgen zu machen braucht. Dass Ashley mit Chris zusammen ist.«

»Du hast recht.«

Ich drückte auf die Klingel und hielt sie so lange gedrückt, bis im Haus sicher alle wach waren.

Dann warteten wir. Ein Licht ging an, und dann wurde die Tür aufgerissen. Paul, im Morgenmantel. Cindy kam hinter ihm den Flur entlanggeschlurft.

»Wisst ihr, wo Ashley ist?«

Gesendet: 1. August, 9.30 Uhr
Von: Cindy Sutton
An: Mailingliste PSNV, verborgene Empfänger
Betreff: Temposchwellen!

Freunde der Pine Street!

Gerade habe ich von der Stadträtin erfahren, dass die Tempo-
schwellen genehmigt sind. Nächste Woche werden sie verlegt.
Ich bin sicher, ihr freut euch alle genauso wie ich, dass unsere
Straße bald wesentlich sicherer sein wird.
Weitere Einzelheiten könnt ihr per E-Mail bei mir erfragen.
Neuigkeiten werden auf *iNeighbor* gepostet.

Cindy Sutton
Gründerin und Vorsitzende des PSNV von 2009 bis heute

NEUER TAG, NEUER KONFLIKT

Julie

Zwei Monate zuvor

Erinnerungen sind nicht verlässlich. Wir sehen, was wir sehen wollen, hören, was uns gefällt, und erinnern uns an das, was uns zusetzt. So funktioniert das menschliche Gedächtnis.

An den Tag, als Kathryn starb, erinnere ich mich so genau, als hätte ich es mit einer Kamera aufgezeichnet. Das kann ich beschwören.

Es geschah bei den sogenannten *Law Games*. Ich weiß nicht, wo diese Tradition ihren Ursprung hat, aber als ich studierte, zogen dazu alle identische Overalls an, die aussahen wie Sträflingskleidung, fuhren in Schulbussen herum und veranstalteten Trinkspiele. Jeden Winter trafen sich alle juristischen Fakultäten an einer Uni, und dann waren die Spiele eröffnet. Alkohol, Partydrogen, wilder Sex. Motto: Scheiß auf alles! Vielleicht solltest du dieses Spielchen nicht mitmachen? Scheiß drauf! Vielleicht solltest du nicht mit dem Kerl aufs Zimmer gehen? Scheiß drauf! Vielleicht solltest du nicht die Pille von dem Typen schlucken, ohne zu wissen, was es ist?

Scheiß drauf.

All das tat und sagte ich auch. Deshalb erinnere ich mich zwar an jedes Detail dieses Wochenendes, allerdings leicht verzerrt. Durch einen Nebel aus Drogen, Sex und *Ace of Base.*

Was ich sicher weiß, ist Folgendes:

Die Party am Samstagabend fand in einem Haus statt, das wie ein Verbindungshaus wirkte, obwohl es an jener Uni gar keine Verbindungen gab. Es war eine große viktorianische Villa mit Türmchen und bunten Verzierungen. Ich traf gegen zehn mit Kathryn dort ein. Wir waren hackedicht von den Drinks, die wir uns den Nachmittag über in dem Studentenheimzimmer genehmigt hatten, in dem wir untergekommen waren. Möglicherweise versuchten wir die Jungs zu übertrumpfen, aber vielleicht habe ich mir das nur im Nachhinein so zurechtgelegt.

Die Jungs waren an jenem Nachmittag nicht dabei, weil sie im Schnee *Flag Football* spielen wollten. Also waren wir nur zu zweit plus das Mädchen, dem das Zimmer gehörte. Zwar erfuhr ich nie ihren Namen, aber ihr Gesicht werde ich nie vergessen. Sie hatte einen zu großen Kopf auf einem zu dünnen Körper, riesige braune Augen mit zu viel Mascara und bleiche, fast unsichtbare Lippen.

Kaum betraten wir das Haus, bekam ich Platzangst. Es war bereits so voll, dass ich sofort an die Brandschutzverordnung dachte, obwohl ich betrunken war. Ich fragte Kathryn, was sie davon hielt. »Vielleicht sollten wir wieder gehen«, meinte ich. »Scheiß drauf«, war ihre Antwort.

Also drängten wir uns ins Haus.

Es war Februar und so kalt, dass der Boden unter unseren Füßen wie Kies knirschte und meine Haare sich gefroren anfühlten, obwohl sie nicht nass gewesen waren. Trotzdem zogen die Gäste sich im Haus wegen der Hitze aus. Der Dresscode für diesen Abend lautete, dass die Overalls bis auf die Hüfte heruntergezogen und mit den Ärmeln dort festgeknotet werden mussten, damit sie nicht vollkommen herunterrutschten. Viele Männer trugen nichts darunter und viele Frauen nur BHs. Eine oder zwei verzichteten selbst darauf, denn, wie gesagt: Scheiß drauf!

Die Musik war so laut, dass ich schreien musste, um mir Gehör zu verschaffen. Nach einer halben Stunde war ich heiser. Unaufhörlich wurden mir bunte Plastikbecher mit Alkohol in die Hand gedrückt. Normalerweise war Kathryn der Mittelpunkt jeder Party, aber an diesem Abend wirkte sie leicht gedämpft und war damit zufrieden, sich dicht bei mir zu halten und freundlich nickend die unzähligen Jungs abzuweisen. Es sah aus, als würde sie auf jemanden warten. Sie hatte mit einem der nichtssagenden *Dockers*-Träger Schluss gemacht, mit dem sie vor ein paar Wochen in einer der ständigen Auszeiten von Kevin zusammen gewesen war, und er war nicht zu den *Law Games* erschienen.

Als Booth und Kevin auftauchten, erkannte ich meine Blödheit. Selbstverständlich hatte sie auf Kevin gewartet. Den Höhen und Tiefen ihrer Beziehung hatte ich nie ganz folgen können. Zugegeben: Für *Das Mörderspiel* hatte ich sie als Vorlage verwendet, allerdings auf Meredith und ihren Freund Jonathan übertragen. Also auf die Figur, die angeblich mich darstellen sollte.

Kevin war mir ein Rätsel. An manchen Tagen klebte er an Kathryn, als wollte er sie nicht aus den Augen lassen. An anderen sah er sie nicht einmal an. Ich wäre damit nicht klargekommen und begriff einfach nicht, wieso Kathryn sich das gefallen ließ, wo sie doch jeden hätte haben können. Aber darüber wurde nicht gesprochen.

Fragen waren tabu. »Wieso lässt du zu, dass dieser Typ dich behandelt wie einen Fußabtreter?« Nein, lieber nicht.

Kevin war es dann, der vorschlug, Stoff zu rauchen, den er auf dem Campus besorgt hatte. Wie gerne würde ich sagen können, dass ich kurz gezögert, vielleicht sogar gedacht hätte, das wäre vielleicht keine so gute Idee. Doch so war es nicht. Nein: Scheiß drauf.

Also gingen wir alle nach draußen und inhalierten den warmen Rauch und die kühle Nachtluft. Vielleicht war der Stoff schlecht oder mit etwas versetzt. Vielleicht hatte Kathryn an diesem Tag zu viel von allem. Sie wurde jedenfalls bleich und wackelig, daher ging ich mit ihr in den Waschraum. Dort hockte sie sich über die Kloschüssel, um sich zu übergeben, aber es kam nichts. Also suchte ich ihr ein Bett in einem der Zimmer oben. Ich stellte ihr ein Glas Wasser auf den Nachttisch und versprach ihr, ich würde bald zurückkommen.

Dann ging ich nach unten.

Zwei Stunden später durchschnitt ein Schrei den Partylärm. Darauf folgte eine Stampede die Treppe hinauf. Als ich sah, dass alle zu dem Zimmer wollten, wo ich Kathryn untergebracht hatte, ging ich auf alle viere und kroch über die Partygäste, die es bei der Massenpanik umgehauen hatte.

Als ich schließlich das Zimmer erreichte, stand Kevin über Kathryn gebeugt und versuchte sie hochzuheben. Sie hing schlaff in seinen Armen. Ich übersprang die letzten menschlichen Hindernisse und befahl Kevin, sie loszulassen. Dann schrie ich, jemand sollte den Notarzt rufen, und fing mit Wiederbelebungsversuchen an.

Ich bearbeitete Kathryn, bis der Notarzt kam, massierte ihren Herzmuskel und gab ihr Mund-zu-Mund-Beatmung. Obwohl ich wusste, es war sinnlos. Ich wusste, sie war tot. Dennoch machte ich weiter und weiter. Ich erinnere mich an jeden einzelnen meiner Versuche, ihr Atem einzuhauchen, bis die Sanitäter mich wegzogen.

Es gab eine Untersuchung. Wenn ein junges Mädchen bei einer Party stirbt, muss es eine Untersuchung geben. Die Ergebnisse der Autopsie waren nicht eindeutig. Sie war erstickt, durch eines der Kissen auf dem Bett, entweder aus Fremd- oder Eigenverschulden. Durch den Alkohol und die Drogen hatte ihr Atem ausgesetzt, möglicherweise war es bereits nach Sekunden zu spät. Da es keine eindeutigen Beweise für Fremdverschulden gab, wurde niemand angeklagt.

Die Gerüchteküche brodelte. Über E-Mails und hinter vorgehaltener Hand in dunklen Ecken auf Partys wurden alle möglichen Mutmaßungen und Halbwahrheiten verbreitet. Die Polizei bemühte sich, festzustellen, wer wann wo gewesen war, doch an jenem Abend hatten über zweihundert Gäste die Party besucht, von denen mindestens zwanzig Kathryn gekannt hatten. Heutzutage hätte man sich auf zahlreiche Handyvideos stützen können, aber damals gab es nur die Aussagen von Personen mit beträchtlichen Erinnerungslücken. Nach etwa einem Monat schloss die Polizei den Fall ab und wandte sich den nächsten zu.

Sie erfuhr nie, dass Kevin darauf versessen gewesen war, einen perfekten Mord zu planen, dass er Kathryn, Booth und mich in dieses Spiel verwickelt oder dass Booth am Abend vor der Party einen Riesenstreit zwischen Kathryn und Kevin mitbekommen hatte. Niemand wollte mein Tagebuch sehen, wo ich so vieles schriftlich festgehalten hatte.

Ich könnte eine ganze Seite mit Dingen füllen, die die Polizei nie herausfand.

Manche davon fanden Eingang in mein Buch und manche nicht.

Wie heißt es doch immer? Schreib über das, was du kennst.

Und wo war Heather die ganze Zeit? An jenem bitterkalten Abend während der *Law Games?*

Keine Ahnung.

Sie behauptet, sie sei da gewesen. Sie behauptet, sie hätte etwas gesehen. Heather sagt viel, wenn der Tag lang ist. Das meiste davon hat sich als falsch erwiesen, allerdings ist manches nicht nachprüfbar.

Da so viele etwas zu verbergen hatten, war es unmöglich, Fakten und Fiktion voneinander zu trennen.

Selbst wenn man es geschafft hätte, ein paar Puzzleteilchen zusammenzusetzen, wäre das Ergebnis nur ein Fragment gewesen.

Am Abend vor dem Unfall hatten Susan und ich einen Streit.

Zuerst war mir nicht klar, was ihn ausgelöst hatte. In der einen Minute machten wir einen Abendspaziergang und in der nächsten brüllten wir uns mitten auf der Straße an. Genauer gesagt brüllte sie mich an, und ich hörte völlig sprachlos zu. Irgendwann kam mir der Gedanke, kapitulierend die Hände zu heben und zu sagen: Okay. Stopp. Was auch immer du von mir willst oder mir vorwirfst ... Hör einfach auf.

Aber das tat ich nicht. Stattdessen setzte ich mich auf den Boden. Das war mein Protest gegen die Ungerechtigkeit, die ich empfand. Ich komme in Frieden, erschieß mich ruhig.

Susan verstummte.

»Was tust du da?«

Ich blickte über die Straße zu einem schief stehenden Haus, dessen Fundament den Hügel hinuntergerutscht war. Es sah aus wie ein Bild mit übermalten Linien.

»Ich weiß nicht, was ich tun soll, Susan. Was hab ich denn Falsches gesagt?«

»Nichts. Tut mir leid. Eigentlich liegt es gar nicht an dir.«

Ich blickte zu ihr hoch. Sie schwitzte so sehr, dass ihre Haare aussahen, als käme sie gerade aus der Dusche. Auch mein T-Shirt klebte mir am Rücken.

»Woran dann?«

»Brad will zurückkommen.«

»Ach ja?«

»Ja, er ... Ständig mailt er mir oder ruft mich an. Um sich zu entschuldigen.«

»Das ist doch nichts Neues, oder?«

»Vorher hat er das nur wegen der AA-Regeln gemacht. Das zählt nicht.«

»Was ist denn anders?«

Sie zog ihre Haare aus dem Gummi, strich sie zurück und band sie wieder zusammen. »Ich weiß nicht. Irgendwas von dem, das er sagt. Wie er es sagt. Er gibt Dinge zu, die schon lange her sind. Jahre. Dinge, von denen ich nicht gedacht hätte, dass er sich an sie erinnert.«

»Denkst du darüber nach, ihn wieder aufzunehmen?«

Susan ließ sich neben mir sinken. Jetzt saßen wir beide zwei Blocks von der Pine Street entfernt im Schneidersitz auf dem Bürgersteig. Ich wusste nicht, wie ich auf ihren Stimmungsumschwung reagieren sollte. Sollte ich vergessen, dass sie mich eine Minute zuvor angebrüllt hatte? Es einfach mit dem föhnwarmen Wind verwehen lassen, von dem mir selbst im Sitzen der Schweiß ausbrach?

»Glaubst du, das würde dich glücklich machen?«, fragte ich.

»Von Glück bin ich so weit entfernt, dass ich nicht mal mehr weiß, wie es aussieht.«

»Ist das nur ein Spruch oder wirklich wahr?«

»Weiß ich nicht. Als ich es gesagt habe, fühlte es sich wahr an.«

»Wie sähe denn dein Leben aus, wenn du Brad zurücknehmen würdest? Glücklich?«

»Wenn er nüchtern ist, ja.«

»Das ist ein großes Wenn. Es ist ja nur ein halbes Jahr vergangen. Es hieß doch, man müsste mindestens ein Jahr warten, oder?«

»Sechs Monate können eine lange Zeit sein.«

»Davon kann ich ein Lied singen.«

»Stimmt. Vielleicht kann ich einfach nicht mehr?«

»Alles allein machen?«

»Allein sein. Das warst du noch nie, oder? Richtig allein?«

Was sollte ich darauf antworten? Sollte ich ihr sagen, dass ich im Grunde dauernd allein war? Dass sie eigentlich nur das von mir wusste, was von außen sichtbar war? Dass sie mich trotz unserer Gespräche nicht richtig kannte?

»Ich war auch allein. Vor Daniel …«

»Aber nicht so. Nicht jede Sekunde des Tages und ständig damit beschäftigt, für die Kinder da zu sein oder für sie zu planen … Da kannst du auf Daniel zählen.«

»Das stimmt. Ich will mich auch nicht beklagen.«

»Ha.«

»Na gut, ich habe mich beklagt.« Das stimmte. Ich hatte ständig vom Prozess geredet, von *iNeighbor,* von Cindy und dem ganzen Scheiß, seit wir in die Pine Street gezogen waren.

»Morgen muss ich vor Gericht. Ich bin verklagt worden, weil ich versucht habe, einen Einbrecher abzuwehren und meine Familie zu schützen. Darf man sich nicht mal darüber beklagen?«

»Das sind Luxusprobleme für reiche Leute.«

»Moment, wir wohnen im selben Viertel.«

»Trotzdem leben wir in unterschiedlichen Welten. Mir droht der Verlust meines Hauses. Wusstest du das?«

»Nein, das wusste ich nicht.«

»Weil du nie danach gefragt hast. Eigentlich hast du mich überhaupt nie was gefragt.«

»Das stimmt nicht.«

»Zumindest empfinde ich es so.«

Ich biss die Zähne zusammen. Genau dasselbe hatte ich auch oft gesagt. Wenn ich etwas empfand, wurde es dadurch wahr. Wenn ein anderer es nicht so sah, dann war das sein Problem. Doch jetzt war ich dieser andere und erkannte meinen Irrtum. Nur weil ich etwas Bestimmtes empfand, hatte der andere, der dieses Gefühl hervorgerufen hatte, noch lange nichts falsch gemacht.

Es lag an mir, nur an mir.

Ich stand auf. »Zeit, nach Hause zu gehen.«

»Das war's? Mehr hast du mir nicht zu sagen?«

»Ich glaube nichts, was ich zu sagen hätte, könnte etwas an deinem Leben ändern. Wenn du jemanden zum Zuhören brauchst, bin ich für dich da. Nur, weil es bei dir Scheiße läuft oder ich etwas habe, das du nicht hast, heißt das noch lange nicht, dass es bei mir nicht auch Scheiße laufen kann. Ich möchte nicht darum konkurrieren, wem es am schlechtesten geht.«

»Ich konkurriere doch gar nicht.«

»Gut. Dann gibt's ja nichts weiter zu sagen. Jedenfalls nicht im Augenblick.«

Susan starrte mich mit offenem Mund an. Ich wusste, ich war nicht besonders fair. Andererseits hatte ich in letzter Zeit genug durchgemacht. Ich konnte ja nicht einmal selbst glücklich sein. Sollte ich mich dann auch noch schuldig fühlen, weil ein anderer es genauso wenig konnte?

Susan stand auf. Ich überlegte einen Moment, was wohl der kürzeste Weg nach Hause wäre. Als ich den Hügel hinaufblickte, sah ich am oberen Ende der Straße Chris Dunbar, der seinen Arm um Ashleys Schulter geschlungen hatte. Ganz kurz trafen sich unsere Blick, dann wirbelte er Ashley herum und schlug mit ihr die entgegengesetzte Richtung ein.

Ich warf einen Blick auf meine Uhr. Es war spät, nach zehn an einem Wochentag. Ich war überzeugt, dass sie beide nicht so spät draußen sein durften, selbst wenn man Cindys Ausgangssperre außer Acht ließ. Doch würde man es mir danken, wenn ich ihnen nachginge oder ihren Eltern davon erzählte?

Wohl eher nicht.

»Was ist denn?«, fragte Susan.

»Nichts. Gehen wir.«

Als ich mich in Bewegung setzte, folgte Susan mir den Hügel hinunter. Wir wechselten kein Wort mehr, bis wir vor ihrem Haus landeten.

»Es tut mir leid«, sagte ich. »Lass es mich morgen gutmachen. Komm abends mit den Kindern zu mir, ich koch uns was. Daniel ist mit den Zwillingen zu seinen Eltern gefahren.«

»Er begleitet dich nicht zum Gericht?«

»Nein, seiner Mom geht's nicht besonders.«

»Das hast du gar nicht erzählt.«

Siehst du?, wollte ich sagen. Ich erzähl dir nicht alles. Ich habe dir nicht all meine Probleme aufgebürdet.

»Ja, stimmt.«

»Es tut mir aufrichtig leid, das zu hören.«

»Danke. Dann sehen wir uns morgen, ja?«

»Kann ich mir das überlegen?«

»Na klar.«

»Viel Glück.«

»An Glück glaube ich nicht.«

»Dann Hals- und Beinbruch.«

»Das kriege ich wohl eher hin.«

Der nächste Tag begann wie jeder andere auch. Ich stand auf, zog mich an und bewegte mich geräuschlos durchs Haus, obwohl ich es für mich allein hatte. Da Daniel nicht da war, beschloss ich, joggen zu gehen, holte meine Joggingschuhe und Sandys Leine.

Ich merkte, dass es draußen schwül war. Obwohl die Klimaanlage unser Haus konstant auf 21 Grad kühlte, fühlte sich die Luft feucht an.

Die Hitzewelle dauerte seit Wochen an. Jeden Morgen empfing einen ein strahlend blauer Himmel, und kaum trat man nach draußen, brach einem der Schweiß aus. Die Bäume wirkten welk, und der Wasserverbrauch war mehr und mehr begrenzt worden. Cindy war ganz in ihrem Element, hatte sie doch wieder etwas zu kontrollieren.

Mir hing der Streit mit Susan noch nach, und ich war nervös wegen des bevorstehenden Prozesstags. Unser Anwalt wollte die Klage abweisen, weil sie nicht auf Fakten, sondern auf Emotionen basierte. Die Szene, die mich draußen erwartete, traf mich daher vollkommen unvorbereitet.

John und Hanna standen vor ihrem Haus, er in Jogging-
schuhen, sie im Pyjama, und stritten sich. Zuerst wollte ich
mich zurückziehen. Da hörte ich, dass es bei dem Streit um
Chris ging und entschied mich wider besseres Wissen, ihnen
zu erzählen, was ich gesehen hatte, als ich ein paar Stunden
zuvor auf die Toilette musste.

Chris war zu Hannas Wagen geschlichen und dann die
Straße hinaufgefahren, um Ashley abzuholen.

Was war zwischen zehn Uhr abends, als ich sie gesehen
hatte, und drei Uhr morgens zwischen ihnen vorgefallen?
Waren sie zwischendurch nicht nach Hause gekommen?
Und warum hatte Chris nicht Johns leisen Hybridwagen genommen?

Ich entschied, mich da rauszuhalten. Nicht meine Familie,
nicht meine Probleme, nicht meine Regeln, die ich durchset-
zen wollte. Außerdem würden die beiden wahrscheinlich nur
miteinander schlafen, und das ging mich nun wirklich nichts
an. Ich hoffte, Sam würde später ein bequemeres Plätzchen
für Sex mit seinen Freundinnen finden. Da musste ich lachen,
weil der Gedanke so schamlos war.

Als ich wieder ins Bett ging, wünschte ich nur, Daniel wäre
da, und ich könnte mich an ihn kuscheln. Trotz der Hitze
sehnte ich mich nach seiner Wärme. Es hatte mir nicht gefallen, dass er die Zwillinge nach Tacoma mitnahm. Doch er
wollte, dass sie sich von seiner Mutter verabschieden konnten, wenn es zu Ende ging. Wie hätte ich ihm das abschlagen
können?

Als ich am nächsten Morgen die Angst auf Hannas Gesicht sah, wusste ich, ich musste etwas sagen, ob sie es nun
hören wollte oder nicht. Was auch immer sie von mir halten
mochten, ihnen wäre bestimmt klar, dass ich mir so etwas

nicht ausdachte. Außerdem war der Wagen genauso verschwunden wie Chris. Das war der Beweis.

Nachdem ich ihnen erzählt hatte, was ich wusste, wartete ich ab, bis sie die Straße hinuntergegangen waren, und setzte mich dann in Bewegung. Ich wäre in die andere Richtung gelaufen, wenn unsere Straße nicht eine Sackgasse gewesen wäre.

In der anderen Richtung war der Weg ein kleines Stück weiter zu Ende.

Ich hatte allerdings keine Ahnung, wie nah das Ende wirklich war.

SCHLAG IN DIE MAGENGRUBE

John

Zwei Monate zuvor

Cindy nahm die Nachricht, dass wir nichts über den Verbleib von Chris und Ashley wussten, nicht besonders gut auf. Genauso wenig wie den Umstand, dass sie in Hannas Wagen weggefahren waren. Als sie erfuhr, von wem wir diese Information hatten, verzog sie das Gesicht, als hätte sie in eine Zitrone gebissen.

»Wieso hat sie sie nicht aufgehalten?«, empörte sie sich. »Oder euch angerufen?«

»Es war mitten in der Nacht«, erwiderte ich und wich schuldbewusst Hannas Blick aus. Da: Schon wieder nahm ich sie in Schutz. »Sie hat nichts mit ihnen zu tun.«

»Das ist wieder mal typisch. Jeder andere hätte die Eltern sofort angerufen, wenn er mitten in der Nacht zwei Teenager hätte wegfahren sehen ... O mein Gott!«

Cindy fing an zu schluchzen. Paul legte ihr den Arm um die Schultern.

»Es sind noch Kinder«, sagte er tapfer und tätschelte ihr den Nacken. »Es wird schon nichts passieren.«

»Das weißt du nicht. Das kannst du nicht wissen.«

»Nun, bislang wissen wir nicht einmal, ob überhaupt

irgendwas passiert ist«, sagte Hanna in ihrem Anwaltston. Die vernünftige Problemlöserin. »Also arbeiten wir mit dem, was wir sicher wissen.« Sie blickte auf ihre Uhr. Es war zehn nach sechs. »Mittlerweile sind sie etwa drei Stunden weg. Wo könnten sie sein?«

»Überall«, sagte Cindy. »Wir sollten die Polizei rufen.«

»Ich weiß nicht, ob das tatsächlich notwendig ist. Hast du Ashley angerufen?«, erkundigte ich mich.

»Sie geht nicht dran.«

»Chris auch nicht.«

Wieder fing Cindy an zu schluchzen.

»Sie gehen nicht dran, weil sie sehen, dass wir sie anrufen«, erklärte ich. »Sie wissen, dass sie Ärger kriegen.«

»Allerdings, großen Ärger«, nickte Hanna.

»Das bringt nichts«, sagte ich. »Überlegen wir mal. Wo sind sie sonst immer hingegangen? Wo gehen Jugendliche heutzutage hin?«

Ich dachte an meine eigene Jugend. Damals war ich ständig im Alms Park oder Ault Park gewesen, je nachdem, wohin es uns verschlagen hatte. Im Alms Park hatten wir meistens abgehangen. Dort gab es viele Bäume, unter denen man eine Decke ausbreiten und dann vögeln oder kiffen konnte – oder beides.

»Vielleicht sind sie im Ault Park?«, schlug ich vor.

Glücklicherweise war Cindy nicht in Cincinnati aufgewachsen, daher begriff sie nicht, was ich damit sagen wollte. Aber sowohl Paul als auch Hanna warfen mir einen Blick zu.

»Wieso ausgerechnet dort?«

»Ach, Schatz«, sagte Paul.

»Nein, nein, nein. Ashley ist ein anständiges Mädchen.«

»Und Chris ist ein anständiger Junge«, sagte ich. »Aber sie sind beide fast sechzehn …«

Cindy schlug sich die Hand vor den Mund. Sie sah aus, als würde sie sich gleich übergeben.

»Mom, Dad!«

Becky kam die Straße heruntergelaufen und schwenkte etwas über ihrem Kopf. Sie hinkte ganz leicht, von ihrem Beinbruch an meinem Geburtstag.

»Was ist, Schatz? Wieso bist du nicht im Haus?«

»Ich habe euch unter meinem Fenster gehört. Ihr habt mich aufgeweckt.«

»Wieso bist du hergekommen?«, fragte Hanna. »Weißt du was?«

Sie hielt mir ihr Handy hin. »Ashley hat ein Foto gepostet.«

Ich nahm ihr Handy. Tatsächlich hatte Ashley vor wenigen Minuten ein Bild gepostet. Es zeigte sie auf einer Backsteinmauer, eine Hälfte ihres Gesichts wurde von der Morgensonne beleuchtet. Neben ihr sah man einen dunklen Schatten. Chris.

»Dadurch wissen wir immer noch nicht, wo sie sind«, bemerkte Hanna.

»Doch, ich weiß, wo das ist«, erwiderte ich.

»Wo?«, fragte Cindy. »Wo ist meine Tochter?«

»Am Author's Grove.«

Es war Julie, die mich auf den Author's Grove aufmerksam gemacht hatte. Sie hatte den Namen vor ihrem Umzug auf einem Stadtplan entdeckt. Er hatte ihre Neugier geweckt. Da sie ihn bei ihren ersten Joggingrunden im Eden Park nicht finden konnte, gab sie die Suche auf. Dann hatte sie mich gefragt, ob ich wüsste, wo er sei.

Doch ich hatte nichts davon gehört, obwohl ich seit über zehn Jahren in der Nähe des Parks wohnte. Ich versprach, mich zu erkundigen, vergaß es aber, bis ich mich eines Tages zu Hause langweilte. Dann gab ich den Namen bei *Google* ein. Der dritte Eintrag stammte aus dem Blog einer Frau, die über ihr Leben als frischgebackener Single in Cincinnati schrieb. Auch sie hatte vom Author's Grove gehört und war neugierig genug gewesen, die Geschichte dahinter auszugraben. Der Post war ein paar Tage vor meiner Suche ins Netz gestellt worden. Ein glücklicher Zufall.

Mittlerweile war das Denkmal verfallen, aber wahrscheinlich dennoch einen Besuch wert. Ich war ganz aufgeregt bei der Vorstellung gewesen, Julie davon zu erzählen. Bei der nächsten Laufrunde wollte ich sie damit überraschen. Dann kam der Kuss dazwischen.

Ich ging ohne sie hin. Eines Tages folgte ich den Hinweisen der Bloggerin und entdeckte die Ruine. Ich lungerte ein bisschen dort herum, dachte über das Leben und meine Probleme nach. Daher wusste ich, wo Ashley das Foto geschossen hatte.

Ich rannte los, ohne zu wissen, was mich antrieb. Eigentlich hätte es uns alle beruhigen müssen, dass Chris und Ashley nur zehn Minuten entfernt in einem Park waren. Stattdessen klopfte mein Herz wie wild. Nicht wegen des Tempos, zu dem ich mich antrieb. Sondern wegen etwas anderem.

Was es war, erkannte ich, als ich den Park erreichte und sie mit ihrem wippenden Pferdeschwanz von hinten sah. Mit ihren effizient pumpenden Armen. Sandy neben sich. Seit wir nicht mehr gemeinsam liefen, war sie schneller geworden. Trotzdem konnte ich sie einholen.

Idiot, dachte ich. Trotz allem, was du mittlerweile über sie weißt, bist du aufgeregt, wenn du einen Moment mit ihr allein sein kannst.

Sie bog in den Martin Drive ein, blieb aber plötzlich stehen und wirbelte herum. Sie hatte etwas umklammert, das an ihrem Hals hing. Sandy bellte zweimal.

»John!«

»Ja, ist schon gut. Ich bin's.«

Ich hielt Sandy meine Hand hin. Sie schnüffelte vorsichtig daran, als könnte auch sie ihren Augen nicht trauen.

»Was machst du hier?«

»Chris und Ashley sind im Autorenhain.«

»Woher weißt du das?«

»Ashley hat ein Foto gepostet, das ich erkannt habe.«

Sie wandte den Blick ab. »Aber ich dachte, du wüsstest nicht – vergiss es. Das heißt also ... Es geht ihnen gut?«

»Ich denke schon. Zumindest körperlich.«

»Sie werden wohl ziemlichen Ärger bekommen.«

»Chris auf jeden Fall. Ich muss weiter.«

Als ich an ihr vorbeilief, setzte sie sich ebenfalls in Bewegung und ließ Sandy auf der anderen Seite mitlaufen. Unsere Schritte fielen mühelos in den gleichen Rhythmus.

»Wie haben Cindy und Paul reagiert?«, fragte sie.

»Wie zu erwarten war.«

»In Ashleys Haut möchte ich nicht stecken. Aus vielerlei Gründen.«

»Ashley ist ganz in Ordnung«, erklärte ich.

»Hat sie Chris nicht ständig das Herz gebrochen? Und was war das neulich am Wagen?«

»Teenagerdramen.«

»Vielleicht sollte ich Melly und Sam auf eine Militärschule schicken. Ich würde sie zwar vermissen wie verrückt, aber vielleicht würde ich mir dann das ersparen.«

Sie wedelte mit der Hand. Ihre Fingernägel waren bis zum Nagelbett abgebissen und die Nagelhäute ausgezupft.

»Die Lösung kommt mir ein bisschen drastisch vor.«

»Manchmal ist so was nötig.«

Wir schwiegen. Unsere Füße trommelten auf dem Asphalt. Schweiß rann mir den Rücken hinunter.

Wir rannten in den Park und Richtung Wintergarten. Die ganze Zeit dachte ich, Julie würde abbiegen, aber sie blieb bei mir.

»Was glaubst du, warum sie so früh hierhin gegangen sind?«, fragte sie.

»Da fallen mir eine Menge Gründe ein. Sie scheinen einiges zu klären zu haben.«

»Weißt du noch, wie das war? So intensiv verliebt zu sein, dass man sich krank fühlt?«

Ich wusste nicht, ob ich so etwas je erlebt hatte. Ich liebte meine Familie. Die Vorstellung, Hanna oder den Kindern könnte etwas zustoßen, machte mich krank. Aber krank aus Liebe? Nein. Das kannte ich nicht.

»Als mir zum ersten Mal das Herz gebrochen wurde, musste ich mich ständig übergeben.«

»Hattest du Bulimie?«

»Nein, nicht gesteuert. Mein Körper konnte einfach nichts mehr bei sich behalten. Alles, was ich zu mir nahm, wehrte er ab. Ich war krank vor Liebe, im wahrsten Sinne des Wortes.«

»Und dann?«

»Ich kam drüber hinweg, bevor ich ins Krankenhaus musste.«

Das sagte sie mit einem Lachen, was zu ihrer Stimmung zu passen schien. Alles an ihr wirkte an diesem Tag leicht verrückt, als wäre sie aus dem Tritt geraten. Wie Becky, als sie mit dem Handy zu uns gerannt kam.

An den Stufen zum Wasserturm blieb ich stehen. Dann lief ich sie hinauf, immer zwei auf einmal. Oben angekommen schirmte ich die Augen mit der Hand ab und überblickte die Ebene.

»Es ist da drüben«, sagte ich und zeigte in die Richtung. Am Denkmal konnte ich niemanden sehen, aber vielleicht hatten sie sich dahinter versteckt. Oder sie hatten sich ein anderes Plätzchen gesucht.

Ich fing an, darauf zuzulaufen. Eine rote Backsteinmauer mit einem leeren, aufgeschlagenen Buch aus Zement darauf. Umringt von den Überresten eines kleinen Wäldchens aus Bäumen, die in Erinnerung an große Autoren gepflanzt worden waren. Emerson. Longfellow. Alcott. Laut der Bloggerin wurde der Bereich umgestaltet, nachdem Drogendealer das Denkmal zu ihrem Treffpunkt erkoren hatten. Auf Ersuchen von Anwohnern. Wahrscheinlich Cindys Vorgängern.

»Was für ein herrliches Wetter heute ist«, rief Julie so unvermittelt aus, dass ich zusammenschrak. Sie fasste mich am Arm und zeigte auf eine Stelle an der Seite der verfallenen Mauer. Dort sah man die Spitze von einem Tennisschuh.

»Ist doch keine gute Idee, sich an sie ranzuschleichen, oder«, sagte sie leise.

»Nein, stimmt.«

Sie hob einen Stock auf und schleuderte ihn so weit weg, wie sie konnte. Dann ließ sie die Leine los, und Sandy hetzte dem Stock nach.

»Wirklich ganz prächtiges Wetter«, wiederholte sie laut.

Ich gluckste. Wenn Chris uns hörte, musste er denken, wir hätten den Verstand verloren.

Wir gingen um das Denkmal herum. Dort war zwar ein einsamer Tennisschuh, aber sonst keine Spur von den beiden.

»Ach, Scheiße. Chris? Chris!«

Ich drehte mich einmal um mich selbst, konnte aber ihn oder Ashley nirgendwo sehen. Ein paar Hundert Meter entfernt gab es ein Wäldchen. Sandy brachte den Stock zurück und ließ ihn vor meinen Füßen fallen.

»Ich hab was gefunden«, meldete Julie. Sie hielt einen rosa Haargummi in der Hand. »Das gehört Ashley, glaube ich.«

»Woher weißt du das?«

»Weil sie ständig Rosa trägt.«

»Chris«, brüllte ich erneut. »Christopher Dunbar! Wenn du mich hören kannst, komm sofort her! Dann gibt's auch keinen Ärger.«

Julie zeigte zum Wäldchen. »Da hat sich was bewegt.«

Ich rannte über die Rasenfläche. Julie hatte recht. Da waren Chris und Ashley. Sie saßen, knapp außer Sichtweite, am Stamm eines großen Baumes auf einer Decke.

»Was zum Teufel, Chris!«

»Hi, Dad«, sagte er ziemlich gelassen. Er wirkte zerknittert, als hätte er im Freien geschlafen.

Ein Geräusch lenkte meine Aufmerksamkeit auf Ashley. Ihr Gesicht war tränenüberströmt. Sie hatte ihre Knie umfasst und schaukelte leicht vor und zurück. Auf ihren Schienbeinen unter ihren Shorts zeigten sich Grasflecken.

»Alles in Ordnung, Ashley?«

»Alles gut, Dad. Was willst du?«

»Weißt du eigentlich, wie viel Uhr es ist? Als deine Mom

heute Morgen nach dir sehen wollte, warst du nicht da. Du gehst nicht an dein Handy. Als wir hörten, dass du mitten in der Nacht mit Ashley weggefahren bist ... Wo ist der Wagen?«

»Mit dem Wagen ist alles in Ordnung, ich ... Was macht die denn hier?«

Julie kam hinter mir näher. Sie hob verlegen die Hand.

»Ich hab sie auf der Suche nach dir zufällig getroffen.«

»Das fasse ich einfach nicht.«

Wütend stand er auf und sah zwischen mir und Ashley hin und her.

»Was denn, Chris?«

»Ist alles in Ordnung, Ashley?«, erkundigte sich Julie und hockte sich neben sie.

»Weg von ihr«, brüllte Chris.

Julie riss ihre Hand zurück.

»Du sagst mir besser, was zum Teufel eigentlich los ist«, sagte ich. »Auf der Stelle!«

»Herrgott, Dad. Das wird mir im Moment einfach alles zu viel.«

Ich trat einen Schritt auf ihn zu.

»Lass uns in Ruhe, ja? Geht das?«

»Nur wenn du mir sagst, warum.«

»Das kann ich nicht ... Ich ...«

Wieder sah er zu Ashley. Sie wollte ihn nicht anschauen. Er warf mir kurz einen Blick zu, dann schoss er los.

»Chris!«

Ich rannte ihm nach. Er war schnell. Schneller als sonst, weil Jugend und Adrenalin ihm zusätzlich Schub gaben.

Er raste tiefer ins Wäldchen hinein. Ich folgte ihm. Ein Ast schlug mir gegen das Bein und riss meine Haut auf. Blut rann mir die Wade hinunter, aber ich konnte nicht stehen bleiben.

Sonst würde ich Chris verlieren, da mir die Energie fehlte, die ich für den Lauf in den Park gebraucht hatte.

Als er plötzlich einen Haken nach rechts schlug, stolperte ich und fiel zu Boden. Sofort sprang ich wieder auf, doch da war er schon weg. Dann hörte ich eine Wagentür knallen. Ich rannte in diese Richtung und kam aus dem Wäldchen auf die Straße. Dort war Chris, in Hannas Wagen. Ich winkte ihm, damit er stehen blieb, doch er fuhr einfach weiter, als würde er mich nicht sehen. Ich sprang auf die Straße und brüllte ihm nach. Er hielt nicht an, sondern bog scharf um eine Kurve.

Ich konnte nichts tun. Ich hatte die Kontrolle über mein Leben verloren.

Hilflos musste ich zusehen, wie der Wagen verschwand.

HEUTE

John

17.00 Uhr

»Und was geschah dann?«, fragt der Staatsanwalt. Ich greife nach dem Glas Wasser, das der Gerichtsdiener auf den Rand des Zeugenstandes gestellt hat. Dann erhasche ich einen Blick von einer der Geschworenen. Einer Frau etwa in meinem Alter. Sie wirkt müde. Ich bin erschöpft. Aber noch nicht fertig.

»Ich ging Julie und Ashley suchen.«

Als ich zum Wäldchen zurückkam, waren sie nicht mehr da. Also lief ich über die Rasenfläche zurück. Julie stand an dem verfallenen Denkmal. Sandy rannte in Kreisen um sie herum.

Julie rührte sich nicht, als ich näher kam, aber als ich sie erreicht hatte, bemerkte sie: »*In einer Welt, die einen ständig dazu treibt, jemand anderer zu sein, ist es die größte Leistung, man selbst zu bleiben.*«

»Von wem ist das?«

»Emerson.«

»Schön.«

»Ja, finde ich auch. Wo ist Chris?«

»Weggefahren.«

»Ach nein, das tut mir leid, John.«

Ich seufzte schwer. »Ich hoffe, er taucht bald zu Hause auf. Wo ist Ashley?«

»Weggegangen.«

»Hat sie was zu dir gesagt?«

»Nur, dass ich abhauen soll.«

Ich streckte die Hand nach ihr aus. Reflexartig umfasste sie die Scheibe, die an einer Schnur um ihren Hals hing. »Was ist das?«, fragte ich. »Das wollte ich schon immer wissen.«

»Mein Panikknopf. Wenn ich darauf drücke, kommt die Polizei. Theoretisch.«

»Wegen Heather?«

»Genau.«

»Wirst du draufdrücken?«

»Sollte ich Panik haben?«

Ich ließ die Hand sinken. »Von mir hast du nichts zu befürchten.«

»In ein paar Stunden stehen wir als Gegner vor Gericht.«

»Wir sollten uns einigen.«

Ihre Augen leuchteten hoffnungsvoll auf. »Wirklich? Ist das dein Ernst?«

»Ich rede mit Hanna. Das alles ist bereits viel zu weit gegangen.«

»Danke, John.« Sie neigte sich zu mir und strich mit ihren Lippen über meine Wange. Ich atmete ihren Duft ein. An diesem Morgen roch sie süß, wie Klee. Wie das Wäldchen, in dem Chris und Ashley wer weiß was gemacht hatten. Dann zog sie sich zurück. »Sie kriegt, was sie will. Das ist mein Ernst. Ich werde zahlen. Ich will nur, dass das alles ein Ende hat.«

»Ich auch.«

»Wir haben echt alles falsch gemacht, richtig?«

»Ja, finde ich auch.«

»Du musst los. Vielleicht ist Chris schon zu Hause. Cindy wird sich wegen Ashley Sorgen machen.«

»Danke.« Ich berührte sie kurz an der Schulter, drehte mich um und lief los.

Obwohl meine Beine sich zittrig anfühlten, rannte ich so schnell zurück, wie ich in den Park gestürmt war. Cindy und Paul standen immer noch mit Becky vor dem Haus.

»Hast du sie gefunden?«, fragte Cindy mit Panik in der Stimme.

»Ja. Sie waren im Park.«

»Warum hast du sie nicht mitgebracht?«

»Sie sind abgehauen.«

»Was?«, fragte Paul. »Wieso hast du sie nicht aufgehalten?«

Ich erklärte kurz, wie ich Chris und Ashley im Wäldchen gefunden hatte. Wie Chris davongeschossen war. Dass Ashley weg war, als ich zurückkam.

Als ich zu Ende erzählt hatte, weinte Cindy sich an Pauls Schulter aus.

»Sie waren im Wald?«, fragte sie mit tränenerstickter Stimme.

»Es geht ihnen gut«, sagte ich. »Sie haben eine Menge Probleme, aber es geht ihnen gut. Ich glaube, sie stecken gerade in einer Krise und ...«

Cindy hob ihr Kinn von Pauls Schulter. »Meine Tochter hatte nie Probleme, bevor sie sich mit deinem Sohn abgab.«

»Komm schon, Cindy. Ich weiß, im Lauf des letzten Jahres haben sie ein paarmal Mist gebaut, aber es sind Teenager. Teenager machen jede Menge Scheiß.«

»Dad!«

»Sorry, Becks.« Ich warf einen Blick auf meine Uhr. Viertel vor sieben. »Du solltest nach Hause gehen und dich für die Schule fertig machen. Wo ist überhaupt deine Mutter?«

»Sie ist dir nachgelaufen.«

»Was? Wieso?«

Becky zuckte die Achseln. »Sie ist einfach losgerannt. In Gummistiefeln.«

»Das ist nicht komisch, Becks.«

»Sorry, Dad.«

Ich zog sie an mich. Dann hörte ich, dass vor Susan Thurgoods Haus eine Mülltonne scheppernd umkippte.

»Was macht der denn da?«, fragte Cindy und löste sich von Paul.

Brad Thurgood versuchte, die große, schwarze Mülltonne wieder aufzurichten.

Ich lief über die Straße und stolperte fast über die neue Temposchwelle.

»Was ist los?«, fragte ich Brad.

Er schrak zusammen und kippte die Mülltonne wieder um. Eine Alkoholschwade umgab ihn.

»Ich bring das in Ordnung«, nuschelte er und streckte die Arme nach der Tonne aus.

Ich bückte mich und stellte sie wieder auf. »Was machst du da, Brad?«

»Ich will mit meiner Frau reden.«

Sein Blick war verschwommen. Ich hatte gehört, dass er zu den Anonymen Alkoholikern ging und versuchte trocken zu werden. Vielleicht hatte ich das falsch verstanden.

»Warum stehst du dann draußen?«

»Sie will mich nicht reinlassen.«

Ich blickte zum Haus. Susan stand mit einem Handy in der Hand am Fenster. Sie schwenkte es und fragte lautlos: *Polizei?* Ich schüttelte den Kopf.

»Es ist nicht mal sieben Uhr morgens, Brad.«

»Das weiß ich«, nuschelte er. »Und wenn schon.«

»Vielleicht solltest du nach Hause gehen und deinen Rausch ausschlafen.«

»Wollte ich ja.«

»Das ist nicht mehr dein Haus.«

Brads Unterlippe zitterte. »Wieso glaubs' du, ich hab was getrunken?«

Ich blickte mich um. Kein Wagen in Sicht, der ihm zu gehören schien.

»Wie bist du hergekommen?«

Er zuckte die Achseln. »Zu Fuß, glaube ich.«

»Dann komm mit zu mir. Du kannst auf der Couch schlafen, und später bring ich dich nach Hause.«

»Schrecklich nett von dir.«

Ich rief über die Straße: »Becky, lauf auf deiner Straßenseite nach Hause.«

»Ist gut.«

Ich versuchte Susan zu bedeuten, dass ich mich um Brad kümmern würde. Offenbar verstand sie mich, denn sie ließ das Handy sinken und nickte zustimmend. Ich legte Brad die Hand auf den Rücken und schob ihn den Hügel hinauf. Er blickte zu der Kirche, die über unsere Straße ragte, und schirmte mit der Hand die Augen ab.

»Zu hell«, sagte er.

Zu dieser Tageszeit war die Sonne grell und beleuchtete wie die Kirche ein Scheinwerfer.

»Gehen wir.«

Wir brauchten nur eine Minute bis nach Hause. Becky ging hinein und ließ die Haustür hinter sich offen. Ich schob Brad ins Wohnzimmer. Er ließ sich auf die Couch fallen und rülpste. Seine Fahne war grässlich und verpestete bereits die Luft im Zimmer. Ich ging zum Fenster und machte es einen Spalt auf. Brad streifte die Schuhe ab, legte sich hin und schob sich eines der Kissen unter den Kopf. Das würde Hanna gar nicht gefallen.

Wo zum Teufel war sie eigentlich?

»Becky?«

»Ja?«, rief sie von oben.

»Bleib, wo du bist, ja? In deinem Zimmer.«

»Bin harmlos«, nuschelte Brad.

»Schlaf jetzt, Brad.«

Er schnaubte und zog sich sein T-Shirt über die Augen. Nach einer Minute schnarchte er. Ich betrachtete ihn kurz. Als ich Brad kennenlernte, war er stellvertretender Abteilungsleiter bei einer Bank. Jetzt wirkte er fast wie ein Obdachloser. Was er in gewissem Sinne auch war.

»Was geschah dann, Mr. Dunbar?«

Wieder greife ich nach dem Wasserglas. Mein Mund fühlt sich an, als hätte ich eine halbe Flasche Wein getrunken. Als wäre meine Zunge belegt.

»Das ... was jetzt kommt, fällt mir schwer.«

»Das verstehe ich, Mr. Dunbar. Aber es wird langsam spät. Bringen wir es also zu Ende, ja?«

Wieder blicke ich zu der Geschworenen. Sie nickt kurz.

Ich hole tief Luft. »Ich ging für Brad eine Decke holen. Da hörte ich einen Schrei.«

HÖREN WIR EINFACH AUF

Julie

Einen Monat zuvor

Vor der Verhaftung suchte mich die Polizei auf. Es waren dieselben Beamten, die wochenlang von Haus zu Haus gegangen und ihre Befragungen durchgeführt hatten. Vom Aussehen her gegensätzlich, vom Auftreten her ebenfalls. So à la *guter Polizist – schlechter Polizist*. Der Ältere, Detective Grey, groß und fit in dunkelblauem Anzug, übernahm den größten Teil der Befragung. Er krauste die Nase, als wollte er eine nicht existente Brille auf seinem Nasenrücken zurechtschieben. Der Jüngere, Detective Fowler, war Anfang dreißig und arbeitete bereits an seiner TV-Cop-Erscheinung. Erschlaffende Kieferpartie und zu viel Masse um die Taille. Er machte sich Notizen und umklammerte dabei mit der linken Hand den Stift so, dass man nicht sehen konnte, was er mitschrieb.

Sie saßen auf der einen Couch in unserem Wohnzimmer und Daniel und ich auf der anderen. Die Sommerhitze hatte sich bis in den September gehalten. Die Luft vor dem Fenster flirrte. Die Klimaanlage hielt das Haus jedoch angenehm kühl, und nur ihr kaum hörbares Summen durchdrang die Stille. Die Zwillinge waren in der Schule. Susan hatte sich unserer erbarmt und das Bringen und Abholen übernommen. Die beiden bekamen nichts mit und fragten höchstens manchmal, warum sie denn nicht draußen spielen durften.

Am Tag nach dem Unfall waren sie und Daniel zurückgekommen. Ich hatte ihn hysterisch angerufen, sobald ich dazu in der Lage gewesen war. Dabei redete ich wie ein Wasserfall, hauptsächlich dummes Zeug.

Erst nach Tagen konnte ich ihm die ganze Geschichte zusammenhängend erzählen, obwohl ich ständig meine Tablettendosis erhöhte. Ich hatte das Gefühl, jeden Moment aus der Haut fahren zu müssen oder eine Panikattacke zu erleiden, die sich zuerst in meiner Brust meldete und dann bis in die Finger- und Zehenspitzen ausstrahlte. Ich konnte nicht joggen. Ich konnte nicht essen. Ich konnte nicht denken. Trotzdem hatte ich versucht, Daniel zu überreden, dort zu bleiben, wo er war.

»Ich komme«, sagte er nur. »Keine Widerrede.«

»Aber deine Mom. Dein Dad kann sich nicht allein um sie kümmern.«

»Martha ist da.« Das überraschte mich. Seine Schwester lebte in New York und kam nur selten zu Besuch. »Sie wollte ohnehin länger bleiben. Und Mom ... Mom geht es gut.«

Damals kam es mir nicht in den Sinn, wie das denn möglich war, obwohl er mir nur einen Tag vorher gesagt hatte, er wüsste nicht, wie lange er noch bleiben müsste. Mindestens eine Woche, meinte er, vielleicht länger.

Ich war so erleichtert, dass ich in Tränen ausbrach. Wenn mit den Flügen alles glattlief, würde ich in zwanzig Stunden meine Familie zurückhaben. Dann würden wir alles hinter uns lassen.

Nur konnten wir nicht weg. Zwar hatte uns niemand

offiziell verboten, die Stadt zu verlassen, aber wir saßen trotzdem fest. Wegen der Polizei und ihren Fragen. Weil sonst niemand verschwand. Wie hätten wir da wegfahren können? Und wegen der Journalisten, die vor der Kirche ihr Lager aufgeschlagen und die Kameras auf die Straße gerichtet hatten. Jeden Morgen wurden sie von der Sonne geblendet, die auch mich geblendet hatte, als ich am Morgen des Unfalls in die Pine Street einbog.

»Ja«, sagte Detective Gray. »Die Sonne. Die erwähnt jeder.«

Sein Ton war vielsagend, so als wollte er unterstellen, es gäbe in diesem Punkt eine Verschwörung.

»Worauf wollen Sie hinaus?«, fragte Daniel. Er war genauso nervös wie ich und hatte ein schlechtes Gewissen, weil er mich mit dem Gerichtstermin und dem ganzen Rest allein gelassen hatte. Zwar hatte ich ihm wieder und wieder entgegengehalten, das hätte er nicht wissen können, er hätte keine andere Wahl gehabt. Doch er hatte nur den Kopf geschüttelt und sich einen großen Scotch eingeschenkt. Wenn noch etwas passierte, würden wir wahrscheinlich beide in der Entzugsklinik landen.

»Auf nichts, Sir«, erwiderte Detective Grey. »Ist nur so eine Beobachtung. In die Pine Street sind Sie von der Church Street aus eingebogen?«

Das war der fantasielose Name für die kurze Straße, in der die Kirche stand.

»Ja, genau.«

»Das ist aber nicht die kürzeste Strecke.«

Ich drückte Daniels Hand. Ein paar Tage nach seiner Rückkehr hatte ich Daniel alles gestanden, auch *den Kuss*. Obwohl ich diejenige gewesen war, die John das Versprechen abgerungen hatte, nichts zu verraten. Doch als ich Daniel davon erzählte, wurde daraus ein harmloser Kuss, ganz ohne besondere Betonung. »Ich weiß. Ich habe einen kleinen Umweg gemacht, weil ich etwas Distanz zwischen John und mich bringen wollte.«

»Wieso das?«

»Das wissen Sie doch.«

»Ach, wirklich?«

Ich blickte ihm direkt in seine braunen Augen. »Detective Grey, ich verspreche, Sie nicht zu unterschätzen, wenn auch Sie mich nicht unterschätzen.«

Er zögerte kurz, nickte dann aber.

»Dieses *iNeighbor*-Programm ist ziemlich merkwürdig.«

»Das können Sie laut sagen.«

»Bietet eine sehr interessante Chronik.«

»Mag sein, aber glauben Sie nicht alles, was Sie lesen.«

Daniel hatte es überraschend gut aufgenommen. Unter den gegebenen Umständen war eine momentane Verirrung, die nicht einmal von mir ausging und fast sofort gestoppt wurde, nicht so bedeutsam, dass sie besondere Aufmerksamkeit verdient hätte. Nichts im Vergleich dazu, dass ich hätte tot sein können, wenn der Wagen nach links und nicht nach rechts gekippt wäre, als er gegen die Temposchwelle knallte.

»Also«, fragte Detective Fowler. »Als Sie in die Pine Street einbogen, was sahen Sie da?«

»Außer der Sonne?«

Ein kaum merkliches Lächeln umspielte seine Lippen. »Ja, Ma'am.«

»Cindy stand vor ihrem Haus und schrie Ashley an. Ich hörte sie bis zu meinem Ende der Straße.«

»Haben Sie Chris gesehen? Oder Mrs. Dunbar?«

»Nein. Wo waren die eigentlich? Ich meine ... vorher?«

Detective Grey zuckte die Achseln. »Kann ich nicht sagen.«

»Verstehe.«

»Sie hatten an jenem Morgen einen Gerichtstermin, nicht wahr? Sie gegen die Dunbars?«

»Das ist richtig.«

»Interessanter Prozess.«

»Ja, nicht wahr?«

»Was ist daraus geworden?«

»Ich ... Ehrlich gesagt, weiß ich das nicht. Seit dem Morgen habe ich nicht mehr daran gedacht. Ich schätze – oder hoffe zumindest – wir können das klären.«

»Ging der Prozess von Mrs. Dunbar aus?«

»Wie kommen Sie darauf?«

Er sah mich an und zog die Augenbrauen in die Höhe. Jetzt unterschätzte ich ihn.

»Ja, schon gut. Ich glaube, er war ihr wichtiger als John, aber beide waren einverstanden.«

»Sorgte das für Spannungen? Zwischen Ihnen und Mr. Dunbar, meine ich.«

»Ja, natürlich. An diesem Morgen hatten wir das erste Mal seit diesem schrecklichen Abendessen miteinander gesprochen. Und das war Monate her.«

Das entsprach fast der Wahrheit. Nach der Szene mit Ashley hatten wir uns ein-, zweimal zugenickt, wenn wir gleichzeitig das Haus verließen und es sich nicht vermeiden ließ. Einmal hatte er mich per SMS gefragt, wie es mir ginge. Aber miteinander gesprochen hatten wir nicht. Kein einziges Wort.

»Was ist mit Mrs. Dunbar? Glauben Sie, sie hasst Sie?«

»Als ich die Klageschrift las, hatte ich jedenfalls das Gefühl. Wenn wir uns begegneten, bekam ich eher den Eindruck, wir würden uns ständig auf dem falschen Fuß erwischen. Als könnten wir keine Verbindung zueinander aufbauen. Da spürte ich nie so etwas wie Hass. Eher Wut, aber keinen Hass.«

Detective Grey neigte den Kopf zur Seite. »Eine interessante Ansicht. Ich werde das im Hinterkopf behalten. Nun, Sie sind Schriftstellerin, Ihnen fällt mehr auf als anderen. Könnten Sie die Szene für mich schildern?«

»Von dem Moment an, als ich Ashley schreien hörte?«

»Ja, bitte.«

Also schilderte ich ihm die Szene.

Es war kurz vor sieben. Ich stand an der Ecke Church und Pine und blickte direkt in die aufgehende Sonne. Ich wusste, das sollte man nicht. Trotzdem hatte ich das in meiner Kindheit immer gemacht, wenn ich einen Moment Ruhe brauchte. Ich blickte so lange in die Sonne, bis ein grauer Fleck vor meinen Augen erschien, wandte den Kopf ab, kniff die Augen zu und beobachtete die bunten Lichter, die vor meinen geschlossenen Lidern tanzten. An diesem Morgen wandte ich den Blick früher ab als mit zwölf. Ich war außer Übung. Meine Sicht war dennoch verschwommen.

Ein Auto fuhr an mir vorbei. Eine unauffällige Limousine. Automarken konnte ich mir noch nie merken. Jedenfalls fiel mir nichts auf. Ich rieb mir die Augen, da meinte ich, einen Schrei zu hören, und bog um die Ecke. Drei Gestalten standen vor Cindys Haus. Ashley schrie mit schriller Stimme ihre Mutter an. John schoss aus seinem Haus und rannte die Straße hinunter. Ich lief ihm nach.

Cindys Stimme ertönte, laut und deutlich: »Du gehst sofort ins Haus, junge Dame!«

»Nein«, gab Ashley zurück. Sie stand breitbeinig und mit verschränkten Armen da und sah aus wie Melly kurz vor einem Trotzanfall. »Gehe ich nicht!«

»Doch, das wirst du. Du gehst jetzt, sonst ...« John erreichte die Gruppe.

»Was sonst, Mom? Wirst du mich deinem Verein melden? Deine perfekte kleine Ashley? Du bist so eine Heuchlerin.« Ashley sah John an. »Wissen Sie was? Sie war diejenige, die die Erdnussbutterkekse mit in die Schule brachte. Die Kekse, die Chris fast umgebracht hätten. Ich wette, das wussten Sie nicht, oder?«

»Hör auf«, sagte Cindy. »Hör auf, so zu reden.«

Ashley schüttelte den Kopf. »Nein. Dieses eine Mal wirst du mir zuhören. Denn ich bin nicht perfekt, klar? Ich breche deine dämlichen Regeln, und das merkst du nicht mal, weil du nur damit beschäftigt bist, alle anderen auszuspionieren. Damit dein erbärmliches Leben ein bisschen interessanter wird. Du willst alle kontrollieren. Aber mich kannst du nicht kontrollieren, Mom. Mich nicht.«

Cindy hielt sich die Ohren zu. »Hör auf. Hör auf!«

»Ashley, sprich nicht so mit deiner Mutter«, schaltete Paul sich ein, als ich sie erreichte. Ich hatte ihn vorher gar nicht bemerkt, aber das war nichts Ungewöhnliches. Niemand bemerkte Paul, jedenfalls so gut wie nie.

»Halt dich da raus, Dad. Außerdem weiß ich genau, dass du sie auch für verrückt hältst.«

Ich hatte das Gefühl, eigentlich sollte ich gehen, konnte es aber nicht.

»Ich bin nicht verrückt. Wie kannst du so was sagen?«

»Ja, klar«, sagte Ashley. »Weil es ganz normal ist, allen ihr Leben zu ruinieren. Alle und alles zu kontrollieren. Völlig normal. Aber weißt du was? Ich bin kein Baby mehr. Willst du wissen, was ich die ganze Nacht gemacht habe? Was Chris und ich im Wald gemacht haben? Wir haben gef...«

Klatsch!

Cindy gab Ashley eine so heftige Ohrfeige, dass es ihr den Kopf herumriss.

»Was zum Teufel ist los mit Ihnen?«, fragte jemand.

Nicht ich.

Heather.

Als die Polizisten eine Stunde später gingen, fühlte ich mich wie durch die Mangel gedreht. Als hätten sie mich an Händen und Füßen gepackt und ausgewrungen.

Zwar hatte ich jede ihrer Fragen beantwortet, was allerdings nicht hieß, dass ich alles erzählt hatte. Mittlerweile erkannte ich, wie viel Ärger ich verursacht hatte. Es gab keinen Grund, alles noch schlimmer zu machen.

»Es war ein schrecklicher Unfall«, sagte ich nicht zum ersten Mal. »Ich weiß, angesichts der Umstände müssen Sie wirklich in alle Richtungen ermitteln, doch es war eine Tragödie, mehr nicht.«

»Sehr großherzig von Ihnen.«

»Nein, das denke ich wirklich.«

Detective Fowler verließ das Haus, aber Detective Grey zögerte auf der Türschwelle.

»Ist noch was?«, fragte ich.

»Sie sollten vorsichtig sein. Vielleicht sind Sie weiterhin in Gefahr.«

»Ich glaube nicht, dass Heather so dumm wäre, jetzt etwas zu unternehmen. Nicht vor all den Polizisten und Kameras.«

Heather war am Flughafen verhaftet worden, weil sie gegen ihre Auflagen verstoßen hatte. Man ließ sie mit dem Versprechen laufen, dass sie nach Seattle zurückfliegen würde. Sonst drohte ihr eine Haftstrafe.

Sie hatte mir nie erklärt, was sie eigentlich in meiner Straße suchte, doch erstaunlicherweise hatte ich damit kein Problem. Ich sah etwas in ihr zerbrechen, als sie mir bei meinen erfolglosen Wiederbelebungsversuchen half, während wir auf den Krankenwagen warteten. Der Irrglaube, in dem sie gelebt, der Verdacht und alle Gedanken, die sie gegen mich gehegt hatte, schienen mit jedem Atemzug meiner Mund-zu-Mund-Beatmung mehr zu schwinden. Als der Krankenwagen kam und der Notarzt mich beiseiteschob, taumelte ich gegen Heather. Wir sahen uns an, und dann löste ich mich von ihr, angewidert von der Vorstellung, dass sie mich berührt hatte.

»Verschwinde«, sagte ich.

»Julie, ich …«

Ich drückte den Panikknopf. »Die Polizei ist gleich da.«

Sie riss erschrocken den Mund auf und schien zu sich zu kommen.

»Ich wollte nicht …«

»Hau einfach ab!«

Wieder wollte sie etwas sagen, doch eine nahende Polizeisirene übertönte sie. Sie sah sich um, auf der Suche nach einer Fluchtmöglichkeit.

»Es tut mir leid«, sagte sie und rannte schnurstracks den Hügel hinauf.

»Ich wollte nicht …« Detective Grey wirkte verlegen. »Vergessen Sie es. Ich hätte nichts sagen sollen.«

»Sie glauben doch nicht … Es war ein Unfall. Wirklich.«

»Möglich. Noch mal danke, dass Sie sich Zeit genommen haben.«

Ich sah ihm nach, als er zum Wagen ging, und drückte dann die Tür zu.

»Was wollte er?«, fragte Daniel.

»Da bin ich mir nicht sicher.«

»Meinst du, da ist etwas, von dem wir nichts wissen?«

»Wäre ja ganz was Neues«, erwiderte ich, worauf Daniel eine Grimasse zog.

Ein paar Tage später fand ich ihn in der Morgendämmerung am Küchentisch.

Ich war aufgewacht und hatte gesehen, dass er nicht im Bett lag. Dabei war ich diejenige mit dem schlechten Schlaf und konnte die paar Mal an einer Hand abzählen, in denen er nachts das Bett verlassen hatte. Ich spitzte die Ohren und starrte in die stille Dunkelheit. Aus den Kinderzimmern drang kein Laut, nur die Vögel draußen begrüßten zwitschernd den Tag.

Als ich aufstand, hatte ich eine Vorahnung und fand Daniel genau da, wo ich es mir vorgestellt hatte. Am Küchentisch, mit einem Becher kalten Kaffee vor sich und die Hände flach auf die Tischplatte gedrückt, als wollte er sich hochstemmen, schaffte es aber nicht. Seine roten Haare standen wirr vom Kopf ab, und seine letzte Rasur lag zwei Wochen zurück. Am liebsten hätte ich meine Hand unter sein löchriges T-Shirt geschoben, um die Wärme seiner Haut zu spüren. Stattdessen setzte ich mich an den Tisch.

»Was ist los?«, fragte ich und legte meine Hand auf seine.

»Kannst du nicht schlafen?«

»Nein.«

»Liegt es an mir?«

»Nein.«

»Geht es deiner Mutter gut?«

Er schauderte. »Das ist nicht der Grund.«

»Was dann, Daniel? Das sieht dir gar nicht ähnlich.«

Er entzog mir seine Hand. »Ich hab was Schlimmes gemacht.«

Das ist das Problem mit Vorahnungen. Man kann sich nicht darauf eintunen wie bei einem Radiosender. Manchmal hat man das Gefühl, dass etwas nicht stimmt, weiß aber nicht, was. Auch in diesem Augenblick hatte ich keine Ahnung, was er sagen würde, nur, dass es mir nicht gefallen würde.

»Was meinst du?«

»In Tacoma.«

»Du ...« Die Frage blieb mir im Hals stecken. »Hast du mit einer anderen geschlafen?«

»Nein«, sagte er so laut, dass es in der Küche widerhallte. »Tut mir leid, ich wollte nicht schreien.«

»Ist schon gut. Erzähl es mir einfach.«

»Ich weiß nicht, wo ich anfangen soll.«

»Was kommt dir denn als Erstes in den Sinn?«

»Ich habe einen Privatdetektiv engagiert.«

»Was?«

»Einen Privatdetektiv.«

»Wozu denn?«

»Um Nachforschungen anzustellen. Wegen der Schikanen.«

Ich lehnte mich zurück. Die Lehne bohrte sich in meinen Rücken. »Wann? Wann hast du das getan?«

»Vor ein paar Monaten.«

»Warum hast du mir das nicht erzählt?«

»Zuerst, weil du dir keine zu großen Hoffnungen machen

solltest, falls er nichts herausfände … Du solltest dich nicht
darauf verlassen, dass er eine Lösung präsentieren würde.«

»Und dann?«

Daniel ballte die Fäuste. Seine Hände waren so wund, dass
sich die Haut von ihnen löste. In letzter Zeit wusch er sie sich
wieder häufiger als sonst. Um den Unfall loszuwerden, hatte
ich gedacht.

»Dann wollte ich nicht, dass du erfährst, was er herausgefunden hat.«

Ich wusste, was das bedeutete. »Er dachte also, ich steckte
dahinter?«

»Ja.«

»Und du hast ihm geglaubt?«

»Ich wusste nicht, was ich glauben sollte. Er sagte, nach
Prüfung der ganzen Computersachen sähe es so aus, als hättest du selbst online als Heather gepostet.«

»Was? Das ist lächerlich.«

»Es ließ sich alles auf eine E-Mail-Adresse zurückführen,
die unter unserer IP-Adresse gemeldet war.«

»Genau so war es bereits beim letzten Mal. Sie kennt sich
damit aus. Oder kennt jemanden, der ihr dabei hilft. Was soll
das denn, Daniel?«

»Das war nicht alles.«

»Was denn noch?«

»Er hat ein Bankkonto entdeckt. Eines, von dem ich nichts
wusste.«

Mir glühte das Gesicht. »Okay, das stimmt, ich hab eins.
Weil mir das viele Geld vom Buch unangenehm war. Das hat
nichts mit Heather zu tun.«

»Von dem Konto sind Zahlungen an sie angewiesen
worden.«

»Was?«

»Du zahlst ihr jeden Monat Geld.«

»Tue ich nicht.«

»Ich hab die Belege gesehen.«

Ich stand auf. Mein Herz pumpte laut hämmernd Adrenalin durch die Adern. Ich schnappte mir mein Notebook von der Küchentheke und knallte es auf den Tisch. Dann rief ich mein Online-Bankkonto auf und gab mein Passwort ein. Dabei achtete ich darauf, dass Daniel das sah, denn es war unverändert unser Passwort, seit wir Online-Banking machten. Das Passwort, das er kannte.

Ich sah mir den Kontostand an. Er war höher, als ich ihn in Erinnerung hatte. Ich prüfte dieses Konto nur selten. Meine Agentin überwies den größten Teil meiner Einkünfte direkt dorthin, und ich hob davon nur Geld für gemeinsame Ausgaben ab.

Dann rief ich die Kontobewegungen des laufenden Monats auf. Nichts, von dem ich nicht wusste. Ich ging einen Monat zurück. Nichts. Aber drei Monate zuvor, im Juli, entdeckte ich eine Überweisung von 5000 Dollar, an die ich mich nicht erinnerte. Im Monat davor noch eine. Das ging zurück bis zum Januar, als wir in Mexiko gewesen waren und jemand versucht hatte, mein E-Mail-Account zu hacken.

»Diese Überweisungen sind nicht von mir«, sagte ich zu Daniel, hatte aber keine Ahnung, wie ich ihn davon überzeugen sollte.

»Ich weiß«, sagte er. »Sie sind von Heather.«

Ich ließ mich auf meinen Stuhl zurücksinken. »Jetzt bin ich sprachlos.«

»Als ich die Information vom Privatdetektiv bekam, bin ich ein bisschen durchgedreht. Ich wollte es nicht glauben und hatte ein unheimlich schlechtes Gewissen. Aber irgendwie sah es so aus, als gäbe es keine andere Erklärung.«

»Weil du nichts von dem Bankkonto gewusst hast.«

»Auch deswegen, ja.«

»Was ist dann passiert? Wieso glaubst du mir jetzt? Vorausgesetzt, das tust du.«

Er ließ den Kopf hängen. »Weil ich in Tacoma war. Um der Sache auf den Grund zu gehen.«

»Warte mal ... was? Deine Mutter ist gar nicht krank?«

»Nein, jedenfalls nicht so. Es geht ihr nicht gut, aber ... Ich musste es wissen. Ich musste es herausfinden. Ich hatte das Gefühl, sonst würde ich verrückt.«

»Aber was wolltest du dann in Tacoma – ach, nein. Du hast doch nicht ...«

»Doch. Ich bin zu ihr gegangen. Zu Heather.«

»Dazu hast du die Kinder mitgenommen?«

»Die waren zu keiner Sekunde in Gefahr. Dafür habe ich gesorgt.«

Ich befahl mir, ganz ruhig zu bleiben. Den Kindern ging es gut. Was ich jetzt am wenigsten brauchen konnte, war ein weiterer Konflikt.

»Wieso hast du sie aufgesucht?«, fragte ich. »Hast du im Ernst geglaubt, sie würde dir die Wahrheit sagen?«

»Das wusste ich nicht. Ich dachte, ich ... würde es aus ihr rauskriegen.«

Ich fühlte mich, als redete ich mit einem völlig Fremden. Das war nicht der Daniel, den ich kannte. Der sanfte Mann, der unseren Kindern auf ihre Schrammen pustete, damit sie nicht mehr so wehtaten. Der Daniel, der sich mit jedem sofort anfreundete. Andererseits war ich dankbar, dass er bereit gewesen war, für mich so weit zu gehen. Für uns.

»Und hast du?«

»Am Ende ja.«

»Wie?«

»Wenn ich will, kann ich sehr überzeugend sein.«

»Was soll das heißen?«

»Ich hab ihr nicht wehgetan.«

»Das weiß ich.«

»Aber ich wollte es.«

Ich griff nach seiner Hand und strich sanft über seine wunde Haut.

»Ich bin nicht stolz auf das, was ich getan habe.«

»Du musst es mir nicht erzählen, wenn du nicht willst.«

Doch er erzählte es mir. Er hatte vor ihrem Apartment auf sie gewartet, sich dann hinter ihr hineingedrängt und ihr Angst gemacht. Er hatte gedroht, ihr etwas anzutun, wenn sie ihm nicht alles erzählte. Das funktionierte. Heather rollte sich auf dem Boden zusammen und bettelte wie ein Kind, nicht geschlagen zu werden, was ihr wohl mehr als einmal widerfahren war. Mir wurde übel bei der Vorstellung und noch übler bei dem Gedanken, dass ich Daniel dazu gebracht hatte, solche Methoden anzuwenden und ein solches Risiko einzugehen.

»Was hat sie dir erzählt?«

»Dass sie das Netzwerk von unserem Haus gehackt hat. Dass sie sich Zugang zu deinem E-Mail-Account und zu deinem Bankkonto verschafft hat. Dass sie die Online-Profile so angelegt hat, dass es aussah, als stammten die Postings über dich von dir selbst.«

»Und der Scheiß hier? Der Drohbrief vor unserer Tür?«

»Davon wusste sie nichts. Auch nicht von der Puppe oder den Anrufen. Sie war nicht hier.«

»Da könnte sie gelogen haben.«

»Wieso sollte sie, wenn sie doch alles andere zugegeben hat? Das Geld auf ihr Konto zu überweisen war illegal. Und ich hab alles aufgenommen. Sie hat dem zugestimmt.«

»Wer steckt also hinter den anderen Schikanen?«

»Wahrscheinlich Jugendliche aus dem Viertel, genau wie wir gedacht haben.« Er wirkte gequält. »Verzeihst du mir? Dass ich dir nicht geglaubt habe?«

»Klar.«

»Ehrlich?«

»Das ist nicht so schlimm, Daniel. Wenn man alles bedenkt, war das gar nichts.«

Er schluchzte auf. »Doch. Das war schlimm.«

»Du hast mir das mit John verziehen, und ich verzeihe dir das mit Heather.«

»Es ist meine Schuld. Meine Schuld, dass sie tot ist. Wenn ich Heather nicht aufgesucht hätte, wäre sie nie hierhergekommen. Und wenn sie an dem Morgen nicht da gewesen wäre, wäre der Unfall nie passiert.«

DIE WAHRHEIT

John

Einen Monat zuvor

Die Wahrheit ist, dass Heather an jenem Morgen nur meinetwegen gekommen war. Keine Ahnung, was ich mir dabei dachte, mich mit ihr in Verbindung zu setzen. Wieso ich das Gefühl hatte, ich müsste das Mysterium Julie enträtseln. Wieso sie mir überhaupt wie ein Mysterium erschien. Julie war eine Frau. Eine Frau, mit der ich zu viel Zeit verbrachte. Eine Frau, an die ich zu oft dachte. Ein Mensch, der häufig unglücklich war. Eine Schriftstellerin. Eine Frau, die die meiste Zeit in ihrem Kopf lebte. An der Uni hatte sie eine gute Freundin verloren. Möglicherweise hatte sie etwas damit zu tun, aber das bezweifelte ich. Viel wahrscheinlicher waren die Gerüchte über sie und die anderen aufgekommen, weil Menschen Sensationen lieben.

Ein schönes junges Mädchen mit einer strahlenden Zukunft trinkt zu viel und erstickt auf einer Party an einem Kissen, ohne dass es jemand bemerkt? Nein. Eine Clique cleverer Jurastudenten wittert die Möglichkeit, unter den Augen von zweihundert Partygästen den perfekten Mord zu begehen? Vielleicht.

Heather war geradezu begierig, mir ihre Theorien darzulegen. Dazu musste ich ihr nur erzählen, dass Julie in das Haus gegenüber gezogen war und sich seltsam verhielt. Dass ich ein paar von Heathers Blogeinträgen gelesen hatte und meinte, sie wüsste vielleicht etwas.

Heute glaube ich, dass Verschwörungstheorien etwas in den niederen Instinkten des Menschen ansprechen. Dies erscheint mir die einzig mögliche Erklärung, nachdem ich mit Heather gesprochen habe. Ich persönlich hatte nie etwas dafür übrig.

Als sie ihre Verschwörungstheorie über Julie und ihre Freunde darlegte, verspürte ich einen geradezu körperlichen Widerwillen. Ich saß wie eine gespannte Feder an meinem Schreibtisch und dachte die ganze Zeit: Das ist doch absurd!

Ja, zwischen Julie und ihrer Hauptfigur Meredith gab es Gemeinsamkeiten. Na und? Zugegeben, Julie und ihre Freunde hatten tatsächlich etwas Ähnliches wie das Mörderspiel gespielt. Was bewies das schon!

Julie hatte wirklich ein Jahr bei der Staatsanwaltschaft gearbeitet und dann gekündigt. Was sollte daran verdächtig sein? Das waren keine Beweise für eine Verschwörung, sondern Stationen ihres schriftstellerischen Werdegangs. Sie nutzte das, um ihren Figuren Leben einzuhauchen. Dagegen war nichts einzuwenden.

Wenn man Bücher wie Horoskope las, sah man in jedem Fall Zusammenhänge, wo keine waren.

Also erklärte ich Heather, sie befände sich im Irrtum, legte auf und schwor mir zu vergessen, dass ich sie angerufen hatte. Ich würde ihre heimtückische Stimme aus meinem Kopf verbannen.

Dabei hätte ich wissen müssen, dass sie mich nicht so einfach vom Haken lassen würde.

Es begann mit einer E-Mail, eine Stunde nachdem ich aufgelegt hatte. Es folgten weitere. Danach kamen SMS und Anrufe auf mein Handy, bis ich ihre Nummer blockierte. Anfangs hatte ich den Fehler gemacht, meine eigene nicht zu unterdrücken. Dass sie mir mailte, konnte ich nicht so einfach verhindern. Blockierte ich ihre E-Mail-Adresse, schrieb sie mir Minuten später unter einer anderen. Sie war unermüdlich.

Nach einer Woche überlegte ich, ob ich meine E-Mail-Adresse wechseln sollte, obwohl ich sie fast mein gesamtes Erwachsenenleben benutzte. Nach zwei Wochen machte ich das schließlich. Die neue Adresse gab ich nur meinen engsten Freunden mit der Erklärung, ich wäre von Spam überflutet worden. Ich bat sie, die neue Adresse für sich zu behalten.

Dann entdeckte Heather die E-Mail-Adresse, die ich für berufliche Zwecke eingerichtet hatte, und bombardierte mich dort mit Nachrichten. So ging es weiter und weiter.

Anfänglich befassten sich ihre Mails nur mit Julie und den Dingen, die sie mir bei dem Telefonat erzählt hatte. Die entwickelte sie weiter, bis wir uns endgültig im Land des Wahns befanden. Plötzlich verlagerte sich ihr Interesse auf mich. Auf Fotos, die sie im Internet gefunden hatte. Fotos von meiner Familie. Sie behauptete, sie hätte etwas in meiner Stimme gespürt. Ein Zeichen, dass ich sie verstünde. Sie dachte, wir wären füreinander bestimmt.

Wider besseres Wissen antwortete ich auf diese E-Mail.

Sie machen sich Illusionen. Zwischen uns ist nichts und wird nie etwas sein. Bitte lassen Sie mich in Ruhe, sonst wende ich mich an die Polizei.

Daraufhin erhielt ich eine lange Schmährede. Ich hätte sie benutzt. Benutzt, um Informationen über Julie zu bekommen, mit der ich eindeutig eine Affäre hätte. Dafür hätte sie Beweise. Sie fügte E-Mails von mir und Julie bei, die sie abgefangen und kopiert hatte. Ganz unschuldige Anfragen mit flirtendem Unterton. Als ich sie las, brannte mir das Gesicht vor Scham.

Nicht, weil etwas Eindeutiges darin stand. Sondern weil sie zusammen genommen ein eindeutiges Bild ergaben. Diese kurzen harmlosen Botschaften hatten zu etwas geführt. Sie waren häufiger geworden, bis sie an dem Morgen aufhörten, als Julie und ich uns küssten.

Auf diese E-Mail und alle weiteren reagierte ich nicht mehr. Ich konnte nur hoffen, dass sie nicht anfing, Hanna zu schreiben, und fragte mich, wie ich meiner Frau alles erklären sollte, falls sie es doch tat.

Auf einmal kamen keine E-Mails mehr. Eine Stunde. Zwei. Ein ganzer Tag verging ohne neue Botschaft. Erleichtert atmete ich auf. Vielleicht war sie zur Vernunft gekommen. Oder hatte keine Energie mehr. Oder … Eigentlich war es mir vollkommen egal, was mit ihr war. Hauptsache, sie war weg.

War sie nicht.

Am Tag vor dem Unfall erhielt ich eine E-Mail, in der lediglich stand:

Wir sehen uns in Kürze.

Deshalb war es meine Schuld, dass Heather an jenem Tag da war. Sie wollte mich sehen.

Das alles wäre nie passiert, wäre ich nicht so ein Idiot gewesen.

Nach dem Unfall spulten sich jede Nacht die Szenen, die zur Katastrophe führten, wie ein Film in meinem Kopf ab. Ob ich wach war oder schlief, spielte dabei keine Rolle. Es waren immer dieselben Bilder.

Es begann damit, dass ich im Haus war. Brad schnarchte auf der Couch, Becky war oben. Da ertönte der Schrei.

Ich brüllte zu Becky hinauf, sie sollte sich nicht von der Stelle rühren, und rannte nach draußen. Vor Cindys und Pauls Haus gab es einen Tumult. Ich rannte die Straße hinunter. Julie war dicht hinter mir. Ashley schrie Cindy an und provozierte sie, bis Cindy ausrastete und ihr eine Ohrfeige gab.

Da erschien Heather wie aus dem Nichts, schlang ihre Arme um Cindy und hielt sie fest an sich gepresst. Dabei brüllte sie, man dürfe keine Kinder schlagen. Man dürfe Kindern nicht wehtun.

Ashley wich zurück, weg von Cindys und Heathers Gerangel. Julie tänzelte um sie herum. Als sich unsere Blicke trafen, nickte sie. Ich trat einen Schritt vor und legte Heather die Hände auf die Schultern.

»Lassen Sie sie los«, sagte ich. »Auf der Stelle.«

Heather wehrte sich gegen mich, dabei löste sich ihr Griff um Cindy. Cindy riss sich los und fiel zu Boden. Julie wollte zu ihr stürzen, hielt aber inne. Sie blickte zu Ashley, die stocksteif auf der Straße stand. Auf ihrer Wange war deutlich ein Handabdruck zu sehen.

»Hilf ihr«, sagte ich zu Julie.

Heather gab einen Laut von sich, den ich nur als Knurren bezeichnen kann. Wie ein wildes Tier. Ich schlang beide Arme um ihre Brust und hielt sie noch fester. Sie fühlte sich schlaff an und roch säuerlich. Ihr fettiges Haar wischte über mein Gesicht.

»Stopp«, sagte ich. »Aufhören. Was ist bloß los mit Ihnen?«
Julie rannte zu Ashley, stellte sich neben sie und legte ihr den Arm um die Schultern. Ich blies mir Heathers Haare aus dem Gesicht. Wieder einmal fiel mir auf, wie ähnlich sich Julie und Ashley sahen. Beide trugen Shorts und Tanktops, Julie ihre Joggingklamotten, Ashley normale. Beide hatten ihre braunen Haare zu einem Pferdeschwanz zurückgebunden.

Julie sagte etwas, das ich wegen Heathers Knurren nicht hören konnte.

Ashley schüttelte den Kopf und riss sich von Julie los.

Heather fing von Neuem an, um sich zu schlagen. Cindy versuchte aufzustehen.

Julie ging wieder auf Ashley zu, die mit erhobenen Armen zurückwich, als wollte sie eine Gefahr abwehren.

Als die Kirchenglocke anfing zu läuten, hörte ich das Aufheulen eines Motors. Jemand fuhr viel zu schnell die Straße hinunter und knallte laut gegen die erste Temposchwelle.

Ich konnte nicht sehen, wer am Steuer saß.

»Aufpassen«, rief ich über das Glockengeläut hinweg. »Weg da!«

Julie drehte sich um und trat einen Schritt zurück auf den sicheren Bürgersteig. »Ashley«, rief sie.

Der Wagen knallte gegen die zweite Temposchwelle und geriet ins Schleudern, erst nach links, dann nach rechts. Ich löste meinen Griff um Heather und fuchtelte heftig mit den Armen.

»Ashley«, brüllte Julie erneut.

Da ertönte ein weiterer Knall, gefolgt von einem grässlichen Knirschen. Dann das Quietschen von Reifen.

Der Wagen kam ruckend zum Stehen. Die Glocken verstummten. Die Tür des Wagens flog auf. Die schreckliche

Stille, die plötzlich herrschte, wurde nur vom *Piep Piep Piep* des Warntons unterbrochen, dass der Schlüssel noch im Zündschloss steckte.

Ich roch verbrannten Gummi. Und etwas Schlimmeres, Metallisches.

Wir rannten zu Ashley, die verrenkt auf dem Boden lag.

Heather. Ich. Julie.

Und Chris.

HEUTE

Julie

18.00 Uhr

Den ganzen Tag konnte ich nicht stillsitzen.

Ich war zur gewohnten Joggingzeit aufgestanden, eigentlich sogar früher. Das endete aber damit, dass ich nur Johns und Hannas Haus beobachtete, um zu sehen, wann sie herauskamen. Das hatte ich in den letzten zwei Monaten oft gemacht, vor allem, wenn die Kinder in der Schule waren und Daniel in der Arbeit. Das war meine Belohnung fürs Schreiben. Denn perverserweise löste sich nur wenige Tage nach Daniels Geständnis meine Blockade.

Ich warf meinen alten Entwurf weg und fing ganz von vorne an. In den letzten anderthalb Monaten produzierte ich wie in den glorreichen Zeiten von *Dem Buch* Seite um Seite, zweitausendfünfhundert Wörter pro Tag, an jedem Tag, manchmal sogar mehr. Meine Finger flogen nur so über die Tastatur, und zu meiner eigenen Überraschung konnte ich gestern abschließen und *Ende* unter das Manuskript setzen. Ich druckte das Ganze aus und fing an, es durchzulesen. Mein letzter Schritt, bevor ich es meiner Lektorin übergab.

Heute Morgen konnte ich nicht lesen, sondern nur Fingernägel kauend das Haus der Prentice' beobachten und alle fünf

Minuten auf die Uhr schauen, weil ich zum Gericht musste. Die letzten zwei Monate hatte ich alles getan, um ihnen nicht unter die Augen zu geraten. Vor allem, nachdem Chris verhaftet worden war. Auf gar keinen Fall sollte das ausgerechnet heute anders sein.

Es war nicht leicht gewesen, ihnen aus dem Weg zu gehen. Schließlich wohnten wir in einer engen Straße. Die Kinder mussten zur Schule gebracht, Lebensmittel eingekauft werden. Manchmal musste ich auch an die Luft, um nicht völlig den Verstand zu verlieren.

Die Journalisten erleichterten mir die Sache. Ihre ständige Anwesenheit bot mir den Vorwand, mich zurückzuziehen und alles Daniel, Susan und dem Lieferservice zu überlassen. Ich joggte nur noch im Schutz der Dunkelheit mit Sandy, wenn alle sich in ihre Häuser zurückgezogen hatten. Da Daniel mich nicht allein laufen lassen wollte, engagierte ich einen Trainer, der zwei Blocks weiter auf mich wartete und dann mit mir am Flussufer entlanglief.

Wenn ich von meinen abendlichen Runden zurückkehrte, las ich so viel wie möglich über den Fall. Dazu musste ich meine Sicherheitsvorkehrungen außer Kraft setzen, doch wollte ich unbedingt verstehen, wie das Strafrecht in Cincinnati funktioniert.

Ich erfuhr in den Stunden zwischen zehn und Mitternacht ziemlich viel darüber, bevor ich schließlich ins Bett ging und mich in Daniels wartende Arme schmiegte. Zum Beispiel, dass es die Entscheidung der Detectives gewesen war, Chris zu verhaften. Der freundliche Detective Grey und sein Kollege waren der Meinung, Chris hätte Ashley absichtlich überfahren. Aus Wut darüber, dass sie sich wieder von ihm getrennt hatte und sich mit einem älteren Jungen aus ihrer Schule traf. Offenbar erzählte der Verlauf ihrer SMS eine klare Geschichte über Manipulationen und Verletzungen. Es gab ein paar kaum verhüllte Drohungen von Chris über das, was er Ashley antun würde, wenn sie so weitermachte.

Ursprünglich sollte Chris vor das Jugendgericht kommen, da er zum Zeitpunkt des Unfalls keine sechzehn war. Doch der Richter, ein gerade ernannter Hardliner, beschloss, Chris nach dem Erwachsenenstrafrecht zu behandeln. Chris wurde nur unter strikten Auflagen aus der Haft entlassen und der Aufsicht seiner Eltern überantwortet.

Eigentlich war das Große Geschworenengericht eine ganz einfache Angelegenheit. Normalerweise dauerte es ein, zwei Stunden, ein paar Zeugen wurden aufgerufen, und dann folgte ein schlichtes Ja oder Nein. Als ich die Vorladung bekam, war ich überrascht. Eigentlich hatte ich erwartet, erst beim richtigen Prozess aussagen zu müssen, wozu brauchte man mich jetzt? Als ich das Büro der Staatsanwaltschaft anrief, war der Chefankläger so freundlich, mir diese Fragen zu beantworten.

Außerdem durfte ich zu einem festen Termin aussagen und durch die Hintertür ins Gericht kommen, weil Heather ebenfalls als Zeugin geladen war. Obwohl ich das Gefühl hatte, Heather würde mich von nun an in Ruhe lassen, wollte ich kein Risiko eingehen – und Daniel auch nicht.

Eine Assistentin mit einem durch den Dutt geschobenen Bleistift erwartete mich an einer Seitentür, dann fuhren wir gemeinsam mit einem Mann mit Sträflingskluft und irrem Blick im Aufzug nach oben. Ich quetschte mich möglichst weit weg von ihm in eine Ecke und versuchte, mich gegen den Knastgeruch zu sperren, der die enge Kabine erfüllte.

Auch den Gerichtssaal betrat ich durch die Hintertür, die

sonst nur die Angestellten benutzten. Dann gab ich mein Bestes, das Chaos an jenem Tag zu beschreiben. Ich weiß nicht genau, was ich sagte, ob es Sinn ergab, ob es mit den Erzählungen der anderen übereinstimmte oder nur eine wirre Geschichte war.

Doch eines sagte ich klar und deutlich: Es konnte nichts anderes gewesen sein als ein Unfall.

Darauf beharrte ich, selbst als ich gefragt wurde, ob ich Chris gesehen hatte, als ich die Church Street entlanggelaufen und dann in die Pine eingebogen war. Genau dasselbe hatte mich Detective Grey ein paar Wochen zuvor gefragt. Jetzt erklärte mir der Staatsanwalt den Grund für seine Frage. Man ging davon aus, dass Chris am Anfang der Straße mit dem Wagen gewartet hatte. Jemand hatte ihn dort gesehen, den Namen wollte man mir nicht nennen. Wenn das stimmte, war er nicht um die Ecke gebogen, von der Sonne geblendet worden und hatte daraufhin versehentlich Ashley überfahren. Sondern er hatte ihr aufgelauert und war, als er sie auf der Straße sah, auf sie zugerast.

So lautete ihre Theorie.

Ich hatte eine andere, die ich den Geschworenen allerdings nicht mitteilte.

Chris hatte nicht Ashley überfahren wollen.

Sondern mich.

Ich hatte sein Gesicht verschandelt, war seinem Vater zu nahe gekommen und hatte bei Chris und Ashley die schlimmsten Eigenschaften hervorgerufen. Nur diese beiden kamen für die abstoßenden Hinterlassenschaften an meiner Haustür und die stummen Anrufe infrage. Das hätte auch erklärt, warum er so aufgebracht war, als er mich und John zusammen im Park sah. Warum er lieber Ashley allein gelassen hatte, mit der er an diesem Tag ganz gewiss nicht Schluss gemacht hatte, als weiter in meiner Nähe zu bleiben.

Ich glaube, er hat über das, was er tun wollte, gar nicht nachgedacht. Ich glaube, er wollte auch nicht, dass ich sterbe. Er saß bestimmt in dem Wagen, einen Block von seinem Zuhause entfernt, weil er einfach nicht wusste, was er tun sollte.

Dann sah er mich, wieder in der Nähe seines Vaters, ohne dass seine Mutter in Sicht war, und in dem Versuch, Ashley zu trösten. Da wäre es durchaus verständlich gewesen, wenn er einfach nur Gas gegeben hätte, um allem ein Ende zu setzen. Daraufhin verlor er die Kontrolle über den Wagen, weil er ein ungeübter Fahrer war und zuerst gegen eine und dann gegen die zweite Temposchwelle knallte. Außerdem trat er aufs Gas statt auf die Bremse, wozu er neigte, wie John mir einmal erzählt hatte.

Das ist das, was ich glaubte.

Die Detectives hatten jedoch so viel Schlimmes gesehen, so oft mitbekommen, dass Menschen, die einander zu lieben behaupteten, sich Leid zufügten. Es war ihre Aufgabe, alle Möglichkeiten durchzuspielen und aus dem, was Menschen zugaben, und dem, was sie leugneten, ein stimmiges Bild zusammenzusetzen.

Ich bin sicher, dass Chris nicht viel zu seiner Entlastung beitrug. Der Junge trug so viele Geheimnisse mit sich herum, dass er unter ihrer Last fast zerbrach. Zwar hat jeder etwas zu verbergen, doch er hatte den Wagen gefahren und jemanden zu Tode gebracht. Als Cindy aus ihrer tabletteninduzierten Umnebelung erwachte, für die ich mehr als nur ein bisschen Verständnis hatte, lechzte sie nach Vergeltung.

Davon konnte ich den Geschworenen nur wenig erzählen. Doch ich tat, was ich konnte und erklärte, an jenem Tag im

Park hätte ich deutlich gesehen, wie sehr sich Ashley und Chris liebten. Dass er weggelaufen wäre, weil er in Schwierigkeiten steckte, und nicht, weil sie sich gestritten hätten. Dass er ein guter Junge wäre, der genug gelitten hätte. Dass ich nicht gesehen hätte, dass er am Anfang der Straße im Wagen wartete, aber genau da entlanggelaufen wäre und ihn daher nicht hätte übersehen können. Dass die Geschworenen, wären sie dabei gewesen und hätten alle Beteiligten gekannt, nur auf einen schrecklichen Unfall befinden konnten. Also, bitte, sagte ich, lassen Sie ihn nicht noch länger leiden.

Ich nutzte alles, was ich in meinem Jahr bei der Staatsanwaltschaft gelernt hatte, um diese letzten Aussagen überzeugend wirkend zu lassen. Es war sozusagen mein Plädoyer. Zwischen einem Sprecher und seinen Zuhörern besteht eine Verbindung, ein Band, an dem man ziehen kann. Bei jedem Satz drehte ich meinen Kopf ein winziges Stück weiter, um mit jedem einzelnen Geschworenen Blickkontakt herzustellen, und spürte dabei die altvertraute Zugkraft der Argumentation.

Meine Worte mögen schlicht gewesen sein, doch die Botschaft dahinter war eindeutig. *Wenn Sie sich später zurückziehen, um über das Schicksal eines sechzehnjährigen Jungen zu entscheiden, dann erinnern Sie sich an meine Stimme, an meine Gewissheit, und lassen Sie sich davon überzeugen.*

Mehr konnte ich nicht tun. Danach wurde ich eilends aus dem Saal geführt und zu meinem Wagen gebracht. Ich schaltete das Navi ein und ließ mich von ihm nach Hause leiten. Daniel wartete mit den Zwillingen auf mich, eine willkommene Ablenkung. Dann schlug er mir etwas vor, worüber ich nachdenken sollte. Er wollte die Dinge gern ändern. Die Entscheidung sollte jedoch ich treffen.

Einen Moment wehrte ich ab, stimmte am Ende aber zu. Es war vernünftig, was er sagte. Da wir genug Geld haben, kann alles ohne Mühe, ohne Unannehmlichkeiten von anderen übernommen werden.

Zumindest von außen betrachtet.

Jetzt sitze ich am Fenster, während Daniel die notwendigen Anrufe tätigt. Bald muss ich aufstehen und ihm helfen, was ich ohne Weiteres und aus vollem Herzen tun werde, sobald ich weiß, dass alles in Ordnung ist. Dass alles so ist, wie es sein sollte.

Scheinwerfer eines Wagens kommen die Straße herauf.

Ich hocke mich auf die Knie und beobachte die Szene, als wäre ich ein Kind, das den Weihnachtsmann auf seinem Schlitten herannahen sieht.

Johns Wagen wird langsamer und biegt in die Auffahrt ein. Er stellt den Motor aus, aber durch die Fensterscheibe höre ich ohnehin nichts. Sie steigen nicht sofort aus dem Wagen. Da fliegt die Haustür auf, Becky stürzt hervor, springt die Stufen hinunter und reißt die hintere Wagentür auf. Sie hüpft vor lauter Aufregung.

Da weiß ich, es sind gute Nachrichten. Freude durchströmt mich, als ich die Hand auf die Scheibe drücke. Sie ist kalt, obwohl es im Zimmer warm ist. Mich überläuft eine Gänsehaut.

Becky zerrt Chris aus dem Wagen und drückt ihn. John und Hanna steigen aus, alle vier umarmen sich. Hanna weint. Becky weint. Chris wirkt verwirrt und furchtbar traurig. John sieht erleichtert aus. Da ist jedoch noch etwas, das ich zu erkennen meine, weil ich es ebenfalls empfinde.

Scham.

Wir haben das alles ausgelöst, er und ich. Mit einem Gespräch vor einem Jahr auf unserer Straße, das letzten Endes zu jenem schrecklichen Morgen führte. Wenn wir uns zurückgehalten und gutnachbarliche Distanz gewahrt hätten, wäre alles nicht passiert.

Keines dieser Leben wäre zerbrochen.

Den Rest meines Lebens werde ich versuchen müssen, das wiedergutzumachen.

Doch zumindest ist Chris frei. Die Geschworenen haben ihren gesunden Menschenverstand walten lassen und entschieden, ihn freizusprechen, damit er sein Leben weiterleben kann, falls er dazu überhaupt in der Lage ist. Soweit das möglich scheint, erleben die Dunbars gerade einen entscheidenden Moment als Familie.

Dennoch, ein winziger Teil in mir möchte warten, bis alle hineingegangen sind, und dann einen Vorwand erfinden, um mit John zu sprechen. Um ihm zu zeigen, dass ich meinen Teil beigetragen habe. Vielleicht, um die Absolution zu bekommen.

Das möchte ich zwar, tue es aber nicht.

Stattdessen löse ich meine Hände von der Scheibe und lasse den Vorhang sinken.

Ich werde zu meiner Familie gehen und Daniel helfen, alles zusammenzupacken, was wir für unser neues Leben brauchen. Weit weg von hier.

Ich beschließe, dass beim nächsten Mal alles anders wird. Wo auch immer wir landen, werde ich vorsichtiger sein, besser aufpassen, wem ich vertraue. Oder ich werde offen gegenüber meinen Mitmenschen sein. Aber nur denen gegenüber, die mein Leben nicht ruinieren können, die keine Bedrohung für meinen Seelenfrieden darstellen – oder für den von anderen.

Morgen werde ich John eine Erklärung geben. Ich werde ihm einen Ausdruck des Romans hinterlassen, den ich gerade fertiggestellt habe. Den wird er entweder lesen und verstehen oder ignorieren und vergessen.

Was auch immer geschieht, es wird in Ordnung sein. Denn er hat seine Familie wieder und ich meine.

Am Ende sind wir wie ein Hurrikan ins Leben des anderen eingebrochen. Doch in einem Jahr werden wir uns vergessen haben, weil das Leben alle Erinnerungen so modifiziert, dass sie in die Geschichten passen, die wir uns über uns selbst erzählen.

Nur Sie können darüber urteilen.

Waren wir unschuldig?

Oder schuldig?

Sagen Sie es mir ...

DANK

Jeder Roman ist eine Reise. Manche brauchen viel Zeit, um wahr zu werden, andere weniger. Selbst nach sechs Romanen kann ich kaum vorhersagen, ob ein Buch, das ich beginne, am Ende gut wird oder wie lange das Schreiben dauert. Jeder Tag ist ein Abenteuer, und das macht das Ganze interessant. Eines bleibt dabei unveränderlich, und zwar der Kreis meiner Unterstützer. Meine Freunde – und damit meine ich speziell Tasha, Tanya und vor allem Sara, die mir im letzten Jahr halfen und so viel beibrachten. Außerdem meine Familie, die wunderbare Autorencommunity, zu der ich gehöre, und Sie, geschätzter Leser.

Bei diesem Buch haben mir ganz besonders geholfen:

Meine Schwester Cam, die das Manuskript schon in der Entstehung las und in der letzten Minute nach Cincinnati reiste, um sicherzustellen, dass so viele Details wie möglich korrekt waren. Fehler, die Geografisches und andere Fakten betreffen, gehen allein auf mein Konto. Sie sind ein Produkt meiner Fantasie oder wurden absichtlich gemacht. Ähem.

Kathleen McLeary, Lisa Blackmann, Jamie Mason und Mary Kubica haben erste Fassungen dieses Romans gelesen und mich stets ermutigt. Therese Walsh hat mir moralische Unterstützung geboten und SMS geschickt, die mich zum Lachen brachten. Shawna Klomparens, Wilma Ring und mein Schwager Scott haben mir Informationen über Ohio gegeben. Die Mitglieder der *Fiction Writers Co-Op* haben mich ständig beruhigt. Meine Mutter hat das Manuskript auf Tippfehler geprüft. Und viele Autoren waren so freundlich, dieses Buch anzupreisen – ihre Großzügigkeit beschämt mich!

Meine Agentin Abigail Koons, der ich dieses Buch gewidmet habe, hat mir diese wunderbare Karriere ermöglicht, und dafür möchte ich mich bedanken.

Tara Parsons hat den Roman eingekauft und unterstützt mich mit ihrer Begeisterung. Jodi Warshaw ist eine ausgezeichnete Lektorin für meine Bücher. Das wunderbare Team von *Lake Union* verhilft meinen Büchern weiterhin zu neuen Lesern, Dennelle Catlette von der Presseabteilung und das Autorenteam von *Lake Union* eingeschlossen. Ein ganz besonderer Dank gilt Jeff Umbro und Kathleen Zrelack von *Goldberg McDuffie,* die dabei helfen, meine Bücher bekannt zu machen.

Meine Assistentin Carolyn hält mir den Rücken frei, damit ich Zeit zum Schreiben habe.

Meine wunderbare Großmutter Dorothy Lillian Delay, die im letzten Januar hundert Jahre alt wurde, zeigt mir seit dem Tod meines Großvaters wieder einmal, was echter Mut und echte Charakterstärke sind. Er starb nach fast fünfundsiebzig Jahren Ehe mit sechsundneunzig. Ich hoffe, du haust noch lange auf den Putz.

Dank auch an Steven Tolbert vom Büro der Staatsanwaltschaft von Cincinnati, der so freundlich war, meine Fragen zu beantworten und mir den Saal des Großen Geschworenengerichts zu zeigen. Alle Abweichungen von dem tatsächlichen Prozedere des Großen Geschworenengerichts sind entweder mein Fehler oder auf Erfordernisse des Plots zurückzuführen.

Dank auch meinem Mann David, der mit mir durch Dick und Dünn geht.

Ich schreibe diesen Dank am 1. Januar 2016. Auf den Tag genau vor zehn Jahren öffnete ich eine neue Datei und fing an zu schreiben … was genau, wusste ich nicht. Sechs Monate später hatte ich so etwas wie ein Buch, das ich eigentlich nie schreiben wollte, womit ich aber unheimlich viel Spaß hatte. Dieses Buch war nicht gut genug gewesen, um veröffentlicht zu werden, führte jedoch zu einem weiteren, das es dann schaffte. Zehn Jahre und sechs Romane später bin ich dankbar, dass ich auf meine innere Stimme gehört habe und das zu Papier brachte, was in meinem Kopf war. Dadurch lernte ich viele Menschen kennen, die enge Freunde wurden, reiste an Orte, die ich mir nie hätte träumen lassen, und erfuhr Dinge über mich selbst, die mir anderenfalls vielleicht verborgen geblieben wären.

Ich kann mir nicht vorstellen, was die nächsten zehn Jahre bringen werden, und dafür bin ich unendlich dankbar.

Catherine McKenzie

Bewegend und anrührend – Catherine McKenzie rührt an die tiefsten Sehnsüchte

»Nach dem Feuer ist ein page-turner mit wundervoll menschlichen Charakteren. Es hat eine fesselnde Handlung und zeigt, wie ängstigend und faszinierend das Spiel mit dem Feuer sein kann.«
Kathleen McCleary

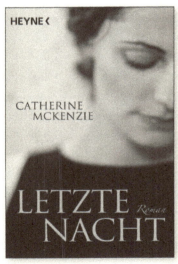

978-3-453-41870-7

978-3-453-41957-5

Leseproben unter **www.heyne.de**

HEYNE